Felix Tanner
Gummistiefelyoga

PIPER

Zu diesem Buch

Wenn du zweifelst, musst du handeln. Also macht sich die Auguste an die Arbeit. Der Reihe nach schaut sie in die sieben Zimmer, die für die Gäste infrage kommen. Manche hat sie schon seit Monaten nicht mehr betreten. Wer allein auf einem großen alten Hof lebt, benutzt die Schlafkammer, die Stube, die Küche und das Bad. Mehr braucht es nicht. Der schöne alte Hof mit den grünen Fensterläden liegt leicht erhöht über Wolkendorf. Mehrere Gebäude, größtenteils jahrhundertealt. Ringsum grüne Wiesen und ganz hinten das Zugspitzmassiv. Ob sich überhaupt jemand auf ihre Anzeige melden wird? Gibt es unter reichen Städtern wirklich einen Bedarf an Gummistiefelyoga? Du wirst dich wundern, Auguste!

Felix Tanner ist das Pseudonym von Jörg Steinleitner. Er war Anwalt, ehe er bei Piper die Tegernsee-Krimis um Anne Loop und die Kunstfälscher-Serie »Ambach« startete. Zudem schreibt er auf BUCHSZENE.DE eine Kolumne und inszeniert seine Lesungen als unterhaltsame Shows. Er lebt und arbeitet in München und am Riegsee.

Felix Tanner

Gummistiefel yoga

Roman

PIPER

Mehr über unsere Autoren und Bücher:
www.piper.de

Wenn Ihnen dieser Roman gefallen hat, schreiben Sie uns unter Nennung des Titels »Gummistiefelyoga« an *empfehlungen@piper.de*, und wir empfehlen Ihnen gerne vergleichbare Bücher.

Von Jörg Steinleitner liegen im Piper Verlag vor:

Der LKA-Präsident ermittelt:
Band 1: Blutige Beichte
Band 2: Tod im Abendrot

Anne-Loop-Reihe:
Band 1: Tegernseer Seilschaften
Band 2: Aufgedirndlt
Band 3: Räuberdatschi
Band 4: Hirschkuss
Band 5: Maibock

AMBACH-Reihe:
Band 1: Die Auktion
Band 2: Die Tänzerin
Band 3: Die Deadline
Band 4: Das Strandmädchen
Band 5: Die Suite
Band 6: Die Falle

Originalausgabe
ISBN 978-3-492-31564-7
1. Auflage Juni 2020
2. Auflage Juli 2020
© Piper Verlag GmbH, München 2020
Redaktion: Friedel Wahren
Umschlaggestaltung: U1berlin/Patrizia Di Stefano
Umschlagabbildung: Gerhard Glück
Satz: Uhl & Massopust, Aalen
Gesetzt aus der Aldus
Druck und Bindung: CPI Books GmbH, Leck
Printed in the EU

ERSTER TEIL

KATZENGESCHREI

94,5 Prozent der Fachkräfte, die auf deutschen Bauernhöfen beschäftigt sind, sehen in ihrer Arbeit eine sinnvolle Aufgabe. Damit rangieren sie gleich nach den Akademikern.

Eine Frau braucht keine abgeschnittenen Katzenschwänze. Und eine Frau, die im Paradies lebt, erst recht nicht. Die Auguste lebt im Paradies. Der schöne alte Hof mit den grünen Fensterläden liegt leicht erhöht über Wolkendorf. Mehrere Gebäude, größtenteils jahrhundertealt. Ringsum grüne Wiesen und ganz hinten das Zugspitzmassiv. Die Sonne geht gerade auf. Die Sommerblumen im Bauerngarten öffnen ihre Blütenkelche. Margerite, Mohn und Sonnenblume. Gladiole, Glockenblume, Lilie. Ihr pudrig süßer Duft mischt sich mit den Gerüchen des Bauernhofs. Es könnte alles so schön sein, denkt sich die Auguste. Aber da ist die Sache mit dem abgeschnittenen Schwanz von der Mimi. Da ist der Mahnbrief von der Bank. Und dann ist da noch das unverschämte Angebot vom Leichenbacher-Bauern. Da mag die Sonne scheinen, als hätte sie gerade irgendein Jemand erfunden (geniale Erfindung wäre das), aber dieser Tag ist nicht der Tag der Auguste Bernreiter. Sie betrachtet den Schwanz, das rot glänzende Blut, es ist traurig.

»Den muss jemand abgeschnitten haben«, murmelt die

Auguste. Wenn du lange allein lebst, redest du zwangsläufig mit dem einzigen Gesprächspartner, der greifbar ist – mit dir selbst.

Die Auguste ist eine feste und dabei attraktive Person. Der Katzenschwanz liegt auf dem kleinen Weg zwischen dem alten Stall und der schweren Eichentür zum Wohnhaus. Eine kleine Blutlache hat sich ringsum gebildet, von der einige Tropfen zur Haustür führen. Dort wird das Blut dann wieder mehr. Die Größe des Schmerzes steht in keinem Verhältnis zur geringen Menge des Bluts.

Die Auguste kniet sich zur Mimi hinunter. Die weißschwarz gescheckte Katze hat sie aufgeweckt, noch ehe der Wecker um 5:30 Uhr geläutet hat. Ein furchtbares Schreien war das. Das magst du nicht hören. Warum eigentlich gibt es eine Speise, die *Katzengeschrei* heißt?, schießt der Auguste ein völlig abwegiger Gedanke durch den Kopf. Doch Gedanken sind wie Kaulquappen – sie sind unreif; manche werden gefressen, aber einige wenige werden Frösche und lernen das Springen. Katzengeschrei: Rindfleisch in Streifen schneiden, Zwiebeln in Ringe hobeln, Kräuter und Eier ... Auguste weiß nicht, warum ihr Kopf das jetzt gerade denkt.

Behutsam nimmt sie die Mimi auf den Arm und geht ins Haus. Die Katze tropft. Aber wegen dem Blut auf dem weißen Leinenstoff des Nachthemds ist es nicht. Als Bäuerin kennst du die Körper und ihre Flüssigkeiten. Alles lässt sich abwaschen, rauswaschen oder mit einem Flicken übernähen. Im Leben geht das auch. Aber nur manchmal. Grundsätzlich hat die Auguste schon ein Vertrauen in das Dasein, doch jetzt sieht es gerade nicht rosig aus. Da kann die Sonne scheinen, wie sie mag, und die Zugspitze stolz herüberschauen wie eine Königin.

Das arme Tier. Die Katze wehrt sich, aber die Auguste hat einen festen Griff. Im Bad bekommt die Mimi einen Verband um den Stummel und Arnika-Globuli für die Heilung, aufgelöst in Wasser, aufgezogen mit einer kleinen Spritze und dann eingeflößt. Die Auguste ist eine wuchtige Frau, aber ihre Hände haben etwas Mütterliches, obwohl sie keine Mutter ist, also jedenfalls nicht von Menschenkindern. Von Katzen, Kälbern und Küken manchmal schon.

»So, und jetzt begraben wir deinen Schwanz«, sagt die Auguste. Ihre Stimme klingt zärtlich, dabei aber auch zu allem entschlossen.

Wenig später hebt sie auf der Wiese vor dem Haus ein kleines Loch aus. Die Erde riecht braun und gesund. Der Löwenzahn, der bereits zum zweiten oder dritten Mal in diesem Jahr blüht – es ist ein herrlicher Sommer, wenngleich ein wenig trocken –, reckt sich in die Sonne. Sowie die Auguste den Schwanz ins Grab legt, ist die verwundete Mimi auch schon verschwunden. Das ist nur zu verständlich. Wer will schon bei seiner eigenen Beerdigung dabei sein, auch wenn es nur ein Teil des Körpers ist? Katzen sind schlaue und sensible Tiere.

So. Jetzt Erde drauf. Sogar ein Gebet spricht die Auguste noch. Es ist ein schönes Grab. Zugspitzblick für den Katzenschwanz. Aber kaum ist die Auguste mit dem Beten fertig, nehmen die anderen Gedanken wieder Besitz von ihr. Das Schreiben von der Bank.

```
…fordern wir Sie hiermit letztmalig und
mit Nachdruck auf, die vereinbarte monat-
liche Kreditrate in Höhe von 800.00 Euro –
in Worten: achthundert Euro – binnen
14 Tagen zu überweisen…
```

Auguste Bernreiter, dreiundsechzig Jahre, einen Meter zweiundsiebzig groß, früher rotblondes Haar, welches jetzt ins Weiß wechselt, sitzt nun am Küchentisch und mag die Bank nicht. Außerdem findet sie das alles ungerecht. Schließlich ist doch nicht sie schuld an der zweihundertfünfzigtausend Euro hohen Hypothek, die auf dem Höllinger-Hof lastet, sondern ihr Mann, der versoffene. Natürlich hätte sie nach Magnus' Tod das Erbe ausschlagen und die fünfundzwanzig Kühe, zwanzig Hühner und fünf Gänse wem anderen überlassen können. Dann wären die Schulden und auch der Kredit jetzt nicht da. Aber macht man das? Einen wunderschönen Hof, seit bald zweihundert Jahren in Familienbesitz, einer Bank in den Hintern schieben? Und dann zum Discounter an die Kasse, Bedienung oder Paketdienst, oder was?

Nein, Leute. Nicht die Auguste.

Na ja, ein bisschen marode ist er schon, der Höllinger-Hof. Aber: »Erstens mag ich die Arbeit. Zweitens mag ich die Tiere. Drittens ist das meine Heimat«, zählt die Auguste auf. Es ist mehr so ein Murmeln, kaum von einem Gebet zu unterscheiden. Jetzt ist die Katze Mimi plötzlich wieder da mit ihrem verbundenen Nichtschwanz und miaut, als wüsste sie, von wem und worüber die Auguste spricht. Vermutlich ist das auch so. Ein Bauernhof ist wie eine Welt im Kleinen. Man lebt voneinander füreinander. Aber manchmal gibt es Tote.

Die Situation ist die: Der Leichenbacher-Bauer, der Geldsack, würde sich den Höllinger-Hof gern unter den Nagel reißen. Angeblich für den zweiten Sohn. Aber gehört dem Leichenbacher nicht eh schon das halbe Dorf? Bei dem Gedanken an den kleinwüchsigen dicken Beutelschneider muss die Auguste ächzen. Beim Melken heute früh hat der Rücken wieder so gezwickt. Du wirst nicht jünger, auch wenn du dir das lange Haar noch jeden Tag so schön flichtst wie als Mädchen schon. Aber der Haarkranz muss sein. Ein Haarkranz macht aus einer normalen Frau eine Bäuerin, findet die Auguste. Deswegen die tägliche Mühe mit der Frisur. Heute ist außerdem Sonntag, in Wolkendorf am Michlsee noch immer ein Festtag. Man gönnt sich ja sonst nicht viel. Der Sonntag ist der Urlaub der Bäuerin.

Aber der Rücken. Sie schiebt die leere Kaffeetasse von sich weg – keine Sorge, es besteht keine Absturzgefahr für die Tasse, der Tisch ist groß genug. Hier saßen vor achtzig Jahren noch vierzehn Menschen. Kinder, Eltern, Großeltern, Urgroßmutter, eine Magd, ein Knecht. Dann kamen die Maschinen.

Die Auguste steht auf, strafft den Körper. »Ich muss wieder lustig werden.« Aber das ist leichter gesagt als getan, wenn der Rücken keine Ruhe gibt. Die Spritzen vom Arzt könntest du genauso gut in einen Sack Heu stechen. Ihre feste Hand legt sich auf den unteren Teil der Wirbelsäule. »Ah, das zwickt!« Die Mimi miaut gleich mit.

Der Weg in die Stube ist nicht weit. Sie grenzt an die Küche mit dem großen, schweren Holztisch. Der gute alte Kachelofen war schon immer da und nimmt seither am Geschehen in beiden Räumen teil. Aber es ist ja Sommer und der Ofen von daher aus. Hoffentlich nicht bald ganz. Wer nur tut einem Tier solche Qualen an?

Der Computer steht neben dem Klavier. Die Auguste hat es schon lange nicht mehr angefasst. Obwohl sie stolz darauf ist, dass sie des Pianospiels mächtig ist. Sonst kann das im Dorf nur noch der alte Kirchenorganist und ein paar Kinder. Chopin, Bartók, Bach – das kann die Auguste alles rauf und runter. Ihre Klavierlehrerin war eine echte Frau von Zeppelin.

Ja, ja, die Welt denkt, Bauern hätten es nur in den Händen. Die Welt hat keine Ahnung. Aber von den Bauern leben wollen!

Der Computer macht ein komisch surrendes Geräusch beim Hochfahren. Es ist nicht einer von der Firma, welche dieser Steve Jobs gegründet hat, weil der ist an Krebs gestorben. Auguste hat die Biografie gelesen. Krebs ist gleich schlechtes Karma. Nein, nein, Augustes Computer ist von diesem Bill Gates, der mit seiner Stiftung die Landwirtschaft unterstützt. Vor allem auch Frauen in der Landwirtschaft. Leider hauptsächlich in Afrika. Und nicht in Bayern. Aber was nicht ist, kann vielleicht noch werden. Des Weiteren hat seine Frau einen schönen Namen: Melinda. Hätte die Auguste eine Tochter bekommen, Melinda wäre ein schöner Name für das Kind gewesen. Aber die Auguste hat nicht. Es ist ein Nichthaben, mit dem du umgehen musst.

Jetzt ist sie schon drin im Internet. Sie sucht. Es muss doch etwas geben, das gegen Rückenschmerzen hilft. Wer das wohl war mit dem Katzenschwanz? Die Auguste hätte da so eine Vermutung. Und wenn die sich bewahrheiten sollte, dann würde sie demjenigen gern ... alles Mögliche. Sie hat ja einen Jagdschein. Eigentlich wegen der Wildschweine, die die Weiden aufwühlen und das Heu versauen. Eine Kuh, die mit dem Heu Erde frisst, kann krank werden. Kranke Tiere sind schlecht, weil der Tierarzt kommen muss. Der Tierarzt kostet Geld, aber das ist momentan Mangelware auf dem Höllinger-Hof.

Die Auguste surft auf der Suche nach Mitteln gegen Rückenschmerzen im Internet herum. Surfen! Ein lustiges Wort dafür, dass man mit ein paar Fingern auf Plastiktasten klopft. Die Auguste kann zehn Finger. Surfen ... wo sollen denn da die Wellen sein im Internet? Die jungen Menschen haben schon einen Humor.

Je länger die Auguste sucht, umso deutlicher wird eines: Yoga!

Das ist es: Yoga!

Das Allheilmittel gegen Rückenschmerzen scheint heutzutage Yoga zu sein. Außerdem Bewegung und Wärme, heißt es. Und man soll sich erden und nach oben wachsen. Zusätzlich Weite im Becken schaffen und Länge im unteren Rücken herstellen. Mentale Fitness erreicht man durch Meditation und Achtsamkeit, und dann gehen auch die Rückenschmerzen weg, sagt das Internet auf praktisch allen seinen Wohlfühlseiten.

Die Auguste verzieht die Lippen zu einer gewissen Selbstgewissheit. Mental fit fühlt sie sich ohne Frage. Auch ist zweimal am Tag Melken praktisch angewandte Meditation. Und wenn du nicht achtsam bist, dann spielen die Viecher verrückt, das ist klar. Die merken das sofort, wenn in deiner Seele ein Mörder haust oder auch nur ein Taschendieb. Besonders der Stier merkt das. Ja, sie hat noch einen Stier, den Willi. Weil sie findet, dass die natürliche Besamung besser für die Tiere ist, als wenn der Veterinär das macht. Mit einem Arm im Plastikhandschuh und einer riesenlangen Spritze der Kuh hinten hinein, also bitte! Ein Tier braucht doch auch seine Freude.

Die Auguste denkt weiter über diesen Wellnesskram nach: Viel Bewegung hast du als Bäuerin sowieso. Und Erdung auch. Als Bäuerin bist du praktisch am laufenden Band geerdet. Natürlich mit Gummistiefeln zwischen dir und dem Erdreich. Wobei, manchmal auch barfuß. Beim Unkrautjäten im Bauerngarten zieht die Auguste die Schuhe aus. Neben den Blumen recken Mangold, Kohlrabi, Zucchini und Bohnen ihre Blätter in die Höhe, und noch einmal Mangold. Mangold wuchert wie Unkraut. Auf die Zucchiniblüten sind die Schnecken scharf. Die Auguste hat schon versucht, sie wegzubeten. Weil das mit der Schere ist doch unbarmherzig! So barfuß im Beet spürst du die feuchte Wärme der freundlichen Erde unter den Sohlen.

Aber zurück zum Internet, wo steht: Yoga begreift das Schicksal als Chance. Und diese Chance bietet die Möglichkeit zu wachsen. Die Auguste grübelt. Das mit dem Wachsen passt doch zum Höllinger-Hof, weil wachsen tut hier so einiges. Ein Lächeln huscht über das runde Gesicht der Landwirtin. Im Prinzip ist das Bäuerin-Sein doch insgesamt eine Form von Yoga. Augustes eh schon weites Lächeln weitet sich noch mehr. Es ist ein Glücksmoment. Die Auguste hat plötzlich ein Wort im Kopf, das ihr gefällt: Gummistiefelyoga.

Gummistiefelyoga – oder Bauernyoga?

Beides hört sich gut an. Darüber ließe sich länger nachdenken. Darüber sollte sie länger nachdenken. Aber nein, jetzt muss sie sich schnell fertig machen. Es ist Sonntag. Der Gottesdienst geht gleich los. Es ist der erste mit dem neuen Pfarrer. Der ist jung und kommt aus Indien. Indien – so einen ersten Gottesdienst musst du erlebt haben!

INDIEN

Die oberbayerische Kirchengemeinde Riegsee hat mit ihren indischen Pfarrern durchwegs gute Erfahrungen gemacht. Allerdings sind ihre Predigten in den ersten Monaten meist nicht so gut zu verstehen. Einer von ihnen war so klein, dass er – auf einem Stuhl sitzend – mit den Füßen nicht bis zum Boden reichte.

2   Eine volle Kirche ist wie ein philharmonisches Orchester. Vorn die Kinder wie die Violinen. Vom Altar aus gesehen weiter hinten rechts die Frauen – Klarinetten, Flöten und Oboen. Auf der Empore droben die Männer – Pauken und Trommeln.

Heute ist die Kirche rappelvoll. Aber das ist ganz normal in Wolkendorf. Seit sich die bayerischen Pfarrer zwecks Liebe keine Haushälterin mehr gönnen dürfen und das mit den kleinen Buben nicht mehr geduldet wird, mag kaum noch einer den Beruf ausüben, und so kommt alle paar Jahre ein neuer aus Indien. Der Inder fühlt sich wohl in Bayern, sagt man im Dorf und meint damit keinen bestimmten, sondern den gesamten Pfarrervorrat des riesigen Landes. Weil dem Inder seine Tracht auch so bunt und schön ist wie die bayerische. Die Auguste ist sich da nicht so sicher. Ob die Pfarrer aus Indien nicht vielmehr deswegen kommen, weil sie Geld für ihre armen Gemeinden zu Hause sammeln müssen? Denn Lederhosen trägt man, soweit es jedenfalls die Auguste beurteilen kann, in Indien eher nicht. Aber sie war ja auch noch nie in Indien. Und sonst auch nur zweimal in Italien, also besser gesagt, in Südtirol. Da hat sie ein Wochenende im Bauernhofhotel verbracht. Aber das tagelange Nichtarbeiten dort hat sie seinerzeit doch irgendwie aus dem Tritt gebracht.

Der Pfarrer also. Tatsache in diesem Zusammenhang ist Folgendes: Wenn der neue Pfarrer aus Indien seinen ersten Gottesdienst hält, dann kommen alle. Auch die von den Einödhöfen und die sonst eher nicht in die Kirche gehen, sondern lieber gleich zum Frühschoppen.

Jetzt betritt er den Altarraum. Es ist ein christlicher Moment. Und die Auguste erkennt es auf den ersten Blick: Dieser neue Pfarrer ist etwas Besonderes. Nicht nur, dass er fast noch ein Bubengesicht hat, sondern auch weil er so klein ist. Höchstens eins fünfzig. Winzig ist der. Die Auguste sieht ihn schier nicht hinter dem Altar mit der Buchstütze für die Bibel. Nicht nur die Oberministrantinnen sind größer als er, sondern auch ein Teil der jüngeren Messdiener. Und wie der redet, der neue Pfarrer!

»Gutten Tack, meine Name ist Pfallel John Singh aus... äh... Indien. Ich binn neu Pfallel fül diesen Gemeinde.« Dass der Singh heißt, passt perfekt, findet die Auguste, denn er singt ja wirklich in seinem herzigen Indisch-Deutsch. Aber sie weiß auch (wie im Übrigen alle anderen in der Kirche), dass das jetzt wieder mindestens ein Jahr dauert, bis man alle Worte versteht, die der Pfarrer Singh in seiner Predigt verwendet. Weil das indische Deutsch so ganz anders klingt als das bayerische Deutsch. Wobei Letzteres für viele ja auch nicht ganz einfach zu verstehen ist. Oft wird *A* zu *O* oder *O* zu *I*. Mann zu *Mo*. Und *ich komm* zu *i kimm*. *I kimm, i kimm*... das hört sich (wenn die Auguste von ihrem bayerischen Menschen innerlich Abstand nimmt) fast koreanisch an. Heißt nicht irgendein Diktator Kim? Einen Pfarrer aus Korea aber hatte man in Wolkendorf noch nie. Bloß Afrikaner, Inder und einen Augsburger. Der Augsburger konnte sehr gut Deutsch, und er konnte auch gut mit den Leuten, hat aber Heimweh bekommen. Weil er noch ganz jung war und ganz normale Freunde hatte. Ein älterer Pfarrer hat ja dann meistens nicht mehr so viele Freunde, also normale, weil der Kirchenapparat nicht gut ist für Freundschaften. Überhaupt sind Apparate nicht gut für Freundschaften. In der Landwirtschaft fing es damals mit den Maschinen an. Sie ersetzten die Mägde und Knechte und irgendwann die Ehefrauen und Ehemänner. Und irgendwann konntest du einen Hof, den früher sechs oder acht Menschen beackert hatten, allein bewirtschaften. Da bleibt Freundschaft auf der Strecke, ganz klar.

Der Afrikaner konnte auch sehr gut Deutsch, der war sogar ein Doktor, also nicht Medizin, sondern etwas anderes. Aber der wollte, dass man im Gottesdienst klatscht und alle beim Messwein mittrinken. Das hat von den Indern noch keiner verlangt, obwohl das lustig sein könnte. Weniger das Klatschen, aber das gemeinsame Trinken.

Der Inder. Jetzt gerade erzählt er, glaubt die Auguste jedenfalls, weil wie gesagt, man versteht ja höchstens jedes vierte Wort, dass es ihm gut gefällt in Wolkendorf. »Heimweh auch bissell wenick hiel fül mich«, singt er hinter seinem Altar her, die Ministranten kichern schon, das sieht man an den zuckenden Schultern unter den roten Gewändern. »Gut, dass es gibt Intellnett«, sagt der Pfarrer jetzt, »weil jeden Tag ich meine Muttell mit Social Media Kontakt. My mother is also a farmer like many of you here in the church of Wullkändoff.«

Aha, denkt sich die Auguste. Wullkändoff heißt dann wohl Wolkendorf auf Pfarrerindisch. Und Englisch kann er besser als Deutsch. Und mit sozialen Medien kennt er sich anscheinend aus. So viel kann sie sich zusammenkombinieren aus dem Singh-Sang. Dann aber wird die Predigt kompliziert. Wenn die Auguste es richtig versteht, erzählt der Pfarrer, dass er Probleme hatte, seinen Computer mit der Telekom zu verbinden oder mit dem Telefon, genau kann man es nicht wissen, nur erahnen. »Abel nie aufgäbe«, sagt er jetzt. Abel? Meint er Kain und Abel? Aber was hat das mit sozialen Medien zu tun? »Nie aufgäbe. Ploblem ist da zum Lösen.« Ah, jetzt versteht es die Auguste. *Nie aufgeben! Problem ist da zum Lösen.* Dieser optimistische Zugang zum Leben gefällt ihr. Dieser ganze, neue, winzige Pfarrer gefällt ihr.

Die Geschichte, die er nun beginnt, hat etwas mit Familie zu tun und mit Landwirtschaft und mit sozialen Medien, und sie scheint gut auszugehen. Jedenfalls lacht der neue Pfarrer aus Indien danach richtig lieb, und man möchte beinahe klatschen, obwohl man das ja nicht tut in der Kirche, außer wohl in Afrika, und vieles rätselhaft bleibt. Auch die anderen möchten gern klatschen, das spürt die Auguste. Das hat man dem afrikanischen Pfarrer zu verdanken, dass es die Wolkendorfer nun manchmal in den Handflächen juckt. Aber nein, in der Kirche klatscht man nicht. In dieser Hinsicht ist die Kirche kein Orchester, sondern eher ein Kuhstall. Leider. Irgendwie ist das schade, dass sich das Afrikanische in der Kirche von Wolkendorf nicht durchgesetzt hat.

Dann kommen irgendwann die Wandlung und die Kommunion. Und als die Auguste schließlich vor dem Pfarrer steht, sieht sie erst, wie jung der ist. Und wie glatt und makellos seine dunkelbraune Haut und wie klein und kurz sein Körper. Und wie lieb der schaut. Er legt ihr die Hostie auf die linke Hand und sagt: »De Leib Listi.«

Mit einem Schmunzeln antwortet die Auguste »Amen«, schiebt den Leib Christi in den Mund, tritt einen Schritt zur Seite, geht in die Knie, schaut zum Jesus am Kreuz hin, richtet sich auf und kehrt zurück in ihre Reihe, zwischen die Marga und die Theresa. Dort kniet sie auf der Bank und betet für die Zukunft ihres Hofs und gegen die Hypothek, für den Schwanz von der Mimi und um eine Lösung für die anderen Probleme. Denn Probleme sind dazu da, dass man sie löst. Hat der Pfarrer gesagt. Weltweite Regel. Fest geschlossen hält sie ihre Augen, die Auguste. Ganz konzentriert denkt sie an ihre Probleme.

Der Katzenschwanz. Wer das wohl war?

Die Bank. Kann man sie aufhalten?

Der Leichenbacher-Bauer, der Geldsack.

Vor allem aber die Bank. Und wie sie so betet und denkt – es ist ein kleines Wunder –, fliegt plötzlich das Wort *Gummistiefelyoga* wieder durch ihren Kopf.

Gummistiefelyoga. Irgendwie stimmt sie dieses Wort fröhlich.

Jetzt mal halt, du! Kommt denn Yoga nicht aus Indien? Die Auguste öffnet die Augen. Vorn reinigt der zwergenhafte Pfarrer gerade den Kelch mit einem weißen Tuch. Kann das ein Zufall sein, dass der Pfarrer sagt, Probleme sind dazu da, gelöst zu werden, und sie selbst fast gleichzeitig an Gummistiefelyoga denkt, wo doch Yoga wahrscheinlich aus Indien kommt? Genau daher, wo auch der Pfarrer herkommt? Nein, das kann kein Zufall sein, schließlich hat sie ja auch gebetet. Und während des Betens kam das alles. Das ist ein gutes Omen. Das gefällt der Auguste.

Nach dem Gottesdienst geht sie nicht gleich nach Hause.

Sie stellt sich an die Tür der Sakristei und wartet auf den Pfarrer. Es dauert eine Weile, denn erst kommen die kichernden Ministranten, die ein bisschen nach Pubertät ohne Deo riechen, dann kommt der Kirchengemeinderatsvorsitzende, der riecht nach Weihrauch, dann kommt die Mesnerin, die riecht nach Parfüm, sie ist eine moderne Frau inklusive Kurzhaarfrisur und ohne Dirndl. Aber dann – hinter der Mesnerin, man sieht ihn kaum, weil er so goldig klein ist – kommt der Pfarrer.

»Grüß Gott, Herr Pfarrer Singh«, sagt die Auguste mit fester Stimme. Sie ist gar nicht aufgeregt, obwohl sie ihn nicht kennt. Wahrscheinlich, weil er so winzig ist. Wirklich winzig! Sein Kopf reicht ihr bis an die Brust. Allerhöchstens.

»Gluss Gott«, antwortet der Pfarrer und lächelt sie an wie ein Bub. Er ist ja auch ein halber. Wie alt mag er sein?

»Herr Pfarrer, ich habe eine Frage an Sie.«

Der Pfarrer nickt ihr aufmunternd zu. »Flagen sind dazu da, antwollet zu wollen«, stöpselt er ein wenig herum, aber die Auguste versteht genau, was er meint. So gut, wie der Deutsch kann, kann sie jedenfalls nicht Indisch. Und seine Antwort findet sie schon mal gut.

»Sie haben in Ihrer Predigt erzählt, dass Sie jeden Tag mit Ihrer Mutter in Indien über die sozialen Medien in Kontakt stehen.«

»Ja, das ist lichtig, meine Muddell gute Flau, liebe Flau, meine Muddell ist sehl wichtig fül mich.«

»Gut«, sagt die Auguste erleichtert. »Und sagen Sie, Ihre Mutter, die ist auch Bäuerin wie ich? Habe ich das richtig verstanden? Also Farmerin?«

»Mein Muddell is Farmer, richtig. Hat zwei Kuh.«

Na ja, denkt sich die Auguste, zwei Kühe, das ist nun nicht die Welt. Aber Indien ist halt Indien.

»Und Yoga, das kommt doch aus Indien, oder?«, fragt sie weiter.

»Ja, Yoga indische Elfindung«, bestätigt der Pfarrer. »Gute Elfindung, tausend Jahle alt.«

Auguste stößt einen erleichterten Seufzer aus. »Herr Pfarrer, wissen Sie, was?« Bevor der verdutzte Pfarrer Singh antworten kann, verrät es ihm die Auguste. »Sie schickt mir der Himmel!«

»Ja, natülick«, antwortet der Pfarrer Singh ganz selbstverständlich.

Aber die Auguste ist in Gedanken schon weiter und vermag sich deshalb gar nicht über diese Antwort zu wundern. »Ich möchte nämlich ein Bauernyoga gründen.« Sie sagt nicht *Gummistiefelyoga*, weil das könnte ihn verwirren. Wer weiß, ob er das Wort *Gummistiefel* kennt? In der Bibel steht Augustes Wissen nach nichts darüber. Die Bibel ist eher ein Sandalenbuch. »Aber das muss heutzutage ja über die sozialen Medien bekannt gemacht werden. Weil ansonsten ist das schon gleich eine Totgeburt.«

Jetzt schaut der Pfarrer irgendwie seltsam.

Der Auguste wird es heiß. So ein Mist. Jetzt hat er sie falsch verstanden! Was redet sie auch so kompliziert? Totgeburt und soziale Medien – das bringt der doch nie zusammen in seinem Kopf, der nur wenig größer ist als wie eine von ihren Brüsten. Einfach muss sie es ihm erklären. Ganz einfach ... oder englisch, sonst kapiert er es doch nicht. Sie holt kurz Luft. »Es geht mir um Folgendes. Sie kennen sich aus mit sozialen Medien, und Ihre Mutter ist auch Bäuerin, zwei Kühe, und Sie kommen aus Indien, wo das Yoga erfunden wurde, und ich will ein Gummistiefelyoga, also ein Bauernyoga gründen. Für gestresste Städter. Die sollen bei mir wohnen und das Leben und Arbeiten auf dem Hof kennenlernen. Und dadurch zu sich finden. Weil ich brauche Geld, denn ich habe die Bank an der Backe.« Sie senkt die Stimme, man ist schließlich auf der Schwelle zur Sakristei nicht allein, der Friedhof, das halbe Dorf sperren die Ohrwaschln auf. »Und den Leichenbacher.« Sie hebt die Stimme wieder. »Aber Sie sind genau der Richtige, der mir dabei helfen kann, dass die Städter von meinem Angebot erfahren. Weil Sie sich eben mit Yoga und sozialen Medien auskennen, Herr Pfarrer. So einen ...« Sie sucht nach dem passenden Wort. »... Internationalen wie Sie gibt's bei uns in Wolkendorf sonst nicht.«

Die lieben braunen Augen des Pfarrers schauen die Auguste offen an. Was wird er jetzt Hübsches sagen? Die Auguste wartet. Aber der Pfarrer antwortet – nichts. Ehe die Auguste wieder verunsichert wird, fragt sie geradeheraus: »Was ich Sie also fragen will ... Helfen Sie mir?«

»Zum Helfen ich bin gebolen«, antwortet der Pfarrer. Und da ist die Auguste extrem erleichtert. Denn mit Gottes Segen im Schlepptau kann das Gummistiefel- oder eben Bauernyoga ja nur ein Erfolg werden.

»Das heißt, Sie sind dabei?« Die Auguste zwinkert ihm zu.

»Dabei?« Das Bubigesicht lächelt, als wäre er ein Engel.

O Gott, das mit dem Indisch ist wirklich kompliziert! Sie muss das jetzt abkürzen, vereinfachen, der versteht's sonst nicht. »Was ich meine ... kommen Sie heute zu mir zum Mittagessen?«

»Ja, sehl gelne«, antwortet der Herr Singh. »Eine Einladung slägt man nicht aus.«

»Gut«, sagt die Auguste.

Aber wie sie nach Hause geht in ihrem feschen Dirndl, fragt sie sich, ob er das auch richtig verstanden hat mit der Einladung.

DETOX

Selber machen ist der neue Geheimtipp unter den Landurlaubern. Immer mehr Feriengastgeber bieten an, beim Käsen mitzuhelfen, Naturkosmetik herzustellen, Öle zu destillieren oder aus selbst gesammelten Wildkräutern leckere Gerichte zu kochen.

3 Nun sei nicht so zaghaft! Gottvertrauen musst du haben, sagt sich die Auguste auf dem Weg von der Kirche heim zum Höllinger-Hof. Sonst wird das nichts mit dem Gummistiefelyoga und der Hofrettung. Und was kochen musst du auch. Weil... vielleicht kommt der Herr Pfarrer ja wirklich.

Die Mimi miaut, wie die Auguste beim Bauerngarten um die Ecke biegt, aber dafür hat sie jetzt wirklich keine Zeit. Oben in der Küche ist's schon halb elf, die Auguste reißt das Kühlfach auf. Man ist ja nicht mehr aufs Kochen vorbereitet, seit der Magnus weg ist. Was kocht man einem spontanen Pfarrer, welcher vielleicht zwecks sozialer Medien, falls er es richtig verstanden hat, vorbeischauen wird?

»Hackfleisch«, murmelt die Bäuerin. »Ich mach ihm eine Bolognese. Das ist zwar nicht sehr bayerisch, auch nicht indisch, aber so ein Essen geht schnell und schmeckt eigentlich jedem.« Sie legt den eisigen Klumpen in einen Topf und stellt den Topf auf die Flamme. Das ist nun nicht die feine auftauende Art, aber man kann einem kirchlichen Würdenträger, der einen hoffentlich retten wird, wohl schlecht nur eine Brotzeit hinstellen am Sonntagmittag. Und was anderes als Tiefgefrorenes hat sie nicht. Ein Kopfsalat ist auch schnell abgeschnitten im Bauerngarten, ebenso ein Büschel Schnittlauch fürs Aroma.

Um zwölf dampfen die Nudeln und die Bolognese um die Wette. Der Salat steht auf dem Holztisch, zwei Weingläser stehen da, dazu eine Flasche Zweigelt sowie zwei Biergläser und zwei Wassergläser. Du kannst nie wissen, was der Inder mag. Um fünf nach zwölf steht die Auguste auf und stellt den Wein auf die Anrichte zur Kaffeemaschine, und die Weingläser räumt sie auch weg. Vielleicht mag ein Inder gar keinen Wein. Auch die Biergläser räumt sie weg. Um zehn nach zwölf setzt sich die Auguste an den Computer und schaut nach, was die Inder eigentlich so trinken. Chai und Lassi. Ist das nicht der Hund aus der Fernsehserie? Nein, da steht's! Chai ist ein Tee, und Lassi ist ein Joghurt zum Trinken. Sie grübelt... Buttermilch hätte sie da. Um Viertel nach zwölf schaut die Auguste auf die Uhr. Sie kann es nicht bestreiten, aber ihre Hochstimmung zwecks Gummistiefelyoga kriegt einen Graustich.

»Er hat's nicht verstanden«, sagt die Auguste leise. Wobei er ja gesagt hat: »Eine Einladung schlägt man nicht aus.« Aber vielleicht hat er nicht kapiert, dass es heute sein soll. Es ist ein trauriger Moment. Schon ist die Angst wieder da, die Angst vor der Bank, vor dem Leichenbacher und überhaupt. Energisch schüttelt die Auguste den Kopf, nimmt am Klavier Platz und spielt eine freie, jazzige Inspiration auf Gershwins *Summertime*. Wenn Gott dich verlässt und der Pfarrer nicht kommt, gibt's immer noch die Musik. Und es hilft. Das Herz unter Augustes üppigem Busen weitet sich wieder. Und siehe da! Draußen bimmelt eine Fahrradklingel. Die Auguste steht auf und spitzelt durch die Häkelvorhänge mit den landwirtschaftlichen Motiven – ein Bauer mit einem Ochsen auf dem Feld, eine Bäuerin mit einer Heugabel auf dem Heuwagen, ein Bauernjunge mit Pferd. Eben steigt er von seinem Herrenrad. O mein Gott, es ist viel zu groß für ihn! Der schicke Hochwürden in schwarzer Hose und schwarzem T-Shirt. Ein Pfarrer im T-Shirt, das gibt's auch bloß in Indien, denkt die Auguste – und jetzt bei uns. Nun blinzelt der kleine Herr Singh ein bisschen verloren über die großen Gebäude vom stattlichen Höllinger-Hof. Er sucht etwas.

»Vermutlich mich«, brummt die Auguste, jetzt schon wieder zuversichtlich, und reißt das Fenster auf. »Hier bin ich, Herr Pfarrer! Kommen Sie herauf! Es gibt eine feine Bolognese.«

Und im Nu – es fühlt sich an wie Sekunden – ist er da, der Herr Singh und nimmt Platz auf dem Stuhl vom Magnus, Gott hab ihn nicht selig.

»Sie schickt der Himmel, Herr Pfarrer!«, lacht die Auguste dem jungenhaften Gast ins Gesicht und schaufelt ihm gleich eine Ladung Salat auf den Teller. Ohne zu warten, ob es gewünscht ist, spricht die Auguste ein Tischgebet.

»Allen Hunger, den wir haben, / stillen wir mit Gottes Gaben, / alles Dürsten, das wir stillen, / stillen wir mit Gottes Willen. / Alle Sehnsucht ist erfüllt, / wenn Gott selbst als Nahrung quillt. Amen.«

»Was heißen *killt?*«, fragt der süße Pfarrer.

Die Auguste reißt die Augen auf. »Killt? Wieso killt?«

»In Ihle Gebett Sie endet mit *killt*.« Sein Lächeln ist durch und durch indisch. Das indische Lächeln ist ein schönes Lächeln. Der Schnittlauch mit seiner Schärfe kitzelt in Augustes Nase.

Die Auguste überlegt, was sie gebetet hat. *Killt?* War da in dem Gebet ein Mörder drin oder ein Schottenrock? Aber wie sie das alles noch einmal im Kopf beziehungsweise murmelnd durchgebetet hat, weiß sie es schon gleich und lacht. »Kw...«, sagt sie. »Kwillt! Quillt kommt von quellen, Herr Pfarrer! Quellen heißt...« Ja, was heißt das eigentlich? Sie blickt sich um, ob irgendwo was quillt in der Küche. Am Ende bleibt ihr Blick an ihrem eigenen Ausschnitt hängen. Nein, das passt nicht als Beispiel für einen winzigen Pfarrer aus Indien. Aber ihr fällt etwas anderes ein. »Wenn man eine Milch heiß macht und nicht aufpasst, dann quillt sie irgendwann über. Verstehen Sie? Sie wird größer, sie wächst über den Topf hinaus und quillt.«

Der Pfarrer lächelt. »Und Gott ist wie Milch in Gebett?«

»So ähnlich«, bügelt die Auguste das Gespräch ab. Das ist ihr jetzt zu theologisch. Sie legt ein Lächeln auf die Lippen und sagt: »Einen Guten wünsche ich Ihnen.«

Der Pfarrer isst den Salat brav auf und danach auch die Bolognese, zwei Teller. Unglaublich, wo der das hinpackt, dieses Krischperl, denkt sich die Auguste. Das T-Shirt ist wirklich nicht sehr groß. Und die Zugspitze schaut durchs Fenster zu.

Bei der Hälfte vom zweiten Teller räuspert sich die Auguste und sagt: »Es wird Zeit, Herr Pfarrer, dass ich Ihnen erkläre, warum ich Ihre Hilfe brauche.«

»Zum Helfen ich bin gebolen.«

Auguste nickt. Ja, das weiß sie schon. Sie runzelt die Stirn. Jetzt muss sie das mit dem Yoga auf dem Bauernhof erklären. Möglichst einfach und so, dass er es gleich kapiert.

»Es geht also um Folgendes«, beginnt sie vorsichtig. Der Pfarrer kaut wie ein Eichhörnchen. »Punkt eins: Ich möchte Urlauber auf meinen Hof einladen. Als zahlende Gäste.«

»Ulaub auf Bauelnhof?«, fragt Herr Singh.

Er scheint's zu schnallen, das ist gut.

»Ja, sozusagen Urlaub auf dem Bauernhof. Aber mit einer Besonderheit – die Gäste dürfen bei mir mitarbeiten, nicht nur zuschauen wie beim gewöhnlichen Urlaub auf dem Bauernhof. Und durch die Arbeit finden sie heraus aus ihrem Alltagsstress und wieder zu sich.« Die Auguste studiert die Gesichtszüge des Pfarrers. Hat er es kapiert?

Er lächelt. »Ulaub mit Albeit? Meinen Sie, dass das gehen?« Es ist schon klar, dass das sich für einen Inder anhören muss wie Weißwurst mit Ketchup, aber wir sind hier in Deutschland. »Das wird es, Herr Pfarrer. Wissen Sie, die Menschen in der Stadt mögen das Leben auf dem Land. Und bei mir dürfen sie richtig mitmachen. Kühe füttern und melken, Heu mähen mit dem Traktor. Meinetwegen sogar Bäume fällen im Wald.«

»In Indien das wäle unmöglich«, sagt der Pfarrer. Er ist kritisch.

»Nun guuut«, sagt die Auguste gedehnt. »Aber trotzdem können Sie mir helfen, oder?« Er will schon ansetzen, um wieder seinen Spruch anzubringen, da sagt die Auguste schnell: »Sie sind nämlich mein Mann, um diese grundgute Idee ins Internet zu bringen. Als Anzeige!«

Höchst energisch schüttelt der Pfarrer den Kopf. »Einen katholischen Pfallel dalf nickt heilaaaten.«

Sowie der Satz draußen ist, wird es Auguste ganz heiß in den Wangen. *Sie sind nämlich mein Mann*, hat sie gesagt. Denkt der jetzt wirklich, dass sie ihm gerade einen Heiratsantrag gemacht hat? Sie haut sich innerlich mit der kräftigen Hand gegen die Stirn. Das ist ja... »Nein, nein, nein, Herr Pfarrer, ich mag nicht mehr heiraten! Ich meine, dass Sie mit Ihren Kenntnissen über soziale Medien, also englisch Social Media... dass Sie mir helfen können, mein Urlaub-auf-dem-Bauernhof-Angebot online zu stellen. Was ich noch gar nicht gesagt habe: Das Ganze heißt Gummistiefelyoga, weswegen Sie genau der Richtige...« Herrschaftszeiten, jetzt rede ich schon wieder so zweideutiges Zeug!, ruft sich die Auguste zur Vernunft. »Ich meine... dass Sie dafür geeignet sind, weil Yoga doch aus Indien kommt und Sie ja auch. Also, machen wir jetzt eine Anzeige?«

Der Pfarrer greift unter den Tisch, er scheint in der Tasche seiner schwarzen Hose zu wühlen, dann kommt seine Hand wieder hervor, und in seinen hübschen, jungen braunen Händen – fast Kinderhänden – liegt ein kleines Wörterbuch. »Anzeige?«, fragt er.

»Ja, Anzeige. Werbung. Reklame. Damit das Bauernyoga bekannt wird, müssen wir Werbung machen. Ich stelle mir eine Anzeige vor. Im Internet. Sie wissen doch, wie das geht, wenn Sie immer mit Ihrer Mutter über soziale Medien Kontakt haben.«

»Meine Muddel hat auch Kuh...« Das weiß ich doch! Das ist jetzt anscheinend fast ein bisschen zu viel für den Herrn Singh. Er kruschelt im Wörterbuch herum, findet aber nicht, was er sucht. Vielleicht gibt es im Indischen keine Werbeanzeigen, vielleicht verstößt das gegen den Hinduismus oder Buddhismus, die ja dort wohl die hauptsächlichen Religionen sind.

»Geben Sie mir mal das Büchlein!«, verlangt die Auguste. So schwierig kann das ja wohl nicht sein! Und tatsächlich findet sie im deutschen Teil unter W das Wort *Werbung*. Daneben steht ein Wort, das fast aussieht wie ein Bild von mehreren Schlangen oder so: लोक प्रसिद्धि. Aber das ist ja auch nicht weiter verwunderlich, denn in Indien gibt es einen ganzen Haufen Schlangen und auch Schlangenbeschwörer. Kein Wunder, dass der Herr Singh froh ist, dass er jetzt hier in Bayern sein darf. Weil außer Kreuzottern gibt's hier giftschlangenmäßig nichts. Die Auguste drückt ihren starken Zeigefinger unter das Schlangenwort, das *Werbung* heißt.

Wenig später sitzen die Auguste und der winzige Pfarrer am Computer, und es zeigt sich, dass der kleine Geistliche in Sachen Internet fit ist. Seine Hände flitzen über die Tasten wie verliebte Frösche übers Wasser. Kurz überlegt die Auguste, während sie ihm dabei zusieht, ob das Internet ursprünglich vielleicht Indernet hieß, aber das ist ein unchristlicher Gedanke.

Jedenfalls dauert es nur zwei Stunden, bis eine starke Anzeige irgendwo im Internet steht. In einem sozialen Medium, welches der Pfarrer hierfür ausgesucht hat und welches von seiner Gestaltung her vor allem blau und grau und weiß ist. Sogar ein Foto enthält die Anzeige. Der Herr Singh hat die Auguste nämlich – sie trägt zum Glück, weil heute Sonntag ist, ja noch ihr Festtagsgewand – neben eins der Kälbchen gestellt. Und hinter ihr der alte Hof mit den grünen Fensterläden und der Michlsee und der Berg. Die Auguste findet das mit dem Kälbchen zwar blöd, denn welche echte Bäuerin stellt sich im Dirndl mit einem Kalb am Strick vors Haus? Nicht einmal am Sonntag macht man so etwas. Doch »Die Menschleinheit liebt das« hat der Pfarrer gesagt. »So sie stellen sich Uhlaub auf Bauelnhof vol. Ganz sichel!« Da hat sich die Auguste nicht mehr gewehrt, und er hat sie mit seinem Handy abgeknipst, und *schwupp* war das Ding im Netz. Der Text für die Anzeige aber stammt sicherheitshalber von der Auguste und nicht vom Pfarrer Singh. Er lautet:

Gummistiefelyoga – der neue Urlaubstrend
Detoxferien inklusive Melken, Mähen, Tierefüttern und Holzfällen mit Original-Bäuerin Auguste. Finde beim Urlaub auf dem Bauernhof deine innere Mitte. Sonderpreise für Kurzentschlossene.

Das mit dem Detox hat der Pfarrer ihr noch anempfohlen. Und zwar, wie er verstanden hat, dass es beim Gummistiefelyoga darum geht, eine möglichst zahlungskräftige Kundschaft anzulocken. »Detox is very en vogue this time«, hat er der Auguste in seinem komischen Englisch versichert, gerade so, als wäre er ein Mann von Welt (dabei ist er doch bloß ein Pfarrerzwerg aus Indien). »Maaachen wiil mit Detox! Detox-Fääählien hölt sich gutt an, vol aaallem seehl modeln.«

Die Auguste hat natürlich erst einmal nachgeschaut, was Detox heißt. Irgendwas mit entgiften. Und dann war sie doch einverstanden, denn das ist ja nun nicht völlig falsch, schließlich ist der Höllinger-Hof zwar kein reiner Biobetrieb, aber Gift bekommt hier niemand zu fressen. Allerhöchstens derjenige, der der Mimi den Schwanz... Dem würde die Auguste schon gern... Aber das ist nichts für Pfarrerohren.

Als Kontakt für die Gummistiefelyoga-Interessenten gibt der Pfarrer Augustes Telefonnummer und E-Mail-Adresse an. Der Dreh mit den Sonderpreisen für Kurzentschlossene aber ist auf Augustes Mist gewachsen. Kurzentschlossene wären gut, weil die Zeit rennt. Viel bleibt der Auguste nicht, bis die Bank ihre Hunde von der Kette lässt. Das immerhin scheint der Herr Singh schon begriffen zu haben. »Ich kapiele«, hat er jedenfalls gesagt. »Er sie blaucht Geld!« Nein, sein Deutsch klingt wirklich putzig.

Um 15:30 Uhr serviert die Auguste dem bübischen Pfarrer noch einen Kaffee und ein paar Kekse mit Schokoladenüberzug, dann verlässt er sie, weil per Nachricht auf seinem Handy eine spontane Letzte Ölung reingekommen ist. Sie begleitet ihn hinaus, sieht ihm zu, wie er auf das riesige Fahrrad klettert und die dünnen Beine streckt. Gerade noch kann sie sich's verkneifen, ihn ein bisschen anzuschieben, wie man das bei Kindern macht, die Radfahren lernen. Dann räumt sie die Küche auf. Aber war sie eben noch beschwingt, so beschleichen die Auguste schon gleich wieder finster-dunkle Sorgen. Und diese eine, alles entscheidende Frage will ihr auch gar nicht mehr aus dem Kopf. Ob sich überhaupt jemand auf ihre Anzeige melden wird. Gibt es unter reichen Städtern wirklich einen Bedarf an Bauernyoga? Du wirst dich wundern, Auguste!

PRINZ

Bei einem Heubad wird man in feuchtes, auf etwa vierzig Grad erhitztes Heu eingewickelt. Man schwitzt. Das wirkt entschlackend und entgiftend und hilft auch bei Rheuma oder Hexenschuss. Wenn man Heu von Hand mäht, schwitzt man auch, holt sich aber eventuell einen Hexenschuss.

4 Wenn du zweifelst, musst du handeln. Also macht sich die Auguste an die Arbeit. Der Reihe nach schaut sie in die sieben Zimmer, die für die Gäste infrage kommen. Manche hat sie schon seit Monaten nicht mehr betreten. Wer allein auf einem großen alten Hof lebt, benutzt die Schlafkammer, die Stube, die Küche und das Bad. Mehr braucht es nicht. Die Auguste rümpft die Nase. Es riecht ein bisschen muffig und modrig in den Zimmern. Sie eilt von einem zum nächsten und reißt die Fenster auf. Sie trägt den ganzen Krempel, den sie hier und dort abgestellt hat, weil diese oder jene Kammer ohnehin schon lange nicht mehr benutzt wurde, auf den Dachboden: einen staubigen Lederkoffer, eine Kiste mit Büchern, eine Kinderwiege aus Holz, Kleidersäcke mit Trachtenanzügen, die sind vom Magnus, Hutschachtelen mit Trachtenhüten, auch von ihm, die alte Knopfharmonika vom Opa, einen Karton mit Mäusefallen, Rattengift und Mottenkugeln, eine Holzkiste mit alten Pfeifen, die nach Tabak duftet, alte

Hüte, vier Plastiksäcke mit Laken, Vorhängen und anderen Stoffen, Alben mit vergilbten Fotos und so weiter. Das alles trägt die Auguste auf den Dachboden hinauf. Dort ist es trocken, weil der Wind durch die Ritzen der Fichtenbretter pfeift. An sich ist der Dachboden ein schöner Platz, wäre nicht überall der Marderschiss. Schmale, trockene dunkelbraune bis schwarze Würste. Die Auguste hört das Raubtier nachts oft rumpeln. Es ist ein Sauviech, aber was willst du machen? Klar könnte sie ihn mit einem rohen Hühnerei in eine Lebendfalle locken. Aber sie erinnert sich noch gut, wie der Magnus das versucht hat. Von fünf Versuchen verirrten sich mindestens dreimal Katzen in die Kiste. Sogar einmal die Mimi. Und alle Katzen waren am nächsten Morgen schwer traumatisiert, die wussten gar nicht, wie, was, wohin… Außerdem musst du, hat der Magnus immer gesagt, wenn du tatsächlich mal einen Marder gefangen hast, diesen über den nächsten Fluss fahren. Denn Marder sind standortfest und kommen auch, wenn man sie sechzig Kilometer weit fährt, immer wieder zu ihrem Hof zurück. Nur wenn ein Fluss dazwischen ist, vielleicht nicht. Aber wenn das jeder macht, dann fährt man die Marder nur durch die Gegend und hat statt des eigenen einen fremden im Haus. Das bringt doch nichts! Bei diesen Gedanken schnauft die Auguste ungehalten. Letztlich will der Marder doch auch nur sein. Außerdem scheißt er ja nicht bloß. Hin und wieder fängt er schließlich auch eine Maus, womit er einen Nutzen hat. Damit ist er in jedem Fall sinnvoller als eine Bank, die Bäuerinnen vom Hof vertreiben will, oder ein geldgieriger Leichenbacher, der den Hals nicht vollkriegt.

Sowie sie das fertig gedacht hat, betrachtet die Auguste den Marderschiss etwas gütiger. Obwohl der stinkt. Dann kehrt sie zurück und schrubbt die Dielen in den sieben Kammern.

In der hinteren, deren Fenster zum Stall hinausschaut, tropft es von der Decke. Kurzerhand stellt die Auguste eine Wanne darunter. Das muss sie beobachten.

Sie wischt den Staub von den Schränken, sie schüttelt die Vorhänge aus, sie stopft die Vorhänge in die Waschmaschine. Sie hängt die Federbetten übers Fensterbrett, sie klopft die Kissen aus, sie tupft Lavendelduft hierhin und dorthin – den hat sie vor Wochen selbst angesetzt. Das geht ganz einfach: Distelöl in ein luftdicht abschließbares Gefäß, Lavendel zwischen den Fingern drüberreiben, Deckel drauf. Und dann musst du nur noch einen Monat warten. Geduld ist die Mutter vieler guter Gerüche und anderer Errungenschaften.

Doch nun klingelt das Telefon. Es wird doch nicht... jetzt schon... ein Gast? In Augustes Kopf rattert die Hoffnung wie die vier Zylinder ihres Traktors. Sie nimmt den Hörer vom Telefon, es ist ein altes noch mit Kabel, Ringelschnur und eckigen schwarzen Knöpfen.

»Bernreiter.« Auguste klopft das Herz. Wenn das funktionieren würde mit dem Bauernyoga! Wie würden die anderen im Dorf da schauen! Bauernyoga, würden die sagen, die Auguste hat sie nicht mehr alle. Aber das war ja klar! Eine alleinstehende Frau, die kann bloß auf verrückte Ideen kommen. So denkt das Dorf. Aber das Dorf denkt falsch. Eine alleinstehende Frau kann sehr wohl etwas bewegen, nicht nur in Sachen Bauernyoga oder Gummistiefelyoga, sondern insgesamt. Also ran ans Telefon.

Aber es ist leider nur die Gitti. Die Gitti ist die Cousine von der Auguste. »Grüß dich«, sagt die Gitti. »Warum bist du so außer Atem?«

»Ich bin am Putzen.«

Die Gitti wohnt leider dreißig Kilometer weg in der Kreisstadt, also ganz woanders. Sie ist erst dreiundvierzig und arbeitet in der *Schönheitsbranche*, wie sie es formuliert. Die Auguste glaubt, dass die Gitti Friseurin ist und wahrscheinlich auch Kosmetikerin. Aber eher nicht so mit Ausbildung, sondern hauptsächlich Learning by Doing. Was komisch ist: Zur Gitti, das erzählt sie immer wieder, kommen auch Männer in Schönheitsbehandlung. Für was muss ein Mann schön sein? Für was soll das gut sein? Das wird schon so eine Schönheitsbehandlung sein, denkt sich die Auguste. Also Schönheitsbehandlung mit Anführungszeichen. Aber weiter denkt sie darüber lieber nicht nach. Die Gitti ist nicht verheiratet, also nicht mehr – was vielleicht ja an der Gitti ihrer Tätigkeit in der Schönheitsbranche liegt, Stichwort männliche Kunden.

»Am Sonntag putzt du?« Die Gitti hat so eine freche, hohe Stimme, die Auguste findet das in Ordnung.

»Ja, ausnahmsweise.«

Wenn man es genau betrachtet, ist die Gitti keine richtige Cousine. Sondern die Tochter von der Cousine von Augustes Mutter. Aber eigentlich ist sie mehr noch eine Freundin, mit der man über vieles reden kann. Im Dorf geht das ja nicht mit vielen. Weil die meisten Leute vom Dorf nicht so über den Dorfrand hinausblicken. Die Gitti aber schon. Wobei die ja auch in der Kreisstadt... also hinausgezogen ist in die Welt und von daher schon gleich globaler denkt.

»Und was bringt die Putzausnahme mit sich?«

Die Gitti ist eine absolute Erscheinung, welche auf Männer wie auf Frauen magisch wirkt. Vor allem aber auf Männer.

Die Auguste weiß nicht, ob sie der Gitti die sonntägliche Putzausnahme erklären soll. Sie zögert.

»Was ist denn heute mit dir? Was bist du denn so wortkarg?«

»Es ist ... ich ... ich ... ich arbeite an etwas Neuem.«

Auf Neues ist die Gitti scharf wie Chili, weshalb das ein kleiner Fehler war, das Neue zu erwähnen, wenn man es ihr nicht erzählen wollte. Denn jetzt bohrt sie so lange herum, bis die Auguste ihren Plan mit dem Gummistiefelyoga rauslässt. Und sowie die Auguste ihr alles verraten hat, auch das mit dem Pfarrerbubi, den sozialen Medien und der Bolognese, und wie sie die Anzeige vorgelesen hat, ist die Gitti aus dem Häuschen. »Gummistiefelyoga mit Auguste!«, ruft sie so laut durchs Telefon, dass der Hörer scheppert. »Original-Bäuerin Auguste! Die innere Mitte – ja, ist das geil!«

Schon gleich fühlt sich die Auguste unwohl, weil *geil* soll das Gummistiefelyoga bitte auf keinen Fall sein. Für eine Bäuerin kommt geil nicht infrage. Gut schon, jedoch nicht geil. Aber die Gitti ist halt auch noch ein junges Ding und hat von daher eine andere Art, ihre Begeisterung für Neues auszudrücken.

»Vielleicht ist da sogar ein Typ für dich dabei unter den Gästen«, sagt die Gitti, als sie sich etwas gefangen hat. »Das wär doch der Hammer.«

Ich brauche keinen *Typ*, denkt sich die Auguste, und das sagt sie dann auch. »Ich brauche Geld, und zwar schnell, wegen der Bank und wegen dem Leichenbacher.«

»Du, ich sag dir, das läuft! Und wenn es so richtig läuft, dann komm ich rüber zu dir und mach auf dem Höllinger-Hof eine Filiale von meiner Beautyfarm auf.«

Das hätte mir gerade noch gefehlt, denkt sich die Auguste. Sie mag die Gitti wirklich gern. Aber mit ihren sogenannten Schönheitsbehandlungen mag sie lieber nichts zu tun haben. Welcher Mann bitte geht zu einer alleinstehenden Frau? Und dann noch, damit er schöner wird? Zwar will der Mann neuerdings mehr schöner sein, als er es früher wollte, aber trotzdem kann das nur etwas Unseriöses sein, was die Gitti da mit den Männern macht auf ihrer sogenannten Beautyfarm.

»Du, Gitti, sei mir nicht bös«, sagt die Auguste jetzt. »Ich mag die Kammern heute noch fertig kriegen vor dem Stall. Die Vorhänge sind erst gerade in der Maschine. Lass uns ein andermal telefonieren.«

»Alles klar!«, ruft die Gitti. »Aber mein Angebot steht. Wenn dein Gummistiefelyoga läuft, mach ich eine Filiale von meiner Beautyfarm bei dir auf. Kriegst auch eine Provision. Ich glaub, ich spinn! Bauernyoga mit Gittis Detox-Spezial *Natur pur* plus Beauty-Treatments vom Feinsten! Da schwimmst du auf einer Welle, Auguste. Du bist eine Hammerfrau. Ich bin dabei!«

»Pfiat di«, sagt die Auguste. Auch sie denkt: Ich glaub, ich spinn. Und ihr reicht es jetzt.

Während sie weiterwerkelt, sinniert sie über die Gitti nach. Seit ihrer Scheidung ist das Mädchen aufgeblüht. Abgenommen hat sie. Fitness-Sport macht sie. Eine Figur hat sie wie ein Mannequin und Haut so glatt wie der Hintern von einem Baby. Ob es ein gutes Zeichen ist, dass so eine globale Person wie die Gitti den Plan mit dem Gummistiefelyoga gut findet? Winkt da das Schicksal mit dem Zaunpfahl? Oder winkt da schon der ganze Zaun?

Unter dem Bauernschrank in Augustes ehemaligem Kinderzimmer findet sich eine tote Maus. Die Maus ist schon ganz vertrocknet. Sie sieht fast aus wie ein Spielzeug. Ganz eingefallen und starr ist der Körper. Die Augen matte schwarze Knöpfe. Das Fell glänzt nicht mehr, es ist staubig. Nicht einmal stinken tut das Tier. Ein Omen? Der Anblick der Maus macht die Auguste traurig. Und schon keimen wieder die Zweifel in ihr auf. Soll sie den Hof vielleicht doch einfach dem Leichenbacher verkaufen? Dann ist sie alle Sorgen los. Aber kann sie das tun? Schon wieder läutet das Telefon. Die Auguste eilt die Treppe hinunter, nimmt ab, vielleicht ist es ein Gast...

»Ich bin's noch mal«, kiekst die Gitti in den Hörer. »Mir ist noch was eingefallen. Du kannst auch Heubäder anbieten.« Heubäder, denkt sich die Auguste und verdreht die Augen. Also, manchmal ist die Gitti schon... Aber die Beauty-Cousine quatscht einfach weiter. »Das ist total simpel. Einfach die Leute in feuchtes, warmes Heu legen, Leintücher außen herumwickeln und fertig.« Die Auguste antwortet nichts. Sie hält das Heubaden für einen Schmarrn. Das spürt die Gitti, deswegen schiebt sie noch etwas hinterher. »Du, das ist der totale Wellnesstrend. Das ist der letzte Schrei.«

»Ich habe noch keinen einzigen Gast«, erklärt die Auguste mit Nachdruck.

»Ja, ich weiß, aber Heu hättest du genug.«

»Ja, Heu hätte ich genug.« Die Auguste muss sich zusammenreißen. Die Gitti, die sie sonst so gern mag und die ihr auch immer eine Stütze ist und war, vor allem wie das mit dem Magnus und seiner Sauferei so problematisch wurde, die Gitti geht ihr heute regelrecht auf die Nerven. »Also dann«, sagt sie vorsichtig. »Machen wir mal weiter.«

Kaum ist die Auguste wieder droben in der Kammer, die Maus ist noch immer tot, klingelt das Telefon schon wieder. Du kannst mir den Buckel runterrutschen, denkt sie. Wahrscheinlich will ihr die Gitti jetzt noch sagen, dass sie den Gästen auch Kuhfladen-Gesichtsmasken anbieten kann oder Hühnereier-Ganzkörpermassage. Der Gitti traut sie das zu.

Das blöde Telefon klingelt.

Die Auguste packt die Maus mit bloßen Händen, sie ist hart

und leicht wie Leder, das man über ein zerbrechliches kleines Gestell aus Zündhölzern gezogen hat, und trägt sie die Treppe hinunter.

Das saublöde Telefon klingelt und klingelt.

Die Auguste gräbt ein winziges Loch neben das Grab vom Katzenschwanz und legt die Maus hinein.

Wie sie wieder nach oben geht, läutet das Telefon noch immer. Kann das wirklich noch die Gitti sein?

Die Auguste hebt ab. »Bernreiter.«

»Prinz, grüße Sie«, sagt eine Stimme, die eindeutig nicht der Gitti gehört. Es ist eine Männerstimme. Der Mann lispelt.

»Grüß Gott«, antwortet die Auguste. Ihr Herz klopft ein wenig schneller. Meldet sich ein Prinz mit Prinz? Sie hat wenig Telefonerfahrungen mit Adligen – und auch sonst. Sie mag die Prinzenrolle.

»Sind Sie die Original-Bäuerin Auguste?«

»Ja«, erwidert die Original-Bäuerin Auguste. Hört sie Ironie in der Stimme des Anrufers? Jedenfalls spürt sie, wie ihre Wangen rot anlaufen. Sie schämt sich für den reißerischen Text ihrer Anzeige. Aber der Pfarrer wollte das *Original...* genauso drinhaben wie das mit dem *Detox*. Da hat der drauf beharrt.

»Gut, gut, gut«, sagt der Anrufer. »Ich rufe an wegen des Gummistiefelyogas.«

Zwar heißt es wegen *dem* Gummistiefelyoga, aber die Auguste spürt, wie sich ihr Herzschlag beschleunigt. Sie macht nur »Mmh«, um ihre Aufregung nicht zu verraten.

»Hört sich gut an, Ihr Angebot. Guter Claim. Dürfte ziemlich einzigartig sein am Wellnessmarkt. Kenne mich aus. Wissen Sie, ich bin aus der Branche.«

»Wellness?«, fragt die Auguste. Sie schluckt. Will der sie verklagen? Also, ihr reicht das mit der Bank.

»Nein, nein, nein! Marketing. Ich bin Werber. Habe aber auch schon Wellnesskampagnen gelauncht. Dreihundertsechzig Grad.« Ganz schön heiß, denkt sich die Auguste. Neunzig hat eine Sauna, und das ist heiß. Dreihundertsechzig Grad, das ist ganz klar tödlich. Der Anrufer spricht weiter. »Von daher machen Sie mir nicht so leicht was vor. Aber Gummistiefelyoga mit Auguste, das klingt total real.« Er spricht das Wort englisch aus, also *riel*. »Da riecht man den Kuhstall, das Harz der Fichten, das frische Heu, den blauen Himmel ...«

Seit wann man den Himmel riechen kann, fragt sich die Auguste. Andererseits haben die Gerüche ja auch Farben. Dann riecht der Himmel halt blau. Ob das wirklich ein Prinz ist, also ein echter?

»... die Strahlen der Sonne, das ist so richtig was zum Seelebaumelnlassen. Die Frau auf dem Foto auf Facebook da, sind Sie das? Oder ist das ein Agenturbild?«

»Äh, wie meinen Sie das jetzt?«, fragt die Auguste.

»Na ja, ob das Bild da, die Frau mit dem Dirndl und dem Kalb, ob Sie das sind.«

»Warum, ist damit etwas nicht in Ordnung?« Ist das Sonntagsgewand womöglich nicht gut genug für einen Prinzen?

»Doch, doch, doch.« Er sagt immer gern alles dreimal, denkt sich die Auguste. »Sehr in Ordnung. Also, sind Sie das?«

»Ja klar, wer denn sonst?« Die Auguste ist fast empört.

»Gut, gut, gut«, sagt der Prinz jetzt. »Sie ist es selbst, sie ist es selbst. Das ist ja das, was zählt am Ende des Tages.«

Ein Schwätzer, denkt sich die Auguste. Und irgendetwas an seiner Stimme kommt ihr komisch vor. Verbirgt sich hinter dem Geschwätz etwas Enttäuschtes, vielleicht sogar Gebrochenes? Manchmal spürt sie so etwas.

In die entstandene Pause hinein sagt er jetzt: »Also, okay. Wo waren wir?« Er überlegt. »Nun, ja, meine Situation ist folgende… Ich könnte eine Auszeit gebrauchen, und da wäre Ihr Angebot, also…« Er scheint sich in Gedanken zu verheddern, fängt sich dann aber wieder. »Äh, noch was. Sind Sie allein auf dem Hof?«

»Ja«, antwortet die Auguste knapp.

»Also, ich meine, nicht verheiratet oder so?«

»Ja?«, fragt die Auguste jetzt leicht gereizt zurück. Was soll denn diese Frage? Sie überlegt, ob sie auflegen soll. Aber sie braucht das Geld. Dennoch trifft sie eine Entscheidung. Wenn dieser Prinz auf den Hof kommt, wird sie das Jagdgewehr nachts neben das Bett legen.

»Kinder?«

»Nein, ich habe keine Kinder. Warum fragen Sie das?«

»Nur so, nur so, nur so.«

Dreimal *nur so*. Irgendetwas stimmt mit dem Anrufer nicht, ich sag es dir.

»Und wie viel kostet das bei Ihnen?«

»Sie meinen ein Zimmer?«

»Ja.«

Die Auguste zögert. Eigentlich hat sie sich gedacht, dass sie nicht mehr als fünfzig Euro pro Nacht verlangen kann, inklusive Kost, weil die Gäste ja mitarbeiten müssen und diese Arbeit ja auch etwas wert ist. Aber dieser Prinz, der kommt ihr dermaßen seltsam vor, dass sie sich denkt, dass sie ihn mit einem richtig hohen Preis vielleicht abschrecken kann. Und wenn er trotzdem zusagt, dann ist das eben Schmerzensgeld. Darum sagt sie, ihr Kopf ist rot wie die freiwillige Feuerwehr: »Achtzig Euro.«

»Gut, ist gebongt«, sagt der fremde Mann schnell. »Wann kann ich kommen?«

»Tja, wann Sie wollen.« Sie beißt sich auf die Lippen. Wenn das ein Verrückter ist, der sie ausrauben will oder sogar Schlimmeres? Sie sollte, sie muss, sie ... das geht ihr jetzt alles irgendwie zu schnell. »Also, nicht vor kommendem Samstag«, presst sie daher noch geschwind hervor.

»Top, top, top!«, ruft der Mann. Ob diese Wiederholerei etwas zu bedeuten hat? Ist es womöglich ein Geheimcode? Oder etwas Magisches? Hypnose? »Dann buche ich hiermit. Für zwei Wochen. Mindestens. Ab Samstag. Notieren Sie bitte meinen Namen: Prinz Karl.«

Prinz Karl, denkt sich die Auguste. Kann das wahr sein? Ist das jetzt wirklich ein echter Prinz, der da bei ihr Urlaub machen will? Vielleicht hat die Gitti ja doch recht.

JUNGBULLE

Wer sich mal erheitern möchte, sollte die Website der Besamungsstation Greifenberg besuchen: www.besamungsstation.eu. Hier erfährt man alles über Topbesamer, Leichtkalbigkeit, die Anpaarungsberatung des Programms OptiBull, Besamungsmanagement, Swingover, Zitzenlänge und die mobile Besamungserfassung.

5 Nach dem Stall röstet sich die Auguste zwei große Scheiben Brot mit Butter in der Pfanne, nimmt das Brot heraus, haut stattdessen vier Eier hinein, frischer Schnittlauch (wie der duftet!), Salz. Sie legt auf die Brotscheiben zwei Salamischeiben, obendrauf zwei Scheiben Allgäuer Emmentaler und dann die Eier. Weil Letztere warm sind, verbindet sich der Emmentaler mit der Salami und die Salami mit dem gerösteten Brot. So gehört sich das. Die Auguste lächelt zufrieden. Aber das hält nicht lange vor. Es steckt eine Unruhe in ihrem Körper. Und so steht sie vom Küchentisch auf und macht etwas, das ihr Vater immer verurteilt hat – essen und gleichzeitig noch etwas anderes tun. Multitasking, sagt die Gitti. Der Vater hat das Wort nicht mehr kennengelernt, aber das Phänomen schon. Er nannte es eine Krankheit. »Essen«, sagte er, »ist zu wichtig, als dass wir da noch etwas anderes tun sollten.« Er war ein kluger Mann, der Vater. Aber damals gab es halt auch noch kein Internet. Durch das Internet kommt nicht nur einmal am Tag Post, sondern dauernd, praktisch sekündlich. Kein Wunder, dass alle Welt durchdreht und ein Prinz Gummistiefelyoga braucht. Auch wenn der Vater recht gehabt hat mit der Regel *Essen bleibt Essen, und Arbeit bleibt Arbeit*. Aber was, wenn eben im Moment eine E-Mail gekommen ist und zum Prinz Karl noch ein zweiter Gast ihr Bauernyoga buchen will?

»Es geht nicht anders, ich muss das jetzt nachschauen«, sagt die Auguste, schnappt sich den Teller mit dem Eiersalamikäsebrot und setzt sich an den Computer. Sie drückt den Knopf, und das Ding fährt sich mit einem Geräusch hoch, das an das Raunen in der Kirche erinnert.

Dann macht es *pling*.

Die Auguste beißt in ihr Brot. Es knackt.

Noch einmal *pling*.

Die Auguste kaut, aber sie schmeckt gar nichts. Nicht einmal den Schnittlauch aus dem Garten. Weil ihr Kopf Bossa nova tanzt. Es ist die Aufregung, weil zweimal *pling* heißt zwei neue E-Mails.

Sie öffnet das Postfach und ist sofort enttäuscht. Die erste E-Mail kommt von der Besamungsstation Greifenberg und preist *die geballte Kraft der Rassevielfalt* an. Über so etwas könnte sich die Auguste aufregen. Ein Knecht ihrer Großmutter ist im KZ gestorben, weil er Jude war. Die Nazis hatten ihn in der Tenne gefunden, obwohl er sich ganz oben auf dem Heuhaufen versteckt hat. Sechs Meter weit oben. Aber da waren der Schäferhund und die Verräter. Augustes Blick überfliegt die Bekanntgabe der neuen RinderApp, welche sich laut Werbetext *zu einem praxistauglichen Herdenmanager entwickelt, der über das Smartphone alle wichtigen Informatio-*

nen zu Ihrer Milchviehherde bereithält. Weil die Auguste eine sorgfältige Bäuerin ist, streift sie auch noch über die Information zum Bullen des Monats, welcher Starkstrom heißt und wie folgt beschrieben wird: *Mit Wobbler weist der Jungbulle Starkstrom einen töchtergeprüften Leistungsvererber der Extraklasse auf, von dem bereits über 1.500 Töchter abgekalbt haben. Die mittelrahmige Starkstrom-Mutter Arena überzeugt mit einem feinen und trockenen Fundament sowie einem ausbalancierten, formschönen Euter, bei sehr guter Strichplatzierung und Strichstellung. Ihre zweite Laktation schloss sie mit 11.717 kg Milch, bei hervorragenden 4,15 % Fett und 3,70 % Eiweiß ab. Vor allem in den gonemischen Zuchtwerten für Fleischleistung und Bemuskelung ist Muttervater Rotglut deutlich zu erkennen.* Die Auguste glaubt, dass es *genomisch* heißen muss. Aber was soll's! Widerwillig liest sie weiter. *Die weitere Abstammung mit Wal und Vanstein unterstreicht den Doppelnutzungscharakter des Jungbullen Starkstrom zusätzlich.*

Die Auguste ist ganz froh, dass sie den Besamer vorerst nicht braucht, weil sie den Stier Willi hat. Wobei man da schon aufpassen muss, dass der Willi nicht seine eigenen Kinder deckt, denn zu was Inzucht führen kann, merkt man mitunter auch beim Menschen.

Die zweite E-Mail ist nicht von der Besamungsstation, sondern weist als Absenderin eine gewisse Elke Tingel aus. Im Betreff steht *Gummistiefelyoga*. Der Auguste ist es mit einem Mal ganz wumslig im Bauch. Sie beißt noch einmal in ihr Brot und liest:

Liebe Frau Auguste,
ich habe Ihre Anzeige auf FB gelesen. Das Gummistiefelyoga spricht mich total an. Ich bin Grundschullehrerin und wollte eigentlich in den kommenden Ferien an einem Seminar für Waldbaden teilnehmen. Sie wissen schon – Japan. Aber ich liebe nicht nur die Natur, sondern auch die Tiere. Und jetzt bin ich mir nicht sicher, ob Gummistiefelyoga mit Auguste nicht vielleicht doch besser zu mir passen würde. Was meinen Sie? Und ist überhaupt noch ein Platz frei? Gibt es ein pädagogisches Konzept? Oder ist das eher so freestylig bei Ihnen?
Viel Sonne sendet und über eine Antwort freut sich
Ihre Elke Tingel

Der Auguste wird es warm ums Herz. Diese Frau hört sich zwar ein bisschen weltfremd an, aber wenn der Prinz Karl wirklich kommt, wäre es gut, wenn die Auguste nicht allein auf dem Hof wäre. Der Adlige ist ihr nicht ganz geheuer. Also schreibt sie zurück.

Sehr geehrte Frau Tingel,
es ist noch ein Platz frei. Im Wald baden können Sie bei mir auch, wir haben einen Fischteich dort. Außerdem Kühe und einen Stier, den Willi, wobei man bei dem vorsichtig sein muss. Und ja, das Konzept vom Gummistiefelyoga ist eher freestylig, weil ich keine Lehrerin nicht bin. Aber was nicht ist, kann ja noch werden.
Mit freundlichen Grüßen
Auguste Bernreiter
PS: Bei uns ist es heute auch sonnig.

Leider sind die Eier auf dem Brot nun kalt. Die Auguste streut noch etwas mehr Salz darüber. In der *Apotheken Umschau* stand zwar, dass Salz den Blutdruck steigert, aber das ist ihr völlig egal. So viel wie eine Bäuerin bei der Arbeit schwitzt, kann sie wohl mehr Salz vertragen als zum Beispiel eine Grundschullehrerin oder eine Kassenkraft. Wobei die beim Discounter schon manchmal ganz schön nach Schweiß riechen. Die Auguste weiß auch, wieso. Es ist der künstliche Stress mit all den hektischen Leuten und dem vielen Plastik. Wenn eine Bäuerin schwitzt, dann riecht das freundlich, also eher frisch und grün. Eine Kassenkraft dagegen riecht meist bissig und schwarz, also wenn sie riecht. Weil sie keine Sekunde eine Ruhe hat, sondern dauernd kassieren, kassieren, kassieren muss. Der Mensch ist nicht fürs Kassieren erfunden worden. Und die Arbeit formt den Menschen und damit auch seinen Schweiß. Während die Auguste denkt und kaut, macht es schon wieder *pling*.

> Noch mal ich, liebe Auguste, ich schreibe jetzt mal Du.
> Also: Ich käme gern zum Gummistiefelyoga. Wie viel kostet das?
> Herzlichst, Elke

Jetzt gerät die Auguste ins Grübeln: Soll sie auch von dieser anscheinend netten Person achtzig Euro verlangen? Aber besteht dann vielleicht die Gefahr, dass sie abspringt, weil das für eine Grundschullehrerin zu teuer ist? Wenn sie ihr andererseits einen besseren Preis macht als dem Prinzen und die beiden reden miteinander, wenn sie da sind, dann könnte der Prinz womöglich böse werden. Die Auguste steht auf, geht in die Küche, holt ein Bier aus dem Kühlschrank, öffnet es und trinkt gleich mal ein paar Schlucke aus der Flasche. Nein, das Risiko ist ihr zu groß, dass diese sympathische Elke ihr abspringt. Sie mag nicht allein mit diesem komischen Prinzen sein. Was für seltsame Fragen der gestellt hat! *Sind Sie verheiratet? Haben Sie Kinder?* Was bildet der sich eigentlich ein?

Also setzt sich die Auguste wieder an den Computer und tippt.

> Sehr geehrte Frau Tingel,
> auf dem Dorf sagen alle Du. Soweit ich weiß, fangen am Samstag Ihre Schulferien an. Wegen mir können Sie da gleich zum Gummistiefelyoga kommen. Das kostet 50 Euro am Tag. Dafür kriegen Sie drei Mahlzeiten und ein Bett.
> Mit freundlichen Grüßen
> Auguste

Die Auguste hat kaum auf *Senden* geklickt, da *plingt* es schon wieder.

> Puh, liebe Auguste, das ist viel.
> Kosten denn die Übungen, also z. B. Tierefüttern, Melken oder Mähen, auch noch extra?
> Dann wird mir das nämlich too much.
> Untröstlich, Elke

»Untröstlich, also na ja ... Wegen so was muss man jetzt doch nicht gleich untröstlich sein«, murmelt die Auguste. »Aber mein Plan geht auf.« Den Rest denkt sie sich – die Städter sind einfach nur wild auf Bauernarbeit. Können sie haben. Die Auguste antwortet.

Sehr geehrte Frau Tingel,
Sie können so viel Tiere füttern, wie Sie wollen, allerdings nicht mehr, als was für die Viecher gesund ist. Hühner z. B. legen nicht mehr, wenn sie zu fett werden. Und Heumachen müssen wir in den kommenden Wochen auch einen Haufen. Soll ich Ihnen jetzt ein Zimmer reservieren?
Mit freundlichem Gruß
Auguste Bernreiter

Ja, sie soll. Nachdem die Bestätigungsmail der Elke Tingel eingegangen ist, bleibt die Auguste noch eine ganze Weile sitzen und starrt in die untergehende Sonne. Wie eine blutrote Christbaumkugel versinkt sie hinter den Bergen. Sie riecht nach frisch gefällter Fichte. Ob das ein gutes Zeichen ist? Die Auguste denkt an den Katzenschwanz, an die tote Maus im Kinderzimmer und an den Prinz Karl mit seinen verdächtigen Fragen, und irgendwie will sich keine restlose Entspannung einstellen. »Da bete ich heute zur Sicherheit lieber noch ein paar Sätze mehr, nachher im Bett«, sagt die Auguste. Denn Beten ist für sie weit mehr als nur Beten. Es ist so etwas wie ein Energieaustausch. Auch wenn die Pfarrer das immer nicht hören wollen, weil es ihnen zu weltlich und zu wenig göttlich ist. Aber natürlich kann man per Gebet wem anderen eine Energie schicken. Das hat die Auguste schon oft ausprobiert. Und bei einem selber funktioniert es ja auch. In Asien nennen sie es Meditation. Die Auguste nimmt sich vor, den neuen Pfarrer Singh mal auf das Thema anzusprechen. Manche Geistliche sind nämlich gar nicht so vernagelt.

Wie sie später im Bett liegt, betet sie also. Aber danach liegt sie noch eine Weile wach und rechnet. Wenn die Frau Tingel nur eine Woche bleibt, sind das sieben mal fünfzig, also dreihundertfünfzig Euro. Wenn man dazu noch die eintausendeinhundertzwanzig vom Prinz Karl dazurechnet, dann ist das richtig viel Geld für die Bank. Die Frage ist nur, ob es so leicht gehen wird. Erfahrungsgemäß ist das Leben nämlich meistens eher schwer.

BAUERNFRÜHSTÜCK

Ein Standard-Kuhfladen hat einen Durchmesser von circa 30 cm und wiegt frisch bis zu 2 kg. Eine Kuh fabriziert bis zu zehn Fladen pro Tag. In Indien werden Kuhfladen getrocknet und als Brennstoff verwendet. In Oberbayern steigen die Kinder barfuß hinein, weil es sich so schön warm anfühlt.

6 Am Montagmorgen, die Auguste kommt gerade vom Kramerladen zurück, da sieht sie es – der Anrufbeantworter blinkt. Sie drückt auf *Start* und erschrickt ein bisschen wegen der herrischen Frauenstimme, die da zu hören ist. »Doktor Klobisch mein Name. Ich interessiere mich für Ihr sogenanntes Gummistiefelyoga. Bitte rufen Sie mich asap zurück.« Dann sagt die Frau eine Handynummer, die sich die Auguste eilig notiert, und verabschiedet sich mit: »Grüße Sie. Dies war eine Nachricht von Doktor Marianne Klobisch.« Die Auguste denkt, dass es das schon war, aber dann sagt die seltsame Person doch noch etwas. »Falls ich nicht direkt hingehe, bin ich in einer Anwendung. Hinterlassen Sie trotzdem eine Nachricht, ich rufe dann asap zurück.«

Asap, denkt sich die Auguste. Wer soll das sein? Und in was für einer Anwendung die wohl ist? Zu Massagen sagt man das, zu Moorbädern und so Kram. Der Auguste ihrem Rücken würde auch einmal eine Anwendung guttun. Und eine Frau Doktor ist sie, die Anruferin. Ob das gut geht, wenn auf den Hof eine Ärztin kommt? Soll die Auguste lieber auf Nummer sicher gehen und gleich absagen? Aber da fällt ihr Blick auf das Schreiben der Bank, das zufällig und nichtsnutzig beim Telefon herumliegt, und dann ist alles klar. Sie hat keine Wahl.

Die Auguste wählt die Nummer.

»Klobisch?«

O mei, hat die eine herbe Art! Das kann ja was werden.

»Ja, grüß Gott, Bernreiter vom Höllinger-Hof hier. Sie haben angerufen...«

Die Frau seufzt ein »Ja«. Jetzt hört sie sich gar nicht mehr so hart an, sondern eher erleichtert. Vielleicht ist da sogar etwas Gebrochenes mit drin, wie wenn innen drin im Körper, also im Herzen, Scherben lägen. Und jedes Mal, wenn man denkt, ist es wie barfuß drüberlaufen. Es riecht nach Desinfektionsmittel, es ist wie eine Krankheit. Praktisch jede Krankheit kommt von der Seele, weiß die Auguste. Und so etwas spürt sie gleich, das kennt sie von den Kühen, das merkt sie sofort, wenn sich bei denen eine Krankheit ankündigt. Natürlich haben Kühe auch eine Seele. Die Frau redet. »Ich muss Ende der Woche hier raus. Bin auf Reha hier wegen Burnout.« Die Anruferin seufzt, dann schweigt sie kurz, als blicke sie in die Vergangenheit, die Zukunft oder vielleicht auch nur durch das Fenster eines Reha-Gefängnisses. »...leite eigentlich die RMB AG, aber das geht noch nicht wieder. Der Konzern drückt zwar, auch weil die Zahlen bröckeln wegen China und den USA...« Die Frau scheint sich gedanklich zu verlieren, aber sie findet sich wieder mit einem noch ausgiebigeren Seufzer. »Ach, wissen Sie, das hat ja alles keinen Sinn. Ich brauche einfach noch Zeit.«

Nun entsteht noch eine Denkpause, welche die Auguste für ein leises »Ja« nutzt.

Jetzt wäre eigentlich die Frau Doktor wieder dran, aber die schweigt. Da fasst sich die Auguste ein Herz und sagt mit einer Mischung aus lieb, mütterlich und kokett (wobei sie hofft, dass die Dollarzeichen in ihren Augen nicht sichtbar werden, die sind nämlich durchaus vorhanden): »Also, auf dem Höllinger-Hof wäre noch ein Zimmer für Sie frei, Frau Doktor. Für welche Krankheit sind Sie denn auf Reha?«

»Maschinenbau«, antwortet Marianne Klobisch automatenhaft und gedankenverloren. Da hat sie etwas falsch verstanden, aber sie merkt es gar nicht, sondern spricht weiter. »Ich gehöre zum Vorstand der Rudolfwerke Maschinenbau AG, aber ich hatte einen Burn-out. Totaler Zusammenbruch, game over, tilt. Beinahe wäre ich hopsgegangen.«

»Der Höllinger-Hof ist jetzt nicht direkt eine Klinik«, sagt die Auguste und versucht ein wenig Erwartungsdruck herauszunehmen. Sie will nicht, dass man Falsches denkt. Die Leute klagen neuerdings ja wegen allem. Aber ein Bauernhof ist ein Bauernhof. »Das Einzige, was wir hier haben, ist ein Tierarzt. Also, wenn Sie sich ...«

»Ja, ja, schon gut. Ich bin nicht mehr klinisch. Ich darf eben nur nicht zu viel machen. Ich bin schon auf einem ganz guten Weg, aber ich muss aufpassen. Das geht alles sehr langsam mit mir. Viel zu langsam. Diese Langsamkeit macht mich verrückt.« Noch ein Seufzer. Die Auguste hat Mitgefühl. Anscheinend spürt die Frau das, denn jetzt wird sie ganz weich. »Ach, wissen Sie, es tut mir gut, mit Ihnen zu reden. Ich glaube, Sie sind die Richtige für mich.« Hauptsächlich redest du, denkt sich die Auguste, freut sich aber gleichzeitig, dass das Bauernyoga anscheinend sogar telefonisch wirkt.

Es gibt im Dorf ja auch eine Gesundbeterin, welche mitunter fernmündlich tätig ist, also durch die Telefonleitung heilt. Womöglich tun sich für die Auguste da völlig neue Möglichkeiten auf.

Marianne Klobisch fragt – jetzt wieder mit dieser Härte in der Stimme: »Also, dann erzählen Sie mal ein bisschen! Wie läuft das mit dem Gummistiefelyoga, what's the plan?«

»Plään?«, fragt die Auguste gedehnt. Ein Ruck geht durch ihren Körper. »Also, eigentlich ganz normal. Morgens früh aufstehen, dann erst einmal in den Stall zu den Kühen. Misten und füttern. Danach Frühstück ...«

»So ein richtiges Bauernfrühstück?«, fällt ihr die Frau Doktor ins Wort. Man hört, dass sie das richtige Bauernfrühstück am liebsten gleich jetzt serviert bekäme.

»Ja, sozusagen«, erwidert die Auguste ein wenig brummelig, denn so Klischeekram ist nicht ihres. Was soll das schon sein, ein richtiges Bauernfrühstück?

»Da krieg ich jetzt schon Hunger, ich glaube, das ist genau das Richtige.« Hast du schon mal gesagt, Frau Doktor. »Und dann? Was passiert dann?«

»Dann machen wir weiter mit der Arbeit. Wenn Sie von einem Maschinenbauunternehmen kommen, können Sie ja vielleicht Traktor fahren und mähen.«

»Nö, komme eher vom Controlling, aber das lerne ich. Ich fahre Motorrad, Jetski und habe eine Fallschirmspringerausbildung.«

»Die brauchen Sie hier nicht«, sagt die Auguste und nimmt der Frau Doktor etwas Wind aus den Segeln. »Aber in der Tenne können Sie wegen mir aus vier Metern Höhe ins Heu springen. Das geht ohne Fallschirm.«

Da muss die Frau Doktor lachen. Es klingt blechern, wie

wenn eine leere Ananasdose lacht, die das schon lange nicht mehr getan hat. »Deal, die Sache geht klar. Brauchen Sie noch eine schriftliche Buchung von mir?«

»Wie lange wollen Sie denn bleiben?«

»Mindestens eine Woche. Dann sehen wir weiter. Ich muss ja wieder zurück in den Job. Aber ich weiß nicht, ob ich schon nach einer Woche... Sind Sie denn sehr ausgebucht? Oder kann ich eventuell spontan nach einer Woche verlängern?«

»Ich bin schon ziemlich voll«, schwindelt die Auguste, in der Stadt nennt man das Bauernschläue. »Aber bei Ihrer besonderen Situation kann ich eine Ausnahme machen, eventuell«, vollendet sie lässig. »Achtzig Euro am Tag ist der Preis.« Wenn die Frau Doktor Klobisch Chefin von einer Firma ist, die mit China und Amerika Maschinenhandel betreibt, dann kann die das bezahlen.

»In Ordnung. Bitte schicken Sie mir eine Buchungsbestätigung an M Punkt Klobisch at RMB Punkt com.«

Die Auguste schreibt sich die E-Mail-Adresse auf, und schon ist das Gespräch beendet, weil die Frau Doktor Klobisch zu einem gruppentherapeutischen Gespräch muss, wie sie sagt.

»Noch mal sieben mal achtzig macht vierhundertachtzig. Das ist echtes Geld. Da kann sich der Leichenbacher warm anziehen, die Sau«, sagt die Auguste. Doch wie sie den Satz ausgesprochen hat, bekreuzigt sie sich, weil sie im Winkel droben den Jesus gesehen hat, und derlei Wortwahl mag der gar nicht, das ist allgemein bekannt.

Im Lauf des Tages kommen dann noch zwei weitere Buchungen rein. Die beiden Mannsbilder heißen Robert Schulz und Odysséas Cordalis. Was für ein lustiger Name. Der Herr Schulz hört sich für Augustes Begriffe ein bisschen lasch an.

Ob der wohl eine große Hilfe auf dem Hof sein wird? Und ein Unglück glaubt sie auch aus der Stimme herauszuhören. Dafür ist der Herr Cordalis fast eine Spur zu gesprächig. Und das, obwohl er gar nicht richtig Deutsch kann. Sein *S* ist so zischelig wie ein Schlangenhaufen, und die Wörter verdreht er, dass einem schwindlig werden könnte. Statt »Bauernhof« sagt er »Hofbauern« und statt »Anreise« »Reise-an«. Das findet die Auguste fast so herzig wie den Singsang vom Herrn Singh. Und als der Herr Cordalis auch noch verrät, dass er Projektmanager in der Verpackungsindustrie ist und nicht etwa bei der Müllabfuhr oder so arbeitet, ist die Auguste glücklich. Denn so ein Manager ist sicher auch zahlungsfähig. Was man so hört, arbeiten diese Manager zwar nicht sehr viel, dafür verdienen sie aber gehörig Geld. Die Auguste geht geschickt vor und dreht alles so hin, dass die zwei Frauen und die drei Männer am Samstag anreisen. Bis dahin hat sie alles beieinander, und auf dem Höllinger-Hof rührt sich endlich einmal wieder etwas.

Am Mittwochabend dann ist Kirche, und da muss sie hin. Pfarrer Singh hält wieder eine Predigt, und es grenzt an ein Wunder, wie er es schafft, dass sich ein normales deutsches Vaterunser fast so anhört wie indisch, also sehr spirituell. Erst heute fällt der Auguste auf, dass dem jungen Mann sein Messgewand viel zu groß ist, ja, es schleift regelrecht auf dem Boden. Nach der Messe stürmt sie in die Sakristei. »Grüß Gott, Herr Pfarrer!«, ruft sie und lacht ihn an. »Sie sind mein Glücksbringer. Jetzt raten Sie mal, was ich bekomme!«

Das braune Bubengesicht lächelt verlegen, eine Schweißperle auf der Stirn, denn es ist trotz sommerlicher Dämmerung noch ganz schön heiß, an die dreißig Grad. Sie sieht es dem Pfarrer an – er weiß nicht, was die Auguste bekommt. Aber er unternimmt einen höflichen Versuch. »Einen neues Kuhbaby vielleisch?«

»Nein!«, entfährt es der Auguste, und sie lacht. »Kein Kalb! Weiterraten!«

»Siiiie selbst? Siiiie bekommt Flau Auguste einen Baby?«

Die Auguste wird knallrot. Ich und ein Baby? Ist der Kerl verrückt? Ich meine, natürlich meint er das nicht so, er ist halt noch ein unerfahrenes Küken. Man muss ihm auf die Sprünge helfen. »I wo, Herr Pfarrer! Ein Kind! Sie sind mir ja einer! Ich bin doch schon dreiundsechzig. Das sieht man doch!« Sie streicht sich über das zu einem Kranz gebundene Haar und fühlt sich für einen Moment lang jung und schön wie seinerzeit. Aber dann denkt sie sich, dass es vermutlich die Wahrnehmung zwischen den Kontinenten ist. Kann es sein, dass der Inder den bayerischen Menschen genauso schlecht aufs Alter schätzen kann wie der Bayer den indischen Menschen? Oder wie ist es anders zu erklären, dass der Herr Singh so einen Babyquatsch von ihr denkt? Ich meine, sie könnte Großmutter sein!

»Gut, also Schluss mit Raten. Was ich Ihnen sagen will – Sie haben mir sehr geholfen. Das Gummistiefelyoga, was Sie mir ins Netz gestellt haben, das läuft. Ich habe schon fünf Buchungen. Fünf Gäste. Sogar eine Frau Doktor. Und einen Manager. Und eine Lehrerin. Am Samstag geht's los. Auf geht's beim Schichtl!«

»Abel muss ich heute nooch fühlen Tlaugesplääch.« Er dehnt die Vokale immer an Stellen, wo man nicht im Traum drauf käme.

»Ja, ja, fühlen Sie nur! Wollte Ihnen bloß Bescheid sagen, dass Sie mir sehr geholfen haben. Wirklich sehr. Herr Pfarrer,

Sie sind meine Rettung.« Die Auguste streckt sich. »So. Und jetzt geben Sie mir mal gleich Ihr Messgewand, dann kürze ich das bis Sonntag. Weil das geht ja gar nicht, wie Sie da den Boden wischen mit dem guten Talar.«

Der Pfarrer schaut sie an, als wäre sie ein Kreiselschwader oder gar ein selbst fahrender Futtermischwagen mit elektronischer Wiegeeinrichtung. Modernes Zeug. Hat er sie nicht verstanden? Muss sie es eben noch einmal versuchen. »Das Messgewand.« Sie deutet auf den Talar und die Albe. »Es ist Ihnen zu groß, weil Sie so... na ja...« Sie weiß nicht, wie sie's ihm sagen soll. Ob er weiß, dass er sehr klein ist? Ob er sich selber klein fühlt? Oder fühlt er sich am Ende ganz groß und ist beleidigt, wenn sie... »Sie sind halt... ein bisschen... kurz.« Die Auguste deutet mit der flachen Hand eine kleine Körpergröße an. »Und also... weil Ihre Vorgänger größer waren. Longer, Sie verstehen?« Sie lächelt.

»Longer?« Er schaut an sich hinunter. Unten steht der Stoff auf dem Boden der Sakristei auf. Seine Schuhe sind nicht zu sehen. Das geht so nicht. Das wird doch auch schmutzig, und die Säume nutzen sich viel schneller ab. »Los, ausziehen! Das nehm ich mit.«

Er guckt wie ein Frühsommerspatz, der erstmals fliegen muss.

»Ausziehen!« Sie sagt es mit lieber Stimme, die erste Silbe etwas gedehnt.

»Sie wollen meinen Kleid kurzel mach?«

Jetzt hat er's verstanden! Gut! »Ja, kurzeln, das möchte ich. Also, geben Sie schon her!«

»Daas geeeht nickt.«

»Warum geht das nickt?« Sofort hat die Auguste ein schlechtes Gewissen, dass sie ihn ein bisschen nachgemacht hat. Aber das Indisch ist eine besondere Sprache, die zu sprechen ihr Freude bereitet.

»Weil Sie hiel dlin sind. Ich muussen mich umgekleidet, aber niiicht, wenn Sie Flau Auguste hier innen sein.«

»Ach so! Ja, klar … sowieso, die geistliche Scham! Ja, ja, dann geh ich raus.«

Er geniert sich, ist das nicht herrlich? Dieser Pfarrer, der fast noch ein Kind ist, schämt sich vor einer gestandenen Bäuerin, den Talar auszuziehen. Was denkt denn der, was die Auguste nicht alles schon für Männer gesehen hat! Du glaubst es nicht. Vor zwei Jahren war sie einmal in der Therme in Erding, und zwar im verschärften Saunabereich, also teuerster Eintritt, ganz tief drinnen und alles supernackt. Die Gitti wollte das. Das glaubst du nicht, was da los ist! Da waren Männer, die hatten Ringe und anderes Blech an ihren … Na, du weißt schon. Und dann stehen die da splitterfasernackt im brusthohen Wasser an einer Theke, die auch im Wasser steht, und trinken Weißbier. Die Frauen natürlich auch, wobei die vielleicht einen Hugo trinken. Das Erstaunliche – die Gitti findet das normal. Aber die hat ja auch selber keine Haare unterrum, zwecks Rasur, dafür aber eine Tätowierung und ist von daher ohnehin von der freizügigeren Sorte.

Trotz ihrer großen Erfahrung mit allerlei Nacktheiten verlässt die Auguste jetzt dem Pfarrer zuliebe die Sakristei. Aber sowie sie draußen ist, spitzelt sie ein wenig zur Tür hinein, es ist nur die Neugier, sonst nichts. Und da sieht sie ihn und weiß, warum der Herr Pfarrer sie nicht dabeihaben wollte beim Umkleiden. Halt dich fest – der Herr Singh hat unter seiner Kluft nur ein Höschen an. Ein schmales schwarzes Pfarrerhöschen. Also keine Hose oder so, das wäre ja das

Normale. Nur ein Höschen. Es ist unglaublich, wobei ... sexy, würde die Gitti sagen. Aber die Auguste findet das nicht sexy, nur lustig. Also, wenn sie das der Hanne vom Kramerladen erzählt, dann geht aber die Post ab in Wolkendorf, Brief und Siegel. Wobei ... eigentlich müssten die Mesnerin, die ihm ins Messgewand hilft, und die Ministrantinnen und Ministranten, die sich selber in der Sakristei umziehen, das doch wissen. Aber da fällt der Auguste ein, was ihr die Irmi erzählt hat, dass nämlich der Herr Pfarrer immer in den Glockenturm geht zum Umziehen und dass keiner weiß, wieso. Jetzt weiß es die Auguste. Der Grund ist ein Höschen. Wenn sich das im Dorf herumspricht, halleluja!

Irgendwann ist dann die Übergabe vom Talar geregelt, und die Auguste radelt heim. Knapp dreißig Grad, geschätzt, trotz fortgeschrittenem Abend. Der Abend riecht rot.

Doch sowie die Auguste nach Hause kommt, sieht sie schon das Verhängnis. Eine Riesensauerei. Es dämmert zwar mittlerweile ziemlich selbstbewusst, aber weil es Milch ist, leuchtet sie hell. Und es ist viel Milch, was da leuchtet, das sag ich dir. Aus dem Milchtank von der Milchkammer läuft sie hinaus auf den Weg zwischen dem alten und dem neuen Stall. Sofort rennt die Auguste zum Kühltank. Aber da ist nicht mehr viel zu retten. Der Hahn, der vor dem Kirchgang zu war, ist jetzt offen. Da hat jemand ihre Abwesenheit ausgenutzt, um ihr einen Schaden zuzufügen. Über dreihundert Liter waren da drin. Hundert Euro Pi mal Daumen. Ja, das ist bitter. Kaum kommt auf der einen Seite vom Hof ein wenig Geld rein, fließt es auf der anderen Seite wieder hinaus. Es ist waschechte Sabotage. Noch im Kirchengewand, nimmt die Auguste den Wasserschlauch und spritzt den Hof sauber. Und während sie spritzt, reift in ihr ein Gedanke. So etwas kann man nicht stehen lassen. Wenn ich den erwische! Gut, dass sie ein Jagdgewehr hat. Eines Tages wird sie es brauchen. Sie ist sich nur noch nicht hundertprozentig sicher, wem sie die Ladung Schrot auf den Hintern brennen wird. Aber sie hat da so ein Gefühl.

MILCHTANK

*Laut einer Umfrage aus dem Jahr 2016 begeistern
sich zwei Prozent der Frauen für Schnurrbärte.
Kleiner Trost: Backenbärte und Koteletten sind
noch weniger gefragt.*

7 Immer diese Mücken. Lästig sind die. Der Winter war zu warm, das Frühjahr zu feucht, und deswegen sind es jetzt so viele. Die Auguste verscheucht eins der Viecher von ihrem kräftigen Arm und macht dann weiter. Jeder Kuh schiebt sie mit der Heugabel eine Portion hin. Adi, Bille, Cleo, Doris, Evita, Franziska, Geraldine, Juliane und so weiter. Die Kühe heißen nach dem Alphabet, und ihre Kinder, also Kälber, bekommen dann einen Vornamen mit demselben Anfangsbuchstaben. Das ist die Regel. Die Tochter von der Juliane zum Beispiel heißt Jacqueline und ihr Bruder Justin, weil es da einen Sänger gibt, der Tiere mag. Aber der wurde schon geschlachtet, also der Jungstier Justin, nicht der Sänger.

Die Kühe käuen wider. Die Auguste mag das Geräusch. Es ist ein Konzert der Zufriedenheit. Und sie freut sich auf den Samstag, morgen ist es so weit, und alle Gäste kommen. Dann ist endlich mal wieder Leben auf dem Höllinger-Hof.

Da steht plötzlich ein Mann im Gegenlicht. Die Auguste blinzelt. Sie hat ihn gar nicht kommen gehört.

»Grüß Gott«, sagt er, Stimme unbekannt.

Die Auguste wendet sich ihm zu, wischt sich die Stirn, blinzelt noch einmal. Er trägt eine dunkelbraune Trachtenhose, die gehalten wird von schlichten Hosenträgern, ein gestreiftes Hemd mit Stehkragen und einen grünen Hut. Offensichtlich ein echter Einheimischer, nicht nur verkleidet wie die vielen Wanderer, die an Augustes Bauernhof vorbei zur *Höhlmühle* wandern, dem Wirtshaus in der Jägerhütte. Aber der Mann ist keiner aus Wolkendorf, die kennt sie alle.

»Grüß Gott«, antwortet die Auguste. »Ich habe Sie gar nicht gehört. Wie sind Sie da? Gell, nicht mit dem Auto?« Sie siezt ihn, weil er etwas Offizielles ausstrahlt. Normalerweise duzt man jeden. Das ist so üblich in der Heimat. Auch Tischdeckenhemdenurlauber werden geduzt, vom Professor bis zum Parkettleger. Nur bei den Offiziellen gibt's Ausnahmen, teilweise.

»E-Auto«, sagt der Mann. »Erd mein Name, ich bin vom Veterinäramt zwecks Kontrolle.«

»Unangemeldet«, sagt die Auguste und runzelt kritisch die Stirn. Unangemeldet ist nicht normal. Irgendetwas ist faul hier.

»Außerplanmäßige Kontrollen machen wir immer ohne Vorankündigung. Wegen des Überraschungseffekts.«

»Soso«, gibt die Auguste zurück. Überraschungseffekt. Sie kann sich in den ganzen dreiundsechzig Jahren, die sie auf dem Höllinger-Hof lebt, an keine außerplanmäßige Kontrolle erinnern. Beim besten Willen nicht. Aber wie der Herr Erd ziemlich schnurstracks in Richtung Milchtank marschiert und fragt, was die Lachen auf dem Weg da sollen, und wie er mit seinem Labortupfer ausgerechnet am Milchtank herumfingert, um eine Probe zu nehmen – zielstrebig ist er genau dorthin gegangen. Und wie er dann sagt, dass das nicht gut aussieht für sie, von wegen Keimbelastung und so, und was das überhaupt soll, da ist ja wohl überproportional viel Milch ausgelaufen, ob sie das öfter mache, das widerspreche der neuen Sonstwasverordnung zwecks Nachhaltigkeit und Antiverschwendung, da zählt sie fünf und fünf zusammen. Auguste, pass auf, hier läuft was gegen dich, aber hallo!

In ihren Gummistiefeln, die Hände in den Hosentaschen, schaut die Auguste dem Herrn Erd beim Fingern und Tupfen zu. Und wie sie ihn so beobachtet mit seinen groben Pratzen, kommt ihr plötzlich sein Schnurrbartgesicht bekannt vor und überhaupt die ganze Haltung von seinem Trachtenkörper, dieses Gedrungene, dieses Feste, dieses leicht Schiefe ... Vielleicht ist er etwas dünner, aber insgesamt ist das eindeutig der gleiche Schlag. Sie wird ihm das auf den Kopf zusagen, dann hat sie gleich Gewissheit. »Sie sind nicht zufällig verwandt mit dem Leichenbacher?«, fragt die Auguste. Und wie der Satz draußen ist, spürt sie, dass es auf einmal hadert in dem Mann mit seiner veterinäramtsmäßigen Selbstsicherheit. Damit hat er nicht gerechnet, dass er jetzt Farbe bekennen muss, dass er sich entscheiden muss, ob er lügt oder nicht. Dass er auf eine Auguste trifft, die zwar vielleicht eine einfache Bäuerin ist, aber durchaus eine Menschenkenntnis hat, oder besser gesagt eine Menschenerkennungskenntnis. Er richtet sich also auf und schaut sie an. »Warum fragen Sie das?«

Jetzt hat die Auguste Oberwasser. Weshalb die Frage ganz selbstverständlich unbeantwortet bleibt. »Gell, Sie sind verwandt mit dem Leichenbacher?« Und mit spitzen Lippen spricht sie weiter: »Das sieht man.«

Der Herr Erd vom Veterinäramt räuspert sich. »Er ist mein Cousin«, sagt er verschämt.

»Alles klar«, meint die Auguste. Und genau so ist es. Jetzt ist alles klar. Denunziation. Womöglich sogar Sabotage. Warum geht der Herr Erd direkt zum Milchtank, wenn am Abend vorher ein Fremder sich daran zu schaffen gemacht hat? Während der Abendmesse! Aber wie beweist man es? Während der Mann hier und da eine Probe nimmt, am Vakuumschlauch und an der Milchleitung der Melkmaschine, an den Melkbechern für die Zitzen und sogar am Eimer mit den Feuchttüchern zum Reinigen der Euter, arbeitet es in der Auguste.

Jetzt hebt er den Kopf. »Ich würde mir gern noch den Rest vom Betrieb anschauen. Die Milch ist ja nur der Output.«

Der Output, denkt sich die Auguste. Dir werde ich helfen, du Englisch-Schlumpf. »Aha, und was wäre das dann noch, was er anschauen würde wollen?«

Der Cousin vom Leichenbacher verzieht das schiefe Gesicht so, dass es von der Schiefheit her gut zu dem insgesamt schiefen Körper passt. »Fangen wir mit dem Stall an. Wie ich sehe, haben Sie ja noch Anbindehaltung«, sagt er.

»Ja?«, fragt die Auguste misstrauisch. Anbindehaltung heißt, dass die Kühe im Stall nicht frei herumlaufen. »Ist das neuerdings verboten? Ich treibe meine Kühe jeden Tag hinaus, wenn's geht vom Wetter her. Wenn die dann nachts angebunden sind, dann schadet denen das gar nicht.«

»Verboten ist es nicht«, antwortet der Klugscheißer. »Aber Sie wissen ja, dass sich da bald eine EU-weite Änderung entwickeln wird. Und dann müssen Sie ...« Jetzt schwenkt der Depp den Schnurrbart vielsagend in die Ferne. Es hat etwas Bedrohliches.

Aber wenn der denkt, dass die Auguste sich so leicht einschüchtern lässt, dann hat er sich gebrannt. »Dann muss ich also *was*?«, setzt sie ihm entgegen, die Heugabel fest in der Hand. Die Schwalben fliegen, die Kühe kauen.

»Dann müssen Sie umbauen. Und das wird eine Stange Geld kosten.«

Er lässt den Blick über die Kühe in dem – natürlich – alten Stall schweifen. Dann wendet er sich wieder zu ihr um. »So eine Modernisierung kann gut und gern in die Hunderttausende gehen. Das muss ja alles rausgerissen werden.« Er macht eine großzügige Handbewegung über die Kühe hinweg. Die Evita reagiert darauf mit einem Schwanzheber, einem vorwarnenden Pups, und dann lässt sie es platschen. Der Herr Erd weicht einen Schritt zurück, aber ganz kann er sich nicht in Sicherheit bringen. Es spritzt in kleinen Portionen auch zu ihm hin.

»Sie haben ja zum Glück eine braune Hose an«, kommentiert die Auguste ohne jede Ironie in der Stimme, aber im Herzen liebt sie die Evita für diesen Gefallen.

Der Cousin vom Leichenbacher schaut sie an. Das Selbstsichere hat er nun nicht mehr gepachtet.

Die Auguste erwidert den Blick. »Also, was wollen wir uns jetzt noch gemeinsam anschauen, Herr Erd?«

»Wo lagern Sie das Kraftfutter?«

Sie zeigt ihm das Kraftfutter in der Tenne, er greift mit der Hand hinein, Mais, Gerste, Raps, Weizenkleie, Leinkuchen rieseln ihm durch die Finger, und dann will er noch das Heu begutachten und den Hühnerstall und die Freilauffläche für die Hühner. Sie weiß selber, dass das alles nicht mehr neu ist und dass einer von der Aufsichtsbehörde, der ihr Probleme bereiten will, keine haben wird, welche zu finden. Aber im Großen und Ganzen hält sie den Höllinger-Hof für in Ordnung. Vor allem geht es den Tieren gut. Dessen ist sie sich ganz sicher.

Am Ende des Rundgangs stehen sie nebeneinander beim Misthaufen hinterm alten Stall und schauen aufs Dorf hinab, hinter dem sich der Michlsee in der Andeutung einer umgedrehten S-Form erstreckt. »So, das war's dann von meiner Seite her«, sagt der Eindringling.

»Und was ist jetzt das Ergebnis?«

»Wegen der Milch, da gibt's ein Labor und ein Bußgeld, also eventuell, falls sich im Labor eine Spur ergibt. Außerdem sollten wir drauf schauen, dass Ihnen zukünftig nicht so viel Milch... na ja, das wissen Sie ja selbst...« *Wir?*, denkt sich die Auguste, während der Eindringling sich vom Kirchturm ab- und ihr wieder zuwendet. Kurze Pause. »Ganz ehrlich – ich an deiner Stelle würde mir überlegen, ob du das alles nicht verkaufst, solange es noch jemand haben will. Weil wenn das Verbot der Anbindehaltung kommt – und das wird kommen –, dann musst du eh renovieren.« Wieso duzt er sie plötzlich? »Also im Prinzip kannst du die Hütte dann komplett abreißen. Das geht in die Hunderttausende...« Er schaut jetzt wieder auf den See. »Ich weiß ja nicht, wie es um die Finanzen bestellt ist...« Natürlich weiß er es, der Heuchler. Er lässt den Satz einige Sekunden lang wirken. »Ich meine, Sie sind ja auch nicht mehr die Jüngste...« Jetzt ist er wieder beim Sie. Und erneut gönnt er sich eine kunstvolle Pause. Die Auguste überlegt, ob der Mann wirklich vom Veterinäramt ist oder nicht doch eher von einem Maklerbüro oder gar von der Mafia. »...und Kinder haben Sie ja keine, die den Hof übernehmen könnten, oder?«

Die Auguste verspürt nicht die geringste Lust, etwas auf diese verletzende Frage zu antworten. Ihr ist vollkommen klar, dass die ganze Aktion aus der Leichenbacher-Ecke kommt. Ob sie dem Großbauern auch zutrauen soll, dass er den Milchhahn aufgedreht hat, dessen ist sie sich nicht sicher. Andererseits... wer sollte es denn sonst gewesen sein?

Herrn Erds Frage hängt noch immer etwa eins sechzig über dem Erdboden. »Dann gehen Sie jetzt, nehme ich mal an«, sagt die Auguste mit bemühter Freundlichkeit. Innen drin denkt sie: Hau ab, du A… Punkt. Du kannst mir den Buckel runterrutschen. Innen drin hat sie nämlich eine Zuversicht, eine Hoffnung. Weil morgen die Frau Doktor Klobisch kommt und die Frau Tingel und der Robert Schulz und der Herr Cordalis. Und sogar ein Prinz. Vor dem Adel wird vielleicht sogar der Leichenbacher Respekt haben.

BARBOUR

Die Mensa des Tübinger Studierendenwerks heißt Prinz Karl und ist berühmt für ihre feurige Pilzpfanne, die 3,95 Euro kostet. Karl Theodor Maximilian August Prinz von Bayern war noch kostbarer und außerdem ein cooler Typ: Er pfiff für eine Liebesheirat 1823 auf den bayerischen Thron.

8 Ein Taxi ist schon lange nicht mehr beim Höllinger-Hof vorgefahren. Taxis sind teuer und damit Geldverschwendung, findet man bei den Bernreiters schon seit Generationen. Ein Mann steigt aus, der Fahrer steigt aus. Sie gestikulieren und diskutieren. Der Mann hat braunes Haar, sein Gesicht ist von einem gepflegten Vollbart bewachsen, wie ihn anscheinend neuerdings die Leute tragen, die Zeit für Mode haben. Die Auguste weiß das von den Zeitschriften im Wartezimmer vom Zahnarzt und aus dem Fernsehen und natürlich auch von der Gitti. Der moderne Mann trägt jetzt einen Bart, der dermaßen scharf geschnitten ist, dass jede Gartenhecke neidisch werden würde, wenn sie es könnte.

Der Mann, er trägt eine Barbourjacke, sagt jetzt: »Es tut mir leid, wenn Sie keine Karte nehmen, dann kann ich Sie nicht bezahlen.« Es klingt aufrichtig, wie er das sagt. Weil er lispelt, kombiniert die Auguste gleich – das muss der Prinz sein. Ihr Herz macht einen freudigen Hupfer. Mit festen Gummistiefelschritten nähert sie sich dem Taxi, sie trägt heute eine frische dunkelblaue Stall-Latzhose und ihr rosafarbenes Lieblings-T-Shirt. Die Männer hören auf zu diskutieren und gucken sie an. Es ist schön, wie hilflos Männer manchmal gucken können.

»Grüß Gott, ich bin die Auguste«, sagt die Bäuerin und lächelt. »Gibt es ein Problem?«

»Grüße Sie«, sagt der mit dem Bart, den sie für den Prinzen hält. »Ich habe bei Ihnen reserviert. Gummistiefelyoga, Sie wissen schon.«

Die Auguste nickt und lächelt. Jetzt ist er also da, der Lispelprinz, jetzt geht es also los mit dem Glück. Sie wird Geld verdienen, die Schulden zurückzahlen und dem Leichenbacher zeigen, wo der Bartel den Most holt.

Die Männer starren sie noch immer an wie eine Naturerscheinung. Warum sie das tun, versteht die Auguste nicht, aber es fühlt sich nicht vollkommen verkehrt an. Dem Prinzen, er ist etwa so groß wie sie, also für einen Mann eher klein, fällt etwas ein. »Könnten Sie... also, ich... es ist mir äußerst unangenehm, aber ich...« Er räuspert sich, deutet auf den Taxifahrer, der mit ziemlich finsterem Gesicht danebensteht. »...ich... ach, sagen Sie, Frau Auguste, wenn ich Sie so bezeichnen darf, also, könnten Sie mir eben mal aushelfen und dem Herrn Chauffeur das Geld für die Fahrt geben? Ich habe nämlich nur meine Platinum Card dabei, und die nimmt er ja nicht!« Der Schluss gerät ihm ein wenig vorwurfsvoll für einen Höfling.

Das fängt ja schon gut an, denkt sich die Auguste. Hat der kein Geld? Verarmter Adel, oder was? Soll sie ihm etwas leihen? Er spürt ihr Zögern. »Ich werde es Ihnen selbstverständlich umgehend erstatten, hier gibt es ja sicher eine Bank in der

Nähe«, sagt er. Natürlich gibt es in Wolkendorf keine Bank. Die Banken haben sich schon lange aus den Dörfern verabschiedet, weil außer dem Leichenbacher kein Mensch Geld für ein Investment hat, und der Geldsack will lieber arme Nachbarbäuerinnen ausplündern, als wie Weltaktien von sonst wem kaufen.

Die Auguste betrachtet den Prinzen. Seine Nase ist spitz, seine Haut rein und hell, seine Lippen sind fein. Das ist vermutlich die noble Blässe. Das Kinn flieht ein wenig. Er ist kein schöner Mann, aber auch kein hässlicher. Aber ist dieser Mann wirklich der Anfang von der Rettung des Höllinger-Hofs? Die Auguste schürzt die Lippen.

»Hier gibt's keine Bank«, sagt der Taxifahrer grantig. »Also, was ist jetzt?« Seine Frage ist an den Fahrgast gerichtet.

Der wechselt zu einem beinahe hündischen Gesichtsausdruck, Blickrichtung Auguste, und fragt mit der liebsten Stimme, zu der ein Adliger fähig ist: »Könnten Sie bitte? Ausnahmsweise? Frau Auguste?«

Die Auguste kann. Es hilft ja nichts. Sie geht zum Haus, zieht die Gummistiefel aus, eilt entgegen ihrer sonstigen Gewohnheit in Stallkleidung hinauf ins Schlafzimmer, weil wenn man das zu häufig macht, der Wohnbereich nach Stall riecht. Sie schnappt sich den Geldbeutel, steigt wieder hinunter, schlüpft erneut in die Stiefel. Dann steht sie bei den beiden Mannsbildern und zahlt den Taxler aus, inklusive drei Euro Trinkgeld, weil sich das gehört.

»Das mit dem Trinkgeld wäre nicht nötig gewesen.« Das ist das Erste, was der neue Gast zu ihr sagt, nachdem das Taxi vom Hof gerollt ist. Sowie er bemerkt, dass die Auguste diesbezüglich anderer Meinung ist, streckt er sich mit einer steifen Bewegung gerade und deutet eine Verbeugung an.

»Prinz, Karl, es ist mir ein Vergnügen, Sie kennenzulernen«, näselt er.

»Willkommen auf dem Höllinger-Hof«, sagt die Auguste und findet es lustig, wie der Prinz *Prinz* sagt. Wegen dem Lispeln klingt es fast noch adliger.

Sie streckt ihm ihre fleischige Hand hin, aber der Prinz ignoriert die freundliche Geste, blickt stattdessen zum Kuhstall hinüber und saugt Luft in seine Lungen. »Ach, hier kann man wirklich zu sich kommen!«, sagt er. Die Auguste steckt die rechte Hand in die Tasche ihrer blauen Latzhose und überlegt, ob das stimmt. Eigentlich lässt der Alltag einer Bäuerin wenig Freiräume zum Irgendwohinkommen – und dann noch zu sich? Am ehesten kommt sie dahin, wenn sie sonntags in der Kirche sitzt und bewusst *nicht* zuhört, was der Pfarrer erzählt, sondern ihren eigenen Gedanken folgt.

»Ich komme immer in der Kirche ganz gut zu mir«, sagt sie. Und weil ihre Sensoren ihr vermelden, dass der Prinz hierauf gleich etwas Geistreiches erwidern will, was aber für den Moment völlig unnötig ist, fügt sie schnell und mit einer Kopfbewegung in Richtung Koffer hinzu: »Sollen wir den mal nach oben in Ihre Kammer tragen?«

»Gute Idee, gute Idee, gute Idee«, stimmt der Prinz zu und macht keine Anstalten, sich nach dem übrigens eher schäbig aussehenden Stoffkoffer zu bücken. Die Auguste hätte gedacht, dass ein Prinz einen Koffer aus glänzendem Leder hat oder zumindest so einen modernen Leichtkoffer aus anthrazitfarben schimmerndem Plastik. Aber das sind vermutlich Klischeebilder von Fernsehprinzen, und echte Prinzen sind wahrscheinlich ganz anders. Mit einem »Auf geht's beim Schichtl« bückt sie sich und ergreift das Gepäckstück.

Als sie die Haustür erreicht, dreht sie sich um. »Wenn Sie

bitte Ihre Schuhe auszuziehen, weil sonst haben wir den halben Stall im Haus«, sagt sie.

Das scheint dem Prinzen nicht zu gefallen, denn er fragt in eher ungnädigem Tonfall: »Sososo, muss das sein?«

Ohne jedes Zögern sagt die Auguste: »Ja.«

Der Prinz schnüffelt ein wenig widerwillig mit seiner spitzen Nase, schlüpft dann aber doch aus seinen weißen Segeltuchturnschuhen. Die Auguste sieht, dass er im rechten von den beiden weißen Tennissocken vorn beim großen Zeh ein Loch hat. Wohl auch nur ein Mensch, denkt sie sich und steigt ihm voraus die alte Treppe hinauf. Das dunkle Holz knarzt unter ihren Schritten. Der Prinz bekommt wegen seiner Adligkeit die Kammer mit den zwei Fenstern, die anderen haben nur eins. Durch das eine Fenster der Kammer kann er auf die Zugspitze schauen, durch das andere auf den Stall. Es ist das schönste Zimmer, das die Auguste anzubieten hat. Das Bett ist liebevoll gemacht, eine selbst gehäkelte bunte Tagesdecke liegt über dem sich wolkig wölbenden Daunendeckbett und dem Daunenkissen. Daneben stehen ein Nachtkästchen, auf das die Auguste einen nackten Engel aus Porzellan gestellt hat, sowie eine Lampe, deren Schirmstoff sie vor vielen Jahren selbst genäht hat. Sie knipst die Lampe an und sagt: »Das ist Ihr Reich.« Erwartungsvoll sieht sie ihn an.

»Mmh... mmh«, brummelt der Prinz. »Bisschen dunkel hier.«

»Das ist ein altes Bauernhaus«, erklärt die Auguste. »Die Decken sind niedrig, die Fenster klein. So war das damals, und so ist es heute.« Ihr Gesichtsausdruck hat sich von lächelnd zu patent gewandelt.

»Mmh... mmh«, brummelt der Prinz noch einmal. »Authentisch wirkt das alles hier natürlich schon. Aber...«

Er schnüffelt mit der spitzen Nase. »Ist es möglich, dass es auch leicht nach Kuhdung riecht?«

»Ja, das ist möglich«, antwortet die Auguste trocken. »Es handelt sich hier um einen Bauernhof. Die Kuh scheidet nicht alles, was sie zu sich nimmt, in Form von Milch wieder aus, sondern da fällt auch Mist an. Ich finde aber, das ist noch immer besser als wie beim Menschen, weil bei dem fällt im Normalfall bloß Mist an.« Sie lächelt gütig. »Aber ich kann Ihnen ein Lavendelsäckchen hereinlegen, dann geht es Ihnen gleich ganz gut.«

Der Prinz starrt abwesend zum Fenster hinaus auf den Berg. »Und Sie wohnen hier also ganz allein?«

»Ja, seit mein Mann gestorben ist.«

»Und Sie haben keine Kinder?«

»Nein.«

Durch das gekippte Fenster hört die Auguste, wie ein Auto auf den Hof fährt. Sie öffnet das Fenster und schaut hinaus. Ein neu und sportlich aussehender dunkelblauer Wagen steht zwischen Wohnhaus und Stall.

»Oh, ich glaube, da kommt schon ein weiterer Gast«, sagt die Auguste fröhlich. »Ich muss mal runter.«

Während sie die Treppen hinunterhopst, fühlt sie sich wie ein Mädchen. Dass der Prinz seltsame Fragen stellt, verdrängt sie mit etwas Aufwand. Wer der neue Gast mit dem eleganten Wagen wohl ist? Eine Lehrerin, die gern im Wald badet, wird sich so ein schickes Auto wohl nicht leisten können. Und so ein Sportwagen ist auch eher etwas für einen Mann.

Aber sowie die Auguste wieder vors Haus tritt, erkennt sie, dass es doch eine Frau ist, eine blonde mit blauen Augen und zum Pferdeschwanz gebundenem Haar. Mindestens eins vierundsiebzig oder eins fünfundsiebzig groß, schlank und von eher herber Ausstrahlung. Die Auguste geht auf die Dame zu – denn eine solche ist sie wirklich – und nimmt aus den Augenwinkeln wahr, dass auf dem schnell aussehenden Wagen *Saab* steht.

»Grüß Gott«, sagt die Auguste voller Herzlichkeit. »Ich nehme mal an, Sie sind die Frau Doktor, richtig?«

»Tach«, sagt die kühle Blonde. »Klobisch mein Name, Marianne Klobisch. Sie sind vermutlich die Bäuerin Auguste. Wollen wir uns duzen?«

Die Auguste ist über diese Begrüßung der Topmanagerin derart verdattert, dass man es ihrem Gesicht wohl ansehen muss. Denn die Frau Doktor sagt jetzt: »Oder ist Ihnen das unangenehm? Ich meine, ich dachte, wir werden hier ja wohl gemeinsam anpacken. Und da dachte ich mir, das ist doch vielleicht praktischer, wenn man da nicht um den heißen Brei herumredet. Oder ist Ihnen das…?«

»Nein, nein, Frau Doktor, das können wir schon machen.«

Die Auguste mustert die ungewöhnliche Person interessiert. So eine elegante Erscheinung, obwohl sie bloß Jeans, Stiefeletten und ein langärmeliges Shirt anhat. Man sagt ja immer, Kleider machen Leute. Aber manche Leute brauchen das gar nicht. Die Frau Doktor, die hat Format und Selbstbewusstsein. Auch von dem her, dass eigentlich die ältere Frau der jüngeren das Du hätte anbieten müssen. Eine Topfigur hat die. Aber unter den Augen, da sind Ringe, muffige graue Schatten. Da müssen wir mal sehen, ob wir die wegbekommen.

Jetzt steht die Frau Doktor vor ihr und hält ihr die Hand hin. »Marianne.«

»Auguste.«

Sie schlagen ein. Was interessant ist – die so resolut wirkende Frau hat einen schwächlichen Händedruck. Sie ist noch krank, das spürt die Auguste. Doch jetzt hört sie vom Haus her das Telefon klingeln. »Moment, Marianne, ich muss mal weg, das Telefon.«

I WILL SURVIVE

Gloria Gaynor, die Interpretin des Hits I will survive, *war die erste Sängerin, die ein eigenes Discomusik-Album aufgenommen hat, und die Erste, die damit an die Spitze der Billboard-Magazin-Charts kam.*

9 »Bernreiter, Höllinger-Hof«, spricht die Auguste in den Hörer hinein. Sie ist etwas außer Atem vom Zum-Haus-Gehen, Gummistiefel-Ausziehen und Treppen-Hinaufsteigen. Und von der Sommerhitze, obwohl es doch noch gar nicht Mittag ist.

»Ha-ii«, singt die Frau am anderen Ende der Leitung mit weicher Stimme in den Hörer. »Hier ist Elke. Bist du die Auguste?«

»Ja.«

»Ich habe doch bei dir gebucht, also dieses Gummistiefelyoga, und jetzt komme ich eben am Bahnhof an und stelle fest – bei euch gibt's ja gar keinen Bus. Oder gibt's einen? Wie komme ich denn da zu deinem Hof?«

»Nein, Bus gibt's keinen«, sagt die Auguste. »Das heißt, es gibt schon einen Bus, aber der fährt bloß dreimal am Tag nach Wolkendorf. Und jetzt ist es …« Sie schaut auf die Uhr. »Jetzt ist es kurz vor zehn, das heißt, der nächste Bus fährt in gut drei Stunden.«

»Mmh«, sagt die Elke. »Und wenn ich zu Fuß gehe?«

»Das dauert dann ungefähr eineinhalb Stunden«, sagt die Auguste.

»Mmh«, sagt die Elke noch einmal. »Was machen wir denn da, hihi?«

Die Auguste denkt nach. Diese Elke klingt verspult, aber eigentlich ganz nett. Soll sie sie abholen? Aber wo kommen wir denn da hin, wenn sie jetzt noch wegen jedem Gast zum Bahnhof muss? Andererseits hat sie dem Prinzen schon das Taxigeld ausgelegt, und der ist ihr, ganz ehrlich, weniger sympathisch wie diese sanfte Elke. Und die hat vermutlich wesentlich weniger Geld als der Prinz. Weil ... die ist ja bloß Grundschullehrerin, und er hat wahrscheinlich mindestens ein Schloss und sonst viel Grundbesitz, der Schnösel.

»Ach, wissen Sie was, Elke? Ich hole Sie schnell ab.«

»Oh, das ist aber superlieb, liebe Auguste.« Die Lehrerin freut sich wirklich.

»Ja, ja, passt schon«, antwortet die Auguste. »Es kann aber noch einen Moment dauern, weil ich habe noch die Stallkleidung an.«

»Oh, die kannst du doch anlassen!«

»Nein, das geht nicht«, sagt die Auguste, verzichtet aber auf eine Erläuterung. Denn das kapiert eine Städterin sowieso nicht – dass man erstens als Bäuerin auch seinen Stolz hat und nicht nach Stall riechend durch die Stadt bummelt und dass man zweitens ein Auto, in dem man fünfmal mit Stallkleidung gesessen ist, eigentlich vergessen kann, also geruchstechnisch, weil es riecht, das Vieh. »Also, bis gleich.«

»Bis gleich«, erwidert die Elke weich.

Die Auguste legt auf, und da steht der Prinz vor ihr. Sein Gesichtsausdruck ist säuerlich, das kann auch der gestylte

Bart nicht überdecken. »Entschuldigen Sie, aus dem Wasserhahn am Waschbecken in meinem Zimmer kommt nur kaltes Wasser.«

»Ja«, sagt die Auguste. »Besser wie nichts, oder?«

Der Prinz starrt sie staunend an, es hat ihm wohl die Sprache verschlagen. Vielleicht war das doch zu hart. Vermutlich wird man als Aristokrat nur mit Samthandschuhen angefasst. Augustes nachgeschobener, ergänzender Erklärung ist die Genervtheit fast gar nicht anzumerken. »Wenn Sie warmes Wasser wollen, gehen Sie ins Badezimmer. Das ist...« Sie deutet den dunklen Flur nach hinten. »Das ist dahinten, die Tür direkt gegenüber.«

»Aha«, sagt der Prinz.

»Ja, aha«, sagt die Auguste. »Sie haben eh das beste Gästezimmer. In den anderen Zimmern gibt's kein Waschbecken. Das ist sozusagen Luxus, Ihr ganz persönlicher Luxus.«

»Luxus«, wiederholt der Prinz.

Die Auguste wendet sich ab. »Es tut mir leid, ich muss jetzt eben in die Stadt und einen weiteren Gast vom Bahnhof abholen.« Da fällt ihr etwas ein. »Ach, da könnten Sie eigentlich gleich mitkommen und am Automaten Geld abheben. Am Bahnhof gibt's einen.«

Sofort rümpft der Prinz die spitze Nase. Dieser Vorschlag behagt ihm offensichtlich nicht. Aber es ist nur ein Moment der Entgleisung. Dann scheint er sich zu fassen. Er streckt sich, gähnt und sagt: »Ach, ich habe doch gerade die lange Bahnfahrt hinter mir. Und dann noch das Taxi, da möchte ich jetzt nicht gleich wieder im Auto sitzen. Ist es denn so dringend mit dem Taxigeld? Sind doch nur ein paar Euro...«

»Ja, ja«, sagt die Auguste. »Nur ein paar Euro.« So reden die Reichen. Null Verhältnis zum Geld. Um fünfzehn Euro zu verdienen, muss sie mehr als vierzig Liter Milch an die Genossenschaft verkaufen. Vorausgesetzt, der Milchpreis ist gerade mal in Ordnung. Vierzig Liter! Das ist die Menge, die eine sehr gute und obendrein sehr gut gefütterte Kuh – also viel teures Kraftfutter – am Tag geben kann. So eine Kuh hat die Auguste gar nicht, weil sie ihre Tiere nicht auf totale Höchstleistung trimmt, sondern lieber auf ein längeres Leben. Weil sie den Stier Willi und nicht den Besamer die Arbeit machen lässt und sich Milchleistung eben vererbt. Und außerdem weil ihre Kühe den Sommer über das Gras auf der Weide fressen und sich bewegen, was ja auch wieder Energie verbraucht, die nicht zu Milch wird. Aber das ist vermutlich gerade in diesem Moment alles zu kompliziert für einen Prinzen, für den Geld wahrscheinlich vor allem aus einer Platinum-Karte besteht, mit der man die Welt kaufen kann, aber halt nicht Wolkendorf. Sie beschließt, den Prinzen Prinz sein zu lassen, geht den Flur entlang zu ihrem Zimmer, öffnet die Tür, schließt die Tür, schlüpft aus der Stallhose. Wie sie ausgezogen ist, klopft es. Und ehe sie sagen kann, dass es jetzt gerade nicht geht, weil sie in der Unterwäsche dasteht, postiert sich der Prinz schon auf der Türschwelle.

Die Auguste, sie ist sich bewusst, dass eine dreiundsechzigjährige Bäuerin in BH und Unterhose wie eine dreiundsechzigjährige Bäuerin in BH und Unterhose aussieht, also nicht wie ein neunzehnjähriges, ausschließlich von Sauerkrautsaft, Vitamintabletten und Schlangengift-Antifalten-Creme zusammengehaltenes Fotomodell, aber das ist ihr egal. Sie richtet sich selbstbewusst auf, damit jeder, der will, die ganze gesunde Pracht ihres kraftvollen Körpers sehen kann, und kommandiert: »Raus mit Ihnen!«

Sofort zieht der Prinz sein Gartenheckenbartgesicht ein,

tritt einen Schritt zurück und schließt die Tür. Durch das Holz hört die Auguste seine Worte. »Oh, pardon, das tut mir leid. Aber ich fand Ihren Abgang eben nicht ganz angemessen. Ich meine, man kann doch über alles reden.«

»Ich muss mich jetzt umziehen und zum Bahnhof!«, ruft die Auguste gar nicht unfreundlich, sondern nur geschäftig durch die Tür.

Jetzt hört sie, wie eine Frauenstimme fragt: »Tach, gibt es hier ein Licht?«

Der Prinz antwortet: »Ich denke schon, weiß es aber nicht.« Die Auguste hört die Flurdielen knarzen. Und dann ein »Ah, hier«.

»Kennen Sie sich hier aus?«, fragt die Frau, es ist die Frau Doktor, also die eben angereiste Marianne, das hört die Auguste jetzt genau.

»Nein, nicht direkt«, antwortet der Prinz. »Ich bin eben erst angekommen.«

Schon hat die Auguste ihre eng geschnittenen Jeans an. Die Gitti war beim Einkauf dabei, deswegen die Enge. Die Enge war eine Fehlentscheidung.

»Ah, Sie sind auch ein Gast?«

»Ja. Sie auch?«

»Ja«, sagt die Marianne. »Marianne Klobisch mein Name.«

»Prinz, Karl«, sagt der Prinz.

»Wie jetzt?«, hört die Auguste es durch die Tür erstaunt fragen. »Sie sind tatsächlich ein Prinz?«

Es entsteht eine Pause, die für die Auguste merkwürdig klingt. Dann folgt ein zögerndes »Nein, nein, Prinz ist mein Nachname«.

Sowie die Auguste das hört, sie ist jetzt in ein frisches T-Shirt mit Blumenmuster geschlüpft, muss sie gegen die

Enttäuschung ankämpfen, die sich in ihrem Körper ausbreiten will. Der Prinz ist gar nicht von Adel! Sondern nur ein Karl Prinz, der sich von einer Bäuerin mit Geldproblemen das Taxi bezahlen lässt. Platinum-Karte, von wegen! Schon reißt sie die Tür auf, tritt in den Flur hinaus und ruft: »So, Marianne, hast du es herausgefunden! Es ist ... ich muss ... ich ... Also, ich muss eben schnell zum Bahnhof, weil gerade noch ein Gast angekommen ist und ich die Frau holen muss. Aber warte, ich zeige dir noch schnell dein Zimmer.« Sie ärgert sich jetzt mächtig, dass sie dem falschen Prinzen das schönste Zimmer gegeben hat. Diese herbe Burn-out-Marianne ist gegen den doch eine strahlende Erfolgsperson, eine Ehrenfrau und obendrein viel freundlicher. Welches Zimmer gebe ich der Marianne?, überlegt die Auguste. Vielleicht das neben dem Prinzen? Das hat zwar kein Waschbecken und nur ein Fenster, aber von dort aus schaut man immerhin auch auf das herrliche Bergpanorama. Und es hat ein Tischchen, an dem man sitzen und Briefe schreiben kann oder Tagebuch. Sicher muss so eine Unternehmenschefin Briefe schreiben oder Sachen ausrechnen, Tabellen und so. Ja, es ist entschieden, die Marianne kriegt das zweitschönste Zimmer.

»Schau her, das ist deine Kammer.« Sie öffnet die Tür. »Klein, aber fein. Was sagst du?«

»Oh, das ist aber schön«, sagt die Topmanagerin, als sie in das Zimmer hineingetreten ist. Die Sonne lacht zufällig gerade in diesem Moment hinter einer Morgenwolke hervor und durch das Fenster herein. »Die Sonne«, murmelt die Geplagte versonnen, es hört sich an wie ein Tropfen Glück in einem Meer des Unglücks.

Die Auguste steht hinter ihr. »Gefällt es Ihnen, also, ich meine ... dir?«

Bevor die schlanke blonde Frau antworten kann, mault der Prinz lispelnd über Augustes Schulter hinweg: »Das ist ja viel sonniger als mein Zimmer.«

Da wird es der Auguste zu viel. Sie dreht sich um und sagt mit einer Direktheit, die sie sich schon lange nicht mehr erlaubt hat: »Ihr Zimmer, Herr Prinz Komma Karl, hat das Fenster genau zur gleichen Seite hinaus. Da scheint also gerade in diesem Moment genau die gleiche Sonne hinein. Und wenn Ihnen Ihr Zimmer nicht passt, dann kann ich Ihnen auch gern ein anderes anbieten, was nicht mit Bergpanorama ist. Also, kommen Sie jetzt bitte mit...« Sie rempelt sich an ihm vorbei, tritt in den Flur, reißt die Tür zu seiner Kammer auf und sagt mit einer ausladenden Handbewegung: »Hier, sehen Sie, die gleiche Sonne. Wie überhaupt in ganz Bayern. So, und jetzt muss ich aber wirklich los.«

Im Auto schaltet sie das Radio an und hat Glück, denn es läuft ein Lied, das sie mag: *I Will Survive* von Gloria Gaynor. Zufall. Und irgendwie tut ihr dieses Lied jetzt gerade richtig gut. Sie muss überleben, und sie wird das auch, also jedenfalls vielleicht.

KUSCHELCOACHING

Ist der Partner ein Muttersohn, erklärt die Heilpraktikerin für Psychotherapie Ilona von Serényi, wird sich seine Frau immer öfter wie seine Mutter fühlen oder ihn wie ein Kind behandeln. Zu Beginn der Beziehung ist das vielleicht noch romantisch. Wenn die Partnerschaft länger andauert, kann das Muttersohnverhalten aber zu Ärger und Krisen führen.

10 »*And I grew strong / And I learned how to get along...*« Das singt die Auguste mit, ihr Realschulenglisch ist jetzt nicht so super, aber die Fenster sind unten, der sommerliche Fahrtwind ist lau und blau. Sie weiß ungefähr, was der Liedtext heißt – so was wie: Starke Frauen wurschteln sich immer irgendwie durch. Sie überleben, egal, ob der Veterinär vom Landratsamt oder der Leichenbacher oder die Bank ihnen Probleme machen. *I Will Survive*, das ist definitiv für alle eine gute Nachricht. Und den Prinzen wird sie auch noch in den Senkel stellen.

Sowie sie auf den Bahnhofsvorplatz rollt, weiß die Yogabäuerin auch gleich, wer Elke Tingel nur sein kann. Zwar stehen da noch andere Passagiere herum und warten auf irgendwen. Eine Dame im Kostüm mit Headset und Tablet, ein dicker Mann in Wanderkleidung und diesen Sommerskistöcken, Nordic Walking heißt das, eine unscheinbare Langhaarige in einem karierten Männerhemd, eine bauchfreie Teenagerin mit Ohrring am Bauchnabel und vollkommen zerrissenen Jeans, und alle fummeln sie an ihren Smartphones und anderen Geräten herum. Aber die da, in den bunten Klamotten, sie hebt den Blick in Augustes Richtung, das muss die Elke sein. So rosa und lila von den Sandalen bis zur Brille schaut nur eine aus, die gern einmal im Wald badet. Sogar ihr Koffer ist rosa. Dunkelbraunes Haar hat sie, lockig und burschikos geschnitten, klein ist sie, kaum über eins sechzig, und sie lacht über das ganze Gesicht. Die Auguste winkt ihr mit mütterlicher Hand durch die Windschutzscheibe zu. Da lacht die Elke noch breiter – dass eine Steigerung dieses Elke-Lächelns überhaupt möglich ist! – und winkt zurück.

»Ha-ii, ich bin die Elke!«, flötet sie, wie die Auguste und sie einander gegenüberstehen. Und die Auguste denkt, so sieht ein fröhlicher Mensch aus. Das ist gut.

Als Nächstes aber fährt ihr noch etwas anderes in den Kopf – ganz schön quäkige Stimme hat diese Elke. Habe ich am Telefon gar nicht so gehört. »Grüß dich, ich bin die Auguste.« Die Landfrau deutet auf das Auto. »Koffer rein, und los geht's.« Sie macht die Kofferraumklappe auf. Das knarzt! Der Wagen hat seine beste Zeit hinter sich. Untenherum ist sehr viel Rost. Aber worauf kommt es an? Auf die Fahrerin! »Rosa und Lila sind wohl deine Lieblingsfarben, wie?«, fragt die Bäuerin, weil das mit dem durchgehenden Rosa-Lila von den Sandalen bis zur Brille schon eher krass ist.

»Alle Farben sind meine Lieblingsfarben«, quäkt die Elke. »Die Welt muss bunt sein, sonst ist sie nicht schön. Findest du nicht? Wenn alles nur grau ist und dunkel und schwarz, dann färbt das auch auf unsere Seelen ab. Dann werden wir traurig und krank, und das wollen wir doch nicht.«

Die Auguste überlegt. Sie lebt im Paradies, alles ist grün und blühend um sie herum. Und trotzdem gibt es abgeschnittene Katzenschwänze ...

Ihr Sinnieren dauert der Elke anscheinend zu lange. Sie beantwortet die von ihr gestellte Frage gleich selbst. »Nein, wir wollen Farben, so viele wie möglich in unserem Leben. Wir wollen Rot für die Liebe und die Vitalität und die Leidenschaft. Wir wollen Blau für ...«

Die Auguste hebt vorsichtig die Hand. »Wollen wir jetzt erst einmal einsteigen und das mit den Farben beim Fahren bereden? Weil ... ich habe zu Hause noch ein paar andere Gäste ...«

Die Elke nickt überdeutlich, was zeigt, dass sie überverständnisvoll ist, und gleichzeitig lächelt sie noch immer so breit wie eine Badewanne. Die beiden Frauen steigen ein. Kaum sitzen sie und der Wagen ist in Bewegung, fährt Elke fort: »Wo waren wir stehen geblieben? Ach ja, bei Blau! Blau bringt uns Harmonie und Treue und Freundschaft. Und Grün, Auguste, weißt du, für was Grün steht?«

»Pflanzen vielleicht, Fruchtbarkeit oder so?«, probiert es die Auguste vorsichtig, sie will nun keine Spielverderberin sein.

»Na so was, du bist ja ein Naturtalent! Grün steht für Frühling, für das Leben, für die Gesundheit. Und Gelb, Auguste! Sag was zu Gelb!«

»Gelb«, murmelt die Auguste. So farbig hat sie die Welt noch nie betrachtet. Zum Teufel, für was steht wohl Gelb? »Die Post ist gelb«, rutscht es ihr heraus, und gleich wird ihr klar, dass das vermutlich nicht das ist, was die Elke hören will. Was an der Post ist schon schön, außer dem Briefträger Ludwig mit dem gezwirbelten Schnurrbart?

»Die Post? Stimmt, die ist gelb.« Die Elke scheint es nicht zu stören, dass das mit der Post letztlich eine unsinnige Ansage war. Diese Grundschullehrerin hat offenbar ein sonniges Gemüt. Und genau bei diesem Stern ist sie schon. »Also, natürlich steht Gelb für die Sonne, für die Wärme, für die Helligkeit, für den Optimismus, für die Lebensfreude...« Der sommerliche Fahrtwind bläst durchs Fenster, die Elke saugt ihn voller Lust in sich hinein. Dann seufzt sie wie eine Schwerstverliebte. »Ach, Auguste, es geht mir jetzt schon besser! Dieses Bauernyoga ist einfach klasse. Und weißt du was?«

Die Auguste schüttelt ratlos den Kopf.

»Mit dir kann man sich super unterhalten.« Die Auguste nickt bedächtig und etwas ratlos. Sie hat doch eigentlich fast nichts gesagt.

»Kann es sein, dass du total einfühlsam bist?« Die Auguste spürt, wie ihre Wangen auf Elkes Frage hin rot werden. Diese Frau meint es ja gut, aber irgendwie ist sie ihr peinlich mit dem ganzen persönlichen Gerede. »Bist du einfühlsam? Sag, bist du das?«

Die Auguste hebt etwas verlegen die Schultern. Über so etwas hat sie noch nie nachgedacht. Sie hatte bislang andere Probleme als wie, ob sie einfühlsam ist. Darauf kam es in ihrem Leben bislang noch nicht so an.

»Guck mal, da!«, ruft die Elke und reckt den Arm mit ausgestreckter Zeigefingerhand zum heruntergekurbelten Fenster hinaus. »Da steht einer an der Bushaltestelle. Hattest du nicht gesagt, der Bus fährt erst in drei Stunden oder so?« Tatsächlich steht an der ersten Bushaltestelle außerhalb der Stadt ein Mann. »Der muss doch auch in unsere Richtung. Sollen wir den nicht mitnehmen, Auguste? Au ja, komm, lass uns das machen, Auguste! So was ist top fürs Karma.« Mit Karma und dergleichen hat die Bäuerin nicht viel am Hut, aber sie drosselt das Tempo und mustert den Mann. Er hat eine etwas moppelige Figur, hängende Schultern und einen Seitenscheitel aus dünnem blondem Haar, der ihm vermutlich wegen des Sommerwinds verrutscht ist. Er trägt eine knielange dunkelgraue Stoffhose, graue Socken und ebenfalls leicht spitz zulaufende graue Lederschuhe, die so ein Zwischending sind zwischen Sportschuhen und Halbschuhen. Seine Waden sind käsig. Die Auguste schätzt ihn auf Mitte dreißig. Auf seinem gelben T-Shirt steht *Frauenversteher*. So ein T-Shirt würde bei uns im Dorf niemand anziehen, denkt sich die Auguste, nicht einmal im Fasching.

Das Frauenfahrzeug hält jetzt neben dem Frauenversteher.

»Er telefoniert«, sagt die Elke, eine unnötige Information, man sieht es. »*Frauenversteher* ist ja total süß, oder?«

Die Auguste zuckt mit den Schultern.

Der Mann sagt gerade: »Ja, Mama, ich rufe mir schon ein Taxi. Ja, ja, aber zunächst möchte ich noch abwarten. Möglicherweise stellt sich heraus, dass die Inanspruchnahme eines Taxis nicht erforderlich beziehungsweise notwendig ist.« Elke winkt dem Telefonierer zu. Der schüttelt ungelenk den Kopf und macht eine seltsame Handbewegung. »Bitte, Mama! Gerade jetzt, in meiner Situation mit Margarete, möchte ich unnötige Ausgaben vermeiden. Nein, nein, keine Sorge! Ich steige bei keinen fremden Leuten in den Wagen.«

»Ha-ii«, tiriliert die Elke ihn an, ihre kleinen Hände flattern grüßend im Wind, fast wie Schmetterlinge. Ganz schön bunt, die Elke.

»Mama, ich rufe dich später an. Hier steht ein Kfz mit zwei Frauen, die irgendetwas wollen. Ja. Gut. Bis später.« Mit einer sehr deutlichen Geste tippt er auf das Handy-Display. Jetzt beugt er sich zu dem Autofenster herunter und schaut die rosafarbene Elke an.

»Ha-ii«, quäkt diese noch einmal. »Willst du mitfahren?«

»Kommt drauf an«, antwortet der Mann. Eine Schweißperle kullert ihm über das blasse Gesicht. Die Auguste kann nicht sagen, warum, aber für sie sieht er aus wie ein Depp oder wie einer, der etwas verbirgt, oder beides. Sie ärgert sich, dass sie angehalten hat. Im Gegensatz zu Elke hat sie keine Ferien.

»Auf was?«, schäkert die Elke den Fremden an. »Wir fahren nach Wolkendorf. Meine Freundin« – sie deutet auf die Bäuerin am Steuer – »betreibt dort einen wunderschönen Bauernhof.« Die Auguste staunt, wie schnell Freundschaften entstehen können.

»Aha, das ist interessant«, erwidert der käsige Bushaltestellenmann. Er zögert. Vermutlich erinnert er sich an das Verbot von seiner Mama, nicht in fremde Autos zu steigen, denkt sich die Auguste. Solche Muttersöhnchen sind die gefährlichsten.

»Wieso interessant?«, fragt die Elke und steigt gleich auf das Angebot ein, im Gespräch zu bleiben.

»Ich muss auch nach Wolkendorf, und der Bus kommt erst in drei bis drei Komma fünf Stunden, also circa. Ich kann mir ein Taxi rufen, wobei der Preis hier auf dem Land wegen der im Vergleich zum innerstädtischen Verkehr wesentlich umfangreicheren Entfernungen erfahrungsgemäß unverhältnismäßig hoch ist.«

»Dann fahr doch bei uns mit!«

Der Mann grübelt erneut, das Spontane scheint ihm nicht zu liegen.

Der Auguste reicht es jetzt. »Also, entweder einsteigen und mitfahren oder nicht. Wir müssen weiter.«

»Gut«, antwortet der Mann, offensichtlich wegen des etwas

rauen Tonfalls verunsichert. »Dann...« Er räuspert sich. »Dann... steige ich... wohl... ein.«

»Supi!«, flötet die Elke, drückt die Beifahrertür auf und schwingt ihr irre rosafarbenes, nicht sehr langes, aber durchaus wohlgeformtes Bein auf den Asphalt. Sowie der Koffer verräumt ist und die Elke wieder auf dem Beifahrersitz, der Mann auf der Rückbank sitzt, sagt die Elke: »Da wird deine Mama aber böse sein.« Sie dreht sich zu ihm und lacht ihn an, wie nur Elkes im Urlaub das können.

»Wieso meinen Sie?«, fragt der Mann verdattert.

»Na, weil du jetzt *doch* bei fremden Leuten mitfährst.« Sie muss unglaublich lachen. Als sie bemerkt, dass der Mann nicht lacht, sondern verstört schaut, fragt sie: »Du machst dir jetzt aber keine Sorgen, oder?«

»Nein, nein«, stammelt der Mann und wischt sich den Schweiß von der Oberlippe. Für viele Menschen ist der Sommer in verschiedenerlei Hinsicht eine Herausforderung, schon allein der Hitze wegen.

»Solltest du aber!«, ruft die Elke keck. »Wir beide haben's nämlich faustdick hinter den Ohren, nicht wahr, Auguste?«

Die Auguste zuckt lustlos mit den Schultern. So ein alberner Quatsch aber auch.

In den Mann jedoch kommt mit einem Mal Lebendigkeit. »Sagten Sie eben *Auguste?*«

»Ja, das ist Auguste.« Elke legt ihre linke Hand auf Augustes rechte Schulter, als gehöre sie ihr. »Meine Freundin.« Die Berührung fühlt sich zur Überraschung der Bäuerin nicht unangenehm an. Wer Bäume umarmt, kann wohl auch Bäuerinnen betatschen.

»Na, das ist ja ein Zufall!«, entfährt es dem Mann, und er klingt fast ein wenig erlöst. »Ich habe mich nämlich in Wolkendorf bei einem Bauernhof eingebucht, der just von einer Bäuerin namens Auguste geleitet wird.«

Um Gottes willen, der auch noch!, denkt sich die Auguste. Was habe ich mir da bloß eingebrockt?

»Du... auch... Gummistiefelyoga?«, quietscht die rosa-lila Elke begeistert.

»Ja«, sagt der Mann. »Sie... ähm... auch? Oder sind Sie eine Mitarbeiterin... wie sagt man da... ähm... Magd?« Schnell korrigiert er sich. »Nein, Magd sagt man nicht mehr. Das ist neunzehntes Jahrhundert. Wie sagt man denn heute... landwirtschaftliche Hilfskraft... öhm... oder... Assistentin?«

»Magd ist ja süß«, freut sich die Elke. »Ja, für eine Woche bin ich jetzt deine Magd, nicht wahr, Auguste?«

»Na ja, schaun wir mal«, brummelt die Auguste. Momentan reicht ihre Phantasie nicht aus, um sich vorzustellen, wie Marianne Klobisch, der Prinz, das graue Mamasöhnchen und diese Elke sich überhaupt in das Leben auf dem Höllinger-Hof einfügen sollen.

Die Elke dreht sich jetzt zu ihrem neuen Urlaubsgenossen um und streckt ihm ihre wirklich hübsche Hand hin. »Ha-ii, ich bin die Elke.«

Der Mann nimmt die Hand und sagt: »Sehr erfreut, Robert Schulz.«

»Und wer ist Margarete?«

Auf diese Frage von der Elke, das sieht die Auguste ganz genau durch den Rückspiegel, verzerren sich Robert Schulzens Gesichtszüge. Es ist ein Reflex. »Wie kommen Sie auf Margarete?« Der Margarete-Reflex.

»Rat mal!«, fordert die Elke ihn neckisch auf. Sie mag solche Rätsel anscheinend, denkt sich die Auguste. Dann bekommt die Lehrerin eine tiefere, heisere Stimme, es soll sich vermutlich mafiamäßig anhören, und sagt: »Wir wissen alles über dich, Robert Schulz, nur ein Geheimnis konnten wir noch nicht lüften. Deshalb sag es uns – wer ist Margarete?«

»Das finde ich nicht lustig«, sagt Robert Schulz nun säuerlich. »Sie haben keine Ahnung, wer Margarete ist. Denn wenn Sie es wüssten, wären Sie nicht so. Lassen Sie mich bitte aussteigen!«

Humorlos auch noch, denkt sich die Auguste. Das kann ja lustig werden. Dennoch zieht sie keine Sekunde lang in Erwägung, jetzt anzuhalten, wo sie eh in zwei Minuten beim Höllinger-Hof sind. »Wir sind gleich da«, sagt sie möglichst beruhigend. Eine Yogabäuerin muss eine harmonisierende Aura haben, sonst funktioniert das alles nicht.

»He-y, tut mir leid, Robbie, tut mir echt leid, ich bin nur gerade so... ich weiß auch nicht, weißt du, mir gehen die Pferde... ich fühle mich gerade so... so... so frei, so glücklich. Ich freue mich so auf diese Woche Bauernyoga und über die Auguste... die Original-Auguste, wie sie sich nennt, aber sie ist ja auch so... Und überhaupt, ich freue mich auch auf und über alles.« Sie lächelt ihn liebevoll an. »Ich wollte dir echt nicht zu nahe treten. Entschuldige bitte!«

Robert Schulz reagiert nicht, er wirkt in sich versunken. Sein käsiges Gesicht hat jetzt einen Grauton angenommen.

»Robert, verzeihst du mir?«

Hartnäckig ist diese lila Elke schon.

Er scheint mit sich zu ringen, aber dann sagt er: »Ja.«

»Daan-kee.«

Auguste spürt Elkes Impuls, dem Robert Schulz auch noch die Hand nach hinten zu reichen, aber die Grundschullehrerin verzichtet darauf. Dann schweigen alle drei eine Weile. Das Auto passiert die ersten Häuser von Wolkendorf. Das kleine

Haus mit dem stilisierten weißen Gartenzaun. Linker Hand glitzert die Sonne golden auf dem Michlsee. Sie fahren an den beiden neuen Doppelhaushälften mit den Plastikrutschen im Garten vorbei. Dann biegt die Auguste rechts ab und fährt den kleinen Hügel, am neuen Friedhof entlang, nach oben. Der Magnus liegt hier nicht, sondern dicht bei der Kirche, die alteingesessenen Familien dürfen sich dort zur ewigen Ruhe betten.

»Ist das dein Hof dort hinten?« Elke deutet auf den Höllinger-Hof, der etwas außerhalb am Fuß eines grasbewachsenen und mit einigen Laubbäumen bestückten Hügels liegt. Man sieht die Kühe weiden, dunkelbraune und hellbraun-weiß gescheckte Tiere.

»Ja.«

»Oh, guck mal die Kühe! Oh, wie ist das schön!«, quäkt die Elke. »Total romantisch!«

Als die Auguste den Wagen neben dem Saab von der Dr. Marianne Klobisch parkt, sagt die Elke zum Robert: »Und wenn du jemanden brauchst, mit dem du über Margarete sprechen willst, dann gib mir ein Zeichen, Robbie. Oder wenn dir das Sprechen zu schwerfällt, können wir uns auch einfach nur umarmen.«

Ja, genau, umarmen, denkt sich die Auguste, sie kennt ihn noch keine zehn Minuten, seine Mama verbietet ihm, bei Fremden mitzufahren, und die Elke will ihn umarmen. Die sind doch alle irr. Wenn das die Gitti hört. Damit hat die garantiert nicht gerechnet, dass sich auf einem Bauernhof genauso komische Menschen einfinden können wie in einer Beautyfarm. Die Elke redet bereits weiter, sie will den Herrn Schulz unbedingt vom Umarmen überzeugen. »Ich war mal in Berlin auf einer Kuschelparty.« Robert Schulz reagiert nicht.

»Da kriegst du Nähe, wenn dir Nähe fehlt. Viele denken ja bei Kuschelparty, dass das was mit Sex zu tun hat. Hat es aber nicht. Kuschelpartys sind nicht für Sex, sondern zur Herstellung körperlicher Nähe. Das ist in einer Welt, in der wir einander immer fremder werden und unsere sozialen Kontakte nur noch über digitale Medien stattfinden, ein extrem wichtiger Punkt.« Sie stockt kurz, um dann etwas klarzustellen. »Ähm ... also nicht, dass ihr jetzt denkt, ich sei verklemmt oder so und hätte was gegen Sex. Ich habe überhaupt nichts gegen Sex. Sogar Bienen haben welchen. Sex ist gut.«

»Die Bienenmänner sterben nach dem Sex«, sagt die Auguste, sie ist das Gequatsche ein bisschen leid.

»Stimmt«, sagt die Elke, aber sie hat vermutlich gar nicht richtig hingehört, denn sie redet einfach weiter. »Aber viel öfter als Sex, oder zumindest manchmal, brauchst du vielleicht eher was Kuscheliges, damit sich dein innerer Kompass wieder einpendelt ...«

Die Auguste hört nicht mehr zu. Weil sie Karl Prinz sieht. Er steht vor der Milchkammer. Sein Bart reflektiert im Licht der Sonne, vermutlich hat er ihn gewachst oder geölt oder gesonstwast. Auch trägt er nun ein Tweedjackett mit Einstecktuch und Stiefel, die aussehen wie solche Reitstiefel, wie Gutsherren sie tragen. Auch der Gesichtsausdruck vom Karl Prinz entspricht dem eines Gutsherrn. Die Auguste wünscht, sie wäre jetzt ganz allein, zum Beispiel auf ihrem Hochstand im Wald. Aber da ist sie jetzt nicht. Und im Übrigen ist so auch das Leben. Selbst wenn du im Paradies lebst, du musst es dir jeden Tag aufs Neue verdienen. Das Paradies ist kein Geschenk, sondern eine Aufgabe.

HEFEZOPF

Der Habicht ist ein Greifvogel, dessen Körper etwa
50 cm groß wird. Seine Flügelspannweite beträgt bis
zu 122 cm. Sein häufigster Ruf lautet wie folgt:
»Gik, gik, gik.« Wenn er dies tut, regt er sich auf.

»Wow, du hast aber einen jungen Mann, Auguste! Voll der Hipster!«

»Das ist nicht mein Mann, das ist der Prinz – Karl«, antwortet die Auguste fast ein wenig patzig. Und wie sie ausgestiegen ist, sieht sie, dass die Gutsherrenstiefel nur welche aus Gummi sind. Der ganze Mann ist eine Attrappe.

»Prinz Karl?«, quäkt die Elke.

»Auch ein Gast«, ergänzt die runde Bäuerin. Sie blickt auf die Uhr. Es ist schon halb elf. Sie muss schauen, dass sie das Mittagessen auf den Weg bringt. Sie muss noch Wiener holen. Robert Schulz ist inzwischen auch vom Rücksitz geklettert. Er schaut jetzt nicht mehr nur wie ein Aktendeckel, sondern richtig verdrießlich. Das tut der Auguste leid, und auch die Gesamtsituation bereitet ihr allmählich Sorgen. Dieses Gummistiefelyoga-Angebot scheint eine bestimmte Sorte von Menschen anzuziehen. Versehrte Menschen. Das ist ein Auftrag. Sie kann die nicht alle so wieder heimfahren lassen, wie sie hier angekommen sind. Sie muss da was machen. Eine Art Verwandlung. Aber wie?

»Kommen Sie, Herr Schulz, jetzt zeige ich Ihnen und der Elke erst einmal Ihr Zimmer ...« Freundlich und geduldig sein ist vermutlich immer richtig.

»Wir haben nicht etwa gemeinsam ein Zimmer?« Die Elke fragt keineswegs so, als ob sie das empöre, eher so, als ob sie dies ganz aufregend finden könnte. Aber das ist vermutlich normal für eine, die im Wald badet. Ob sie da einen lila Badeanzug anzieht? Oder sogar einen Taucheranzug?

»Nein, natürlich nicht, jeder hat sein eigenes.« Die Auguste wischt sich über die Stirn. Das Ganze ist anstrengender, als sie dachte, und es hat noch nicht einmal richtig angefangen. »Wo waren wir? Ach ja! Ich zeige euch jetzt die Zimmer, und dann machen wir uns erst einmal einen Kaffee.« Sie sucht Blickkontakt mit Robert Schulz, aber der hat sich in das Schneckenhaus seines Körpers zurückgezogen. Auf Augustes »Wäre das was?« nickt er kaum merklich. Das Thema *Margarete* ist zu meiden, beschließt die Auguste, das bringt ihn eindeutig schlecht drauf. Wobei Verdrängen natürlich auch keine Lösung ist. Die Bank, der Veterinär und der Leichenbacher fallen ihr ein.

»Ist das hier gar keine Biolandwirtschaft?«

Die Auguste starrt den Prinzen an. Was will jetzt der? Wieso dieser unterschwellig aggressive Ton? »Wieso fragen Sie?«

»Weil hier nirgends ein Biosiegel hängt. Ich habe mir erlaubt, während Ihrer Abwesenheit das Gut zu besichtigen, und keins gefunden.«

Der lispelige Klugscheißerton missfällt der Auguste. Klar, dass ein Möchtegernadliger nach Siegeln sucht. Sie hat gar nicht darauf geachtet, ob er einen Siegelring trägt. Aber bevor der hier herumschnüffelt, soll er erst einmal sein Taxi bezahlen. »Sagen wir es so«, sagt die Auguste, um Fassung bemüht. »Ein Siegel ist nichts weiter als ein Schild, also ein Signal an Leute, die sich schwertun, sich selbst eine Meinung zu bilden. Und im Biobereich ist ein Siegel vor allem auch ein Mittel der landwirtschaftlichen Vermarktung. Marketing. Es geht dabei um Geld. Was Sie schon daran erkennen können, dass es x Siegel gibt, vom EU-Siegel über das staatliche deutsche Siegel bis hin zu privaten Siegeln wie Demeter, Naturland, Biokreis und Bioland. Jede Institution, die ein Siegel vergibt, tut dies nach eigenen Regeln. Und wissen Sie, was?« Der Prinz schüttelt den Kopf. »Da mache ich nicht mit, das geht mir gegen den Strich.« Der Prinz hat eine blasierte Miene aufgesetzt und stelzt jetzt mit seinen Pseudogutsherrenstiefeln wie ein Storch auf Starkbier auf dem Hof herum. Die Auguste lässt sich nicht aus der Fassung bringen. »Wenn ich zum Beispiel von einem Biorindfleisch höre, das aus Argentinien eingeflogen worden ist. Da frage ich mich schon, was das wert sein soll. Kann ein Lebensmittel, das einmal um die Welt fliegt, wirklich bio sein?«

Weil der falsche Prinz schon wieder seine spitze Nase rümpft, fühlt sich die Auguste provoziert, und sie entschließt sich fortzufahren, es ist ein Plädoyer für ihre, die Auguste-Landwirtschaft auf dem Höllinger-Hof. »Ich behandle meine Kühe gut, sie werden vom Frühjahr weg bis tief in den Herbst hinein auf die Weide getrieben. Im Winter fressen sie das Heu, das wir vielleicht noch heute Nachmittag gemeinsam mähen werden. Falls nicht noch irgendwer querschlägt hier.« Diesen Nachsatz kann sie sich einfach nicht verkneifen. »So, und jetzt gehen wir rein und trinken einen Kaffee.«

»Rindfleisch sollte man heute ohnehin nicht mehr essen. Wer Fleisch isst, tötet seinen afrikanischen Nachbarn. Das ist die Kausalkette. Vegan ist die einzige Ernährungsform, die nicht gegen die Menschenrechte verstößt.«

Die Auguste tut so, als hätte sie nicht gehört, was der falsche Prinz verzapft hat. Sie hat vorerst genug, schlüpft aus den Schuhen und geht der Elke und dem Robert Schulz voraus nach oben. Sie öffnet beiden die Türen zu ihren Kammern und verabschiedet sich mit den Worten »Wenn ihr einen Kaffee und einen Zopf wollt, dann kommt in zehn Minuten runter«.

Ehe sie die Treppe wieder hinabsteigt, klopft sie noch bei Marianne Klobisch.

»Ja?«

»Wenn du willst, Frau Doktor, gibt's gleich einen Kaffee in der Küche. Und einen Zopf.«

»Das hört sich gut an.«

Na, wenigstens das.

Der Erste, der kommt, ist der Prinz. Die Auguste konzentriert sich darauf, nicht die Augen zu verdrehen. Aber dann entgleisen ihr doch die Gesichtszüge, weil sie es sieht. »Täten Sie bitte Ihre feinen Stiefel draußen ausziehen, weil sonst haben wir den ganzen Dreck hier im Haus.«

»Nun, dies ist ein Bauernhof. Haben Sie denn keine Putzfrau?«

Diese Frage ist so blöd, dass die Auguste gar nicht darauf antwortet, sondern nur ein wenig lauter als sonst ausatmet. Im Prinzip würde sie ihn gern rausschmeißen. Der Prinz geht zum Tisch, auf den die Auguste bereits einen Teller mit ihrer selbst gemachten Butter und ein Glas mit ihrer selbst eingekochten Marmelade gestellt hat. Der Prinz verliert auf seinem Weg zum Tisch daumennagelgroße Miststücke. Er setzt sich ans Kopfende, dahin, wo früher immer Augustes Vater saß und dann der Magnus bis zu seinem Tod. Die Auguste seufzt, während der Kaffee sich durch die Filtermaschine röchelt.

»Wie groß sind Ihre Ländereien, Frau Bernreiter?«

»Fünfundzwanzig Hektar, täten Sie bitte Ihre Schuhe ausziehen und draußen hinstellen, ich mag keinen Stall in der Küche.« Sie kommt sich vor wie im Kindergarten. Die Auguste stellt sechs Frühstücksteller auf den Tisch.

Der Prinz macht keinerlei Anstalten hinauszugehen, stattdessen tippt und wischt er auf seinem Smartphone herum. Als die Auguste gerade die Milchflasche aus dem Kühlschrank holt, sagt er: »Eine Million zweihundertfünfzigtausend Euro.« Er wirkt enttäuscht. »Das ist gar nicht viel. Gar nicht viel, nicht viel.« Er hebt kurz den Kopf, sieht aber nichts, sein Blick ist leer, sondern er lispelt weiter: »Wenn man bedenkt, dass ein Hektar zehntausend Quadratmeter sind und Ihnen damit fünfundzwanzigtausend Quadratmeter gehören, dann ist das verdammt wenig. Zu wenig. In München kostet eine Wohnung mit vielleicht hundertzwanzig Quadratmetern ja mitunter schon eine Million.« Er starrt zum Fenster hinaus, sieht aber den Habicht nicht, der auf dem Zaunpfahl landet. Die Auguste nimmt sich vor, den Blick ihrer Gäste für die Schönheiten der Natur zu schärfen. Sie lesen Bücher über den Wald, aber wenn sie im Wald sind, sehen sie nichts, sondern denken an Immobilienpreise. »Das muss an der landwirtschaftlichen Fläche liegen, dass das so wenig wert ist«, sagt er nun. Die Auguste schaut den Prinz an, als wäre er ein U-Boot. Warum denkt er über den Wert ihres Grundbesitzes nach? Ihr fällt ein, dass sie das Jagdgewehr noch aus dem Waffenschrank holen und unter ihr Bett schieben muss. Sicherheit ist die Mutter der Porzellankiste, oder wie heißt das noch? Der Prinz nähert sich wieder der Gegenwart. »Ist denn da Baugrund dabei, bei den fünfundzwanzig Hektar? Oder Bauerwartungsland?«

Ehe die Auguste ihm antworten kann, dass ihn das einen Scheißdreck angeht – sie würde es natürlich freundlicher formulieren –, öffnet sich die Tür, und die Marianne tritt ein. »Hallo«, sagt sie mit merkwürdig abwesendem Gesichtsausdruck. Die Augenringe, die vorher weg gewesen waren, drücken jetzt wieder stärker durch. Hat sie eine Nachricht von ihrem Maschinenbaukonzern bekommen?

»Nimm Platz, Marianne!«, sagt die Auguste sanft, fast so zärtlich wie zu einem frisch geborenen Kalb. Weil sonst gab es in den vergangenen Jahren wenig Anlass zu Zärtlichkeit. Die Marianne geht mit steifen Schritten zu dem langen Tisch, sie trägt immerhin so etwas wie Turnschuhe, und setzt sich so weit wie möglich von Karl Prinz weg, allerdings nicht ans Kopfende, also den zweiten Chefplatz, sondern an die lange Seite. Die Auguste kommt mit der Kanne und gießt ihr Kaffee in die beblümten Tassen, die sind noch von der Uroma, hier und da fehlt ein Eck. »So«, sagt sie mütterlich. »Und einen Zopf gibt's auch.« Sie holt den mit Zuckerguss überzogenen Hefezopf, den sie am Vortag gebacken hat, von der Anrichte und schneidet eine zwei Zentimeter dicke Scheibe ab. Und dann noch eine und noch eine.

»Ist da Bauerwartungsland dabei?«, fragt Karl Prinz erneut.

Die Auguste kontert mit einer Gegenfrage. »Wollen Sie auch einen Kaffee?«

»Ja.« Es wirkt nicht so, als hätte der Prinz die Frage gehört. Er legt das Handy neben sich auf den Tisch. »Wenn Bauplätze oder wenigstens Bauerwartungsland dabei wären, dann würde das den Wert Ihres Vermögens exponentiell nach oben katapultieren. Hier im Dorf liegt der Quadratmeterpreis für

Grundstücke bei etwa vier-, fünfhundert Euro, vielleicht sogar mehr. Wenn wir es schaffen würden, aus Ihrem Grundbesitz nur fünf Grundstücke à eintausend Quadratmeter zu Baugrund zu machen, dann würden wir den gesamten Wert Ihrer Bodenfläche am Ende des Tages verdreifachen. Mit nur fünftausend Quadratmetern, also einem halben Hektar von fünfundzwanzig! Und das alles...«

Weiter kommt er nicht, denn Marianne Klobisch schneidet ihm mit einem energischen »Jetzt ist aber gut, Prinz Charles!« das Wort ab. Als er sie verstört ansieht, schiebt sie nach: »Wir sind hier doch nicht in der Business Lounge oder auf einem Investorenseminar! Es geht hier um Yoga, was Spirituelles, das ist doch die Benchmark. Oder wieso sind Sie hier?«

Die Auguste schmunzelt. *Prinz Charles* ist gut. So nenne ich den ab jetzt auch, denkt sie.

»Ich? Warum ich hier bin?« Der Prinz wirkt ertappt. »Sabbatical. Ich mache ein Sabbatical.«

»Sabbatical von was?« So direkt, wie sie die Frau Doktor Marianne Klobisch fragen hört, begreift die Auguste plötzlich, wie es sein kann, dass diese schlanke blonde Frau, die vermutlich noch keine vierzig ist, Chefin eines Maschinenbauunternehmens ist.

Auch der Prinz spürt die Durchsetzungskraft, die Macht dieser Marianne, die sich nun mit kühlem Blick ein Stück vom Hefezopf auf den Teller legt. Die Auguste bewundert ihre feinen, langen Finger. Sie ist schon gespannt, wie sich die Frau Doktor beim Traktorfahren anstellen wird.

Der Prinz hat noch immer nichts erwidert. »Sabbatical von was?«, hakt die Marianne ungeduldig nach.

»Werbeagentur.« Es ist für Auguste nicht zu übersehen, dass der Prinz lieber über etwas anderes sprechen würde.

»Welche?« Die Auguste unterdrückt ein Lächeln der Genugtuung. Die Frau Doktor löchert ihn wie einen Lehrling – nein, wie einen, der sich um eine Lehrstelle bewerben will, aber eh schon aussortiert wurde.

»Röhling und Mronz.«

»Sagt mir nichts, diese Agentur. Und Ihre Aufgabe wäre dann da?«

»Text. Ich habe ... also, ich schreibe die Texte und Konzepte und so.«

Wenn die Auguste nicht alles täuscht, dann zittert die rechte Hand vom Prinz jetzt ein wenig. Sie hat Mitleid mit ihm wie mit der Mimi nach der Sache mit dem Schwanz. Liebevoll sagt sie: »Und da muss man kreativ sein, nicht wahr, Herr Prinz?« Sie hat jetzt doch nicht *Prinz Charles* gesagt. »Und das ist anstrengend, weil man sich immer was Neues einfallen lassen muss, so ist es doch, oder? Und deswegen brauchen Sie jetzt mal eine Pause.«

»Ja, ja, ja«, sagt der Prinz. Dreimal ja.

Die Auguste hört ein *klopf, klopf*, es kommt von der Tür. Aber da klopft nicht wirklich jemand, sondern jemand sagt »Klopf, klopf«. Die Auguste hat als Kind Comics gelesen. Da war das auch so. Aber jetzt ist es die Elke. Mit einem »Ha-ii, wir sind's nur« steht sie schon in der Küche. Hinter ihr im Türrahmen Robert Schulz mit dem Versuch eines Lächelns. Immerhin. »Mmh, dieser Kaffeegeruch ist himmlisch, Auguste!« Zu dem Mann hinter ihr gewandt: »Komm, Robbie, setz dich! Es gibt auch Zopf, wie ich sehe. Sicher selbst gebacken, wie?« Die Auguste nickt. »Mmh, echter Bäuerinnenzopf, wie lecker. Auguste, du bist ein Engel, also echt!«

Die Auguste glaubt nicht, dass sie ein Engel ist, aber sie schenkt der Elke und dem Robert Schulz Kaffee ein. Die

Grundschullehrerin nimmt sich ein Stück Zopf, schmiert Butter drauf und dick Marmelade. Dann hebt sie plötzlich den Kopf und schaut alle am Tisch Sitzenden der Reihe nach an – Marianne Klobisch, Prinz Charles und Robert Schulz – sowie gleich darauf die an der Küchenanrichte lehnende Auguste und fragt mit vollem Mund: »Sagt mal, ist alles okay hier? Ich meine, so vibrationenmäßig?« Alle weichen ihrem Blick aus, nur Auguste nicht. Deshalb hakt sie noch einmal, direkt an diese gerichtet, nach. »Auguste, alles okay hier?«

»Ich glaube schon«, sagt die Auguste. »Wir müssen uns halt alle noch ein bisschen kennenlernen.«

Da ertönt so plötzlich eine Opernmusik, dass die Auguste kurz zusammenzuckt. Aber dann fällt ihr auf, dass sie die kennt. Sie hat dieses Lied – oder wie man das bei Opern nennt – erst kürzlich im Radio gehört, als alle Sender gestört waren, nur der Klassiksender nicht. Weil normal hört sie so was nicht. Sie weiß sogar noch, dass die Oper nach einer Frau mit C benannt ist. Das hat sie sich gemerkt, weil es auch ein Name für eine Kuh gewesen wäre und sie das lustig fand. Carmen oder Cosima – oder war es Corinna? Damals hat sich die Auguste gedacht, dass es schön wäre, wenn es auch eine Oper gäbe, die Auguste heißt, aber jetzt zieht der Robert Schulz sein Handy unterm Tisch hervor, von dem kommt nämlich die Opernmusik, wischt drüber und sagt: »Ja, Mama?«

Die Auguste ist für einen Augenblick gerührt. Weil es außer ein paar Kuhglocken, die von draußen hereinläuten, ganz leise ist in der Küche, verstehen die vier anderen jedes Wort, das Mama sagt. »Bist du's, Robert?«

»Ja.«

»Bist du gut angekommen?«

»Ja.«

»Auf dem Bauernhof?«

»Ja.«

»Hast du ein Taxi genommen?«

»Nein, Frau Auguste Bernreiter, die Bäuerin, kam vorbei und hat mich mitgenommen.«

»Ah, das ist gut. Riecht es stark nach Kuhmist dort? Ist dein Zimmer sauber? Die sanitären Einrichtungen? Landwirte haben ja ein anderes Verhältnis zur Hygiene...«

»Ähm, Mama, es ist gerade ungünstig, weil wir... also, wir trinken... ähm... Kaffee. Aber es ist alles den Umständen entsprechend gut...« Robert Schulz zögert kurz, was die Auguste seltsam findet, und beendet seinen Satz dann mit einem »...hier«.

»Sind noch andere Gäste da?«

»Ja, aber...«

»Frauen oder Männer?«

»Äh, beides, Mama.«

»Wie viele?«

»Zwei Männer und zwei Frauen. Und Frau Bernreiter, die Bäuerin.«

»Soso, Robert. Pass auf, dass du da nicht gleich wieder in was reinrutschst!«

»Ist gut, Mama.«

»Nein, ist nicht gut, Robert. Ich sage das nicht ohne Grund.«

»Ja, Mama.«

»Margarete hat mich nämlich eben angerufen. Bist du noch dran, Robert?«

»Ja, Mama, es ist jetzt aber...«

»Cosima hat Husten. Du solltest Cosima unbedingt anrufen und ihr sagen, dass sie mit dem Husten erst einmal nicht schwimmen gehen soll. Ich habe das Margarete auch schon gesagt, aber ich glaube, Margarete hört nicht auf mich. Ich glaube, die lässt das Kind trotzdem ins Schwimmbad, obwohl es Husten hat. Das ist nicht gut für Cosima. Sie holt sich ja noch eine Lungenentzündung. Du musst Margarete sagen, dass... also, Robert, du musst auf dein Sorgerecht pochen.«

»Ja.«

»Warum sagst du immer nur Ja? Du bist doch sonst nicht so wortkarg. Ist alles in Ordnung mit dir? Hast du deine Antidepressiva dabei...?«

»Mama, nun ist's gut. Ich muss Schluss machen, wir trinken gerade Kaffee.«

»Ob du die Antidepressiva dabeihast.«

»Ja, hab ich, Mama. Ich muss jetzt... ich mach jetzt mal...«

»Und... habt ihr schon angefangen mit dem Yoga?«

»Ich lege jetzt auf, Mama. Entschuldige bitte, ich lege jetzt auf.« Robert Schulz nimmt das Smartphone vom Ohr und tippt auf das Display. Dann hebt er den Kopf und wirft einen von einem Schulterzucken begleiteten Blick in die Runde. »Meine Mutter.«

»Süß ist das«, sagt die Elke. »Wie alt bist du, Robbie?«

»Fünfunddreißig.«

»Und für deine Mama bist du immer noch der Kleine.«

»Tja.« Robert Schulz lächelt verlegen. »Einmal Sohn, immer Sohn. Daran ändert auch der Status der Volljährigkeit vor dem Gesetz nichts.«

Die Auguste spürt deutlich, dass es Robert Schulz äußerst unangenehm findet, derart im Mittelpunkt zu stehen, aber Elke scheint das egal zu sein. »Und, lass mich raten«, beginnt sie und greift sich mit der Hand an die rosafarbene Brille, als wäre das hier eine Quizsendung. »Du bist geschieden und hast eine Tochter namens Cosima.«

Da röten sich Robert Schulzens mopsige Wangen. »Das... ist... korrekt«, presst er hervor. Auf seiner Stirn bildet sich Schweiß. Trotz seiner Käsigkeit tut er der Auguste jetzt von Herzen leid. Das Im-Mittelpunkt-Stehen mag der Robert Schulz nicht. Deshalb sagt sie mit bäuerlicher Stärke: »So, Herrschaften, jetzt müssen wir mal kurz bereden, wie heute der Nachmittag abläuft und wie wir dann an den Folgetagen zusammenarbeiten wollen. Der Wetterbericht ist für die nächsten drei Tage stabil. Da sollten wir nach Möglichkeit heute noch wenigstens die Eichbaumweide mähen.«

»Da möchte ich gleich mal kurz einhaken«, sagt die Elke. »Du hattest gesagt, Waldbaden würdest du auch anbieten. Wenn das Wetter so schön ist... ich meine... können wir das nicht heute auch noch aufs Programm setzen?«

»Waldbaden?«, fragt die Auguste. »Also wegen mir könnt ihr machen, was ihr...« Weiter kommt sie nicht. Denn durch das nur von einem Fliegengitter von der Außenwelt abgetrennte Fenster ertönt das Geräusch eines Autos und laute Popmusik. Die Reifen knirschen auf dem Kies, dann erstirbt der Motor.

TRAKTOR

Der Spruch »You made my day« kommt ursprünglich von den Dankeskarten. Im englischen Sprachraum kann man jemandem, der einem geholfen hat, zum Dank eine Karte schenken, auf der so etwas draufsteht.

12 »Ein südländisch aussehender Mann in einem Mazda-Cabrio mit Münchner Nummer«, sagt Marianne Klobisch, sie sitzt dem Fenster mit dem Häkelvorhang am nächsten und schaut raus.

»Aha«, sagt die Auguste und geht auch zum Fenster. »Na, immerhin keiner vom Veterinäramt. Dann schau ich mal runter.« Ehe sie die Küche verlässt, sagt sie noch: »Und ihr bedient euch, gell? Vom Zopf soll nichts übrig bleiben und vom Kaffee auch nicht.«

»Ich trinke grundsätzlich keinen Filterkaffee«, sagt der Prinz.

Der Mann sitzt noch im Auto und fummelt an seinem Handy herum. Die Musik hört sich für Augustes Ohren türkisch an, vielleicht auch griechisch oder arabisch. Der Mann hat lockiges, zu einem Zopf gebundenes schwarzes Haar. Er trägt ein hellblau-weiß kariertes Hemd und eine kurze Lederhose. Unter dem Hemd drücken sich seine Brustmuskeln durch. Der hat Kraft, denkt sich die Auguste, wie sie das Auto umrundet, und sie hat auch schon eine Ahnung, wer der Neuankömmling sein könnte.

»Grüß Gott«, spricht sie gegen die laute Musik an.

Der Mann im Cabrio wischt über sein Handy, und die Töne, die Auguste eher als Gejammer denn als Musik empfindet, ersterben unvermittelt.

»Grüß Gott«, erwidert er und lächelt breit. »Bin ich Gast hier.«

»Ja, Sie sind wahrscheinlich der Herr Cordalis, richtig?«

»You make my day!«, ruft der Mann begeistert. »Und du bisse waheinlich Bäuerin Auguste. Aber sag bitte Odysséas zu mir. Warte, is steige aus.« Das Wort *steige* spricht er wie die Hamburger aus, also nicht mit *sch*. Das hört sich lustig an. Aber was meint er mit *You make my day*? Du machst meinen Tag, was soll das? Kaum ist er draußen, breitet er die Arme aus. Die Oberarme sind wirklich äußerst muskulös, fast wie wenn da Kugeln dranmontiert wären, so wie bei Popeye, und jetzt drückt er die Auguste an sich. Er riecht nach einem orientalisch duftenden Parfum. Nein, es stinkt nicht. Die Auguste spürt seine starke Männerbrust auf ihrer ja auch nicht gerade kleinen Frauenbrust und weiß gar nicht, wie ihr geschieht. Es ist ein atemberaubender Moment. Dann lässt er sie wieder los und schaut sich um, sein Blick bleibt ausgerechnet am Misthaufen hängen. »Das isse also deine Reis.« Die Auguste versteht schon, dass er nicht das Getreide meint, sondern ihr Reich. Sie nickt.

»Herrlis isse hier. Perfekt für Bauernyoga isse hier.« Er mustert Stall, Tenne, Wohnhaus und nickt anerkennend. »Perfekte Location für eine Shop-work.«

Aha, denkt sich die Auguste, er hat nicht nur einen Sprachfehler, er verdreht auch gern die Wörter.

Er wendet sich wieder zu ihr um. »Weisse du, mache is das für Business.«

»Business, soso«, sagt die Auguste etwas zweifelnd, weil sie sich nicht sicher ist, ob sie ihm da weiterhelfen kann. Sie muss ihm das sagen, nicht dass er hinterher unzufrieden ist mit dem Gummistiefelyoga, was ja letztlich bloß normale landwirtschaftliche Arbeit ist. »Also, Ihnen ist schon klar, dass das hier ein Bauernhof ist und kein normales Unternehmen oder so. Es geht um Tiere, Pflanzen und Lebensmittel.«

»Isse schon gut, Auguste. Wenn is am Tage des Endes meine Sef kann sagen, meine Skills-Soft sind besser, meine Resilienz, meine Management-Stress, meine alle, dann is kann leichter die nächste Stufe-Karriere performen. Is möchte meine Personal Peak Performance puschen.«

Pieks-Performance, Resil-irgendwas und Softeis. In der Auguste wächst zunehmend die Sorge, dass sie die Erwartungen von diesem jungen Mann in Lederhosen nicht wird erfüllen können. Deswegen sagt sie resolut: »Das ist hier kein Karrierecenter, Herr Cordalis. Das ist bloß ein stinknormaler Bauernhof.«

»Son klar«, erwidert dieser. »Deswegen is bin hier. Weisse du, Auguste, Center-Karriere heute kann jedes Mens. Damit du beeindruckst heute keine Leader mehr. Was du heute brauchst in deine CV, sind Summits, was von deinen Rivals keiner hat. Slüsselkompetenzen brauchst du, Social Skills, is sag mal Liebe zu deine Nächsten.«

Nächstenliebe auch noch. Das ist doch katholisch. Ihr fällt jetzt nichts mehr ein. Sie mustert den Herrn Cordalis kritisch und denkt sich: Entweder ist der verrückt, oder ich bin verrückt. Was will der hier?

Als hätte er Augustes Gedanken gelesen, fragt der Odysséas Cordalis nun: »Musse du jetzt nist sauen wie drei Monate Wetter-Regen. Aber sag mir mal: Kannse du mir stellen aus eine Beseinigung über diese Seminar-Yoga-Bauern hier? Weil das isse wichtig für mis. Für meine Sef. Damit er sieht, dass is genutzt habe mein Time-off für Yoga mit Bäuerin in die Natur. Masse mir Zeugnis? Weisse, will is Karriere machen, aufsteigen, weil isse brauch das Geld, habe is vier Kinder.« Er scheint kurz zu warten, wie Auguste auf diese Ansage reagiert. Sie tut ihm den Gefallen und zieht die Mundwinkel anerkennend herunter, obwohl es im Dorf mehrere Familien mit vier Kindern gibt, sogar zwei mit fünfen. Er muss da also jetzt nicht übermäßig stolz sein auf seine Fruchtbarkeit, der Herr Cordalis. Nun legt er Auguste den Arm um die Schultern, kommt mit seinem Mund ganz dicht an ihr Ohr und flüstert: »Aber verrate is dir Geheimnis, Auguste. Habe is vier Kinder von drei Frauen versiedene.« Er lacht. »Und weisse du, aktuell sogar bin is Single.« Jetzt lacht er noch lauter. Sein Lachen ist ansteckend. Es ist lustig. Die Auguste lacht mit. Oben am Küchenfenster sieht sie, wie die Elke und die Frau Doktor zu ihnen herunterschauen. Fast wie bei Alfred Hitchcock. Odysséas Cordalis folgt ihrem Blick, sieht die Frauen und winkt mit seinen wohlgebräunten Händen nach oben. Die Elke winkt zurück, die Marianne rührt keinen Finger, sie wirkt abwesend. Die Auguste denkt sich, dass das ja was werden kann mit dieser Bagage.

Da rattert es hinterm Wohnhaus, und kurz darauf biegt ein riesiger grün lackierter Traktor mit mächtigem Kühler auf den Weg zwischen Wohnhaus und Tenne ein. Die Auguste sieht gleich, wem der gehört. Einen Fendt Vario 1050 mit 380 kW und 517 PS besitzt in Wolkendorf nur einer – der Leichenbacher-Bauer. Das Monstrum kostet ja auch knapp vierhunderttausend Euro. Es ist ein Unsinn, hier im Oberland so einen großen Traktor zu fahren, denn die Felder sind klein, und die Landschaft ist hügelig. So ein Kraftpaket hat vielleicht für Ackerbauern mit riesigen flachen Flächen Sinn, aber doch nicht hier, wo man auf hügeligem Land Milch und Fleisch produziert. Mit seinen vierzehn Tonnen Gewicht verdichtet der Traktor vom Geldsack zudem den Boden. Aber die Auguste vermutet – und mit ihr ein Großteil des Dorfs inklusive Nachbargemeinden –, dass der Leichenbacher mit dem großen Traktor seine kleine Statur ausgleichen will. Die Frage ist, was der dicke Schnurrbartzwerg jetzt hier will. Der Motor des Traktors stoppt. Der Leichenbacher, er ist zwar bauchig, aber nicht unbeweglich, klettert mit seinen kurzen Beinen herunter.

»Grüß euch«, sagt er und mustert den Mann mit den langen Haaren und der Lederhose abschätzig.

»Grüß dich«, sagt die Auguste.

»Servusse, Kollege«, sagt der Odysséas.

»Oktoberfest ist fei erst in sieben Wochen, gell«, meint der Leichenbacher und nickt in Richtung Lederhose.

»Danke für deine Tipp, du Spessialist. Und du, bisse du von die Abfuhr-Müll?«

Ha, der Spruch sitzt. Der Leichenbacher stutzt und blickt an sich hinunter, tatsächlich ist er vor allem orangefarben gekleidet. »Müllabfuhr?« Er schwankt zwischen Verunsicherung und Beleidigtsein. »Das ist eine Schnittschutzhose. Ich komme aus dem Holz.«

»Ja, so siehsse aus. Wurm-Holz kommt auch aus Holz, oder, Auguste?«, feixt der Bauernyoga-Gast.

»Jetzt werd nicht frech, du Ziegenmelker.« Der Leichenbacher schaut grantig, nun. So mit ihm zu reden traut sich niemand im Dorf, nicht einmal der zweitgrößte Bauer, der

Helmbrecht, der auch einen stattlichen Traktor fährt, aber halt einen mit bloß knapp 300 PS und dazu noch nicht von Fendt, was das Teuerste ist, sondern einen von Claas.

»Aber du auch nicht frech werden, du Melker-Kuh«, gibt der Odysséas prompt zurück. Die Auguste staunt regelrecht, wie dieser langhaarige Grieche zwar vielleicht nicht perfekt Deutsch spricht, aber doch ganz schön schlagfertig ist.

Der Leichenbacher runzelt zornig die Stirn und blafft die Auguste an: »Hab ich was verpasst? Hat hier irgendwer Zaziki bestellt? Ist der Aldi-Lederhosen-Schlumpf dein neuer Hausfreund, oder was?«

»Ist schon recht jetzt«, versucht die Bäuerin besänftigend auf die gockeligen Herren einzuwirken. Sie will den Leichenbacher nicht komplett verärgern, weil der Mann hat wirklich Macht im Dorf. »Was gibt's denn, Leichenbacher?«

»Ich wollte fragen, ob du einmal ein paar Minuten Zeit hast.« Er lächelt dabei so falsch, dass sich in Augustes Bauch ein Gefühl des Unwohlseins ausbreitet.

»Kommt drauf an, für was. Du siehst, ich habe das Haus voller Urlauber.«

Der Leichenbacher schaut auf den Odysséas, dann auf dessen Cabrio, dann auf den feinen Saab von der Marianne, dann nach oben, wo jetzt neben der Elke und der Marianne auch noch der Prinz Charles steht. »Na ja, eigentlich geht's ganz schnell.« Er fährt sich über den Schnurrbart. »Folgendes ... man spricht hier im Dorf ja so dies und das.«

»Ja, das wird nicht nur im Dorf so sein, dass man dies und das spricht«, bügelt sie ihn ab und wundert sich, woher ihr plötzlicher Zorn kommt.

»Na ja, dass es dir halt nicht so gut geht, also finanziell, meine ich.« Er schaut ihr jetzt unverwandt in die Augen. Sein

Blick ist kalt. Odysséas, der neben der Auguste steht, wechselt das Standbein. Die Bäuerin sieht seine Waden, die kräftig sind, und sie spürt, dass der Gast genau fühlt, was hier gerade läuft.

»Aha, das spricht man also.« Die Auguste ist eine ausgleichende Person, aber jetzt sprühen ihre Augen Funken. »Das ist ja interessant.«

»Und ich wollte dir bloß sagen…« Auch der Leichenbacher wechselt jetzt vom linken aufs rechte Standbein, es ist ziemlich wahrscheinlich ein Zeichen wachsender Unsicherheit. »Also, mein Angebot, das steht, also das von vor Kurzem. Weil… also weil du mir irgendwo… ganz ehrlich…« Es ist vollkommen klar, dass er es nicht ehrlich meint, weil er vermutlich gar nichts ehrlich meint. »… auch leidtust. In deiner Situation. Also…« Er ringt regelrecht mit sich, der Leichenbacher, natürlich ist alles nur geschauspielert, das sieht ein blindes Huhn mit Rosskastanien auf den Augen oder Kronkorken oder Salamischeiben. »… ich würde dir gern unter die Arme greifen und zum Beispiel dir… also…« Er presst herum, als hätte er die Wehen, der Leichenbacher, dann kommt sie heraus, die Wort gewordene Missgeburt. »… den Hof abkaufen.«

»Aha.« Mit dieser kurzen, aber treffenden Aussage begnügt sich die Auguste für den Augenblick.

Aber der Leichenbacher sieht noch mehr Redebedarf, er wird deutlicher. »Für besagte zweihundertfünfzig. Pi mal Daumen. Es ist, wie gesagt, nicht für mich, ich habe ja alles, sondern für meinen Sohn.«

»Soso, für deinen Sohn.« Die Auguste runzelt die Stirn über diese doppelte Mildtätigkeit, die der Leichenbacher da vor ihr ausbreitet. Er scheint das als Gewinn-Gewinn-Situation zu betrachten, weil ja die Auguste und der Sohn von ihm total von diesem Modell profitieren könnten. Aber sie sieht das anders. »Und was soll das jetzt? Ich meine, was ist dann jetzt das Neue dabei? Das hast du mir doch schon unterbreitet, dieses Angebot«, sagt sie.

Der Leichenbacher wischt sich über die Stirn, vermutlich war das letzte Bier schlecht, gestern. Trinkt er heimlich? »Ach, ich habe mir gedacht, ich sage dir das noch einmal, damit du auch weißt, dass ich es ernst meine... mit meinem...« Er lässt den Blick schweifen und bleibt scheinbar zufällig an der getrockneten, aber noch immer sichtbaren Milchspur hängen, die sich vom Tank in der Milchkammer über den Weg erstreckt. »Ja, hoppla, was ist dir denn da passiert?«

»Wo denn? Was denn?«, fragt die Auguste und stellt sich seiner schlechten Schauspielerei gegenüber dumm. Der Leichenbacher kann sie mal, also, jedenfalls in großen Teilen. Wobei, nein, lieber nicht. Sogar ihr Hintern wäre ihr zu wertvoll für diesen Gierschlund.

»Na, da.« Er hebt fragend den Kopf. »Das sind doch Milchspuren. Ist dir da was ausgelaufen? Ist dein Tank defekt?« Als die Auguste reglos schweigt, fügt er, beinahe singend wie beim *Heilig, heilig bist nur du* in der Kirche hinzu: »Mei o mei, du hast auch wirklich kein Glück nicht, Auguste. Kein Glück! Wo die Milch doch dein wichtigstes Standbein ist.« Scheinbar bedauernd schüttelt er den groben Schädel. Bis ihm noch etwas einfällt und er trocken hinterherschiebt: »Wobei, eigentlich ist die Milch eh dein einziges... also Standbein, meine ich.« Er fährt sich noch einmal über den Oberlippenbart, es knarzt. »Und das hinkt. Weil der Hof so alt ist.«

Die Auguste würde ihm gern eine betonieren, aber so was tut man nicht als Frau. Sie steckt die Hände in die Jeanstaschen und schnuppert nach dem Duft vom Odysséas. Er riecht merkwürdig, aber gut, dieser Mann, das muss sie ihm lassen. Mit ihm an der Seite fühlt sich die Welt runder an als normal.

Der Leichenbacher betrachtet die Milchspur, wiegt den kurzen, dicken Körper auf den kurzen, dicken Beinen ein wenig hin und dann wieder her. »Schwirig, schwirig, schwirig.«

»Was ist schwirig, schwirig, schwirig?«, blafft die Auguste ihn an.

»Na ja, ich stell mir das schwirig vor.« Hinterfotziges, falsches Mitleid spricht aus seinen Worten.

»Was stellst du dir schwirig vor?«, hakt die Auguste nach. Sie ist jetzt ein bisschen giftig.

»Na ja, du bist ganz allein, du hast keine Kinder. Respektive Erben.« Er legt eine Pause ein und vollendet dann seine Ansprache. »Niemanden, der dir hilft.« Die Auguste zuckt nicht mit der Wimper, obwohl sie das alles beleidigt und schmerzt, was der Leichenbacher da so redet. Er reibt in Wunden herum. Aber sie ist fest entschlossen, ihn eiskalt abzuservieren. Doch dann sagt er tatsächlich: »Na ja, nicht jeder hat so ein Glück. Aber wenn man als Bäuerin unfruchtbar ist, dann ist das schon besonders schlimm. Also, unfruchtbar *warst*, weil... das ist ja bei dir jetzt eh vorbei.« Mit einem Gesichtsausdruck von fieser Neutralität sagt er das. Sie hätte gute Lust, ihn zu töten.

»Wer sagt dir denn, dass ich unfruchtbar war beziehungsweise bin?« Die Auguste streckt sich und fasst nach dem zu einem Kranz gebundenen Haar. Sie hat in einem Zeitschriftenbericht von einer Schweizer Pfarrerin gelesen, die mit sechsundsechzig noch gesunde Zwillinge auf die Welt gebracht hat.

»Tja, was man halt so hört... frigid wirst ja wohl nicht sein.« Das Ekel verzieht den Mund, macht mit seinen dicken Beinen einen Schritt zurück. »Und dann noch die Schuldenlast.« Wie er das sagt, zerdeppert es in der Auguste etwas. Woher weiß das Schwein von ihren Schulden? »Sei's, wie es ist«, fährt er nun fort. »Mein Angebot steht. Zweihundertfünfzig Pi mal...«

Aber weiter kommt er nicht. Der Odysséas Cordalis, der die ganze Zeit neben der Auguste gestanden hat, legt einen Arm um sie und sagt: »Isse gut jetzt, Bruder. Machst du mal Flug-Ab.«

»Ich glaube nicht, dass ich mir von einem Türkenbubi wie dir sagen lassen muss, wann ich den Hof von meiner Nachbarin verlasse.«

»Rein gruppendynamis isse das jetzt so, Bruder«, sagt der Odysséas ganz ruhig, aber sehr bestimmt. »Du jetzt fliegst ab.«

Doch der Leichenbacher bleibt einfach stehen. Die Auguste betrachtet den Odysséas von der Seite. Er gefällt ihr, obwohl er so gar nicht einheimisch ausschaut. Gerade scheint er seine Bizepsmuskeln anzuspannen, und auch die Brustmuskeln, denn das, was sich unter dem Hemd mit dem Karomuster verbirgt, sieht nun noch größer aus als eh schon. Kleine Vulkane griechischer Kraft. Weit weg kräht ein Hahn. Eine lebensmüde Fliege setzt sich auf die Nase vom Leichenbacher, aber der rührt sich nicht. Die beiden Männer starren sich an, es ist ein schweigendes Duell. Bis der Odysséas sagt: »Dein Traktor isse so groß wie deine Pimmel isse klein. Komm, Auguste, seigst du mir meine Simmer.« Er hakt die Auguste unter. Im Weggehen sagt er noch über die Schulter: »Und übrigens – is bin Deutscher.« Und das letzte Wort spricht er tatsächlich korrekt aus.

Wie sie die Treppe nach oben steigen, fragt die Auguste: »Also, jetzt mal ehrlich, sind Sie wirklich Deutscher?«

»Ja, wieso fragse du?«

»Na ja, wegen Ihrem... also...« Die Auguste möchte es gern diplomatisch formulieren, aber eben doch auch die Wahrheit erfahren. »Sie haben so südländisches Haar, und Sie hören sich so überhaupt gar nicht deutsch an.«

»Weisse, Auguste, bin is als Kind nach Deutschland gekommen, mit meinen Eltern. Aus Griesenland. Mit vierzehn.«

»Also sind Sie Grieche.«

»Aber mit deutschem Pass. Mein Herz is deutsch, mein Bauch isse Grieche.«

»Sind Sie mit einem Boot gekommen?«

»Nein, hasse mich doch gesehen, mit mein Auto.« Er deutet auf das kleine Cabrio.

»Nein, ich meine von Griechenland, damals, wie Sie geflohen sind mit Ihrer Familie.«

»Is bin nis geflohen. Meine Eltern waren Arbeiter-Gast. Wir sind geflogen mit dem Zeug-Flug.«

»Soso«, grübelt die Auguste. Sie weiß nicht, was sie von diesem Odysséas Cordalis halten soll. Gerade war er ihr eine Stütze, aber er redet seltsam und hat so dunkle Haut und viele Muskeln und fasst sie ständig an. Fremde Männer sind gefährlich. Das Jagdgewehr muss endlich unters Bett.

Und noch etwas spukt ihr durch den Kopf. Wie kann es sein, dass der Leichenbacher von ihren Schulden weiß und zufällig genau so viel für ihren Hof bezahlen würde, wie deren Höhe beträgt? Die Auguste fährt sich mit der Hand über das Haar. Ist das ein Zufall? Wohl eher nicht.

Es gibt da in Wolkendorf einen, der bei der Bank arbeitet, bei der die Auguste ihre Schulden hat. Es ist der Alfred Kümmel, genannt Freddy.

WELTWUNDER

Der Schriftsteller Jörg Steinleitner liebt den saftigen Hefezopf seiner Nachbarin Annemie. Wenn er selbst einen zu backen versucht, wird der meist zu trocken. Das ist schade.

13 »Dann jetzt Arbeitseinteilung«, sagt die Auguste. Sie hat dem Odysséas Cordalis bloß kurz seine Kammer gezeigt, er hat seine schicke Sporttasche abgeladen, und nun sitzen sie alle beieinander in der Küche. »Damit Sie sich darauf einstellen können – das Leben auf einem Bauernhof hat gewisse Zeiten. Um 12:15 Uhr gibt's zum Beispiel Mittagessen. Heute Wiener mit Kraut. Um dreizehn Uhr ist dann Mittagsruhe bis dreizehn Uhr zwanzig. Um dreizehn Uhr dreißig fangen wir mit dem Mähen an, also heute, weil das Wetter die nächsten drei Tage stimmt.« Ihr Blick fällt auf den Teller mit dem Hefezopf. Sie wundert sich. »Ja, was ist denn hier los?« Die Frage ist ihr angriffslustiger geraten als beabsichtigt.

»Inwiefern meinst du?«, fragt die Elke. Sie scheint empfindlich zu sein, was Stimmungen angeht.

»Na ja, da ist ja noch fast alles da von dem Zopf.«

»Ähm ... ja?«

»Ja, schmeckt er euch denn nicht? Den habe ich extra gebacken, damit ihr gleich nach eurer Ankunft Kraft bekommt. Ich habe noch einen zweiten in der Speis.«

»Doch, der schmeckt köstlich, liebste Auguste«, quäkt die Elke. Von allen Seiten zustimmendes Nicken.

»Und warum esst ihr ihn dann nicht?«

»Ich habe ein Stück gegessen«, sagt die Elke. Sie zieht eine Schnute, das soll vermutlich liebenswert aussehen.

»Ich habe auch ein Stück gegessen«, sagt die Marianne. Sie schaut ernst. Es wird nicht einfach werden, diese junge Frau wieder in die Mitte des Lebens zu befördern.

»Ich habe ein halbes Stück gegessen«, sagt der Robert leise, es ist kaum zu hören.

»Ein halbes Stück, Herr Schulz! Ein Mannsbild wie Sie!«

Just in diesem Moment weiß die Auguste, woran die Ehe mit dieser Margarete gescheitert ist, gescheitert sein muss, sie glaubt es jedenfalls zu wissen: Liebe geht durch den Magen, das weiß doch jedes Kind. Und wo sind die Scheidungsraten am höchsten? In der Stadt. Und wo wird am meisten mit sogenanntem gesundem Essen herumexperimentiert und dabei am wenigsten gegessen? In der Stadt. Gibt es einen Zusammenhang? Die Auguste spricht diese Gedanken lieber nicht aus. Das Gummistiefelyoga muss seine Wirkung langsam entfalten, Schritt für Schritt, Tropfen für Tropfen. Diese Menschen brauchen Hilfe.

Robert Schulz, das ist gut sichtbar, arbeitet sich gedanklich noch immer an dem Vorwurf ab, dass er als richtiges Mannsbild doch Zopf essen müsse. Er ist es gewohnt, sich mit weiblichen Vorhaltungen auseinanderzusetzen. Nun gerät er in Bewegung, er möchte etwas sagen. »Ich... es ist so, dass ich... unter anderem deswegen hier bin, weil ich gern... also, ich...« Es kostet ihn offensichtlich große Überwindung, sich zu offenbaren. »...ich möchte gern abnehmen.«

»Aha«, sagt die Auguste, nun bemüht um eine sanftere

Stimme. Denn abnehmen wollen viele, und gelingen tut es wenigen. Wer abnehmen will, ist von vornherein schon einmal arm dran. Deswegen erwidert sie: »Das verstehe ich... also nicht, dass Sie abnehmen wollen, weil es aus meiner Sicht dafür keinen Grund gibt. Sie sind doch ein gestandener Mann, an dem alles dran ist... also jedenfalls, soweit ich das beurteilen kann. Und was will man denn mit so einem Krischperl, was dünn ist wie eine Zaunlatten? Aber gut, das müssen Sie wissen. Allerdings finde ich, dass man, wenn man arbeitet, auch anständig essen muss. Na ja...« Sie schneidet sich eine dicke Scheibe ab und greift nach der Butter. »Ihr werdet schon noch Hunger bekommen, wenn wir jetzt dann erst einmal loslegen mit dem Gummistiefelyoga.« Sie schmiert die Butter auf den Zopf. Dann gießt sie sich Kaffee ein, gibt Milch aus dem Kännchen dazu und bemerkt plötzlich, dass alle ihr zusehen.

»Ja, was soll das jetzt? Was schaut ihr mich alle so an wie ein... wie ein... Weltwunder?«

»Du *bist* ein Weltwunder«, sagt die lila Elke voller Liebe und legt ihre kleine Hand auf Augustes große Hand. »Ich freue mich, dass ich bei dir bin.« Die Hand von der Elke fühlt sich interessant an. Es entsteht ein beinahe romantischer Moment. Wie gesagt, die Elke ist schon sehr esoterisch und die Auguste schon sehr lange allein.

Der Prinz räuspert sich. Die Auguste wendet sich zu ihm um. »Und Sie, Prinz Charles? Hat Ihnen wenigstens mein Zopf geschmeckt?«

»Ich... äh... habe ihn gar nicht gekostet, weil ich... äh... mache gerade... also, ich bin gerade auf Low Carb«, lispelt der Prinz.

Die Bäuerin schaut ihn an. Low Carb. Wenn sie sich nicht

irrt, hat ihr die Gitti schon einmal davon erzählt. »Ist das diese neue Mode mit dem wenig Kohlenhydrate?«

»Öhm ... ja.«

Ihr werdet schon noch Hunger bekommen, denkt sie sich, verzichtet aber darauf, es auszusprechen. Sie schaut auf ihre Hand, die von der Elke ist wieder weg, aber seltsam, sie spürt sie noch. Für einen Augenblick weiß sie nicht mehr, was sie sagen wollte. Es ist anstrengend, dieses Gummistiefelyoga. Dauernd muss man reden. Dauernd schauen einen alle an, fast wie wenn man ein Pfarrer wäre. »Wo waren wir?«

»Arbeitseinteilung«, antwortet Doktor Marianne Klobisch. Allmählich wird der Auguste klar, wieso die eine Chefin ist. Die hat es im Griff, Sachen im Griff zu haben, obwohl sie so kaputt, also ausgeburnt ist. Mal sehen, wie sie sich beim Arbeiten mit den Händen anstellt.

»Ach ja«, seufzt die Auguste. Hätte sie sich vielleicht einen Plan machen müssen? »Also, wir werden heute Nachmittag mähen, gleich nach dem Mittagessen. Vor dem Mittagessen zeige ich euch noch, wie wir den Traktor und die Mähmaschine vorbereiten. Wer von euch kann Traktor fahren?«

Keiner meldet sich. Die Auguste hebt überrascht die Augenbrauen. »Wirklich keiner?« Sie staunt. In Wolkendorf kann praktisch jedes Kind spätestens mit zwölf Traktor fahren. Sie hat hier tatsächlich einen Haufen Küken im Haus.

»Dann mal anders gefragt, wer von euch will gern mal Traktor fahren?«

»Ich«, sagt die Marianne. Diese plötzlich feste Stimme gefällt der Auguste. Da klingt Entschlusskraft durch.

»Ich auch«, sagt Robert Schulz, was die Auguste fast noch mehr freut, denn wie kann ein depressiver Mann, der unter der Fuchtel von einer Margarete und einer dominanten Mama steht, besser wieder zu sich finden als auf einem ratternden Traktor mit... Nun ja, Augustes Renault 551 hat zwar nur 55 PS, aber zum Üben ist das gar nicht verkehrt. Die Überlebensinstinkte vom Robert Schulz funktionieren also noch. Vielleicht ist die Ehe mit der Margarete doch noch nicht verloren. Vielleicht muss man ihn nur päppeln.

»Und du, Elke?«

»Also, ich möchte hier nicht die Spaßbremse sein, aber ich bin nicht so der Technikfreak. Mich interessiert am Dasein der Bäuerin eher das Spirituelle.«

Die Auguste nickt und denkt: *Waldbaden.* Einfach nur das Wort *Waldbaden.* »Und wie ist es mit euch beiden?« Sie nickt dem Odysséas und dem Prinz Charles zu.

»Is bin mehr so der Wagen-Sport-Fahrer«, gesteht Ersterer. »Is brauche das nis unbedingt mit die Traktor. Oder isse das notwendig für Bestätigung von Seminar? Weil die brauch is.«

»Du mit deiner Bestätigung«, meint die Auguste.

»Was denn für eine Bestätigung?«, erkundigt sich die Marianne.

»Na, von dem Shop-Work hier.«

»Was denn für ein Workshop?«, setzt die Marianne nach.

»Na ja, die Yoga-Stiefelgummi mit Auguste.«

Die Marianne starrt ihn an, als hätte er nicht mehr alle Tassen im Schrank. Weil er es anscheinend merkt, sagt er: »Das isse doch Soft Skills. Das isse gut für die CV.«

Die blonde Maschinenbaukonzernlenkerin nickt mit einem Gesichtsausdruck, den die Auguste nicht anders deuten kann, als dass dieser karrierefixierte Ex-Grieche Mariannes Ansicht nach einen an der Waffel hat.

Die Auguste wendet sich an den Prinz. »Und Sie?«

»Ja, ja, ja, theoretisch bin ich selbstverständlich interessiert.

Praktisch lasse ich gern erst einmal anderen den Vortritt. Ich sage immer, es ist wichtig, dass man weiß, wie die Dinge funktionieren, aber nicht unbedingt, dass man alles selbst gemacht hat am Ende des Tages.«

»Genau, Starkstrom zum Beispiel«, sagt die Auguste. »Es ist gut, wenn man weiß, dass er in der Leitung ist, aber man muss nicht den Finger hineinstecken.« Für diese Aussage erntet sie verdutzte Blicke. Die Aufmerksamkeit, die sie belustigt, nutzt sie, um zum Aufbruch zu rufen. »Auf geht's! In drei Minuten sehen wir uns beim Traktor.« Sie schiebt sich das letzte Stück Zopf in den Mund und stemmt sich hoch.

MÄHWERK

Der Großvater des Schriftstellers Jörg Steinleitner war Bauer. Zum Mähen mit der Sense trug er stets eine Lederhose, weil die widerstandsfähig war. Dem Großvater wäre es niemals in den Sinn gekommen, zu einem feinen Anlass eine Lederhose anzuziehen. Dafür hatte er seinen Trachtenanzug.

14 Die Auguste schaut auf die Uhr. Die von ihr vorgegebenen drei Minuten sind um, aber der Prinz und der Odysséas sind nicht da. Das fängt ja schon gut an. Sie überlegt, ob sie nach ihnen rufen soll, aber dann sagt sie in Richtung Elke, Robert Schulz und Marianne: »Na ja, ist ja wurscht. Packen wir's an, oder?«

»Vielleicht warten wir doch noch einen Moment«, schlägt die Elke vor.

»Wieso?«, wundert sich die Auguste, sie ist jetzt nicht direkt geladen, aber durchaus etwas unter Druck, denn die drei Hektar möchte sie heute schon gern noch schaffen, bevor es dunkel wird über den Feldern.

»Wegen der Gruppendynamik und so...«

Die Auguste kneift die Augen zusammen. »Wegen der Gruppendynamik? Ich meine, wegen der Gruppendynamik warten wir jetzt gerade *nicht*.« Ehe die Elke, die offensichtlich noch etwas von sich geben will, dies tun kann, legt die Bäuerin eine Hand auf das über dem Hinterreifen angebrachte Spritzblech des roten Traktors und verkündet: »Dies also ist mein Traktor. Es ist ein alter Traktor und ein Franzose obendrein, ein Renault 551, Baujahr 1978. Anders wie die heutigen Traktoren hat er nur einen Hinterradantrieb, was Nachteile mit sich bringt, die ihr kennen müsst, wenn ihr mit ihm arbeitet. Ratet mal, welche!«

»Am Hang oder bei schlechtem Fahrbelag, zum Beispiel morastigem Untergrund oder Schnee, können die Reifen, wenn es keinen Allradantrieb gibt, leichter durchdrehen.«

Die Auguste nickt der Marianne anerkennend zu. »Sehr gut.« Sowie sie die staunenden Blicke von Elke und Robert Schulz in Richtung Marianne wahrnimmt, fügt sie hinzu: »Die Marianne ist vom Fach, weil Maschinenbauerin, nicht wahr, Marianne?«

Die Angesprochene nickt. Elke und Robert mustern die Kühle mit bewundernden Mienen, was der Marianne gutzutun scheint. Die Augenringe kriegen wir weg, denkt sich die Auguste.

»Tja, dann klettern wir mal hinauf. Wer von euch fährt als Erstes?« Vorsichtiges Kopfschütteln. Keiner meldet sich. »Also, dann Sie, der Herr Schulz.« Der dickliche Mann zuckt zusammen. Die Auguste überlegt, was die Margarete wohl für eine Frau ist. Sicher eine ziemlich bestimmende Person. »Ach, da fällt mir etwas ein! Wie wäre es eigentlich, wenn wir alle Du zueinander sagen? Erstens ist das bei uns im Oberland so üblich, und zweitens ist es praktischer. Und mit der Marianne bin ich ja eh schon per Du.«

Der Vorschlag trifft auf Zustimmung, denn hierauf schüttelt die Elke dem Robert die Hand und dann die Marianne dem Robert, und dann schüttelt die Elke der Marianne die

Hand, und alle schütteln der Auguste die Hand, und jeder sagt seinen Namen, und die Auguste findet das ziemlich befremdlich, aber es sind Städter, und da macht man das vermutlich so.

Wenig später sitzt der Robert auf dem Fahrersitz des Traktors, die Auguste sitzt rechts von ihm und die Marianne und die Elke links, auf diesen kleinen Sitzflächen, die sonst eher für Kinder oder den Notfall gedacht sind. Eigentlich kann man da zu zweit nicht sitzen, aber irgendwie geht es dann doch.

»Im Prinzip geht das Traktorfahren wie Autofahren«, doziert die Auguste. Sie legt ihre linke Hand zärtlich auf das altmodische, dünne schwarze Lenkrad. »Man drückt die Kupplung, man dreht den Zündschlüssel um, und schon rumpelt es. Aber ...« Sie hebt den Zeigefinger. »Aber es gibt auch Besonderheiten, und die seht ihr hier.« Die Auguste deutet auf die zwei Hebel unterhalb des Lenkrads. »Ein Traktor hat nämlich nicht nur *einen* Ganghebel, sondern zwei. Der eine geht von eins bis vier, wie beim Auto. Und der andere hat drei Stufen: langsam, mittel und schnell. Wie viele Gänge hat ein Traktor also insgesamt, Elke?«

Die Auguste fragt ganz bewusst die Elke, weil die gerade gar nicht auf die Ganghebel schaut, sondern zum Wohnhaus hinüber, wo jetzt der Prinz in seiner Gutsherrenverkleidung steht. In seinem bartumrankten Mund eine qualmende Pfeife. Vermutlich denkt die Elke, was das für die Gruppendynamik bedeutet, wenn vier arbeiten und einer Pfeife raucht.

»Elke!«, mahnt sie durchaus liebevoll. »Wie viele Gänge hat also der Traktor hier?«

»Na, hast du doch gesagt ... vier.«

»Vier ist schon mal ganz gut«, stimmt die Auguste zu. »Aber da ist ja noch ein zweiter Ganghebel, nicht wahr? Und der verdreifacht doch die Anzahl.«

Die Elke schaut sie an, als wäre eben ein Känguru vorbeigeflogen.

»Vier normale Gänge verdreifachen sich durch die drei Gänge *langsam, mittel, schnell*«, sagt die Auguste. Es ist heiß, sie wischt sich über die Stirn, sie schaut auf die Uhr, seufzt. »Leute, wir müssen jetzt wirklich ein bisschen Gas geben, weil... sonst kriegen wir das alles nicht mehr vorbereitet. Wir müssen das Mähwerk ja auch noch dranhängen und dann zu Mittag essen und nach dem Mittagessen wirklich gleich losmähen. Wisst ihr, wenn wir heute noch drei Hektar Wiese schaffen wollen, dann müssen wir uns jetzt richtig ranhalten, weil... sonst sind wir um neun noch nicht fertig.« Sie wendet sich wieder an den Robert. »Also, Robert, jetzt trittst du die Kupplung.« Der Robert tritt die Kupplung. »Jetzt drehst du den Zündschlüssel.« Der Robert dreht den Zündschlüssel. Der Motor rattert los. »Jetzt legst du den ersten Gang vom ersten Ganghebel ein.« Der Robert tut wie geheißen. »Und jetzt den Langsam-Gang vom zweiten Ganghebel.« Der Robert lässt den Gang einrasten. »So, und jetzt gibst du Gas und lässt die Kupplung langsam kommen.« Der Robert lässt das Gas aufheulen und die Kupplung kommen, der Traktor macht einen Satz und erstirbt. Der Robert verzieht das Gesicht. »Macht nichts«, sagt die Auguste. »Noch mal!«

Der Robert hat Schweißflecken unter den Achseln. Aber beim zweiten Versuch fährt der Traktor zockelnd an. Die Auguste muss nun gegen den Motorenlärm anschreien. »Zur Tenne! Fahr einmal um den Stall herum und dann zur Tenne!«

Während er den Stall umrundet, strafft sich sein Körper. Und als die Elke »Cool« quäkt und ihm den Gewinnerdaumen entgegenhält, lächelt der Mann sogar. Wenn ihn nur die Margarete sehen könnte... oder seine Mama, denkt die Auguste.

Wenig später steht der Traktor vor der Tenne. Die Auguste lobt den Robert ausgiebig, die Elke klatscht, und die Marianne nickt lächelnd. Der Robert lächelt schüchtern zurück.

»Das Rückwärts-ans-Mähwerk-Fahren mache jetzt ich, weil sonst kommen wir heute gar nicht mehr los.« Die Auguste wechselt mit dem Robert den Platz und fährt den Renault 551 routiniert und rückwärts ans Zugmaul der Mähmaschine. Dann scheucht sie ihre neuen Mitarbeiter vom Traktor hinunter und klettert selbst auch nach unten. Sie deutet der Reihe nach auf die zwei roten Metallstäbe, die unten wegstehen, und dann auf den oben. »Das, was ihr hier seht, ist eine Dreipunkthydraulik. Die ist dafür da, dass man Sachen dranhängt, die keine eigene Achse haben – eine Seilwinde, einen Pflug, einen Kreisler, eine Ackerschiene oder eben ein Mähwerk, was wir jetzt brauchen.« Mit einigen ruhigen, aber zügigen Handgriffen verbindet sie das Mähwerk mit dem Traktor. Währenddessen erklärt sie weiter: »Das ist ein Zweitrommelmähwerk. Im Prinzip ist das ein Kasten mit zwei Trommeln drin, in denen zwei Messer im Kreis schwingen, so ähnlich wie bei einem Rasenmäher.«

Die Maschinenbau-Marianne nickt, die Elke und der Robert staunen. Die Elke steht dicht beim Robert, es könnte sein, dass ihre linke Brust sogar ein bisschen Roberts Arm berührt, vielleicht aber auch nicht; jedenfalls geht der Robert nicht zur Seite. Es ist wie eine Yoga-Übung.

»So, jetzt steigen wir wieder auf und fahren damit vors Haus. Samt Mähwerk.«

»Darf ich jetzt fahren?«, fragt die Elke. Der Robert schaut sie an. Die Auguste schaut sie an.

Sie darf.

Als der Traktor um den Stall herumbiegt, entfährt der

Auguste ein kurzes, erschrockenes »Aaah!«, und sie greift der Elke ins Steuerrad, um es mit aller Kraft herumzureißen. Der Traktor macht einen Bocksprung und säuft ab. Plötzlich ist alles still. Die Elke starrt die Auguste an. Wässrig ihre Augen. Entsetzen.

»Das Mähwerk!«, entfährt es der Yogabäuerin ziemlich laut. Sie deutet nach hinten zum angehängten Mäher. »Du musst immer daran denken, dass du hintendran noch ein Mähwerk hast. Da kannst du nicht so eng in die Kurve fahren. Schau mal, wie knapp das war!«

Es war knapp, denn zwischen das Mähwerk und die Mauer vom Stall passt kaum mehr eine Handbreit. Die Elke macht ein untröstliches Gesicht, was der Auguste schier eine Nummer zu untröstlich ist. »So sorry, liebe Auguste«, sagt sie in einem Tonfall, als wäre die Auguste vier Monate alt oder gehbehindert oder beides. Die Auguste bemüht sich, dies positiv zu sehen. »So, jetzt bitte noch einmal von vorn! Was machen wir zuerst?«

»Kupplung?« Die Elke schaut wie ein Reh, nur in Lila. Die Auguste nickt trotzdem. »Gang?«

»Ist noch drin.«

»Anderer Gang?«

»Ist auch noch drin.« Augustes Stimme ist kaum Genervtheit anzumerken. »Was machst du jetzt?«

Die Elke sucht Augenkontakt mit der Auguste, sie ist jetzt praktisch ein Reh und sagt dementsprechend nichts. Weil sie es nicht weiß. Hirn ausgebaut oder so. Die Auguste versteht es nicht. Sie wartet. Die Marianne wartet.

Der Robert deutet mit seiner mopsigen Hand auf den Zündschlüssel: »Du startest den Motor, Elke.« Lieb sagt er das. Besonders das letzte Wort.

»Danke«, haucht die Elke und lässt den Motor an. »Und jetzt Gas und Kupplung kommen lassen?«, ruft sie gegen den Lärm an. Alle nicken. Der Traktor fährt an. Die Auguste wirft einen kritischen Blick nach hinten, aber das Mähwerk drückt sich gerade so an der Stallwand vorbei. Der Traktor zuckelt weiter. Vor dem Wohnhaus gelingt es der Elke, den Traktor samt Anhänger zum Halten zu bringen. Als der Motor erstirbt, atmen alle auf. »Ganz schön laut«, sagt die Elke.

»Ganz normal«, erwidert die Auguste. »Man denkt immer, auf dem Hof, da ist die Ruhe daheim, aber die Landwirtschaft ist nicht mehr leise, seit es Maschinen gibt.«

Die Elke scheint nachzudenken. »Und wenn wir jetzt statt mit der Maschine einfach von Hand mähen? Ich meine, wir sind doch fünf Leute, könnten wir doch machen.«

»Von Hand mähen?« Die Bäuerin mustert die Elke prüfend. Sie ist sich nicht sicher, ob das ein Witz sein soll.

»Na ja, das wäre viel leiser ... und wir würden weniger Abgase verursachen. Das wäre doch viel nachhaltiger. Es gibt Leute, die sagen, eine richtige biologische Landwirtschaft ist nur eine ohne Maschineneinsatz.«

Die Auguste presst die Lippen zusammen. Dann sagt sie: »Wenn wir die drei Hektar von Hand mähen, dann brauchen wir dafür wahrscheinlich eine Woche. Glaub mir, die Arbeit ist hart genug.« Dann steigt sie vom Traktor. Der Tweed-Prinz schmaucht noch immer seine Pfeife vor dem Haus. Mit dem stimmt was nicht. Hinter der Auguste klettert die Marianne vom Traktor, dann der Robert. Er streckt der Elke die Hand hin. Er lächelt. Und die Elke nimmt die Hand mit einem Lächeln an.

FREMDE FRAU

*Als Soft Skills gelten gemeinhin Kommunikations-
fähigkeit, Selbstbewusstsein, Teamfähigkeit,
Einfühlungsvermögen, Konfliktfähigkeit, Kritik-
fähigkeit, Eigeninitiative und Zeitmanagement.*

15 Alle Gäste sitzen bereits am Tisch in der Küche. Die Auguste stellt den Topf mit den Wienern neben den mit dem Sauerkraut und fragt in Richtung Tweedjackett: »Magst du Senf, Prinz Charles?« Sowie sie es ausgesprochen hat, fällt ihr etwas ein. »Ach so, wir sind jetzt übrigens alle per Du, haben wir gesagt, weil das einfacher ist.« Und es ist kaum zu glauben, ja, regelrecht verrückt, denn erneut schütteln sich alle die Hände. Diese modernen Menschen sind schon putzig.

Nachdem das ganze Geschüttel erledigt ist, angelt die Auguste dem Prinz ein Paar Wiener aus dem Topf. Doch sowie sie die Würste helikoptergleich in Richtung seines Tellers fliegen lässt und dann über seinem Teller abwerfen will, hält der falsche Adlige die Hände über den Teller und ruft: »Stopp, nein, stopp, stopp! Keine Würste!«

»Keine Würste?« Die Auguste fasst es nicht. »Aber es gibt heute Würste. Das ist das Mittagessen.« Ihr ist heiß, sie verscheucht eine Fliege vom Rand ihres Tellers.

»Ja, aber ich bin Vegetarier.«

Der Prinz Charles macht einen Gesichtsausdruck, als hätte er soeben die Glühbirne erfunden. Die Glühbirne wurde jedoch von Thomas Edison erfunden oder von Heinrich Göbel, aber jedenfalls nicht von Prinz Karl. Die Auguste muss sich zusammenreißen. Sie sagt: »Aber ich habe sonst bloß noch Sauerkraut und Brezn.«

»Ist mir egal.«

»Du musst aber was essen!«

»Ich esse nichts, was sich eigenständig bewegt. Vegetarische Regel.«

»Was sich eigenständig bewegt«, wiederholt die Auguste. Vor ihrem inneren Auge bewegen sich Schweine, Rinder, Hühner, Rehe, Füchse. Na ja, einen Fuchs täte nicht einmal sie selbst essen, weil er ein Drecksvieh voller Parasiten ist. Wenn man nichts isst, was sich eigenständig bewegt, ist das schon eine Einschränkung. Von dem her ist der Mann ganz klar ein Fall für die Gitti. Die kennt sich aus mit solch schwierigen Trends.

Die Auguste legt dem Odysséas ein Paar Würste auf den Teller. Er bemerkt es gar nicht, so vertieft ist er in sein Smartphone. Die Auguste mag das nicht, wenn man beim Essen etwas anderes macht, aber sie sagt nichts, weil es sind ja Gäste, und sie verdient ein paar Tausend Euro mit ihnen. Aber die Marianne sagt: »Sag mal, Odysséas, könntest du bitte das Handy wegtun, mich stresst das.«

Der Odysséas reagiert gar nicht, gerade so, als wäre er taub. Auch auf ein zweites »Odysséas!« stellt er sich dumm. Die Marianne schüttelt den Kopf und schneidet sich ein Stück von dem Wiener ab. Aber die Elke hat es mitbekommen. Die sitzt neben einem Robert, der nicht mehr ganz so wie ein nasser Sack dahockt, was die Auguste bemerkenswert findet. Die Elke stupst den Odysséas an. »Hey, Ody!«, sagt sie. Robbie, Ody, denkt sich die Auguste, die Elke hat offensichtlich einen Hang zum Y.

Der Ody macht »Mmh« und wischt weiter auf dem Handybildschirm herum.

»Die Marianne hat dich eben gebeten, das Handy wegzutun.«

»Ah«, antwortet der Ody, aber es wirkt so, als hätte er nichts mitbekommen.

»Und ehrlich gesagt finde ich selbst es auch nur so mittelfein, wenn du das da jetzt machst.« *Mittelfein.* Sehr lieb sagt die Elke das.

»Ja, ja, gleis, gleis. Is suche nur gerade noch die Skills raus, was unbedingt auf die Bestätigung stehen muss, was die Auguste uns ausstellt.«

»Ody!«, quäkt die Elke ein bisschen fordernder, ein bisschen ungeduldiger, aber durchaus nicht böse. Sie ist eine Pädagogin.

Der Nichtgrieche hebt kurz den Kopf. »Hey, Leute, is mache da Reserse, die isse auch gut für eure Karriere.« Er senkt den Kopf wieder, murmelt aber weiter. »Wenn das drinsteht in eure Seugnis, isse das gut für eus auch. Is hab das son fast alles beisammen.«

»Ich brauche kein Zeugnis«, sagt die Elke. »Ich bin hier, damit es mir gut geht.«

»Was suchst du denn da?«, will die Marianne wissen. Streng und kühl hört sich das an, aber auch interessiert.

»Na, Soft Skills, Mann! Sau mal, da steht es! Wistig isse Fähigkeit-Kritik, Würdigkeit-Vertrauens, Kommunikation, Gierde-Neu und Empathie.«

»Und du willst, dass die Auguste dir das in einem Zeugnis

bestätigt?« Es ist dem Tonfall der Konzernchefin gut anzuhören, was sie von dieser Idee hält – Toastbrot ohne alles.

»Öh, ja?« Odysséas scheint den Ton wahrgenommen zu haben, denn er unterbricht sein Wischen und schaut die Marianne an.

»Und du meinst, dass dir die Auguste zum Beispiel bestätigt, dass du empathiefähig bist?«

»Öh, ja?« Er wirft der Auguste einen Blick zu. »Hasse du doch gesagt, Auguste, oder? Masse du mir die Seugnis.«

Die Auguste weiß, worauf die Marianne rauswill, dass nämlich Empathie Einfühlungsvermögen heißt und dass das, was der Odysséas hier gerade abliefert – mit dem Handy rumfummeln, wenn wer am Tisch das nicht gut findet, zwecks Mittagessen –, das Gegenteil davon ist. Aber sie möchte jetzt eigentlich keinen Streit, sondern zu Mittag essen.

Die Elke anscheinend auch nicht. »Jetzt kommt!«, schaltet sie sich mit so einem Krankenschwester-Pastorinnen-Tonfall ein. »Wir wollen uns doch nicht kabbeln!« Der Robert nickt zustimmend. Er ist damit noch ganz beschäftig, da erklingt sein Handy, die Carmen-Melodie. *Damdadada-dadida-damdadada* und so weiter.

»Na, sau, seine Handy klingelt doch auch!« Der Odysséas macht eine empörte Handbewegung zum Robert hin. Und der nimmt den Anruf glatt entgegen, obwohl er eben noch so zustimmend genickt hat. Die Auguste versteht die Menschheit nicht zu hundert Prozent. Dafür können alle mithören, was der Robert spricht. Es ist die Margarete dieses Mal, das ist gleich klar, denn die Ex vom Robert meldet sich mit: »Hallo, Robert, hier ist Margarete.«

»Hallo, Margarete.«

»Robert, es gibt da ein Problem.«

Die Auguste sieht, wie alle am Tisch die Augenbrauen hochziehen. Sie kennen die Margarete noch nicht, aber mit der wollen sie kein Problem haben, übrigens auch mit Roberts Mama lieber nicht.

Der Robert ist um Fassung bemüht. »Ja, Margarete«, sagt er. »Einen Moment, ich bin gerade... ich muss eben mal schnell... weil, damit ich... also, ungestört mit dir sprechen kann.« Zur Elke neben sich sagt er: »Lässt du mich mal raus?«

»Klaro«, antwortet die Elke und rutscht aus der Eckbank.

Während auch der Robert von der Eckbank rutscht, fragt die Margarete: »Ist da eine Frau?«

»Ja, da ist eine Frau.«

»Na, das ist ja toll, das werde ich gleich mal Cosima sagen, dass Papa jetzt mit fremden Frauen rummacht.«

»Margarete! Ich mache doch nicht mit fremden Frauen herum«, widerspricht der Robert noch, dann ist er durch die Tür in den Gang verschwunden.

»Fremde Frauen!« Die Elke schüttelt den Kopf. Sie ist ein bisschen rot geworden. Die Auguste ist sich nicht sicher, ob die Elke es gut fände, wenn sie mit dem Robert herummachen dürfte. Er ist ja schon ein bisschen ein Luschi.

Jeder isst schweigend seine Wiener, außer dem Prinz Charles. Der Odysséas kaut, aber parallel dazu macht er wieder an seinem Smartphone herum. Vermutlich heißt das bei ihm Tasking-Multi, denkt sich die Auguste. Als die Marianne aufgegessen hat, schaut sie dem Odysséas eine Weile zu, dann fragt sie: »Was erwartest du dir eigentlich von einem Zeugnis von einem Bauernhof, in dem steht, dass du zum Beispiel empathiefähig bist?«

Der Odysséas nimmt die Augen nicht vom Display. »Is mösse Leitungs-Abteiler werden.«

»Abteilungsleiter, soso«, antwortet die Marianne so trocken, als wäre sie ein Handtuch. »Darf ich fragen, wo du arbeitest?«

»WPA Verpackungen«, sagt er.

»Aha. Und in welcher Abteilung?«

»Was fragst du, das verstehst du eh nisse.«

Die Auguste hat das Gefühl, dass das Gespräch sich in eine ungute Richtung entwickelt. Sie möchte nicht, dass die Frau Doktor sich beleidigt fühlt, wo sie doch noch fast im Burn-out drin ist. Beleidigtsein ist ungesund. Deshalb sagt sie: »Ich glaube, lieber Odysséas, die Frau Doktor Marianne Klobisch kennt sich schon aus mit so was, weil die ist nämlich Ärztin und Chefin von einer großen Firma.«

»Das ist nicht ganz richtig«, schaltet sich die Marianne ein. »Ich bin keine Ärztin, sondern Ingenieurin und habe in Maschinenbau promoviert. Außerdem bin ich nur Teil des Vorstands der RMB AG, aber nicht Vorstandsvorsitzende, also Chefin.« Sie trinkt einen Schluck Wasser. Es tut ihr anscheinend gut, von ihrem beruflichen Erfolg zu sprechen. Ihre Haltung hat sich gestrafft.

Die Elke schaut sie staunend an. »Echt jetzt? Und zu welchem Thema hast du deine Doktorarbeit geschrieben?«

»Systematische Untersuchung flacher Niederdruckflammen mittels Photoionisationsmassenspektrometrie und Photoelektron-Photoion-Koinzidenz-Spektroskopie.«

Die Ruhe am Tisch hat etwas von Elektrizität. Vermutlich weil es den meisten so wie der Auguste geht. Sie alle kennen Fotoapparate und Fotokopierer und Flammen, aber das, was die Frau Doktor da gesagt hat, ist viel komplizierter, maschinenbauiger und akademischer. Sogar der Odysséas unterbricht sein Gewische. Vielleicht ist so eine Doktorarbeit doch für etwas gut, denkt sich die Auguste.

Aber die Ruhe währt nicht lange, denn nun geht die Tür auf, und der Robert kommt zurück. Die Auguste sieht sofort, dass ihm Tränen in den Augen stehen. Ein Mann, der weint. Das gibt's in Wolkendorf eigentlich bloß bei Beerdigungen, also bei ganz traurigen. Und bei Hochzeiten, aber das muss dann schon ein besonders hübsches Brautpaar sein. Die Elke steht auf und lässt den Robert durch. Er setzt sich und greift mit der Eckigkeit des Heukrans in der Tenne nach seiner Wiener und führt sie zum Mund. Die lila Elke legt ihm ihre kleine Hand auf die Schulter. Er hat jetzt wieder die schlechte Haltung von vor dem Traktorfahren. Der Robert muss mehr Traktor fahren, denkt sich die Auguste. Und weniger mit Margarete und Mama telefonieren. Diese zwei Weiber sind das Gegenteil von Gummistiefelyoga.

Der Odysséas wendet seinen Blick von der Marianne ab und dem Robert zu. »Was saust du so? Gibt's Problem?«

Robert nickt.

»Mit Frau?«

Der Robert nickt noch einmal. »Ex-Frau.«

»Seiss-Ex-Frauen«, sagt der Odysséas, und die Auguste fragt sich, ob das jetzt einfühlsam ist. »Is habe drei.«

Die Elke, die Marianne, der Prinz und der Robert mit den verweinten Augen starren den Odysséas ungläubig an. Er hebt entschuldigend die Schultern und – weil sie bei jedem Menschen unten dranhängen – auch die Arme. »Was is soll massen? Isse passiert.«

»Drei Ex-Frauen? Und Kinder ... hast du auch Kinder?«, will der Robert wissen. Dass hier noch mehr gescheiterte Familien mit am Tisch sitzen, scheint ihn zu beleben.

»Vier«, sagt der Odysséas.

»Das ist natürlich ...« Der Robert verliert sich in Grübeleien. Dann fällt ihm etwas ein. »Und was ist mit dem Sorgerecht? Margarete will mir nämlich Cosima ... also, das ist meine Tochter ... ganz entziehen.«

»Habe is alles son verloren«, erwidert der Odysséas. »Recht-Sorge ist männerfeindlis. Wenn is meine Töchter will sehen, is muss zu Walt-An.«

»Und wieso?« Die Elke fragt das mitfühlend.

»Ach, isse Thema komplexe.«

»Hast du eigentlich Kinder?«, erkundigt sich die Elke beim Prinz.

»Nicht dass ich wüsste«, antwortet dieser, was die Auguste zumindest verwunderlich findet, denn normal weiß man das doch.

»Und du?«, fragt der Robert in Richtung Elke und wird ein bisschen rot dabei.

»Nicht dass ich wüsste«, sagt die Grundschullehrerin, und das führt tatsächlich bei allen am Tisch zu Heiterkeit, weil man von der Elke, die so esoterisch und lieb ist, so etwas Freches und Lustiges gar nicht erwarten würde, vor allem nicht in so einem ernsten Moment, in dem ein Mann eben noch Tränen in den Augen hatte wegen seiner Tochter, die er zu verlieren droht, wegen einer herrschsüchtigen Margarete.

»Genug geratscht«, erklärt die Auguste jetzt. »Jeder räumt seinen Teller in die Spülmaschine, danach zwanzig Minuten Mittagsschlaf und um eins Treffpunkt am Traktor. Elke, Robert und Marianne sind das Mähteam. Und du« – sie deutet auf den Prinzen – »und der Odysséas, ihr macht den Hühnerstall sauber.« Sie öffnet die Spülmaschine, stellt ihren Teller hinein, macht eine auffordernde Handbewegung in Richtung der anderen, wischt die Arbeitsplatte sauber, stellt das Senfglas in den Kühlschrank, nimmt die Antibiotika, die da noch von ihrer letzten Grippe liegen, und räumt sie in den Schrank.

»Is soll den Stall von Hühner massen sauber?« Der Gesichtsausdruck vom Odysséas in seiner Oktoberfestkluft stimmt die Auguste irgendwie heiter.

»Ja, du und der Prinz Charles.«

»Aber...«, will der Odysséas einwenden.

Doch die Auguste bleibt unbeeindruckt. »Nix aber, Gummistiefelyoga! Und wenn ihr in zwanzig Minuten nicht da seid, gibt's im Abschlusszeugnis Punktabzug.« Das wäre doch gelacht, wenn sie diesen jungen Männern nicht Beine machen könnte.

BLUMENKIND

Einer von Jörg Steinleitners Lieblingslandwirten ist der Kistler-Bauer vom Riegsee. In der von diesem progressiven Landwirt gehaltenen Alpakaherde lebt der junge Rehbock Beni, der sich für ein Andentier hält. Der Kistler-Bauer hat den Beni großgezogen, nachdem dessen Mutter bei einem Zugunfall ums Leben gekommen war.

16 Wie der Robert nach dem Essen daherkommt, fasst die Auguste es schier nicht. Er hat sich eigens umgezogen und trägt nun so eine Billigarbeitskluft vom Aldi, eine Hose mit großen Seitentaschen und so ein Holzfällerhemd mit schlechten Nähten. Vermutlich China-Produktion oder Nordkorea. Richtig verkleidet sieht er aus. Die Marianne und die Elke sind auch da. Die Frau Doktor hat alte Jeans und ein T-Shirt an. Ihre Füße stecken in abgetragenen Turnschuhen. Die Elke kommt im rosa-weiß karierten Hemd, lila Kopftuch und Wanderschuhen mit lilafarbenen Schnürsenkeln. Die Auguste schmunzelt kurz. Dann wirft sie noch einmal einen Blick auf Mariannes Schuhwerk und beschließt, dass Turnschuhe nicht gut sind für die Bauernarbeit. Sie geht in den Stall und kommt wenig später mit zwei alten Gummistiefeln zurück. »Nimm die hier«, sagt sie zur Marianne und drückt ihr das Paar in die Hände. Sie spürt, dass sich etwas in der Maschinenbauerin gegen die Schuhe sträubt, aber dann steigt die Managerin doch hinein. »Geht doch«, sagt die Auguste wohlwollend. Obwohl die Marianne ziemlich groß ist, sieht sie in den klobigen Stiefeln ein bisschen wie ein Kind aus. Der Odysséas, gewandet in eine Art Wüstenanzug mit sandfarbener Hose und ebenso gefärbtem Kurzarmhemd sowie beigefarbenen Soldatenschuhen, kommt nur fünf Minuten zu spät.

»Wo ist der Prinz?«, fragt die Auguste.

Keiner weiß es. Die Elke mustert den Robert, die Marianne mustert die Elke, der Odysséas mustert die Auguste.

»Also, dann kommt mal mit, dann zeige ich euch, wie das geht mit dem Hühnerstall.«

Der Hühnerstall ist ein ehemaliger Bauwagen. Die Auguste öffnet die Tür.

»Puh!«, entfährt es der Elke.

»Ja, Hühnerscheiße riecht nicht so gut wie Kuhfladen«, sagt die Auguste. »Die fressen halt auch alles und nicht bloß Heu.« Sie überlegt kurz. »Aber die Hühner sind tagsüber fast alle draußen. Deswegen kannst du hier jetzt auch gut und ungestört arbeiten, Odysséas.« Der Verpackungsexperte nickt vorsichtig, aber mit gerümpfter Nase. Die Auguste riecht sein orientalisches Parfum und bedauert es fast ein wenig, dass man es vermutlich schon bald nicht mehr wird riechen können. Aber so ist das Landleben nun mal. »Hier ist die Schaufel.« Sie drückt ihm die Schaufel in die Hand, die an dem Bauwagen lehnt. Es hängt Dreck dran. »Und da vorn steht der Schubkarren.« Sie deutet zum Misthaufen, wo ein ziemlich ramponierter und verschmutzter Schubkarren wartet.

»Und is soll das jetzt hier massen sauber?«

»Ja, also, es muss nicht so sauber sein wie ein Badezimmer«, scherzt die Auguste. »Aber du solltest halt den ganzen alten

Mist rauskratzen, vor allem vom Boden und von der Stange, wo die Hühner draufsitzen, und von den Legenestern. Und wenn du das hast, streust du frisches Stroh ein, das ist in der Tenne, damit die Viecher es gemütlich haben.«

»Und was isse mit die Prinz?«

Die Auguste hebt die Schultern. »Kannst ja schauen, ob du ihn findest«, schlägt sie vor. Ist nicht der Odysséas ein Experte für Gruppendynamik und derlei Kram?

»Kann is nisse lieber mit eus mähen mit die Tor-Trak?« Seine braunen Augen glupschen sie an. Er meint den Traktor. Der Odysséas kann tatsächlich so unschuldig schauen wie ein Engel.

»Nein«, wehrt die Auguste ab. »Das Mähteam von heute steht und hat schon eine Einweisung ins Traktorfahren bekommen. Dir zeige ich das morgen. Das dauert sonst zu lang. Wir müssen loslegen, damit wir die drei Hektar heute noch schaffen.«

Dann steigt das Mähteam auf den Renault. Die Elke klettert auf den Fahrersitz. Sie legt die Gänge ein und startet den Motor. Sie fährt los.

»Denk an das Mähwerk!«, ruft der Robert, nachdem er ihr kurz die Hand auf die Schulter gelegt hat. Eine Geste, die die Auguste bemerkenswert findet. Und schon knattert der Traktor um das Wohnhaus herum zu dem kleinen Weg, der vom Dorf in den Wald führt. Die Elke steuert den Traktor samt angehängtem Gerät aufs Feld.

»Anhalten!«, ruft die Auguste.

Der Traktor macht einen Sprung, und der Elke säuft vor Schreck der Motor ab. »Alles gut«, sagt die Auguste. »Mach ihn wieder an, aber bitte nicht losfahren! Wir bleiben erst einmal stehen.«

»Warum sollte ich denn anhalten?«, fragt die Elke. »Hab ich was falsch gemacht?«

»Nein, aber wir müssen doch erst das Mähwerk ausschwenken. Das hängt noch hintendran und ist nicht ausgeklappt. So wie das jetzt ist, kannst du nicht mähen. Mach ihn wieder an!« Als der Motor läuft, springt die Auguste vom Traktor.

»Sollen wir auch runter?«, fragt die Marianne.

»Nein, bleibt sitzen!« Bis die wieder alle abgestiegen sind!, denkt sich die Auguste. »Wie das genau geht, zeige ich euch ein andermal.« Sie wendet sich dem Mähwerk zu, dann blickt sie noch einmal hinauf zum Mähteam. »Wisst ihr, das ist ein Traktor mit einer alten Hydraulik, da muss man auf der Weide erst noch von Hand umschwenken.« Jetzt beginnt sie, die nötigen Handgriffe auszuführen. »Aber Achtung, das ist nun wirklich wichtig, weil unter Umständen lebensrettend! Beim Ausschwenken muss der Traktor auf ebenem Grund stehen, damit es das Mähwerk nicht zurückschwingt. Das Ding ist schwer. Das kann dich totschlagen. Also denkt immer daran, dass ihr am Mähwerk nichts verändert, wenn ihr am Hang steht!« Die drei im kleinen Führerhaus des Traktors schauen ihr zu. »Bolzen reinstecken!«, ruft die Auguste und hebt den Eisenbolzen hoch. »Und dann sichern!« Sie betrachtet ihr Werk noch einmal kritisch und klettert dann wieder zu den anderen hinauf. »So, jetzt schaltest du die Zapfwelle ein!«

Die Elke schenkt ihr einen verständnislosen Blick. »Zapfwelle?«

»Die Zapfwelle ist die Antriebswelle, die das Mähwerk antreibt. Die schaltest du jetzt ein.« Die Elke macht es. »So, und jetzt brauchst du den ersten Gang und den Schnellgang von der dritten Gruppe. Gut so, ja. Und jetzt«, ruft die Auguste, »Kupplung kommen lassen!« Die Elke lässt die

Kupplung kommen. »Und jetzt gibst du möglichst viel Gas.« Die Elke gibt Gas, aber nicht genug. »Gib Gas!«, schreit die Auguste gegen den Motor an. »Wenn ihr zu wenig Gas gebt, dann mäht es nicht, das Mähwerk.« Die Auguste schwitzt, es ist anstrengend mit den Gummistiefelyogis. Aber der Traktor ruckelt los. Nach ein paar Metern ruft der Robert: »Er mäht! Du mähst! Elke, du mähst!«

»Ja!«, kreischt die Elke begeistert und mit rosa Wangen.

Kinder, denkt die Auguste. Es sind Kinder. Aber eigentlich ist das gut, denn die Kindheit ist doch für jeden eine gute Zeit. Und wie der Robert lacht. Es ist das erste Mal, seit er auf dem Hof ist, dass er lacht. Und die lila Elke, schau sie dir an, sie fährt eine Schlangenlinie.

»Von außen nach innen!«, ruft die Auguste.

»Was?«, ruft die Elke zurück.

»Du fährst Schlangenlinien. Das ist nicht gut, da zerdrücken wir das ganze Gras. Fahr nach außen!« Die Elke kapiert es nicht. »An den Rand vom Feld! Wir mähen von außen nach innen.« Die Auguste macht kreisförmige Bewegungen. Die Elke nickt und fährt.

»Das riecht gut, das Heu!«, ruft der Robert. »Das glauben die mir nicht in der Versicherung!«

»Ja, Robbie!«, schreit die Elke zurück. »Wieso Versicherung?«

»Da arbeite ich!«, brüllt der Robert, und die Auguste erkennt ihn nicht wieder. Ist das der lasche Kerl, den sie vor ein paar Stunden an der Bushaltestelle aufgegabelt hat?

»Verkaufst du Versicherungen, oder was?«, fragt die Elke lautstark und biegt haarscharf am Stacheldrahtzaun vorbei in die Kurve.

»Nein, ich arbeite da als Jurist.«

»Wow, Robbie, echt? Cool!«

»Na ja, also... eben... also als...« Er zögert, bevor er weiterkrakeelt. »Also eben als Sachbearbeiter... in der Schadenssachbearbeitung.«

»Jetzt ist aber mal gut mit Ratschen«, fährt die Auguste dazwischen, weil die Elke schon wieder fast einen Zaunpfahl mitnimmt. Sie greift ihr resolut ins Lenkrad. Ob Schäden, die von Urlaubern an Landmaschinen angerichtet werden, von der Versicherung übernommen werden? Es ist sicherlich kein Nachteil, dass der Robert sich da auskennt.

Die Wiese steht in sattem Grün, vereinzelte Blumen sehen aus wie Farbflecken auf einem Teppich aus Gras, den die Mähmaschine jetzt um etliche Zentimeter kürzer macht.

»Schade, dass wir die schönen Blumen jetzt alle wegmähen!«, schreit die Elke gegen den Motorenlärm an.

»Ja«, brüllt der Robert. »Schade!«

Die Auguste zuckt mit den Schultern.

»Die wunderschönen Blumen!«, quäkt die Elke noch einmal. »Wir hätten sie vorher pflücken sollen. Das wäre ein herrlicher Strauß geworden.«

Jetzt mäh du mal, denkt die Auguste und schaut auf die Uhr. Das dauert alles viel länger mit den Gästen. Sie ist sich nicht sicher, ob ihr Plan aufgeht, nicht nur der Mähplan, sondern der große Masterplan für die Rettung des Höllinger-Hofs. Plötzlich überkommt sie ein beklommenes Gefühl. Aber dann denkt sie an das Geld, das sie von Elke, Robert, Marianne, Odysséas und dem Prinzen bekommt, und sie wird wieder zuversichtlicher. Nachdem die Elke zwei Runden gemäht hat, darf der Robert. Und schließlich darf die Marianne. Bei der merkt man schon, dass sie Maschinenbauerin ist. Sie geht routinierter vor. Hoch konzentriert betätigt sie einen Hebel nach dem anderen, drückt die Kupplung, gibt etwas Gas, lässt die Kupplung kommen, gibt viel Gas, damit das Mähwerk ordentlich rödelt – die Marianne kann das.

»Du hast Mähtalent!«, schreit die Auguste der Frau Doktor ins Ohr. Deren Miene bleibt reglos, nur ein kaum merkliches Zucken in ihren Mundwinkeln verrät der Auguste, dass sie sich freut.

Nach einer Weile meldet sich die Elke wieder zu Wort. »Ich will auch noch mal! Auguste, darf ich noch mal?«

Die Marianne schaut zur Auguste herüber, und die Auguste hebt fragend die Schultern. Eigentlich würde sie gern die Marianne weitermähen lassen, weil das geht schneller, und sie mäht auch sauberer. Aber wenn sie Elkes Glücksgesicht betrachtet, dann ist klar, wie sie entscheiden muss. Die Sonne geht zwar allmählich unter, doch sie haben zum Glück auch schon einen Großteil der Wiese geschafft. Das geht sich schon aus heute, also hoffentlich.

Jetzt mäht die Elke. Sie mäht und lenkt und singt sehr laut gegen den Traktormotor an. Es ist ein erfundenes Lied. »Ich mäh und mäh und mäh, der Traktor macht kräh-kräh.« Es klingt albern und hat etwas von einer Pippi Langstrumpf, findet die Auguste. Genau in diesem Augenblick rumpelt es ungut unter den Rädern, schon macht es ein gruseliges Geräusch, und die Auguste reißt den Kopf nach hinten, und dann weiß sie auch schon, was los ist, aber verdammt, es ist zu spät.

»Halt!«, schreit die Bäuerin. »Halt, Elke! Halt an!«

»Was ist?«, kreischt die Elke zurück. Sie dreht den Schlüssel, der Motor röchelt und geht aus. Bange Blicke wenden sich nach hinten. Und dann sehen sie es. Es ist ein blutiger Anblick im Grün der Wiese.

Es riecht nach Heu, aber die plötzliche Stille ist grausam. Ein Habicht kreist am Himmel und schreit den Habichtschrei.

»Was ist das?«, flüstert die Elke. »War ich das?«

Etwas Braunes, Kleines, Felliges liegt da. Blutbesudelt.

»Ein Rehkitz«, sagt die Marianne.

»O Gott!«, entfährt es der Elke. »Ist es tot?«

Die Frage ist so naiv, sie ist so dumm. Aber die Auguste kann der Elke nicht böse sein, denn natürlich würde sie sich wünschen, dass das Reh noch lebt, dass es aufsteht und wegrennt. Doch es ist kein Reh mehr, was da liegt, es sind nur noch Fleischfetzen, Knochen und Sehnen.

Die Bäuerin springt vom Traktor. Die anderen drei klettern ihr hinterher. Die Auguste macht sich ein Bild, dann kehrt sie zurück zum Führerhaus, zieht einen blauen Müllsack unter dem Sitz hervor, und die Handschuhe nimmt sie auch. Dann drückt sie der Marianne den Sack in die Hände. Die Marianne kommt ihr am gefasstesten von den dreien vor. Die Auguste sagt: »Bitte halt das mal auf, Marianne!«

»Aber doch nicht in einen Müllsack!«, widerspricht die Elke und starrt mit glasigen Augen auf das unschuldige Rehkitz.

Die Auguste zuckt mit den Schultern. »Halt mal auf!«, fordert sie die Marianne noch einmal auf.

Die Marianne knistert ein bisschen ungeschickt mit dem Sack herum. Die Auguste schwitzt. Sie hasst solche Situationen. Es ist ihr in ihrem Leben bislang zweimal passiert. Und das dritte Mal ausgerechnet jetzt.

Die Elke rückt ihr auf den Leib. »Nicht... in... einen... Müllsack!«, sagt sie bestimmt.

Die Bäuerin richtet sich auf und sieht der Elke ins Gesicht. Es ist ein direkter Blick, ein warmer, aber auch praktischer. Die

Auguste sagt: »Elke, jetzt hab doch ein Einsehen! Wir können es nachher ja noch begraben, neben dem Schwanz von der Mimi, aber jetzt müssen wir schauen, dass wir fertig werden.«

»Wer ist Mimi?«, meldet sich der Robert zu Wort.

»Meine Katze.«

»Was ist mit dem Schwanz?« Die Elke fragt mit Angriffslust.

»Jemand hat ihn der Mimi abgeschnitten.«

»Au!«, ruft die Elke.

»Ja«, antwortet die Auguste und kniet sich wieder zu dem zerlegten Reh hinunter.

»Wer war das?«, fragt der Robert. Er klingt nicht mehr wie ein Weichei-Robert, sondern wie ein Inquisitor.

»Das, wenn ich wüsste«, seufzt die Auguste. »Also, ich räum das jetzt rein.«

Die Marianne hält ihr den Müllsack hin, und die Auguste hebt die Teile von dem Rehkitz vorsichtig hinein. Sie sind nicht schwer, es ist ein sehr kleines Tier, das noch kaum Muskeln angesetzt hatte. Ein trauriger Augenblick.

Als die Auguste fast fertig ist, keift die Elke: »Ich habe gesagt, dass wir von Hand mähen sollten! Das habe ich gesagt!« In den Augen der jungen Lehrerin stehen Tränen. »Ich wollte das nicht. Warum machen wir so was? Warum?«

Die Auguste wüsste darauf Antworten, aber wer möchte die an dieser Stelle hören? Das Leben ist schön, aber es ist manchmal auch grausam. Und irgendwie gehört beides zusammen. Denn ohne etwas Schlimmes zwischendurch würde man das Schöne nicht so spüren. Der Robert steht ganz dicht bei der Elke.

MELKMASCHINE

Im Jahr 1900 produzierte ein Landwirt so viele Lebensmittel, dass er vier Personen ernähren konnte. Heute ernährt ein durchschnittlicher deutscher Landwirt 155 Personen.

17 Am Folgetag ist Sonntag. Die Auguste schwänzt schweren Herzens die Kirche. Aber als um kurz nach fünf das Gebetsläuten erklingt, schickt sie eine ausführliche Bitte gen Himmel und zum Pfarrer Singh. Ob er heute zum ersten Mal das Messgewand trägt, das sie ihm gekürzt hat? Sie ist erfüllt von einem zärtlichen Gefühl, wenn sie an den kleinen Geistlichen denkt. Dann steht sie auf, kleidet sich an und geht hinaus. Die Spatzen und Amseln zwitschern in der hohen Birke, die Luft duftet nach Morgentau und Sommer. Die Auguste hat das Team auf 5:30 Uhr zum Stall bestellt, natürlich auf freiwilliger Basis. Sie möchte ihnen heute früh zeigen, wie das Melken geht. Die Einzigen, die kommen, sind die Elke, der Robert und die Marianne. Die Auguste ist ein wenig enttäuscht. Andererseits geht es so vielleicht schneller. Sie zeigt den dreien, wie man den Kühen mit der Gabel das Heu hinschiebt. »Seid vorsichtig, damit ihr die Tiere nicht am Maul verletzt! Das ist sehr empfindlich«, bläut die Auguste ihren Helfern noch ein. »Und vermeidet hektische Bewegungen! Die Kühe sehen das Leben nicht wie im Film, sondern eher wie eine Diashow, also in einzelnen Bildern. Da können sie leicht erschrecken, wenn man nicht ruhig mit ihnen umgeht.«

Schon bald breitet sich ein zufriedenes Gekäue im Stall aus. Die Auguste stützt sich auf ihre Heugabel. »Es ist wichtig, dass ihr den Kühen vor dem Melken schon etwas Heu hinschiebt, dann sind sie friedlicher. Es gibt auch unter den Kühen Zicken.«

»Wie äußert sich das dann?« Die Marianne lächelt die Auguste keck an, die glaubt wohl, dass die Auguste scherzt.

»Dass sie dir einen Tritt verpasst, die Kuh.« Die Bäuerin dreht sich um. »So, jetzt haben aber alle was. Dann gehen wir mal zur Melkmaschine.«

Als sich die Elke, der Robert und die Marianne in der vom Stall abgeteilten Milchkammer eingefunden haben, schaltet die Auguste die Melkmaschine ein. Dann greift sie ins Regal. »Schaut mal her! Das ist der Milchfilter, der muss vor jedem Melken neu eingelegt werden. Der ist aus Vlies, feiner als jede Damenstrumpfhose.« Sie legt den Stoff ein. Dann nimmt sie den Schlauch und drückt ihn der Frau Doktor in die Hand. »Also, Marianne, den hängst du jetzt in den Milchtank.«

Die Elke gähnt. »Warum melkst du eigentlich so früh, Auguste? Kann man das nicht später machen?«

»Kann man schon, aber wenn der Milchfahrer kommt, müssen wir fertig sein. Der wird sonst grantig, wenn er warten muss. Deswegen müssen wir so früh anfangen. Wir müssen fertig werden.«

»Aber heute am Sonntag kommt der doch nicht!« Der Robert macht ein erstauntes Gesicht.

»Doch, kommt er schon«, antwortet die Auguste und wundert sich. Die Leute trinken jeden Tag ihre Milch und wissen doch so wenig über ihre Entstehung.

»Und warum?«

Während der Robert diese Frage stellt, kontrolliert die Bäuerin das Vakuum. »Weil die Kühe jeden Tag Milch geben und weil mein Tank bloß dreihundert Liter Fassungsvermögen hat.« Sie deutet auf das Nanometer an der Maschine. »Hier müsst ihr den Druck kontrollieren. Der muss stimmen, sonst funktioniert das Melken nicht.« Sie wendet sich dem Melkgeschirr zu. »So, und das ist das Melkzeug. Damit gehen wir jetzt zu den Kühen.«

Die Bauernyogis trotten hinter ihr her. Sie wirken verpennt. »Erst schließt ihr das Melkzeug am Vakuumschlauch und der Milchleitung an. Jede Melkmaschine hat vier Melkbecher, also diese Saugstutzen da.« Sie hebt den Kopf. »Warum sind es wohl vier?«

»Weil die Kuh vier Zitzen hat«, schlägt die Elke vor.

»Genau. Und sprecht jede Kuh an, bevor ihr euch nähert. Dann weiß sie, dass ihr kommt, und bleibt ruhig und brav. Gell, Evita, ganz ruhig und brav bist du«, sagt die Auguste und streichelt das Tier am Hals. »Die Kühe mögen es, wenn man sie streichelt. Berührungen tun ihnen gut. Gell, Evita, am Hals magst du es, am Maul oder auch hier oben, wo die Ohren anfangen. Du kannst die Evita ja mal an den Ohren massieren, wenn du magst, Robert.«

Der Mann in der Arbeiterkluft tritt vorsichtig an das große Tier heran. »Wo jetzt? Hier?« Er fasst der Kuh ans Ohr.

»Ja, genau, da kraulst du jetzt die Evita, das ist dann sozusagen Kuhyoga.« Die Auguste geht in die Knie. »Und wir kümmern uns derweil um den Euter.« Mit ihren kräftigen Händen greift die Auguste an den Euter und beginnt zu melken. »Das Anmelken von Hand macht man, damit man sieht, ob die Milch in Ordnung ist. Wenn die Milch nämlich erst einmal im

Schlauch ist, dann ist es zu spät. Wer schlechte Milch an die Molkerei liefert, kriegt Ärger, also so richtig. Weil im Milchwagen ja nicht nur meine Milch drin ist, sondern auch noch die von anderen Bauern. Da kann dann die Ladung etlicher Bauern von einem ganzen Tag versaut sein.«

»Und das siehst du einfach so, ob die Milch gut ist?« Die Elke kniet jetzt neben der Auguste.

Diese nickt. »Wenn sie schön weiß ist, dann ist alles gut. Wenn sie aber gelb oder zu dickflüssig ist, dann stimmt was nicht.« Die Milch spritzt aus dem Euter in den Vormelkbecher, den die Auguste darunterhält. »Diese Milch sieht gut aus. Sie ist schön weiß und hat keine Flocken oder Klumpen. Seht ihr?« Jetzt zieht die Auguste eins von den Feuchttüchern aus der Packung, die sie auch aus der Milchkammer mitgenommen hat, und reinigt den Euter mit einem Feuchttuch. »Das ist wichtig, dass ihr den Euter sauber macht, bevor ihr die Melkbecher auf die Zitzen schiebt. Wegen der Hygiene.«

Die Auguste greift zum Melkzeug. »So, dann können wir jetzt die Melkbecher auf den Euter schieben.«

Die Saugstutzen saugen sich an. Die Melkmaschine beginnt zu pumpen. »Marianne, du kannst schon bei der nächsten Kuh den Euter sauber machen.« Als die Auguste der Konzernchefin das Feuchttuch reicht, verdunkelt sich vom Stallfenster her plötzlich die Sicht. Die Bäuerin hebt den Kopf, runzelt die Stirn, aber dann erkennt sie ihn. »Aha, kommt der Prinz Charles doch auch noch zu unserem Rendezvous«, begrüßt sie den Neuankömmling. »Willst du mithelfen?«

»Nein, nein, um Gottes willen! Ich wollte nur fragen, wieso es noch keinen Kaffee gibt.«

Die Auguste steht auf und mustert den Prinz ungläubig. Er hat wieder sein Gutsherrenoutfit an, seine Miene ist hochmütig. Sie blickt auf die Uhr. »Es ist Viertel nach sechs«, sagt sie. »Wir machen erst den Stall, der Milchfahrer kommt.«

»Ich fände es besser, wenn es vor dem Stall bereits Kaffee gäbe.«

»Das mag schon sein, aber das ist hier ein Milchbauernhof. Da gibt's das Frühstück nach dem Stall.«

»Das finde ich nicht gut.« Er scharrt mit seinen falschen Gutsherrenstiefeln im Dreck.

»Du könntest eine Schaufel nehmen und den Mist auf den Schubkarren legen. Und dann frühstücken wir nachher gemeinsam«, versucht es die Auguste mit einem versöhnlichen Ton.

»Ich brauche aber jetzt einen Kaffee. Ohne Kaffee komme ich nicht in die Gänge.« Die Auguste verdreht die Augen, sie hat jetzt keine Lust auf solche Diskussionen.

»Dann mach dir halt einen«, fährt die Elke den falschen Adligen an. »Nicht zum Arbeiten kommen, aber rummaulen!«

»He, he, he!«, antwortet der Prinz. »Das ist hier schließlich Urlaub. Da wird man ja wohl noch einen Kaffee kriegen, morgens.«

»Ja, aber nicht um sechs Uhr morgens!«, fährt die Elke ihn an.

Die Auguste will keinen Streit. Bemüht um einen ausgleichenden Ton, sagt sie: »Es gibt gleich einen Kaffee.«

»Und wann genau?«

Die Auguste zögert. »In einer guten Stunde. So lange brauchen wir hier noch.«

»Hilf doch einfach mit, dann geht es schneller!«, schaltet sich der Robert ein.

Der Prinz saugt mit der Nase Luft ein und rümpft sie dann. »Hier stinkt es.«

»Dies ist ein ganz gewöhnlicher Geruch für einen Stall«, sagt der Robert und macht mit der Heugabel einen Schritt auf den Prinz zu. Er streckt sie ihm hin. »Komm!« Der Prinz weicht zurück. Die Melkmaschine saugt und pumpt. Der Prinz steht jetzt dicht vor den Hinterbeinen von Evitas Nachbarin, der Geraldine. Die Auguste beobachtet aus den Augenwinkeln, wie sich die Kuh bewegt. Sie hat eine Ahnung, sie springt auf, sie sieht, wie die Geraldine ausholt, sie schreit: »Achtung!«, und stürzt in Richtung des Prinzen, gibt ihm mit beiden Händen einen kräftigen Schubser. Der Möchtegernadlige fällt nach hinten, er rutscht in der Gülle aus, landet mit seiner schicken Reiterhose und dem Tweedjackett auf dem Fußboden. Es platscht, weil die Kuh, hinter der er jetzt halb sitzt, halb liegt, just in diesem Moment ihren Darm entleert. Nicht direkt auf ihn, aber schon ziemlich nahe bei ihm. Der Prinz bekommt ordentlich was ab, es spritzt auf seine Hose, das Jackett und auch ins Gesicht.

»Was machst du für Scheiße?«, schreit der Prinz die Auguste an.

Diese schaut verdutzt, es tut ihr leid, sie stottert: »Ich... du... es tut mir leid! Du bist genau hinter der Geraldine gestanden. Du darfst nie hinter einer Kuh stehen, die du nicht kennst, die dich nicht kennt. Die erkennen dich am Geruch. Ich habe gesehen, wie sie ausholt. Die wollte dir eine mitgeben.« Der Prinz mustert erst die Kuh, sie mampft schon wieder, dann die Bäuerin mit misstrauischer Miene. Die Auguste spürt seinen Blick. »Ehrlich«, sagt sie. »Es tut mir leid.« Sie geht auf ihn zu, hält ihm die Hand hin, damit er sich an ihr hochziehen kann. »Steh auf, du wirst ja ganz nass und schmutzig.«

Die anderen drei, Elke, Robert und Marianne, stehen hinter der Auguste. Der Prinz schlägt Augustes Hand aus, nimmt aber die Blicke der drei Gäste wahr. »Das freut euch, wie? Das freut euch, dass ich hier in der Scheiße sitze, oder was?« Jetzt ist er aufgestanden. »Scheiße ist das! Kein Kaffee und dann noch im Dreck hocken! Scheiße, Scheiße, Scheiße!« Dreimal stößt er das Schimpfwort aus und ergänzt dann noch: »Wo bleibt hier denn die Wellness?«

»Es tut mir leid«, sagt die Auguste zärtlich. Er steht jetzt wieder. Sie zieht das Einstecktüchlein aus seinem Jackett und tupft ihm die Gülleflecken aus dem Gesicht. »Aber ich musste dich doch retten. Der Huf von einer Kuh... der kann dich erschlagen.«

»Die hat doch gar nicht ausgeschlagen! Das hast du doch mit Absicht...«

»Ich habe... es kommen sehen«, fällt die Auguste ihm ins Wort. Sie spricht abgehackt, aber bestimmend. »Die hätte dir einen richtig harten Tritt verpasst. Das wäre eine Gehirnerschütterung geworden oder Schlimmeres. Glaub mir, Karl. Ganz sicher.« Sie wundert sich, sie hat Karl gesagt.

»Scheiße ist das! Beschissenes Bauernyoga! Das ist kein Bauernyoga, das ist ein Scheißyoga.« Jämmerlich hört er sich jetzt an, der feine Prinz. »Ich verlange mein Geld zurück!«

Ja, genau, denkt sich die Auguste, und tief in ihr drinnen grollt es. Du hast ja noch nicht einmal das Taxi bezahlt, geschweige denn deinen Urlaub hier. Soll sie ihm das jetzt sagen? Sie hätte kein Problem damit, diesen unmöglichen Typen rauszuschmeißen. Sie ist schon kurz davor, es auszusprechen, ihm zu sagen, dass er sich schleichen soll, weil sie solche Faulpelze, die sich nur beschweren und nichts tun, auf dem Hof nicht gebrauchen kann. Aber dann fallen ihr die Bank und der Leichenbacher und die paar Hundert Euro ein, die dann doch auch vom Prinzen kommen, wenn sie denn kommen. Und sie entschließt sich zu schweigen. Kommt Zeit, kommt Rat. »Komm, gehen wir ins Haus, du ziehst dich um, und ich setze dir einen Kaffee auf.« Es widerstrebt ihr, dies jetzt hier so vorschlagen zu müssen, denn der Prinz ist ganz klar ein Depp, doch was soll sie tun?

»Aber wir müssen doch melken«, gibt die Elke zu bedenken.

Die Auguste ist schon am Gehen. »Ihr macht jetzt mal ohne mich weiter.«

»Oh, oh«, sagt die Elke, »ob das gut geht?«

TEAMSPIRIT

Untreue ist neben Auseinanderleben einer der Hauptgründe für Scheidungen. In den USA wurde im Rahmen eines Scheidungsprozesses ein Ehemann bekannt, der die Schuhsohlen seiner Frau jeden Tag mit Kreide markiert hatte, um überprüfen zu können, ob sie das Haus verlassen hatte.

18 Es geht natürlich nicht gut. Wie die Auguste aus der Küche zurückkehrt, rumpelt und schnappt und saugt die Melkmaschine, wie wenn sie am Ersticken wäre. Etwas mit dem Druck stimmt nicht, und so verzögert sich alles so sehr, dass der Milchwagen kommt und sie sind noch nicht fertig. Der Fahrer zieht ein verdrießliches Gesicht. Aber die Auguste entschuldigt sich und drückt ihm eine Tasse Kaffee in die Hand. Dann treiben sie die Kühe auf die Weide, und schließlich gibt es Frühstück. Sogar der Odysséas ist auf einmal da. Singend betritt er die Küche, es hört sich griechisch an, und er duftet nach Orient, geht gleich auf die Auguste zu und – da gibt es kein Entkommen – schließt sie in die Arme. »Guten Morgen, Original-Bäuerin Auguste!«, tönt er, es ist wohl ein bisschen Ironie mit drin. »Is habe geslaffen wie eine Kind von Engel.«

»Schön«, sagt die Auguste trocken. Sie freut sich ein bisschen über die Fröhlichkeit von dem komischen Kerl. »Magst du einen Kaffee?«

»Ja, hasse auch Espresso?«

»Nein, bloß normalen.«

»Nehme ich normalen«, entscheidet er großzügig und wendet den Blick den anderen zu, also der Elke, der Marianne und dem Robert. »Und ihr? Alles fit im Sritt?«

»Du bist peinlich«, sagt die Marianne. Aber sie meint es nicht böse. Ihr Gesicht wirkt gut durchblutet. Wer morgens früh schon melkt und mistet, der bringt den Kreislauf in Gang.

»Wo isse Prinz?«, erkundigt sich der Odysséas.

»Der wäscht sich«, antwortet der Robert feixend. Die Auguste hört die Schadenfreude ganz genau heraus.

»Den hat's in die Scheiße gehauen mit seinem schicken Outfit«, fügt die Marianne erklärend an. Ob sie bei den Vorstandssitzungen von ihrer Maschinenbaufirma auch so redet?

»Ach ja?«, lacht der Odysséas. »Isse aber auch ein Snösel, oder? Null Teamspirit und Commitment, oder?«

Blöd, dass jetzt der Prinz in der Tür steht. Ohne Tweedjackett und Reitstiefel, aber in Jeans mit Löchern drin, das ist jetzt Mode, sagt die Gitti, und einem T-Shirt, auf dem *be with the bee* steht. Er stiert den Odysséas böse an. »Dich habe ich heute früh nicht beim Melken gesehen, Mister Teamspirit.«

»Is habe gemacht Schlaf-Schönheits.« Der Odysséas lacht fröhlich, er scheint wirklich gute Laune zu haben.

Der Prinz aber nicht. »Merkst du das eigentlich gar nicht, dass du alle Wörter verdrehst und ein Scheißdeutsch sprichst?«, fragt er giftig.

»Lieber is spreche Scheiße-Deutsch, als ich sitze in Scheiße-Kuh.« Ehe irgendwer was sagen kann, nimmt der Odysséas Platz, greift sich die Kaffeekanne und gießt sich ein. »So, aber heute bin is dran mit Mähen, Bäuerin Auguste, klar? Is hab Bock auf Challenge.«

»Heute wird nicht gemäht, sondern gekreislert«, bestimmt die Auguste.

»Und was heißt das?«, will die Elke wissen und schmiert sich Butter auf eine dicke Scheibe Bauernbrot.

»Mit dem Kreisler wenden wir das Heu auf dem Feld, damit es schneller trocknet. Wenn das Heu nicht hundertprozentig trocken ist, wenn wir es in die Tenne einführen, dann schimmelt es.«

»Ist das auch so eine große Maschine, dieser Kreisler?« Die Auguste nickt auf Elkes Frage hin. »O Mann, Auguste! Das ist doch nur wieder so laut! Können wir das nicht von Hand machen? Ich meine, wollen wir *noch* ein Reh killen?«

Die Auguste atmet heftig ein und aus. »Elke! Wir leben im einundzwanzigsten Jahrhundert!«

»Aber wir sind doch total viele! Hey, wir sind sechs Leute! Wenn wir richtig gut zusammenhelfen, dann schaffen wir das doch.« Sie sucht nach Zustimmung in der Runde, aber alle scheinen nach unsichtbaren Inschriften auf ihren Frühstückstellern zu fahnden.

Robert räuspert sich. »Komm, Elke, wir können uns doch um die Beerdigung kümmern.«

»Was denn für eine Beerdigung?« Der Prinz starrt den Robert grimmig an.

»Na, von dem Reh!«

Dam-dadada-didi-da-dam-dadada… Das ist Roberts Handy. Er tippt auf das Display. »Ja, Robert hier.«

Die anderen verstehen wieder jedes Wort. Sie erkennen auch die Stimme von Roberts Ex-Frau sofort: Margarete. Ein Stöhnen kreist um den Tisch. Der Robert ist zwar ein Schluffi, aber so eine Margarete will man nun auch nicht haben auf dem Hof.

»Ich bin's«, sagt sie, die Giftkachel. »Robert! Cosima ist sehr unglücklich.« Der Auguste verdreht es die Augen, sie kann gar nichts dagegen tun.

»Warum ist Cosima unglücklich?«, fragt der Robert viel zu lieb.

»Weil du Urlaub mit einer fremden Frau machst.«

Robert schnauft, dies immerhin, aber er sagt nur: »Mmh.«

»Nein, Robert, ein *Mmh* ist mir da ehrlich gesagt zu wenig. Wenn du dich da jetzt nicht ein bisschen reinhängst, dann sage ich dem Anwalt, dass wir da noch Schritte einleiten müssen. So geht das ja wohl nicht.«

»Margarete, ich bin auf dem Land. Das ist hier Gummistiefelyoga, so etwas wie Urlaub auf dem Bauernhof. Das ist sehr abgeschieden. Das ist nichts mit anderen Frauen. Außerdem hast doch du mich verlassen und nicht ich dich!«

Alle am Tisch sitzen regungslos da, sogar der Prinz rührt nur ganz vorsichtig in seiner Kaffeetasse.

»Gummistiefelyoga! Robert, lüg mich nicht an!«

»Ich lüge dich doch nicht an.«

»Cosima ist untröstlich.« Die Auguste erkennt genau, was diese Margarete da jetzt gerade versucht. Es ist die Schlechte-Gewissen-Nummer. Die Cosima ist die Tochter, und die ist das Druckmittel, mit dem die Margarete dem Robert das Leben schwer macht. Warum heiraten so viele die Falschen?, grübelt die Auguste. Sogar ihr selbst ist es passiert.

»Dann gib sie mir bitte mal!«

»Ja, dann kannst du ihr das gleich selber erklären mit der neuen Frau in deinem Leben.«

»Da gibt es keine neue Frau in meinem Leben.« Sowie Robert den Satz ausgesprochen hat, hebt er den Kopf, und sein Blick und der von Elke begegnen sich ziemlich genau in der

Mitte des Tischs, da, wo der Rest vom Hefezopf auf einem mit Blumenornamenten verzierten Porzellanteller liegt. Die Elke zwinkert ihm zu.

»Hallo, Papa.«

Als die Bauernyogis die Stimme des vielleicht sechsjährigen Mädchens hören, breitet sich Rührung aus. Die Elke schaut ein wenig seltsam.

»Hallo, Cosima.«

»Hast du eine Freundin, Papa?«

»Nein, mein Schatz.«

»Mama sagt, du hast eine Freundin.«

»Nein, ich habe keine Freundin.«

»Was machst du?«

»Ich frühstücke. Es gibt leckeren Hefezopf mit Erdbeermarmelade.«

Es entsteht eine Gesprächspause. Alle am Tisch hören, dass bei Cosima im Hintergrund jemand flüstert.

Dann fragt Roberts Tochter: »Allein?«

»Nein, nicht allein, sondern mit anderen Gästen von diesem Bauernhof.«

»Wer?«

Der Robert hebt den Kopf. »Also, da ist der Odysséas, und da ist die Bäuerin Auguste, und da ist der Prinz, und da ist die Marianne, und da ist die Elke.«

Erneut wird bei Cosima getuschelt.

Dann kommt bereits die Frage: »Ist die Marianne deine neue Freundin?«

»Nein, die Marianne ist die Chefin von einem großen Maschinenbauunternehmen, und die hilft genauso wie ich auf dem Bauernhof mit.«

»Und die Elke, ist die deine Freundin?«

»Nein.« Die Auguste hört genau heraus, dass die Gegenwehr vom Robert schwächer geworden ist.

»Wer ist die Elke?«

»Die Elke ist eine Lehrerin, die auch hier Urlaub macht.«

»Und was macht ihr so?«

»Wir arbeiten. Gerade zum Beispiel haben wir Kühe gemolken. Und gestern haben wir mit dem Traktor die Wiese gemäht. Es gibt hier auch Hühner, die wir füttern müssen, und ...«

»Papa, kann ich da auch mal hinkommen?« Das hat das Kind jetzt gesagt, ohne dass die Giftmutter im Hintergrund mitgerührt hat.

Der Robert zögert. »Wenn es Mama erlaubt ... und ich muss natürlich die Bäuerin Auguste fragen.«

Das Mädchen ist kurz schlechter zu verstehen. »Mama, darf ich zu Papa?« Man flüstert wieder bei Cosima und Margarete. Dann spricht das Kind erneut direkt in den Hörer: »Ist die Auguste deine neue Freundin?«

»Schatz, ich habe keine Freundin. Ich bin hier zum Urlaub. Wenn du magst und Auguste einverstanden ist, dann kannst du auch kommen. Wart mal, ich frage sie schnell.« Er wendet sich zu der Auguste um und scheint extra laut zu sprechen, damit nicht nur die Tochter, sondern auch die Ex-Frau genau hören, was er sagt. »Auguste, meinst du, meine sechsjährige Tochter Cosima könnte für ein paar Tage oder so hierher zu Besuch kommen?«

»Klar«, sagt die Auguste. Sie findet zwar, dass die Runde, die sie da am Tisch sitzen hat, bereits anstrengend genug ist. Aber ganz ehrlich, diese intrigante Margarete hat sie jetzt schon dick. Und auch wenn der Robert ihr ein bisschen schwächlich vorkommt, so ist das noch lange kein Grund, dass ihn dieser Giftzahn von Frau mithilfe von einem Anwalt gegen seine Tochter ausspielt.

»Hast du das gehört, Cosima?« Der Robert wischt sich über die Stirn. Er wirkt plötzlich müde. »Also, besprich das mal mit Mama!«

Nach dem Frühstück heben der Robert und die Elke ein Grab aus, und die Auguste nimmt die anderen drei mit zum Kreislern. Der schlimme Anruf, mit dem keiner rechnet, kommt erst am Nachmittag.

WILDSAU

Ein richtiger Bauerngarten ist oftmals ein Selbstversorger-Garten. Wer sich für diese spannende Art von Biotop interessiert, sollte Leni Kühns Buch Mein Selbstversorger-Garten *lesen. Die sympathische Bäuerin lebt übrigens im Nachbardorf des Autors dieser Zeilen.*

19 Der Traktor mit dem Kreisler hintendran tuckert aufs Feld, der Odysséas am Steuer, er hat fast den Kasten mit dem Streukiesel mitgenommen. Das Fahren mit Hänger ist eine Fähigkeit, die offensichtlich nicht in die DNA des Verpackungsmanagers eingeschrieben ist. Aber das ist nicht das eigentlich Schlimme. Das Schlimme ist auf dem Feld. Zwischen dem frisch gemähten Gras, das noch dämpfig ist von der Nacht, wurde Erde aufgewühlt. Und zwar nicht nur an einer Stelle und auch nicht nur auf ein paar Quadratmetern, sondern großflächig und an mehreren Stellen. Die ganze Wiese wurde an vielen Stellen umgegraben.

»Mach mal aus!«, schreit die Auguste dem Odysséas ins Ohr. Dann steigen sie alle ab, die Elke und der Robert auch. Die Marianne ist beim Hof geblieben, gießt den Bauerngarten und füttert die Gänse. Der Prinz ist sowieso zu nichts zu gebrauchen. Die Auguste hat ihn ehrlich gesagt abgehakt.

»Ja, so ein Herrgottspech!«, schimpft die Auguste und

schreitet die Aufwühlungen und die Krater und die Erdhäufen ab, die ihre frisch gemähte Wiese verunstalten.

»Was isse das für Landschaft-Hügel?«, fragt der Wortverdreher aus Griechenland.

»War das ein Maulwurf?«, fragt die Elke.

Da muss die Auguste fast lachen, obwohl es alles andere als lustig ist. »Ein Maulwurf?«, fragt sie. »Das müsste ein Monstermaulwurf sein, der so was schafft. Nein, so was gibt's bloß im Kino.«

»*Jurassic Park*«, sagt der Robert, damit er auch was gesagt hat.

Ohne darauf einzugehen, denn die Auguste hat keine Ahnung, was das sein soll – *Tschurässig Park?* –, fragt sie die Elke: »Weißt du, wie groß ein Maulwurf ist?« Die Angesprochene schüttelt den Kopf. Die Bäuerin hält der Lehrerin die linke Hand hin und deutet mit dem Zeigefinger der rechten auf die Handfläche. »Der passt in eine Hand. Hier waren Wildsäue am Werk. Und zwar eine ganze Rotte. Solche Sauviecher.«

Die Bauernyogis schauen und staunen. »Das Problem ist, dass die mir nicht nur die Wurzeln rausreißen und die Grasnarbe kaputt machen, sondern dass wir jetzt auch noch den ganzen Dreck im Gras drin haben.« Wie die Auguste sieht, dass ihre Zuhörer nicht verstehen, wo dabei das Problem liegt, fügt sie noch hinzu: »Das fressen die Kühe nicht mehr. Kühe mögen genauso wenig Dreck im Essen wie wir.«

»Wir können es doch sortieren, das Heu, mit der Heugabel«, schlägt die Elke in einem Tonfall vor, der die Auguste im Herzen rührt. Aber sie hat keine Lust, der Elke zu erklären, dass man mit der Heugabel nicht alle feinen Erdbrösel aus dem Heu herausklauben kann, welche den Kühen das

Fressen vermiesen. Je trockener der Erddreck ist, umso feiner wird er.

Aber die Elke ist ganz begeistert von ihrer Idee. Sie würde gern die Welt retten, das ist der Auguste klar, und sie empfindet das letztlich auch als ein ehrenwertes Anliegen. Die Elke wächst ein bisschen über sich hinaus. »Wir können die Löcher zuschaufeln und drauftrampeln, oder, Robbie? Dann ist alles wieder wie vorher, also fast.«

Der Robert nickt nachdenklich. Er scheint nicht ganz überzeugt zu sein von Elkes passioniertem Vorschlag. Als Versicherungsjurist kennt er sich aus mit Schäden aller Art. Er wendet sich zu der Auguste um. »Warum machen die Wildschweine das?«

»Sweine suchen Futter«, erklärt der Odysséas mit Engagement und bevor die Auguste antworten kann. »Sie graben Löchern und suchen Kartoffeln und Pilzen unter die Erde.«

»Na ja«, grummelt die Original-Bäuerin Auguste. »Nach Kartoffeln suchen die bei mir hier sicher nicht und nach Pilzen auch nicht, da können sie lange suchen, weil so was ist hier noch nie gewachsen. Aber nach Wurzeln und nach Viechern, Käfern, Würmern und derlei, was sich im Erdboden versteckt und was sie fressen können, danach suchen sie schon.« Sie seufzt. »Und manchmal denk ich mir, die machen das einfach bloß zum Spaß, weil so richtig ergiebig ist das eigentlich nicht, hier die ganze Wiese umzugraben. So ein Mist!«

»Wir knallen sie ab, die Sweine!« Der Odysséas hat mit einem Mal strahlende Augen. »Hasse We-Gehr, Auguste?«

»Ja, ich habe ein Gewehr.« Sie mustert ihn belustigt.

»Dann knallen wir sie ab!« Es ist nicht von der Hand zu weisen, der Odysséas hat den Jagdinstinkt. Und es hat sich etwas bewegt in ihm. Er denkt jetzt nicht mehr nur an das

Zeugnis für seinen Chef. Und auch nicht an Soft Skills und so einen neumodischen Schmarrn.

»Das könnt ihr nicht machen«, schaltet sich die Elke ein. »Wir sind doch keine Killer. Die armen Tierchen, die haben doch auch Kinder!«

»Smeckt super«, verspricht der Odysséas. »Schwein-Wild smeckt super. Is mache Braten für eus, wenn wir von Jagd kommen. Mit Oregano und Minze.«

»Das vergisst du mal ganz schnell, Ody«, widerspricht die Elke resolut. »Wir haben schon voll viele Miese auf dem Karmakonto wegen dem Rehkitz. Da werden wir jetzt definitiv nicht noch mehr Schuld auf uns laden und hier rumkillen. Die Tiere haben genauso ein Recht auf Leben wie du.«

»Aber is mache nisse Wiese von Auguste kaputt zu Gaudi und Spass.«

Die beiden wechseln feurige Blicke, aber dann wendet sich die Pädagogin der Bäuerin zu. »Das machst du nicht, Auguste, oder? Du tötest keine Tiere, oder?«

Die Auguste ist ein bisschen bewegt von der Elke. Die bunte junge Frau möchte ein guter Mensch sein, das drückt bei ihr aus allen Poren durch. Aber … »Weißt du, Elke, wenn wir nicht schauen, dass die Anzahl der Wildschweine halbwegs im Rahmen bleibt, dann graben die uns alles um und fressen alles zusammen.«

»Aber es sind Kreaturen wie wir, die auch schon immer hier gelebt haben.« Die Stimme von der Elke hat jetzt etwas Strenges angenommen. Die kann schon auch Grundschüler zusammenstauchen, wenn sie will, fährt es der Auguste durch den Kopf.

»Früher waren hier aber auch noch Bären und Wölfe unterwegs, die dafür gesorgt haben, dass die Wildsäue sich nicht vermehren wie der Teufel.« Die Auguste möchte hier und jetzt nicht weiterdiskutieren. Es ist sinnlos. Außerdem steht für sie sowieso fest, dass sie in der Nacht mal wieder das Jagdgewehr schultern und sich im Wald auf die Pirsch legen wird. Die Verheerungen, die die Wildsäue angerichtet haben, sind eine Katastrophe. Und wenn sich die Auguste vorstellt, dass die Schweine sich in der kommenden Nacht die nächste Wiese vornehmen, dann wird sie richtig wütend. Aber das braucht sie mit der Elke jetzt nicht zu bereden. Die schläft dann schon, wenn die Auguste das Gewehr schultert. Ehe die Grundschullehrerin noch einmal ihren Senf dazugeben kann, sagt die Bäuerin: »Folgendes – wir teilen uns jetzt auf. Der Odysséas und ich fahren erst einmal die hintere Hälfte vom Feld ab.« Sie weist nach hinten, wo die Wiese an das vom Leichenbacher grenzt, wo merkwürdigerweise keine Wildschweingrabungen stattgefunden zu haben scheinen. »Weil da haben die Schweine, wie es ausschaut, nicht so viel versaut. Und ihr, Elke und Robert, ihr nehmt die Heugabeln und klaubt das Gras auf, das an den umgegrabenen Stellen liegt, und werft es weiter drüben hin. Vielleicht können wir so unsere Ernte noch halbwegs retten.«

Mit diesem Vorschlag scheint die Elke leben zu können, zumal Heugabeln ja auch keine Maschinen sind, und die Auguste erklärt dem Odysséas noch schnell, was es mit der Dreipunkthydraulik des Kreiselheuers auf sich hat. »Im Prinzip ist es ganz einfach«, fasst sie am Ende eines Vortrags über gekoppelte Antriebswellen, Hydraulikschläuche zum Herunter- und Heraufklappen und kleine Räder, die ineinandergreifen, kurz zusammen. »Strick ziehen, Hebel nach vorn, damit der Kreisler sich auseinanderklappt nach rechts und links, und jetzt bist du doppelt so breit wie der Traktor und musst noch mehr aufpassen wie vorher, und dann geht's schon los!« Der Odysséas guckt wie ein Odelfass, weil so einfach ist die Technik doch nicht, aber die Auguste bereitet die Handgriffe vor, und der Mann mit den aufgepumpten Brustmuskeln unterm karierten Oktoberfesthemd schaut zu. Und wie der Odysséas so kreiselt und wie die Rädchen vom Kreisler sich drehen und wie die Zinken vom Kreisler das Heu hochheben und nach hinten auswerfen, denkt sich die Auguste, dass aus dem ein bisschen faulen Verpackungsmanager vielleicht doch noch ein passabler Bauer werden könnte. Wenn sie ein paar Jahre jünger wäre... »Siehst du, Odysséas?«, ruft sie ihm zu. »Je schwerer das Gras ist, das du wendest, umso weiter fliegt es. Deshalb liegt am Ende das nasse Gras immer obenauf. Und das ist gut so, weil das braucht schließlich am meisten Sonne, damit es trocken wird.«

Nach zwei Stunden sind sie fertig und kehren zum Hof zurück. Wie die Auguste die Treppe zur Wohnung hinaufsteigt, hat sie ein merkwürdiges Gefühl. Sie kann es nicht recht zuordnen, aber irgendetwas passt nicht. Es ist der siebte oder achte Sinn, den man als Bäuerin im Lauf der Jahre entwickelt. Und tatsächlich: Sie öffnet die Tür und betritt den Flur, von dem aus es in die Küche und zu den Zimmern abgeht, und da sieht sie gerade noch, wie der Prinz eine Tür hinter sich zuzieht. Das wäre nicht weiter erwähnenswert, wenn es sich bei der Tür nicht um die zu Augustes Schlafzimmer handeln würde.

Dem Prinz entfährt ein ertapptes »Oh!«.

»Was machst du da?«, fragt die Auguste, und ihr Herzschlag beschleunigt sich.

»Wie meinst du?«

»Nix, wie mein ich«, fährt die Auguste ihn an und baut sich

vor ihm auf. »Was du da machst.« Der Prinz ist ein linkisches Würstchen.

»Ich war gerade auf dem Weg in die Küche, um vielleicht schon mal den Tisch fürs Mittagessen zu decken.«

»Und da hast du in meiner Schlafkammer nach den Tellern gesucht, oder was?«

»In deiner Schlafkammer? Wieso in deiner Schlafkammer?« Jetzt stellt der Depp sich auch noch dumm!

»Ja, hältst du mich für blöd? Du kommst doch gerade aus meinem Zimmer raus.«

»Ach so, dein Zimmer, jajaja, neinneinnein, das sieht nur so aus, ich habe, ich bin... ich... es ist ein bisschen verwirrend hier mit den vielen Zimmern.«

Die Auguste studiert den Prinz mit zusammengekniffenen Augen. Der lügt doch! Zielstrebig wie eine Planierraupe walzt sie an ihm vorbei, reißt die Tür zu ihrem Schlafzimmer auf und tritt ein. Das Sonnenlicht gleißt ihr ins Gesicht. Das Bett ist gemacht, ihr Nachthemd liegt zusammengelegt darauf, der Bauernschrank ist verschlossen. Sie tritt an den kleinen Tisch, an dem sie ihre Büroarbeiten macht. Über der Stuhllehne hängt eine Unterhose von ihr. Sie trägt jetzt die bequemeren, keine mehr für junge Mädchen. Ob der Prinz einen Fetisch hat? Wenn man sich Fremde ins Haus holt... Sie schüttelt den Kopf. Alles wirkt so ordentlich, wie sie es stets hält. Noch ein Rundumblick durch die Kammer. Das Jesuskreuz im Eck, der ovale Spiegel mit dem bäuerlichen Holzrahmen, die Kommode mit der Vase, das Regal mit den Ordnern fürs Büro. Sie tritt näher an das Möbelstück heran. Sie hört Schritte hinter sich. Sie betrachtet den Ordner mit der Aufschrift *Erbsachen*. Es bleibt jemand im Türrahmen stehen. Es ist nur so ein unterschwelliges Gefühl, aber es kommt ihr so vor, als stünde der Ordner mit der Aufschrift *Erbsachen* ein paar Millimeter weiter aus dem Regal hervor als die anderen Ordner. Sie dreht sich um. Es ist der Prinz, der da im Türrahmen steht. Sie mustert ihn. Er schaut wie ein Lamm. Sie mustert ihn weiter, versucht in seine Seele hineinzublicken. Da ist nicht viel zu sehen, aber die Schemen, die sie erkennt, gefallen ihr nicht.

»Was machst du noch mal beruflich?«, fragt sie, gar nicht böse, aber doch irgendwie mit einer Eindringlichkeit, der man nicht so leicht entkommt.

Er zögert. »Weißt du doch. Ich bin Werber, also Werbetexter.«

»Das heißt?«

»Ich entwerfe Werbekampagnen, schreibe Werbetexte und erfinde Werbeslogans.«

Sie hört aufmerksam zu und durchbohrt ihn mit Blicken. »Und du bist hier, weil du... warum noch mal?«

»Eine Auszeit, ein Sabbatical...« Er stammelt. Es ist seltsam, aber der Prinz stottert. Die Auguste überlegt, ob das etwas zu bedeuten hat.

»Und wie ist das mit deiner privaten Situation?«

»Ich bin Single.«

Die Auguste betrachtet ihn, hat er vielleicht doch einen Fetisch? Die Gitti wüsste so was. Sie lässt eine ganze Strecke Stille im Raum liegen, einfach so. Währenddessen dringen von draußen einzelne Geräusche herein. Das Muhen einer Kuh, das Schlagen eines Hufs gegen eine Holzwand im Stall, das Geschnatter mehrerer Gänse und von weiter weg das Röhren eines Traktors. Vermutlich der Leichenbacher.

»Ich glaube, du verbirgst etwas vor mir«, stellt die Auguste dann fest. Noch einmal lässt sie einen Moment der Stille in den Raum gleiten. Stille kann entlarven. Das kennt sie von der Beichte. Dann geht ein Ruck durch ihren Körper. »So, jetzt machen wir Mittagessen«, sagt sie.

»Ich helfe dir«, bietet sich der Prinz an. Und das ist etwas, was die Auguste dann doch überrascht.

KATASTROPHE

Als Jörg Steinleitner alias Felix Tanner für seine Recherchen an diesem Roman in der Tierärztlichen Fakultät für Milchhygiene in Oberschleißheim anrief und einige verdächtige Fragen stellte, hielt man ihn für einen Verbrecher, der einen Anschlag auf Bauernhöfe plante.

20 Nudelwasser aufsetzen, Leberkäs in Würfel schneiden, Zwiebeln in halbe Ringe, Schnittlauch in kleine Stückchen, Käse reiben. Das alles kann der Prinz übernehmen. Die Auguste wundert sich, weil der Obervegetarier sich gar nicht gegen das Leberkässchneiden wehrt. Sie wird nicht schlau aus ihm und ruft derweil aus dem Küchenfenster, ob die Marianne, die im Bauerngarten Unkraut zupft, obwohl ihr das niemand aufgetragen hat, bitte einen Kopfsalat ernten und hochbringen kann.

Die schmiedeeiserne große Pfanne hat die Auguste schon lange nicht mehr gebraucht. Aber jetzt sitzen fünf hungrige Mäuler um den Tisch herum und freuen sich auf die Wurst-und-Käse-Nudeln mit Salat. Der Robert hat einen Sonnenbrand, er leuchtet auf seiner Stirn, den Wangen und der Nase wie das Feuerwehrhaus im Dorf. Das Hemd vom Odysséas ist knittrig und ein wenig fleckig, die Elke hat die lila Brille auf den Tisch gelegt und wegen der Bräunung, die dort fehlt, lustige weiße Ringe um die Augen. Nur die Marianne hat einen auf den ersten Blick tadellosen Auftritt, sieht man davon ab, dass sich unter ihren gepflegten Fingernägeln ein bisschen Erde angesammelt hat.

»Du siehst aus wie ein Erdmännchen«, sagt der Robert zur Elke. Es ist nicht direkt ein Kompliment, aber sie scheint damit umzugehen.

Erstaunlich, dass der Prinz den Tisch gedeckt und bei dieser Gelegenheit jedem einen Salatteller hingestellt hat. Die Auguste hat ihn diesbezüglich gewähren lassen, obwohl das Grünzeug vom Rezept her eigentlich mit auf den Nudelteller gehört. Wie der Prinz das erste Salatblatt in den Mund geschoben hat, weiß er auch, warum. »Boah, ist das sauer!«, ruft er. »Bist du verrückt?«

»Das gehört so.« Die Auguste schmunzelt. »Du musst die Nudeln mit dem Salat essen. Da ist extra viel Essig drin. Das gibt den Nudeln einen Schub – und dir auch.« Einen Schub kann der Schnösel wohl vertragen.

»Der Salat ist viel zu sauer«, insistiert der Prinz. Er hat zwecks Leberkäsvermeidung und Vegetariertum dann doch ein paar von den Nudeln vor der großen Schmiedeeisernen gerettet.

»Sauer macht lustig.« Da es kein von Auguste und ihren Yogis *ermordetes* Wildschwein gibt, ist die Elke voll auf Augustes Seite. Das erkennt man daran, dass sie eifrig nickt. »Mmh, Auguste, das schmeckt köstlich!« Es ist nicht so richtig logisch alles – keine Wildschweine jagen wollen, aber Leberkäs essen.

»Wenn man etwas geleistet hat, schmeckt auch ein einfaches Gericht«, stellt der Robert fest. Sogar die Marianne nickt bei dieser Aussage sacht.

Als das Telefon läutet, überlegt die Auguste kurz, ob sie

drangehen soll. Es ist Sonntag und dann noch Mittag. Wer ruft da an? Die Gitti? Die kann warten. Es klingelt und klingelt, die Auguste mag aber nicht.

»Warum gehst du nicht hin? Wenn das Telefon klingelt, geht man hin«, findet der Robert, ein Jurist hat auch telefonisch seine Regeln.

Widerwillig und nicht sehr weiblich grunzend rafft sich die Auguste auf und betritt den Flur. »Bernreiter.«

»Molkerei Werdenfelser Land, Putzgruber mein Name«, sagt der Mann, und die Auguste zuckt unwillkürlich zusammen. Es ist nicht nur die Schärfe in der Stimme des Anrufers. Dass sich einer von der Molkerei am Sonntag um die Mittagszeit meldet, ist kein gutes Omen. Zwar wird die Milch natürlich auch sonntags geholt, angeliefert und in der Molkerei zum Teil auch gleich weiterverarbeitet, aber Geschäftsgespräche führt man üblicherweise dann doch nicht am Sonntag.

»Grüß Gott, Herr Putzgruber«, schnauft die Auguste. Ihr wird ein bisschen warm unter den Achseln und auch im Gesicht. Draußen kräht der Hahn. Warum nur denkt die Auguste an den Judas aus der Bibel?

Der Anrufer lässt eine Pause entstehen, die Augustes Unbehagen noch vertieft. Dann sagt er: »Wir haben ein Problem.« Davon geht die Auguste schon seit einer Minute aus, sie ist ja nicht begriffsstutzig. Und der Ton vom Putzgruber von der Molkerei Werdenfelser Land wird jetzt noch unangenehmer. »Wir haben eine Warnung vom Labor vorliegen, Frau Bernreiter. Sie haben Antibiotika in der Milch.«

Der Auguste ist, als stäche ihr jemand mit der Mistgabel direkt ins Herz. Diese Horrorbehauptung trifft sie richtig körperlich. Es ist ein unausweichlicher Schmerz. Antibiotika in der Milch, das darf nicht sein. »Das kann nicht sein«, entfleucht es ihr viel zu verhuscht. Sie müsste eigentlich dagegenhalten, aber es geht nicht.

»Das ist so!«, schreit der jetzt. »Frau Bernreiter, Sie haben mit Ihrer Milch dreihunderttausend Liter verseucht.«

Die Auguste kann rechnen, sie weiß, was das bedeutet – neunzigtausend Euro Schaden. Minimum. Ihr wird schwindelig. In der Milch darf kein Medikament sein. Es kann keins drin sein. Sie hat schon seit über einem Jahr kein krankes Tier mehr gehabt. Das muss ein Fehler sein. Sie räuspert sich und sagt: »Das muss ein Fehler sein.«

»Das ist kein Fehler, Frau Bernreiter, die Laborergebnisse sind eindeutig. Null Komma null Zweifel.«

»Haben Sie die Probe ...?«

Der Mann fällt ihr ins Wort: »Frau Bernreiter, ich diskutiere nicht mit Ihnen. Die Probe von Ihrer Ablieferung heute früh ist eindeutig. Da ist das Antibiotikum drin, das wir jetzt in den dreihunderttausend Litern drin haben. Es ist nicht nur Ihre Milch verseucht, sondern auch die von den ganzen anderen Landwirten. Die Milch war schon in der Verarbeitung. Das wird teuer, Frau Bernreiter.«

Im Kopf von der Auguste arbeitet es. Das wird nicht nur teuer, das ist die Vernichtung. Aber sie versteht es nicht. Sie hat keine Medikamente verwendet, und der Milchfahrer macht doch auch immer seinen Schnelltest. Hat der ihn nicht gemacht?

»Und was ist mit dem Schnelltest vom Milchfahrer?«, bringt sie hervor. Ihr ist ganz heiß und schlecht, und in ihrem Bauch hat sich ein Knoten gebildet, schwer und groß wie ein Ziegelstein.

Der Fiesling von der Molkerei hat auf alles eine Antwort.

»Sie haben ein Präparat eingesetzt, das der Schnelltest nicht erfasst.«

»Ich habe überhaupt kein Präparat eingesetzt«, setzt sich die Auguste zur Wehr.

Durch ihren Kopf fetzen die Gedanken. Wieso hat der Schnelltest nicht angeschlagen? Woher soll das Medikament kommen? Sie hat ja nicht nur nichts bei Kühen, sondern auch bei den anderen Viechern nichts verwendet. Die Tiere waren alle gesund in letzter Zeit, zum Glück. Sie hat genug Probleme. Sie hört die Yogagäste in der Küche reden. Der Prinz sagt gerade etwas. Alles verschwimmt. Es ist eine Katastrophe.

»Frau Bernreiter, sind Sie noch dran?«, raunzt der Putzgruber.

»Ja«, gibt sie trotzig zurück.

»Und?«

Wie vorwurfsvoll der ist!

Die Auguste muss sich fassen, sie muss sich wehren. Leider gelingt ihr nur eine abgehackte Verteidigung. »Ich habe schon lange keine Medikamente mehr verwendet. Der Test von Ihnen, der muss falsch sein.«

Der Putzgruber antwortet nicht sofort, die Leitung knistert. Was er dann sagt, ist eine Sauerei. »Frau Bernreiter, ich hoffe, Sie sind gut versichert. Ich sage es Ihnen ganz ehrlich – Sie stehen mit einem Bein im Gefängnis.«

Natürlich ist die Auguste nicht gut, sondern nur notdürftig versichert, weil... das weiß ja wohl jeder Depp. Je besser versichert, umso höher die Prämie. Und wenn ein Hof finanziell am Abgrund steht, wie es bei der Auguste bereits seit geraumer Zeit der Fall ist, dann spart man, wo es geht.

Der Putzgruber redet weiter: »Nur damit Sie sich drauf einstellen können: Auf Sie kommen nicht nur die Kosten für die verseuchte Milch zu, die dreihunderttausend Liter.« Er macht eine Pause. »Sondern natürlich zahlen Sie auch die Entsorgung.« Er holt Luft. »Da können Sie schon mal Ihre Rücklagen studieren und mit der Bank reden.«

So ein A… Rücklagen gibt es keine, und die Bank hat sie eh schon am Hals. Der Auguste ist klar, was jetzt kommt. Im Bauernblatt war mal so ein Fall beschrieben: Es ist ja nicht nur der Milchschaden, den sie den anderen Landwirten erstatten, und der Produktionsausfall, den sie der Molkerei ersetzen muss, das Schlimme ist, dass so eine versaute Milch ja auch niemand will. Manche Biogasanlagen vielleicht schon. Aber das kostet, und die müssen so viel versaute Milch auch nehmen *wollen* und nehmen *dürfen*, weil die haben auch ihre Auflagen. Da braucht es Genehmigungen, da müssen Vorschriften eingehalten werden. Das ist kompliziert, und kompliziert heißt immer auch teuer.

Die Auguste holt tief Luft. Sie darf jetzt nicht den Überblick verlieren. Sie muss ihre Gedanken ordnen. Sie muss sich wehren. Sie fasst sich und beteuert: »Ich habe keine Antibiotika verwendet. Das muss ein Fehler sein.«

Sofort fällt ihr der Putzgruber ins Wort: »Ein Fehler ist ausgeschlossen. Wir haben alle Proben doppelt überprüft. Sowohl die von Ihrer Lieferung als auch die von der gesamten verunreinigten Milch.« Er redet ohne Pause weiter: »Die Sache ist jetzt so – wir können nicht sofort handeln. Weil heute Sonntag ist. Da haben Sie sich einen feinen Tag ausgesucht. Fast wären Sie damit sogar durchgekommen.« Die Auguste kriegt eine Wut. Er stellt das so dar, als hätte sie da etwas absichtlich gemacht. Der ist doch verrückt! Der Volldepp spricht weiter: »Unsere Laborkapazitäten heute sind begrenzt. Aber morgen kommen wir.« Das ist eine unverhohlene Drohung. »Mit dem

Qualitätsmanagement, dem Laborchef und dem Geschäftsführer«, zählt er auf, um dann widerwillig noch etwas hinterherzuschieben: »Und dem Landwirtebetreuer. Aber der kann Ihnen auch nicht helfen.« Die Auguste würde ihm am liebsten durchs Telefon hindurch eine betonieren. »Dann kommt die Wahrheit über die Missstände auf Ihrem Hof ans Licht.«

Diese Verdächtigungen, diese Schuldzuweisungen... das ist eine Ungerechtigkeit, die zum Himmel schreit. Die Auguste spürt, dass ihr die Tränen in die Augen steigen. Wenn sich alles bewahrheitet, was der Putzgruber da salbadert, dann bedeutet dies das Ende vom Höllinger-Hof. Die Auguste sieht sich schon an der Kasse sitzen und plastikverpacktes Schrottessen über den Scanner ziehen. Aber sie schüttelt den Kopf. Es kann nicht stimmen, was der Putzgruber da behauptet. Sie hat den Kühen keine Medizin gegeben.

Die Auguste weiß nicht mehr, was sie denken soll.

KILLERKOMMANDO

*In der nächsten Szene würde die Bäuerin Auguste
den Song* Torn *von Natalie Imbruglia hören, wenn
das Radio an wäre. Aber das Radio ist nicht an.
Auguste ist ganz ohne Musik mit ihrer Zerrissen-
heit. Wobei das Lied von Liebe handelt, das nächste
Kapitel aber von Milch und von Wildschweinen.*

21 Sie steht im Flur beim Telefon, sie hört die Gäste in der Küche ihre Nudeln mit dem sauren Salat essen, sie will es ihnen nicht sagen. Die Auguste greift in ihre Hosentasche und zieht ein Stofftaschentuch heraus. Sie tupft sich die Augen trocken. Sie wankt die Holzdielen vom Flur entlang zum Bad, stellt sich vor den Spiegel. Sie sieht eine kräftige dreiundsechzigjährige Frau mit Zöpfen, rotem Kopf und roten Augen. »Lieber Gott«, spricht sie in den Spiegel hinauf, »hilf mir!« Dann hält sie inne. Es ist doch sinnlos, hier zu beten. Wie soll ein Gott da helfen? Die Milch ist versaut. Dreihunderttausend Liter. Er kann ja auch nicht zaubern, der Gott, und das Giftmedikament wieder herauswünschen. Soll sie die Gäste rausschmeißen? Storno oder so? Der Prinz kann sich nicht beschweren, der hat nicht einmal das Taxi bezahlt. Und der Trupp von der Molkerei wird ihr am nächsten Tag den Hof zerlegen. Das wird sich vor den Gästen nicht verheimlichen lassen. Das wird nicht gut ankommen bei der Elke, weil die eh so gesundheitsbewusst ist. Und beim Robert, weil der so gern Gesetze mag. Und der Prinz, der Schnösel, wird auch seinen Senf dazugeben. Und keiner wird kapieren, dass der Höllinger-Hof gerade untergeht. Sie spürt eine Bewegung an der Badezimmertür. Sie schaut hinüber. »Hallo«, sagt der Prinz. »Wo bleibst du? Wir sind fertig. Du kannst abräumen.« Sie blickt ihm in die Augen. Er ist vermutlich kein guter Mensch. Aha, jetzt merkt er anscheinend was. »Was ist mit dir?« Er stellt die Frage mehr auf so eine mechanische Art, weniger so, als würde ihn die Antwort wirklich interessieren.

»Ich komme gleich«, sagt die Auguste. »Zum Abräumen.« Ihr sarkastischer Unterton ist hörbar gewollt.

»Ist etwas?«, fragt der Prinz.

»Ja, es ist etwas«, antwortet die Auguste patzig. Der kann ihr doch den Buckel hinunterrutschen. »Die Milch ist schlecht.«

»Aha?«, erwidert der Prinz. »Und ist das schlimm?«

»Schon«, sagt die Auguste und denkt nur: Depp. »Ziemlich schlimm.«

»Und was bedeutet das?«

Die Auguste fragt sich, ob er das wirklich alles wissen will, der feine Herr Prinz, der Möchtegernadlige mit dem Einstecktuch, der sich bis jetzt aus allem, was Arbeit war, herausgehalten hat, außer beim Tischdecken gerade eben. Sie fragt sich, wieso der überhaupt zum Gummistiefelyoga gekommen ist, wenn er weder im Stall noch auf dem Feld oder sonst wo mithelfen will.

Wohl weil sie so lange nachdenkt, ohne zu antworten, fragt er: »Also, bedeutet das Geldeinbußen?«

Wie er das so sagt, reißt es die Auguste. Sie starrt ihn an. Plötzlich entsteht ein Bild vor ihren Augen. Zwar ein unscharfes, aber doch ein gewisse Konturen zeigendes. Sie begreift etwas. Der Prinz fragt ständig nach Sachen, die mit Geld und Besitz zu tun haben. Und er hat in ihrem Zimmer herumgekruschtelt. Und er hilft nicht mit bei den landwirtschaftlichen Arbeiten. Das ist doch nicht normal, dass der das alles so macht, wie er es macht! Und das Medikament muss doch auch irgendwie in den Tank hineingekommen sein. Weil sie selbst hat es natürlich keiner Kuh gegeben. Also am Ende der Prinz? Aber was macht das alles für einen Sinn?

Noch einmal hakt er nach: »Auguste? Geldeinbußen?«

»Ja, davon ist auszugehen«, sagt sie, und in ihr reift ein Entschluss. »Aber das braucht dich nicht weiter zu beschäftigen, Prinz«, fügt sie deshalb noch hinzu.

Wie der Prinz aus der Badezimmertür verschwunden ist, bringt sich die Auguste vor dem Spiegel noch – mehr schlecht als recht – in Form. Vor allem die verheulten Augen sind ein Problem. Sie tupft, aber sie bleiben gerötet. Dann geht sie in die Küche und bringt das Mittagessen zu Ende. Man spricht wenig. Der Prinz scheint sie zu beobachten, aber sie wird nicht schlau aus ihm. Die anderen merken wohl nichts. Den Nachmittag verbringen die Bauernyogis mit Kreislern, am Abend macht man den Stall. Nachts liegt die Auguste wach. Einmal hört sie einen schrillen Schrei vom Wald her. Vielleicht ist es aber auch nur ein Albtraum.

Am nächsten Morgen melkt sie die Kühe, als wäre nichts. Die Elke, die Marianne und der Robert helfen. Aber der Milchfahrer, der kommt nicht. Dann darf der Odysséas den Traktor mit dem Kreisler aufs Feld fahren. Er singt gegen den Motor an, ein griechisches Lied mit einem poppigen Rhythmus. Er riecht nach Orient. Die Marianne und die Auguste sitzen hinter ihm.

Die Maschinenbau-Doktorin verdreht wegen dem Gesang die Augen. Die Auguste findet den Odysséas nicht vollkommen verkehrt. Man muss jetzt noch einmal das Heu wenden, dann sollte es bald trocken sein. Für die kommenden Tage ist Niederschlag vorhergesagt. Aber in ihrer ganzen Milchbangheit sieht die Auguste es schon von Weitem, es ist ein anderes Problem. Die Wildschweine waren wieder da. Und zwar auf dem Feld neben der frisch gemähten Wiese. Jetzt sieht es auch der Odysséas. »Schwein-Wilde!«, ruft er und deutet mit seinem muskulösen Arm in Richtung der neuen Grabstellen auf der Nachbarwiese. »Sie waren da wieder!« Die Auguste nickt. Er schaltet den Motor aus. Sie steigen ab, schreiten das Feld ab. »Warum sie machen das?«, regt er sich auf und gestikuliert mit wilder Ratlosigkeit. »Warum sie machen das? Da isse doch nix zu füttern! Das isse doch bescheuert! Das isse doch dumm! Sind die Schwein-Wilde dumm, oder was?« Die Auguste zuckt mit den Schultern. Ihr kommt gerade das ganze Leben dumm vor.

»Marianne, Doktor, Frau, du bisse slau!«, schreit der Odysséas jetzt die kühle Blonde an. »Verstehst das du, warum das machen die Sweine? Verstehst das du?«

Die Frau Doktor mustert ihn ein wenig hochnäsig. »Na ja, weil sie halt denken, dass sie hier was zu fressen finden. Sie probieren es eben. Sie suchen. So wie wir Menschen auch immer auf der Suche sind im Leben.«

»Aber sie werden nix finden, hier!«, schreit der Odysséas. Diese griechische Wut gefällt der Auguste, sie tut ihr gut. Wut kann manchmal Mut machen. Er schimpft weiter: »Sie machen nur alles kaputt mit ihrer Seiße. Seiß-Swein-Wilde!«

Die Auguste, die Marianne und der Odysséas starren auf die Kraterlandschaft. Es ist ein schweigendes Starren. Dann, wie aus dem Nichts heraus, sagt das Vorstandsmitglied der Rudolfwerke Maschinenbau AG: »Lass uns heute Nacht auf die Jagd gehen, Auguste.« Die Auguste muss erst einmal kapieren, was die kühle Blonde eben so beiläufig gesagt hat. Vorsichtig wendet sie den Kopf, studiert die Gesichtszüge der Geschäftsfrau, aber da ist keine Regung herauszulesen. Stattdessen schiebt die Marianne mit genau derselben Coolness hinterher: »Aber im Hinblick auf die anderen« – sie nickt in Richtung Bauernhof – »sollte das unter uns dreien bleiben.«

Da wird der Odysséas plötzlich ganz lebendig und freudig. »Wir killen sie? Du und ich und die Auguste? Wir killen sie? Du hast Lust-Jagd, Marianne? Ach, Marianne, du bisse irre, bisse gut!« Er kann es gar nicht fassen, er freut sich. Er würde, das ist zu spüren, die Marianne am liebsten knuddeln, aber er traut sich nicht, weil sie gerade so vorstandsvorsitzendenhaft aussieht. Also wendet er sich mit strahlenden Augen an die Auguste. »Jetzt is weiß, warum diese Frau isse Topmanager, Bäuerin Auguste. Sie hat... diese Frau Marianne Doktor, sie hat... diese Frau, sie hat die Instinkt-Killer!« Er streckt der Marianne jetzt doch seine braun gebrannte Hand hin. »Respekt! Du hasse meine Respekt.« Sie reicht ihm die Hand, was die Auguste erstaunlich findet. »Isse abgemacht«, sagt er. »Wir, heute Nacht, sleichen loss und killen die Schwein-Wilde.« Er streckt auch Auguste die Hand hin, auch sie schlägt ein, und er besiegelt den Plan mit einem »Gebongt. Wir drei killen die Sweine!«. Begeistert schaut er die Marianne an. »Mannmannmann, isse das gut? Das isse gut!«

»Ja, aber jetzt halt mal den Rand!«, sagt die Marianne nun doch etwas unwirsch. »Weil, wenn unsere Tierschützerin und ihr Paragraphenreiter Wind davon bekommen, dann kannst du dir das abschminken mit deinem Killerkommando.

Dann machen die uns die Hölle heiß.« Die Auguste sieht das genauso. Die Elke und der Robert sollten von der geheimen Jagdaktion möglichst nichts erfahren. Die Elke wirft sich sonst noch vor die Flinte, um eins von den Sauviechern zu retten.

Gegen elf Uhr, das Killerkommando für die Nacht hat einen guten Teil des Heus gewendet, sieht die Auguste durch die Scheiben des Traktors mehrere Fahrzeuge vom Dorf her auf den Höllinger-Hof zurollen. Es ist auch ein Killerkommando, aber es vernichtet mit anderen Waffen. »Halt an! Ich muss zum Hof!«, ruft sie gegen den Lärm an und deutet auf die vier Autos. »Kreislert ihr das hier noch fertig«, weist sie die Marianne und den Odysséas an. Die Marianne hält an, die Auguste springt ab und stapft mit entschlossenen Schritten in Richtung ihres Gehöfts. Der Mähtrupp scheint den Ernst der Lage nicht zu begreifen. Die Gummistiefel knarzen mutig mit. Nein, die Bäuerin will sich nicht unterkriegen lassen, aber das Gefühl, das ihren Bauch ausfüllt, ist kein gutes. Es ist ein mulmiges.

CORLEONE

Der Tierarzt Dr. Goran Tomic spielt auch in Jörg Steinleitners LKA-Serie um Polizeipräsident Karl Zimmerschied eine Rolle. Der Leichenbacher-Bauer dagegen taucht in Steinleitners Kinderbuchreihe um die junge Heldin Juni Rosenglück auf.

22 Sechs Männer. Keine Frau. Und die Auguste sieht gleich, dass da auch der nichtsnutzige Cousin vom Leichenbacher steht, der Herr Erd. Ist das normal? Die Männer stehen da, Beerdigungsmienen, Polizeigesichter, Vollstreckervisagen.

»Grüß Gott, ich bin der Herr Corleone vom Milchprüfring«, sagt der Dickste. Die Auguste kann Menschen nicht leiden, die sich selbst mit *Herr* oder *Frau* vor dem Namen vorstellen. Sie findet das affig. Entweder sagt man seinen Vor- und Nachnamen, oder man sagt nur den Vornamen oder nur den Nachnamen. Aber *Grüß Gott, ich bin der Herr Corleone* geht gar nicht. Und dass einer *Corleone* heißt und vom Milchprüfring Bayern sein soll, ist an sich auch unwahrscheinlich. Das ist doch ein Mafianame. Ich habe es mit der Mafia zu tun, denkt sich die Auguste.

»Auguste Bernreiter«, sagt die Höllinger-Bäuerin. »Ich bin unschuldig.« Sie ärgert sich, dass ihr das herausrutscht. Aber es nimmt ohnehin keiner Notiz davon. Die Männer sind anscheinend im Killermodus.

Jetzt tritt der nächste Hansel vor. Er trägt einen Anzug und sagt: »Müller, ich bin von der Geschäftsführung von der Werdenfelser Molkerei.«

Es geht weiter wie beim Staatsempfang. Der Mann im Laborkittel und den weißen Stiefeln erklärt, dass er von der Qualitätssicherung ist und Blindowski heißt. Und dann ist da noch der Laborchef, der hat keinen Laborkittel an und nennt sich Friedrich Westfalen.

»Wir kennen uns ja schon«, sagt der Landwirtebetreuer Emil Pfundslachner. Der trägt einen braunen Strickjanker, und die Auguste hat die Hoffnung, dass er auf ihrer Seite steht, also zumindest ein wenig, weil die anderen sind vermutlich eher vom feindlichen Stamm. Zum Schluss gibt sie dem Erd noch widerwillig die Hand. War da ein Blitzen in seinen Augen? Der hat doch ganz eigene Pläne... und den gleichen Schnurrbart wie der Leichenbacher. Die Auguste zieht die Nase hoch.

»Jetzt berichten Sie mal!«, fordert der von der Geschäftsführung sie auf. Er näselt ein wenig, so als hätte er einen Tampon drinstecken, in beiden Nasenlöchern.

»Da gibt's nichts zu berichten«, sagt die Auguste trotzig. »Ich habe gemolken wie immer, und dann ist der Anruf aus der Molkerei gekommen.«

»Und wann haben Sie das letzte Mal Medikamente eingesetzt?« Der Herr Müller spricht mit ihr wie mit einem Kind, das nichts versteht. Es ist eine falsch liebevolle Art.

»Das ist schon so lange her, das weiß ich gar nicht auswendig. Da müsst ich im Bestandsbuch nachsehen.«

»Dann, so schlage ich vor, schauen wir doch einmal in Ihrem Bestandsbuch nach.« Einstimmiges Nicken des Prüfkommandos. Der Singsang von dem Hanswurst von der Molkerei-Geschäftsführung geht der Auguste gewaltig auf die Nerven.

Natürlich steht im Bestandsbuch kein Medikament drin, und zwar weder für das laufende Jahr noch für das vergangene. Aber anstelle einer Entlastung gibt der Sechsertrupp der Auguste das Gefühl, heimlich herumgepfuscht zu haben. Als ob sie unehrlich wäre. Es wird nicht ausgesprochen, aber es hängt in der Luft. Deshalb fasst die Bäuerin einen Entschluss – die Offensive. »Ich ruf den Tierarzt an. Der kann Ihnen bestätigen, dass mein Bestandsbuch stimmt und ich keine Medikamente gebraucht habe, die ganze Zeit.

Sechs Mannsbilder nicken gleichgültig. Der Auguste kommt es so vor, als wäre das Urteil schon gefällt. Sie ruft den Tierarzt. Dann inspiziert der Trupp den Stall, der fast leer ist, weil die Kühe ja schon seit der Frühe auf der Weide sind.

»So, dann wollen wir uns mal den Milchtank vornehmen«, sagt der Typ vom Milchprüfring, nachdem man hier und da herumgeschnüffelt hat. »Sie haben ja heute früh wahrscheinlich ganz normal gemolken, richtig?«

»Richtig«, antwortet die Auguste, obwohl das Melken am Morgen nicht ganz normal war, weil sie nämlich eine ständige schreckliche Angst im Bauch gehabt hat.

Als der von der Qualitätssicherung eine Probe genommen hat und auch der Laborchef, kommt der Tierarzt in seinem Landrover angefahren. Das ging schnell. Die Auguste mag den großen Mann, der Goran Tomic heißt. Er ist wirklich zuverlässig und kommt immer, egal, ob Tag oder Nacht. Der Doktor Tomic liebt die Tiere.

Er bestätigt den Prüfern dann auch gleich, dass hier seit Langem schon keine Medikamente mehr im Einsatz waren, geschweige denn Antibiotika.

»Sie könnte sich das ja auch woanders besorgt haben«, wirft der Leichenbacher-Cousin ein. Die Auguste fragt sich, was der hier mitzureden hat.

»Aber wie will Bernreiter Auguste kommen an Medikament ohne mich?«, verteidigt der Veterinär in seinem Einwandererdeutsch seine Auftraggeberin. »Antibiotika nicht kommt von Supermarkt. Muss ich haben Rezept.« Diese Aussage will offensichtlich keiner vom Hofvernichtungskommando hören. »Was denn gefunden haben Sie für Wirkstoff in Milch?«, fragt da der Doktor Tomic.

Die Antwort besteht aus finsterem Schweigen anstelle von Worten. Das kommt anscheinend nicht nur der Auguste seltsam vor, sondern auch dem Tierarzt. Er runzelt die Stirn. »Wenn Schnelltest von Milchfahrer nix hat angeschlagen, dann muss sein gewesen ungewöhnliches Präparat. Wenn Sie das erst festgestellt haben in Labor. Oder hat Milchfahrer Schnelltest nix gemacht?«

Bevor der Veterinär eine Antwort bekommt, steht plötzlich der Prinz in der Milchkammer. Anscheinend hat er seine feine Adligenhose, das Tweedjackett und sogar das Einstecktüchlein irgendwie gereinigt, denn er baut sich vor den Milchdetektiven auf wie der Gutsherr persönlich.

»Guten Tag«, grüßt er in die Runde. »Was ist hier los?« Er mustert die Versammlung. »Geht es um eine Weinprobe?« Keiner außer ihm lacht.

In jedem anderen Moment hätte die Auguste dem blasierten Depp gern eine gewatscht, aber in diesem Moment freut sie sich tatsächlich über seine Anwesenheit. Weil er das zähe Gefüge, diese schlecht gelaunte, unterschwellig aggressive Männerrunde irgendwie in Schwingung bringt.

Tatsächlich wirkt der Geschäftsführer beeindruckt von dem

Tweed-Hochstapler, tritt einen Schritt vor, deutet eine Verbeugung an und streckt dem Prinzen die Hand hin. »Guten Tag, Müller von der Geschäftsführung der Werdenfelser Molkerei.«

»Prinz, Karl«, sagt der Werbetexter Karl Prinz mit Würde.

»Oh, es ist mir eine Freude!«, katzbuckelt der Geschäftsführer, es ist lächerlich.

Dann sagt der Prinz nichts mehr, sondern schaut auffordernd, ja aufmunternd, so als erwarte er beim Rundgang über seine ausgedehnten Ländereien Rapport von seinen Höflingen.

»Es gibt hier ein Problem mit der Milch«, erläutert der Geschäftsführer. »Sie wissen davon noch gar nichts?«

»Nein, davon weiß ich noch gar nichts«, antwortet der Prinz und zieht dabei die Nasenmuskulatur nach oben.

»Dann hat Ihnen die Frau Bernreiter gar nicht Bericht erstattet?« Ein fragender Blick des Molkerei-Geschäftsführers trifft die Auguste.

»Nein, ich habe ihm noch nicht Bericht erstattet, das stimmt«, sagt die Bäuerin und findet die Situation mehr als verrückt. Was soll sie dem faulsten Urlaubsgast, der sogar Schulden bei ihr hat, Bericht erstatten?

»Was gibt es denn für ein Problem mit der Milch?«, bohrt der Prinz nach, als hätte er Ahnung von Milch, Kühen oder sonst welchen landwirtschaftlichen Mysterien.

Ein Gemurmel entsteht in den hinteren Reihen des Eingreiftrupps. Der Herr Erd, der Cousin vom Leichenbacher, scheint dem Landwirtebetreuer Emil Pfundslachner etwas zuzuflüstern. Der Pfundslachner hebt ratlos die Schultern. Der Erd, der dem reichsten Bauern vom Dorf so ähnlich sieht, die gleiche schiefe Statur, flüstert dem Mann von der Qualitätssicherung etwas ins Ohr. Es ist eine stille Post der Verunsicherung, die sich schließlich mit einem beinahe wellenartigen Geflüster auch zu den anderen Ohren weiterschickt. Am Ende macht sich der Geschäftsführer der Molkerei gerade und fragt die Auguste, mit dem nackten Zeigefinger seiner rechten Hand auf den Prinz zeigend: »Wer ist dieser Mann? Gehört neuerdings ihm der Hof? Oder wie ist die Situation hier?«

»Die Situation hier ist so«, sagt die Auguste nicht ohne Genuss, denn ihr gefällt es, das Kontrollkommando so leicht verunsichern zu können, »dass der Prinz Karl ein Gast von mir ist.«

»Wie, ein Gast? Urlaub auf dem Bauernhof, oder was?«, bricht es aus dem Herrn Erd vom Landratsamt hervor.

»Gummistiefelyoga mit Auguste«, erklärt der Prinz mit fliehendem Kinn und spitzem Mund, als wäre es die Bezeichnung eines französischen Nachtischs. »Eine neue Form von Wellness, mit weitreichenden Activity-Elementen, ein ganzheitlicher Approach.«

»Gummistiefelyoga mit Auguste«, murmeln die Herren durcheinander. »...Activity.« So was haben die noch nie gehört.

»Das heißt, Sie haben hier gar nichts zu melden, oder wie?«, erkundigt sich der Geschäftsführer mit einem Gesichtsausdruck, den die Auguste nur als dämlich bezeichnen kann.

Die Auguste ist gespannt, was der Prinz jetzt gleich sagen wird, denn eigentlich ist er glasklar aufgeflogen. Der falsche Adlige tritt einen eleganten Schritt zurück, betrachtet seine nicht so eleganten Gutsherrengummistiefel, malt mit der Spitze des rechten Stiefels eine ovale Figur auf den Boden, die jedem Hühnerei zur Ehre gereichen würde, und hebt wieder den Blick. »Wie viel ich hier zu melden habe, setze ich Ihnen gern auseinander, wenn Sie mich über die Probleme mit der

Milch entsprechend instruiert haben. Letztlich lässt sich jedes Problem mit der entsprechenden Menge Geldes lösen. Sollte meine Freundin, die Original-Bäuerin Auguste« – ja, er sagt wirklich *Original-Bäuerin* –, »in Schwierigkeiten stecken, dann springe ich selbstverständlich ein.« Ja, genau, denkt sich die Auguste, gerade du mit deinem Taxigeld. Aber der Prinz kennt anscheinend keine Scham. »Also, was ist los mit der Milch?«

Alle schauen zum Herrn Corleone vom Milchprüfring Bayern. Und der stammelt plötzlich verunsichert: »Wir haben ein Antibiotikum in der Milch von Frau Bernreiter festgestellt. Das hat in der Molkerei dreihunderttausend Liter Milch verunreinigt. Es steht ein Schaden von hunderttausend Euro oder mehr im Raum.«

»Haben wir Medikamente verwendet, Auguste?«, fragt der Prinz die Auguste, und sie kommt sich vor wie im Prinzregententheater.

»Nein, haben wir nicht«, antwortet sie laut und deutlich. Sie findet es erstaunlich. Der Prinz, den sie eigentlich für einen windigen Hund hält, gibt ihr plötzlich Sicherheit.

»Also!«, stellt der Prinz fest. »Was diskutieren wir dann hier?«

»Wer haftet«, platzt es aus dem Laborchef hervor. »Wer haftet, das ist es, worüber wir diskutieren. Es geht um hunderttausend Euro oder mehr.«

»Na ja, die Original-Bäuerin Auguste ja wohl nicht«, meint der Prinz süffisant. »Wenn sie kein Medikament verwendet hat.«

»Aber es war in ihrer Milch!« Der Laborchef scheint sich nun in der Defensive zu fühlen, er bekommt einen roten Kopf.

»Das kann ja auch bei Ihnen in der Molkerei reingekommen sein.« Ganz schön unverfroren, der Prinz. Leider Gottes hat er null Ahnung.

»Nein, kann es nicht«, schneidet der Geschäftsführer das Gerede ab. »Weil unser Milchfahrer bei der Abfüllung hier am Hof gestern eine Probe entnommen hat, und in der Probe ist der Wirkstoff drin. Punkt.«

»Und was für ein Wirkstoff soll das sein?«

Die Männer schauen sich alle an, vierzehn Augen blitzen ineinander, umeinander, aufeinander. Die Frage scheint einen Kernbereich der Untersuchung zu betreffen, das ist der allgemeinen Verunsicherung deutlich anzumerken. Der Mann von der Qualitätssicherung räuspert sich. »Soll ich es Ihnen sagen?« Die Frage ist an seine Kollegen vom Suchtrupp gerichtet. »Ich meine, das wollten wir aus ermittlungstaktischen Gründen ja noch...«

»Welche ermittlungstaktischen Gründe?«, fährt der Prinz dazwischen. »Welche Ermittlungen? Wie heißen Sie überhaupt?« So eine von einem übertriebenen Selbstbewusstsein getragene Hochnäsigkeit kann auch etwas Gutes haben.

»Blindowski«, antwortet der Qualitätssicherungsbeauftragte.

»Blindowski?« Dem Mund des Prinzen entfleucht ein kurzes, ungläubig meckerndes Lachen. »Aber sehen tun Sie schon was, oder? Blindowski, haha!« In jeder anderen Situation hätte die Auguste ein schlechtes Gewissen bekommen, wenn jemand sich so lustig macht über einen anderen, zumal noch über jemanden, von dem sie geschäftlich abhängt. Und für seinen Namen kann ja auch niemand was. Aber jetzt ist es anders. Und der Prinz hakt nach: »Also, Herr...« Er lässt sich den Namen, das ist deutlich zu erkennen, auf der Zunge zergehen, »... Blindowski, sagen Sie uns, um welches Medikament es sich hier handelt!«

Verunsichert wendet sich Blindowski an den Geschäftsführer und den Herrn Corleone vom Milchprüfring.

»Sagen Sie es ihm!«, entscheidet der Geschäftsführer Müller.

»Tja, also... es ist ein Medikament, das tatsächlich... also, das ist schon erstaunlich.« Er räuspert sich. »Es ist ein Präparat, das eigentlich nur in der Humanmedizin zum Einsatz kommt.«

VERSCHWÖRUNG

Damit die Schauspielerin Gwyneth Paltrow sich schön fühlt, behandelt sie ihre Haut mit Schlangengiftcreme für rund 200 Dollar. Demi Moore dagegen schwört auf Blutegel. Die Behandlung kostet ungefähr genauso viel.

23 Humanmedizin heißt Medizin für Menschen. Die Auguste kennt sich mit Fremdwörtern nicht so aus, aber das weiß sie, weil *human* menschlich heißt. Nun jedoch ist sie verwirrt, nein, sogar erschüttert. Wie kommt ein Medikament für Menschen in die Milch von ihren kerngesunden Kühen? Im Hirn von der Auguste arbeitet es derart heftig, dass sie auf die Aussage von diesem Blindowski erst einmal gar nicht reagieren kann. Sie schaut nur so vor sich hin. Der Prinz aber, der das Taxigeld noch immer schuldig ist, der kann plötzlich was. Und zwar reden. Mit an Hochmut grenzender Souveränität kleidet er seine Zweifel – es sind auch die von der Auguste – in Worte. »Sososo«, näselt er. »Und warum bitte sollte eine Bäuerin ihren Tieren ein Antibiotikum für Menschen verabreichen? Ergibt das denn einen Sinn?«

Darüber hat der Corleone-Trupp natürlich auch bereits nachgegrübelt. Der Qualitätssicherungsbeauftragte reibt sich das Kinn. »Vielleicht gab es eine Krankheit in der Herde, und Frau Bernreiter hatte Sorge, dass sie dann erst einmal keine

Milch mehr abliefern darf und ...« Der Satz verliert sich in der sonnendurchfluteten Milchkammer. Es ist verwunderlich, wenn die Sonne irgendwo flach hereinscheint, dann sieht man immer den Staub in der Luft, selbst in Räumen, wo man eigentlich denkt, dass gar kein Staub vorhanden ist. Aber anscheinend ist überall Staub, denkt sich die Auguste.

»Und *was?*«, meldet sich jetzt auch der Tierarzt mit fester Stimme zu Wort. Er scheint eher auf der Seite von der Auguste zu stehen.

Der Qualitäts-Blindowski windet sich. »Und ... tja ... so richtig logisch ist das ... wirklich ... nicht, aber ... aber vielleicht hat sie gedacht, dass sie damit durchkommt, durch die Tests, weil es sich um ein humanmedizinisches Präparat handelt.« Er meidet Augustes Blick. »Und vielleicht hat sie das Präparat ja billiger, also zum Beispiel kostenlos bekommen, weil es ihr vielleicht ihr Hausarzt auf Krankenkasse verschrieben hat. Und vielleicht hat sie darauf spekuliert, dass unsere Tests nicht anschlagen ...«

»Ein Stück weit ist Frau Bernreiter damit ja auch durchgekommen«, springt der Leichenbacher-Cousin dem Gestammel vom Blindowski bei, und die Auguste hasst ihn in diesem Moment von Herzen, den krummen Hund.

Der Veterinär Tomic schüttelt energisch den Kopf. »Ist mir ein bisschen zu viel *vielleicht*«, sagt er mit überzeugter Stimme. »Quatsch ist das, totaler. So blöd kann Bäuerin nicht sein, nicht irgendeine, und schon gar nicht die Bäuerin Auguste Bernreiter.«

Der Prinz nickt gutsherrlich. »Das ist auch meine Einschätzung«, kommentiert er, gerade so, als hätte er die Tiermedizin mit dem Löffel gefressen. Wäre die Situation nicht so ernst, die Auguste müsste lachen. Es gibt jedoch rein gar nichts Erheiterndes. Denn während sich der Prinz, der Tomic und die Angreifer von der Molkerei das Wortgefecht geliefert haben, ist der Auguste ziemlich klar geworden, dass es nur einen Grund geben kann, wie die Menschenmedizin in die Kuhmilch gekommen ist. Sabotage. Sowie sie zu diesem Schluss gekommen ist, sagt sie: »Das muss mir jemand in den Tank geworfen haben.«

Interessant ist, dass die Eindringlinge von der Milchpolizei dieser Hypothese erst einmal nicht widersprechen. Was macht der Leichenbacher-Cousin? Stiert ins Nichts. Reglos steht die Runde da. Draußen auf dem Feld rattert der Traktor, es ist vermutlich der Odysséas. Etwas näher gackern die Hühner, schnattern die Gänse. Nach einer Phase der Statik gerät Bewegung in die Männerkörper, ihre Schuhe schaben auf den Fliesen des Milchkammerbodens. Es spannt sich was an. Explodiert gleich was? Die Auguste, rotwangig, mustert sie alle der Reihe nach.

Nun atmet der Molkerei-Geschäftsführer tief ein. Dann macht er einen Laut, der wohl Wichtigkeit signalisieren soll, und hierauf erhebt er die Stimme – schneidend. »Um es einmal deutlich zu sagen, Frau Bernreiter – es ist Ihre Milch, die hier verseucht ist. Juristisch betrachtet kommt die Störung aus Ihrer Sphäre, respektive sind Sie die Verursacherin dieses Schadens.« Er fasst sich an den Gürtel und zieht die Hose zurecht. Die Auguste weiß schon, dass er damit Selbstbewusstsein darstellen will, aber irgendwie erinnert sie dieses Hosezurechtrücken an einen Säugling beim Wickeln. Der hat doch die Hosen voll! Der Mann aber ahnt nichts von derlei Überlegungen und redet weiter: »Für uns als Molkerei tut es erst einmal nichts zur Sache, ob Sie die Kühe selbst behandelt haben…«

»Sie Kühe hat ganz sicher nix behandelt selbst«, fährt ihm der Goran Tomic mit seiner lauten Tierarztstimme dazwischen. »Das nix macht Sinn. So blöd kann nix sein. Niemand nix!« Er nimmt die Feinde ins Visier, einen nach dem anderen. »Es ist, wie sagt Frau Bäuerin – Sabotasch!«

»Und deshalb«, springt ihm der Prinz wie aus dem Nichts und gleich einer Nähmaschine heftig nickend bei, »müssen Sie als Molkerei Ihrer Fürsorgepflicht der Lieferantin gegenüber nachkommen und nicht gegen sie vorgehen und eine Drohkulisse aufbauen, sondern Sie müssen ihr helfen.«

»So schaut aus«, pflichtet ihm der Tierarzt bei. »Nix machen fertig Bäuerin gute, sondern helfen.«

»Solange Frau Bernreiter nicht nachweisen kann, dass es hier wirklich zu einer Art...« Der Molkerei-Geschäftsführer windet sich ein wenig, das Wort in den Mund zu nehmen. »Nun ja... nennen wir es Sabotage... gekommen ist...« Er deutet mit den Händen Gänsefüßchen an.

»Reden Sie über Anwesende nicht in der dritten Person!«, fährt ihn der Prinz an.

»...solange eine Sabotage nicht erwiesen ist«, spricht der Molkereichef wie ein Automat weiter, »können wir auch nichts für Frau Bernreiter tun.« Er schluckt kurz, es kostet ihn durchaus Überwindung, aber dann spricht er es aus: »Wir kündigen hiermit den Milchliefervertrag außerordentlich und mit sofortiger Wirkung. Des Weiteren kündigen wir rechtliche Schritte gegen Frau Bernreiter an, insbesondere eine Schadensersatzklage.« Er nickt, so als müsse er sich selbst Mut einflößen, und wendet sich halb ab. »So, das war es jetzt von unserer Seite. Oder möchte noch jemand etwas hinzufügen?«

Die Auguste fühlt sich wie versteinert. Hat der das gerade wirklich gesagt, der Müller? Dass die ihre Milch nicht mehr abnehmen wollen? Ja, sind die denn wahnsinnig? Sie hat doch überhaupt nichts getan! Irgendeine Sau hat ihr etwas in den Tank gemischt, das muss passiert sein. Eine andere Möglichkeit gibt es nicht. Und die Molkerei lässt sie einfach hängen? Wie in einem Film laufen Bilder vor ihrem inneren Auge ab. Der ausgelaufene Milchtank neulich am Abend. Der Leichenbacher, der ihr das unverschämte Übernahmeangebot gemacht hat. Die seltsame Kontrolle vom Erd. Die Gitti, wobei die mit dem Ganzen nichts zu tun hat. Aber auch der Prinz erscheint ihr in Bildern, und zwar wie er in ihren Unterlagen fummelt und mit erstaunlicher Beharrlichkeit *nicht* mithilft auf dem Hof. Und überhaupt diese ganzen Gummistiefelyogis, von denen natürlich jeder und jede ohne Problem irgendeinen Antibiotikadreck in den Tank werfen könnte, ohne dass sie es merkt. Aber warum sollte das jemand tun? Warum sollte irgendein Mensch einer Bäuerin wie ihr Böses wollen?

Nach knapper Verabschiedung und einem gebellten »Sie bekommen das alles noch schriftlich von unseren Anwälten« haben die Männer den Hof verlassen, nur der Erd lässt sich Zeit. Was will der jetzt noch? Die Auguste stellt ihre Gummistiefelfüße fest auf den Boden. Der Cousin vom Leichenbacher soll jetzt bloß schauen, dass auch er Land gewinnt. Aber anscheinend will der noch etwas. Die Auguste mustert den Prinzen, der neben ihr steht. Und jetzt tritt auch noch die Marianne hinzu, die Frau Doktor. Der Erd schaut, es ist klar, dass er noch etwas sagen will. Aber nun, wo die Auguste beidseitig flankiert ist, links vom falschen Adel und rechts von einer großen Blonden mit Maschinenbau-Chefinnen-Ausstrahlung, scheint ihn der Mut zu verlassen. »Man sieht sich«, sagt er, nickt und steigt samt Schnurrbart in seinen Wagen.

»Ich wüsste nicht, wieso!«, schreit die Auguste ihm in sein Auto hinein hinterher, dann fällt die Tür zu. Schweine, denkt sie, es ist eine Verschwörung. Und die Angst steigt in ihr auf. Dass man ihre Existenz vernichten will, ist das eine. Das aber braucht seine Zeit. Das Problem des Tages ist ein anderes. Was macht sie ab morgen mit der Milch? Der Milchfahrer ist heute früh nicht gekommen, und der wird auch morgen früh nicht kommen. Aber den Kühen ist das wurscht. Wohin mit der guten Milch? Der fehlt ja nichts.

Die Auguste greift zum Hörer. Schon nach dem zweiten Tuten geht sie dran, zum Glück. »Und, Auguste, wie läuft's mit deinem Bauernyoga? Soll ich für ein Heubad mal kurz nach Wolkendorf rüberjetten?«

»Ach, Gitti, hör auf!« Wie die Auguste die Stimme der besten Freundin und Fastcousine hört, fühlt sie sich mit einem Mal schlapp.

»Warum denn aufhören? Sind die Gäste nicht gekommen? Sind sie nicht happy?«

»Doch, schon. Aber das Problem ist...« Jetzt fällt die Auguste seelisch in sich zusammen. Unter herausströmenden Tränen spricht sie weiter: »Die Milch ist vergiftet. Die Molkerei war eben da. Ein ganzer Trupp. Die nehmen meine Milch nicht mehr.«

»Was, Milch vergiftet?«, fragt die Gitti. »Deine Milch, die ist doch nature pure und pfenniggut!«

»Es wurde ein Antibiotikum in der Milch gefunden, und daraus drehen die mir einen Strick.«

»Moment mal, hilf mir! Ich versteh gerade Nullinger.« Die Gitti sagt noch was anderes, und es klingt wie vom Hörer weggesprochen, aber das gilt offensichtlich nicht der Auguste. Die Gitti sagt nämlich: »Ja, ja Frau von Braunschweig-Nierenbodden, die Schlangengiftcreme von der Gwyneth Paltrow habe ich Ihnen in Ihre Beauty Bag gepackt, und die Super-Beeren-Feuchtigkeitslotion bekommen Sie von mir noch on top, die ist da auch drin, for free für Sie. Und wenn die Gala ist, dann kommen 'S halt noch einmal rein, um siebzehn Uhr, dann kleben wir die Brüste hoch. Ja, gut, ja, danke schön. Auf Wiedersehen, Frau von Braunschweig-Nierenbodden. Tschüssi, Tschüssi!« Jetzt ist die Gitti wieder richtig am Hörer: »Also, Auguste, jetzt noch mal von vorn!«

Hierauf erklärt die Auguste das komplette Drama mit der Molkereimafia, und die Gitti hört zu.

»Das sind mal richtige Bad News«, stellt die Gitti am Ende fest, und dem lässt sich nicht gut widersprechen.

»Aber mein Hauptproblem ist, dass ich nicht weiß, wohin mit der Milch. Wenn der Milchfahrer nicht mehr kommt. Wo soll ich die Milch hintun? Der Tank ist voll.«

Da kommt bei der Gitti die knallharte Businessfrau durch. »Wenn die Milch vergiftet ist, musst du sie entsorgen.«

»Aber die Milch ist doch nicht vergiftet! Das war doch bloß die von dem einen Tag! Da hat mir wer was in den Tank gemischt. Wenn ich auf den Tank aufpasse, dann passiert nichts mehr. Deswegen ist das doch eine Sauerei von der Molkerei.«

»Du, Auguste, ich glaub, da will dich wer linken.« Die Gitti ist ganz stark drin im Wittern von Verrat, weil in der Beautybranche werden nicht nur mit Schlangengift die Falten entfernt, sondern auch sonst wird man alltäglich im Konkurrenzkampf mit giftigen Schlangen konfrontiert, allerdings mit menschlichen. Die Gitti denkt offensichtlich nach. »Wer könnte dich linken wollen? Hast du Feinde?«

Die Auguste erklärt der Cousine die merkwürdigen Ereignisse, das mit der Katze, der ausgelaufenen Milch, dem Besuch vom Landratsamt und so weiter.

»Du brauchst schnellstmöglich eine andere Kundin für deine Milch.« Es ist klar, dass die Gitti eine Molkerei meint, aber sie denkt halt mehr beautymäßig.

»Aber wie soll ich denn innerhalb von einem Nachmittag eine neue Molkerei herbringen? So schnell geht das doch nicht. Vor allem nicht mit dem Verdacht, dass mit meiner Milch was nicht stimmt.«

»Hast du nicht noch einen Kühlschrank, wo die Milch reinkann?«

»Gitti! Es geht um ein paar Hundert Liter! In was für einen Kühlschrank soll das rein?«

»Ja klar, Frau Ritter, Sie sind bei mir eingetragen fürs *Peeling fürs Feeling*, toppy! Bin gleich für Sie da. Bitte machen Sie sich schon mal frei. Nein, nein den Slip lassen wir mal an! Oder haben Sie sich doch noch für das Intim-Hairstyling entschieden, das ich Ihnen angeboten habe?« Die Auguste hört, dass die Frau Ritter etwas sagt, aber sie versteht es nicht. Jedenfalls antwortet die Gitti: »Ach ja? Also, mit Suggern? Wow, echt, den Brazilian Landing Strip wollen Sie? Okay... Das ist aber ganz schön schmal, da muss ich mal sehen, ob sich Ihr Schamhaar dafür eignet.« Die Gitti hört jetzt wieder der Kundin zu, die sich anscheinend untenherum verbessern will. Dann sagt sie: »Aber dann machen Sie sich jetzt bitte mal frei, das kriegen wir alles hin.« Das ist das Geniale an der Gitti – im einen Moment redet sie noch über Schönheit, im nächsten aber ist sie wieder voll bei der Auguste. »Was ist mit der Kühlkammer fürs Wild? Kannst du die Milch nicht dort zwischenlagern?«, fragt sie.

Gute Idee, denkt sich die Auguste. Da braucht sie dann

bloß ein großes Behältnis, wo die Milch reinkann. »Mmh, das könnte mir zumindest ein paar Tage weiterhelfen«, murmelt die Auguste. »Bloß, was für ein Behältnis soll ich da hernehmen?«

»Du, Auguste, ich muss jetzt mal. Mein Rat – schreite zur Tat! Lass dich nicht unterkriegen! Und im Fall, dass alle Stricke reißen, hängen wir uns auf.«

»Ja, ja«, sagt die Auguste, und dann legen die beiden auf, weil jede muss sich um etwas Wichtiges kümmern, die eine um Schlangengift und eine brasilianische Schamhaarfrisur, die andere um ein Behältnis für Milch. So facettenreich ist das Leben auf dem Land.

JAGDGLÜCK

*Bei einer Umfrage über sexuelle Gewohnheiten
stellte sich heraus, dass fast ein Drittel der Studienteilnehmer zwischen 60 und 80 sexuell aktiver
ist und mehr Gedanken an Sex hat als die junge
Vergleichsgruppe zwischen 22 und 36 Jahren.*

24 »Wildschweine sind schlaue Viecher«, flüstert die Auguste. Die Sonne versinkt gerade mit rötlicher Zuversicht hinter dem Hörnle und den anderen Bergen, die den Blick Richtung Allgäu verstellen. »Wir müssen sehr leise sein und sehr geduldig.« Die drei stehen irgendwo im Wald, es duftet nach dem Harz von Kiefern, nach Bärlauch und auch feucht und pilzig. Die Marianne und der Odysséas nicken vorsichtig. Ihre Gesichter zeugen von Spannung. Die Bäuerin raunt weiter: »Wir haben mal eine Treibjagd gemacht, in einem Waldstück, was nur aus Unterholz bestand. Das war im Winter. Wir wussten, dass die Schweine noch drin sein müssen im Unterholz, weil nur Spuren im Schnee hineingeführt haben in das Waldstück, aber nicht heraus. Wir sind zu zehnt in einer Menschenkette in den Wald und haben ihn durchkämmt. Wir haben laut gerufen und mit Stöcken gegen die Stämme gehauen, damit wir die Viecher aufscheuchen. Aber die haben sich nicht aufscheuchen lassen. Ich sage euch, die sind so schlau, diese Viecher. Eine Sau, die stand, verborgen im

Unterholz, vielleicht einen Meter neben mir. Die hat gewartet, ob ich sie sehe. Aber auch wie ich sie gesehen habe, ist sie nicht fortgerannt, sondern erst wie ich ihr eine mit dem Stock übergebrannt habe.« Die Auguste nickt anerkennend. Die Schlauheit der Säue imponiert ihr. »Sie wissen genau, dass wir Menschen keinen so guten Geruchs- und Gehörsinn haben und dass unsere Augen sie im Dickicht nicht immer sehen können.«

»Aber was isse deine Plan?«, fragt der Odysséas leise. »Wie kriegen wir sie?«

»Wir hocken uns auf den Hochsitz und warten und hoffen«, sagt die Auguste und denkt sich, dass das auch auf ihr ganzes Leben passt, vor allem warten und hoffen. »Weil mehr bleibt uns nicht übrig.«

»Aber wir können uns doch pirsen an«, zischelt der Odysséas. »Nicht auf Hochsitz, sondern wie ...« Er sucht ein Wort und findet es. »Indianer.«

Die Auguste schmunzelt. Du wärst mir so ein Indianer, denkt sie. »So, ab jetzt bitte dicht hinter mir laufen. Gänsemarsch. Wir wollen möglichst wenig Spuren machen. Die Viecher riechen wirklich alles. Und nur noch das Nötigste sprechen.«

Die drei schreiten vorsichtig am Rand einer Lichtung entlang. Die Nadelbäume flirren im Rot. Vereinzelte Mücken versuchen ihr Glück. Es riecht würzig hier und muffig da, der Farn raschelt, das Moos modert. Obwohl es ein trockener Sommer ist, hat der Wald noch Feuchtigkeit. Die Auguste holt tief Luft, sie liebt diesen Geruch, den kannst du nicht kaufen.

»Aaaaaaaaahhhhhhh!« Ein Schrei zerreißt die konzentrierte Stille.

»Was war das?«, zischelt die Marianne, sie geht in der Mitte.

»Ein Reh«, gibt die Auguste zurück und hält den Zeigefinger vor den Mund.

»Warum es sreit so gruselig, das Reh?«, will der Odysséas wissen.

»Es hat Angst«, sagt die Auguste.

»Wovor?« Die Marianne klingt besorgt und gar nicht kühl.

»Man weiß es nicht – vielleicht vor einem Luchs? Vielleicht vor einem Wolf? Vielleicht vor einem Mensch?« Noch einmal ertönt der Schrei. Ja, fast wie ein Mensch klingt das. Aber es ist ein Reh in Todesangst. Also ziemlich sicher. In der Zeitung hat gestanden, dass derzeit ein Wolf von der Tegernseer Gegend her nach Westen zieht.

»Wölfe es gibt?« Der Odysséas ist derart überrascht, dass er das Flüstern vergisst, das Rindvieh.

»Psst!«, fährt ihn die Auguste an. Sie arbeitet sich vorsichtig, aber zielstrebig am Rand der Lichtung weiter voran. Der Riemen vom Gewehr klackert. Sie hält die Hand drauf. Da vorn, am Ende des lichten Stücks, steht der Hochsitz, den hat noch der Vater vom Magnus gebaut. Noch einmal kreischt das Reh. Die Auguste erschrickt, der Odysséas, zwischen empört und erschrocken, ruft: »He!« Dicht vor ihnen ist ein großer Vogel vorbeigestochen. Sie hat seinen Flügelschlag in den Haaren gespürt. Den Ruf hätte sich der Odysséas sparen können. Wenn hier Wildschweine sind, haben die das ganz sicher gehört.

Es ist jetzt fast dunkel, und sie sind da. Die Auguste legt die linke Hand an die aus einem langen schlanken Fichtenstamm gezimmerte Leiter des Hochstands, dann die rechte Hand. Sie zieht sich hoch. Das Holz knackt, aber es hält. Sie war schon lange nicht mehr auf der Jagd. Es ist alles beim Alten – der aus einer dicken Holzplatte grob zusammengenagelte kleine

Tisch, der Ausblick in drei Richtungen, von hinten, zum Wald hin, ein Windschutz. Die Auguste setzt sich ganz an den Rand. Der Odysséas rutscht neben sie, daneben die Marianne. Die Bank ist schmal. Die Auguste spürt den muskulösen Oberschenkel vom Odysséas. Er ist ein trainierter Mann, und jung ist er auch. Merkwürdig, aber plötzlich, wie sich ihr Schenkel an seinen schmiegt, fühlt sie etwas, was sie schon lange nicht mehr gefühlt hat – dass sie eine Frau ist.

HANDARBEIT

*Ein sehr guter Schnaps – nicht nur für die Jagd,
sondern auch für andere Gelegenheiten – ist die
Alte Marille der Destillerie Prinz in Hörbranz.*

25 Das Gewehr liegt vor ihr. Es ist aus schwarzem Metall und hat ein Zielfernrohr. Es ist geladen und schussbereit. Der Odysséas riecht leider nach Orient. Natürlich findet die Auguste den Geruch anregend, aber auf die Jagd darfst du eigentlich nicht parfümiert gehen. Die Tiere riechen dich auf einen Kilometer und mehr. Die Auguste deutet nach vorn. Die Lichtung ist länglich. Es ist eine Schneise, die sie vor einigen Jahren in den Wald gesägt hat und die sie seither gegen die anfliegenden und aufschießenden Gehölze verteidigt, gegen Buchen, Eichen, Fichten. Vereinzelt Eschen, weil die mögen es feuchter. Es ist Augustes Schussschneise für das Wild.

Sie wendet sich mit gedämpfter Stimme an den Odysséas und die Marianne. »Wenn wir Glück haben, kreuzt die Rotte heute Nacht die Lichtung. Falls ihr was seht, bleibt bitte reglos, tippt mich nur an! Wir müssen warten, bis uns die richtige Sau vors Gewehr läuft. Wir haben nur einen Schuss, weil dann sind sie weg.«

»Aber was es bringt, wenn hasse zehn Schwein-Wilde und eine nur killst?«

»Die merken sich das und ziehen für eine Weile weiter«, raunt die Auguste. »Außerdem... Wenn wir ein weibliches Tier erwischen, dann heißt das, dass es eine Sau weniger ist, die Nachwuchs kriegt. Die vermehren sich ja wie die Karnickel. Eine Sau kann zehn Frischlinge bekommen. Jedes Jahr! Deswegen verstehe ich diese Deppen nicht, die gegen die Jagd sind. Die Sau hat keinen natürlichen Feind mehr, seit wir die Wölfe und Bären ausgerottet haben. Aber sie gräbt mir die Wiesen um, dass meine Viecher nichts mehr zum Fressen haben.«

Das war jetzt viel Gerede für nachts im Wald, denkt sich die Auguste, aber der Odysséas nickt und die Marianne auch. Nun beginnt das Warten. Jagd ist nämlich vor allem Warten und nicht Schießen. Aber das will die Auguste den Gummistiefelyogis ein andermal sagen. Ruhe kehrt ein. Je dunkler der Wald wird, umso mehr deckt er alles zu. Die Vögel des Tages verstummen. Nur vereinzelt tönt es noch aus den Bäumen, aber das sind Rufe oder Schreie, das ist kein Gesang. Die Auguste sitzt an, die Zeit dehnt sich in die Länge wie Nylonstrumpfhosen über Frauenbeinen, also beim Hineinschlüpfen. Die Auguste denkt über den Tag nach, über die Deppen von der Molkereimafia und wer ihr das Medikament in den Tank geworfen haben kann. Wem traust du so was zu, so eine Niedertracht? Der Leichenbacher ist ein Schwein. Aber würde er wirklich so weit gehen, um sich den Höllinger-Hof unter den Nagel zu reißen? Dreihunderttausend Liter Milch! Ist es normal, dass der Erd vom Landratsamt bei diesem Milchkontrolltrupp mit dabei war? Ist es ein Komplott vom Erd und vom Leichenbacher? Baut sich da was auf im Dorf? Oder hat ihr einer von den Gästen das Medikament in den Tank geschmissen? Was fummelt der Prinz in ihren Unterlagen herum?

Andererseits hat er ihr gegen die Molkerei zur Seite gestanden. Plötzlich schießt es der Auguste in den Kopf. Es ist ein ganz konkretes, glasklares Bild aus ihrer Küche. Wenn sie sich nicht ganz arg täuscht, dann waren da doch noch Antibiotika von ihrer letzten Grippe im Schrank. Sie hat sie erst kürzlich verräumt. Also doch ein Gast? Aber wieso? Will der Prinz sie schwach machen, damit er selber stark ist? Aber was soll das? Man denkt im Kreis. Der Odysséas neben ihr mit seinen Verpackungsmanagermuskeln verströmt eine Wärme, die ist angenehm. Die Auguste greift sich in die Jägerjacke, es ist noch die alte vom Magnus, sie ist ihr zu groß, aber sie hat um die hundert Taschen, na ja, das ist vielleicht ein wenig übertrieben. Sie holt den Flachmann hervor, auch von ihrem verstorbenen Mann, und schraubt vorsichtig den Deckel ab.

»Hier«, flüstert sie.

»Was ist?«, fragt der Odysséas.

»Zielwasser«, erwidert die Auguste. Ganz hat sie die Hoffnung noch nicht aufgegeben, die Sau zu treffen.

Der Odysséas zieht ein Gesicht. Die Bäuerin weiß schon, dass man in Griechenland eher Sirtaki trinkt. Er mag also nicht.

»Is mag nicht Snaps.«

»Jetzt kommt schon!«, drängelt die Auguste und drückt sich auch mit dem Oberarm ein bisschen an den Oberarm von diesem knackigen Griechen. »Sonst schreib ich dir keine Bestätigung für Soft Skills.«

Obwohl sie es nur als Scherz gemeint hat, nimmt er jetzt tatsächlich einen Schluck vom Obstler. Wie kann man bloß so karrieregeil sein? Also der Odysséas ist ganz sicher nicht der Saboteur, schließlich will der als Verpacker hoch hinaus. Nachdem er getrunken hat, macht er ein leises »Ah«. Der starke

Alkohol scheint ihn also irgendwie zu entspannen, und dann reicht er die silberne Flasche an die Marianne weiter. Die Vorstandsfrau von der Dingsbums-Maschinenbau AG trinkt ohne Murren. Dann gibt sie das Getränk an die Auguste zurück, und auch die setzt an. Doch bevor sie einen Schluck nehmen kann, rempelt sie der Odysséas mit dem Ellbogen an, Schnaps tropft auf die Jacke. Er macht eine Kopfbewegung nach rechts vorn. Die Auguste kneift die Augen zusammen, sie späht in die angegebene Richtung. Tatsächlich. Der Odysséas hat recht. Da, rechter Hand, am Rand der Lichtung, vor den dunklen Bäumen, da gibt es eine Bewegung. Kaum merklich, aber dort ist was. Sie legt den Zeigefinger an die Lippen und greift vorsichtig nach dem Gewehr. Malefiz, es klackert! Und jetzt knarzt auch noch der Hochsitz. Die Bewegung am Rand der Lichtung hält inne. Es ist kaum mehr als ein Schatten, aber da ist etwas, was vorher nicht da war. Die Auguste legt vorsichtig an. Die Umrandung vom Hochsitz hat genau die richtige Höhe, dass man nicht aus der freien Hand schießen muss. Das erhöht die Wahrscheinlichkeit gewaltig, dass man trifft. Auch die ruhigste Hand hängt an einem atmenden Körper, und ein atmender Körper bedeutet Wackelei. Aber die Auguste kann ja auflegen. Das tut sie jetzt. Sie stutzt. Der Odysséas schnauft, was schnauft der so? Sie wendet den Blick zu ihm. Er reißt die Augen auf. Ja, spinnt der denn? Und was jetzt? Er legt ihr die rechte Hand auf den linken Oberschenkel. Was soll das? Die Hand fühlt sich sehr warm an und sehr jung. Sie rutscht nach innen, die Hand. Nun wird es der Auguste heiß. Auf die weibliche Art, die Gitti würde es verstehen. Die Hand bleibt liegen. Der spinnt. Die Auguste linst durchs Zielfernrohr. Der Schatten vor den dunklen Bäumen wird größer, tastet sich vorsichtig auf die Lichtung, jetzt kann sie es sehen. Es ist ein Reh. Die

Auguste konzentriert sich auf ihre Atmung. Atmung ist beim Schießen alles. Sie spielt kurz die Möglichkeiten durch. Auch wenn es bloß ein Reh ist, könnte sie jetzt schießen. Das wäre gutes Fleisch für eine ganze Weile. Sie hätte für die Gäste etwas Feines zu essen und könnte sich das Geld für den Metzger sparen. Andererseits ... Wenn sie schießt, dann kommt in dieser Nacht garantiert kein Wildschwein mehr. Und wegen der Schweine sind sie da. Soll sie schießen?

»Sieß!«, zischelt der Odysséas. Seine Hand ist noch ein Stück weiter nach innen gerutscht. Was macht dieser Mann mit ihr? Merkt der denn gar nicht, wo seine Hand da liegt? Ist der verrückt? Soll sie jetzt wirklich schießen? So kann man doch nicht jagen! Mit der Hand von einem nach Orient duftenden, vierundvierzigjährigen Griechen, der Verpackungsmanager ist, auf den Schenkeln, wenn man selbst dreiundsechzig ist und Bäuerin. Das geht doch nicht!

»Du musse sießen!«, zischelt er noch einmal. Und du glaubst es nicht – er übt Druck aus auf ihren Oberschenkel. Zweifel ausgeschlossen. Die Auguste spürt es mit einer Genauigkeit, die sie ganz aufgeregt macht. Da hat sie schon lange, sehr, sehr lange nichts mehr gespürt, an dieser Stelle. Das Reh steht jetzt mit seinem ganzen Körper in der Lichtung. Deutlich ist sein dunkles Fell vor dem helleren halbhohen Gras zu erkennen. Die Auguste fühlt sich hitzig, ihr ganzer Körper ist Gefühl, sie drückt ab. Der Schuss zerschmettert die Finsternis, den Wald, die Unschuld. Das Reh zuckt, hüpft noch vier, fünf, sechs Meter, die Auguste hat Sorge, dass sie nicht richtig getroffen hat vor lauter Hand, dass das Wild im Wald verschwindet und irgendwo stirbt, und sie finden es nicht. Aber jetzt, drei, vier Meter vor dem Ende Lichtung bleibt es stehen, knickt ein, es zittert, auch die Auguste zittert.

Die Hand ist noch immer da. Die Auguste wagt es nicht, den Kopf vom Zielfernrohr weg und zum Odysséas hinzuwenden. Zu schön fühlt sich die Hand an. Ganz ruhig liegt sie jetzt da, ganz warm.

Dann ist sie plötzlich doch weg. Aber etwas bleibt in der Auguste davon übrig. Wie sagt man? Eine Verheißung.

MÖRDER

Die schnellste Gewehrkugel der Bundeswehr fliegt 3312 km/h. Die langsamste Kugel bringt es nur auf gut 1000 km/h.

26 Die Marianne kniet beim Reh, ein feiner roter Faden im Fell zeugt von seinem Tod, sie streichelt es. »Es ist weich und rau zugleich«, murmelt die Managerin. Ihre Stimme ist ganz sanft und dabei hellwach. Das Gummistiefelyoga, es hilft, denkt sich die Auguste. Sogar ihr selbst. Noch immer ist ihr warm, vor allem untenherum. Sie mustert den Odysséas von der Seite, aber der lässt sich nichts anmerken. Oder doch? Warum legt ein junger Kerl seine Hand dorthin? Bei einer über Sechzigjährigen? Es ist der Auguste ein Rätsel. Aber ein aufregendes.

Die Auguste bindet dem Reh die Beine zusammen und will es schultern. Doch da ist schon der Odysséas mit seinen besagten Händen. »Is mache das. Is trage.« Die Auguste hilft ihm, das erlegte Tier zu schultern.

»Wildschweine haben wir natürlich keine erwischt«, stellt die Marianne fest. Ihr Blick ist ernst. »Ich fürchte, sie werden dir weiter die Felder umgraben.« Die Auguste nickt. Hat die Marianne was gemerkt? Sie spricht weiter, mehr zu sich selbst: »Und dann noch das mit der Milch...« Die Maschinenbauchefin schaut sich um, so als wäre es möglich, dass im dunklen Wald jemand lauert, der sie belauscht. »Ich meine, jetzt können wir doch sprechen, oder? Das mit dem Wild hat sich erledigt. Können wir? Sind wir allein?« Die Auguste zuckt mit den Achseln. »Hast du denn einen Verdacht?«, fährt die Marianne fort. »Dass du dir nicht selber das Geschäft versauen willst, liegt ja auf der Hand. Weshalb ich die Kündigung durch die Molkerei nicht akzeptieren kann.«

Die Auguste nimmt es genau wahr, die Marianne sagt, dass *sie* die Kündigung nicht akzeptieren kann. *Sie!* »Ich habe...«, setzt die Auguste an, doch weiter kommt sie nicht. Weil... *bamm*... ein Schuss die Stille zerfetzt. Es ist ein Schuss in direkter Nähe. Aber nicht nur das. Eine Kugel pfeift an ihnen vorbei, es ist der Tod, es gibt keinen Zweifel, die Auguste spürt den Luftzug. *Sssssssssssffffffffff.* Haarscharf ist die Kugel an ihrem rechten Arm vorbeigerast.

»Runter!«, schreit die Bäuerin, sowie sie begreift, dass hier gerade ein Killerding gegen sie und die Gummistiefelyogis läuft, und sie stürzt sich auf den Odysséas. Es ist ein Reflex, sie will ihn schützen.

Aber *bamm*, schon knallt es noch einmal. Die Auguste liegt halb auf dem Odysséas drauf und schnauft wie ein Blasebalg aus Holz und Leder. Der Untenliegende atmet auch, und zwar heftig, aber anders als vorhin und aus anderem Grund. Und dicht daneben die Marianne. »Was... ist...?«, keucht sie. Zittert ihre Stimme? Doch schon surrt noch ein Schuss herbei und reißt einem Baum, kaum einen Meter weiter, die Rinde weg. Und dann noch einer und noch einer. Das eine Geschoss fährt ins Gras ein wie der Leibhaftige, Erde wird aufgewirbelt, das andere ins Blattwerk. Der schnelle Tod, er raschelt. Und während die Auguste lauscht, liegt und pumpt (und den interessanten Geruch von diesem Odysséas einatmet, weil es geht ja nicht anders, wenn man so zwecks Schutz aufeinanderliegt), wird ihr eines sonnenklar – das ist kein Spaß mehr, das ist Krieg. Krieg in Wolkendorf. Irgendwer hat es auf sie abgesehen. Oder wie soll das alles noch Zufall sein?

Fünf Schüsse. Dann ist plötzlich Ruhe. Totenstille. Der Wald verarbeitet das, er hat Kraft, er steht seit Jahrhunderten, er schluckt alles, sogar sauren Regen und dürrste Trockenheit. Er hat schon alles erlebt.

Die Auguste hebt vorsichtig den Kopf, stützt sich auf dem Odysséas seinem Rücken ab. Da, wo man bei normalen Menschen diesen Knochen unterhalb von der Schulter spürt, da geht es bei ihrem jungen Gast noch nach außen, der hat da Muskeln, die sind fast wie Flügel, feste Kissen. Die Auguste lässt die Hand ein bisschen länger als fürs Aufrichten nötig liegen, dort.

Nun rührt sich auch die Marianne. »Was war das?«, zischelt sie. Die Stimme der starken Frau zittert. »Was war das, Auguste?«

»Da hat jemand auf uns geschossen«, erwidert die Bernreiterin trocken. »Katzenschwanz, Milchauslaufen, Milchvergiften, Mordanschlag. Das Mosaik setzt sich zusammen.«

»Wie meinst du das?« Die Maschinenbauerin ist in Aufruhr. »Das war doch ein Versehen! Da hat uns jemand für Wild gehalten.«

Die Bäuerin schüttelt entschieden den Kopf. »Das sicher nicht.«

»Aber... aber... was dann?«, stammelt die Marianne. Sie kommt der Auguste mit einem Mal wie ein Kind vor. Der Wald und die Nacht verwandeln den Menschen. Er wird kleiner. »Hast du Feinde? Auguste! Hast du Feinde?« Die blonde

Marianne schreit jetzt fast, es ist die Verzweiflung, die kommt von der Todesangst.

Was soll die Auguste antworten? Bevor sie es tut, meldet sich der Verpackungsmanager. »Is kill sie.«

»Wen?«

»Deine Feinde, Liebes.«

»Das lass mal lieber bleiben«, entgegnet die Auguste, obwohl sie das Wort *Liebes* genau vernommen hat. »Das ist nicht gut für dein Zeugnis.« Sie wundert sich über sich selbst. Irgendeine Ratte, vermutlich eine aus dem Dorf, hat sie eben unter Feuer genommen und fast umgebracht, aber sie bleibt irgendwie gelassen. Sie weiß natürlich noch nicht, dass sich dies ändern wird. Schon gleich am nächsten Tag.

BADEHOSE

Schüsse im Wald gibt es immer wieder. Im Jahr 2018 machten unheimliche Vorkommnisse am Harberg die Runde: Mehrere Zeugen, darunter Jäger, berichteten, dass nachts im Wald geschossen worden sei. Obwohl es stockdunkel war und nicht einmal das Mondlicht für die Jagd ausgereicht hätte.

27 Weil der Irre noch weiterschießen könnte, weicht die Auguste vom gewohnten Heimwegpfad ab und wählt eine umständlichere Strecke durch dichteres Holz. Sie mag diesen Teil des Waldes eigentlich nicht, von wegen Zeckengefahr. Aber lieber Hirnhautentzündung als wie tot. Außerdem ist eh nicht klar, ob Zecken nachts überhaupt stechen. Dann erreichen sie das Gehöft. Die Gebäude lauern auf Eindringlinge, aber da scheint niemand zu sein. Doch, beim Prinz brennt Licht. Die Auguste schaut auf die Armbanduhr. Drei Uhr.

Die Marianne sieht es auch. »Karl ist noch wach«, flüstert sie, es klingt geheimnisvoll.

»Geht ins Bett!«, befiehlt die Auguste. »Ich versorge noch schnell das Reh im Kühlraum.« Immerhin haben sie jetzt Fleisch.

»Wir … äh … is … äh … helfen dir«, sagt der Odysséas. Er lächelt, aber hinter dem Gesicht, da ist auch Ernst, ganz klar.

»Nein, nein, ihr geht jetzt ins Bett. Ich häng es bloß rein, ich zerleg das nicht mehr heute. Geht jetzt!« Sie braucht Ruhe, die Bäuerin.

Am nächsten Morgen hat die Auguste den Stall mit dem Robert und der Elke gemacht. Die Milch ist in mehreren alten Butterfässern in der Kühlkammer untergekommen, wo auch das Reh gelagert ist, obwohl das freilich keine Dauerlösung ist. Beim Frühstück studiert sie nun die Gesichter ringsum am Tisch. Jeder kann ein schießwütiger, milchvergiftender Feind sein. Der Robert sieht frisch aus, der hat geschlafen. Die Elke hat trotz schon erledigter Arbeit noch verknuddeltes Haar, also war die auch nicht wach gewesen. Die Marianne sieht frisch aus wie aus dem Hühnerei. Der Odysséas kommt zu spät und summt orientalisch. Nur beim Prinz sind die Augenringe unübersehbar. »Du warst wach heute Nacht«, sagt die Auguste. »Drei Uhr.«

»Ja, ich konnte nicht schlafen. Mich beschäftigt das alles. Was machst du jetzt mit der Milch? Das ist doch dein, doch dein, doch dein...« Ja, dreimal, wie immer. Dann hält er inne, will das Wort nicht aussprechen, aber es ist klar, was er meint: *Ruin.* Er sieht sie an. Alle sehen sie an. Die Auguste zuckt mit den Schultern. Den Hof gibt es schon mehr als einem Jahrhundert. Zwei Weltkriege. Sie ist sich nicht sicher, aber sie glaubt, dass sie vielleicht auch diesen Krieg überstehen wird. »Heute noch einmal kreislern und dann abends Heu einfahren«, sagt sie und legt damit das Programm für den Tag fest.

Der Tisch schweigt. Bis die Marianne sich räuspert, den Kopf hebt. »Wir müssen zur Polizei.« Alle Blicke richten sich auf sie. Sie blickt in die Runde. »Auf uns ist heute Nacht geschossen worden.« Alle reißen die Augen auf.

»Wie jetzt?«, fragt die Elke. »Ich habe gar nichts gehört.«

»Ich auch nicht!«, entfährt es dem Robert.

Die Auguste ärgert sich über die Marianne. Dass sie das Jagdthema nicht für sich behalten kann! Aber die hat ihre Worte wohl sortiert. Sie sagt: »Wir waren heute Nacht im Wald, wir wollten Wildschweine erlegen, weil die die Wiese zerstören. Wildschweine haben wir keine erlegt, aber auf uns hat jemand fünf Schüsse abgegeben.«

»Das ist nicht wahr!« Der Prinz wirkt geschockt.

»Wie jetzt, echt geschossen? Mit echten Kugeln?« Das ist der Robert.

»Ja, und deswegen müssen wir zur Polizei. Das war ein Mordanschlag.« Die Marianne erlaubt keinen Zweifel an ihrem Vorschlag.

»Jetzt aber mal halt!«, fährt die Auguste dazwischen. »Für die Polizei haben wir keine Zeit heute. Wir müssen das Heu einfahren. Morgen regnet es.«

»Wenn wirklich auf euch geschossen wurde«, meldet sich der Robert zu Wort, »dann muss auch Anzeige erstattet werden. Das ist ein Fall für die Kripo, für den Staatsanwalt.«

»Robbie ist Jurist, der weiß das!«, springt ihm die Elke bei. Sie schaut ihn anders an als gestern noch, denkt sich die Auguste.

»Und ich bin hier die Bäuerin, und das ist immer noch mein Hof. Und da bestimme ich, was gemacht wird. Und heute ist das Heueinfahren, weil das war schon immer so.«

»Ich bin dabei«, sagt der Prinz so schnell, dass die Auguste staunt.

»Is wollte auch eigentlich helfen mit das Tor-Trak«, sagt der Odysséas.

Die Elke und der Robert sehen sich an. »Und wir beide auch, nicht wahr, Robbie?«

»Der Prinz war noch nie dabei. Also darf der kreislern«, sagt die Auguste. Sie möchte trotz seines verdächtigen Verhaltens anerkennen, dass er ihr gegen die Molkereimeute beigestanden hat. »Am späten Nachmittag, beim Heueinfahren, da können alle helfen. Notfalls auch mit Heugabeln.«

»Ich will aber auch wieder Traktor fahren«, quäkt die Elke.

»Gut, das klappt sicher, ihr habt ja noch drei Tage bis zur Abreise. Aber jetzt darf mal der Prinz, der war noch nie.«

Dass der Prinz sich freut, erkennt die Auguste an seinem Gesichtsausdruck. Der ist nämlich hochmütig. Das ist nicht schön. Aber Gerechtigkeit muss sein, wenn man Gummistiefelyogabäuerin ist.

Der Traktor von der Auguste hat an den kleineren Rädern, die vorn angebracht sind, ziemlich starke Schutzbleche. Und zum Aufsteigen ins Führerhaus gibt es ein weiteres Blech von knapp zwei Zentimetern Stärke. Es hat Löcher, damit das Wasser und der Dreck bei Regen hinunterlaufen können. Zwischen diese beiden Bleche sollst du dich nicht stellen. Der Grund – da bist du eingezwängt.

Der Prinz ist im Traktorfahren, das merkt die Auguste schon nach wenigen Sekunden, kein Naturtalent. Weil es ihr auf dem Hof zwischen all den Gebäuden zu gefährlich ist, da dotzt der sicher noch irgendwo an und reißt ihr ein Stück Wand aus dem Gemäuer, steuert sie den Traktor selbst zum Feld. Dort steht das Gefährt nun. Die Auguste steigt ab und überlässt dem Prinz den Fahrersitz. Sie muss ihm die Technik erklären. Sie steht genau zwischen diesen beiden Blechen – hinter dem vom Vorderreifen und vor dem, auf das man zum Hochsteigen tritt. Dabei erklärt sie dem Prinzen die Sache mit den zwei Ganghebeln, dem einen für die Gänge und dem anderen für langsam, mittel, schnell. Sie verrät ihm, dass er den Vorwärtsgang einlegen muss, wenn er vorwärtsfahren will. Ist ja auch nicht weiter verwunderlich. Und dass er dann die Kupplung kommen lassen muss. Eigentlich sollte jedem Deppen klar sein, dass der Prinz das nur machen soll, wenn niemand dicht am Traktor steht, weil ein Auto fährst du ja auch nicht los, wenn jemand den Kopf zum Fenster reinhängt. Aber der Prinz ist wie gesagt kein Talent im Traktorfahren. Das Ergebnis davon ist vorauszusehen. Die Auguste steht in Gummistiefeln und Latzhose ganz dicht am Traktor, zwischen Schutzblech und Trittbrett, und der Prinz, der Hirsch, lässt die Kupplung spicken. Der Traktor macht einen Satz, und der kräftige Körper von der Auguste gerät zwischen die Bleche. »Aah! Au!«, schreit sie, vergebens. Sie kommt nicht mehr raus, die Bleche halten sie gefangen, ja, die Auguste wird sogar unten hineingezogen, hineingezerrt von der PS-Gewalt. Es ist mörderisch, und der vermaledeite Prinz hält den Traktor nicht an, der sich nun weiterbewegt, und zwar ohne jedes Mitgefühl. Es ist der Rückwärtsgang, der der Auguste das linke Vorderrad erst über den linken Fuß fahren lässt, dann über den rechten. Sie strauchelt und schreit und weint. Die Zeit dehnt sich, die Knochen knacksen, die Auguste hört es wegen des Traktorlärms nicht mit den Ohren, sondern mit dem ganzen Körper. Sie hat Todesangst, die Schmerzen sind grausam und der Prinz ein Vollidiot, ein Versager. Irgendwann, es ist eine Ewigkeit, gelingt es ihm, den tonnenschweren Koloss zum Stehen zu bringen, der dabei ist, eine unschuldige Bäuerin zu zermalmen. Doch damit ist es nicht aus, denn die Auguste hängt doch noch unterm Rad! Der Schmerz macht sie wild wie einen Steppenwolf. Der Prinz springt herunter, zieht an ihrem Arm.

»Lass das!«, schreit die Auguste ihn an. »So geht das nicht! Da ziehst du mich nicht raus.« Sie weint. »Steig wieder auf! Du musst ihn wieder nach vorn fahren, ich komm sonst nicht raus!« Der Schmerz der geborstenen Knochen ist zum Verrecken.

Also klettert der Versager wieder auf den Traktor, die Auguste hört noch, wie er den Motor anlässt. Sie betet zum Pfarrer Singh und allen Heiligen. Sie weiß, dass ihr jetzt nur noch Gott helfen kann, weil der Prinz ist ein technischer Totalausfall. Gott muss den Karren aus dem Dreck ziehen, weil der Prinz kriegt das nicht hin. Ist es gut, dass sie in diesem Moment, gepeinigt vor Schmerz, das Bewusstsein verliert? Dass sie erst nichts mehr sieht, weil alles schwarz wird, dann aber schon etwas – die Lichtung im Wald, die nun hell ist, gleißend hell. Rechts und links stehen ihre Gummistiefelyogis Spalier und winken. Die Elke, ganz in Rosa und Lila, wirft ihr eine Kusshand zu. Der Robert hält ein Strafgesetzbuch, mit dem er der Auguste Applaus zuklopft. Der Prinz... was hat der Prinz in der Hand? Ein Testament? *Hiermit setze ich Prinz Karl zu meinem Erben ein*, steht da! Ja, geht's noch! Aber da ist schon die Marianne. Die hat einen Schraubenzieher... was will die Marianne mit einem Schraubenzieher? Sie hält ihn wie ein Messer, aber auch sie winkt. Und da ist noch der Odysséas. Er hat nichts an, außer einer Badehose und überall Muskeln, und redet etwas von »High Level« und »Performance«. Jetzt legt er beide Hände auf sein Herz, und sie kann nicht glauben, was seine letzten Worte sind: »Lebe wohl.« Dann befindet sich die Auguste am Ende der Lichtung, und es ist so hell, dass sie nichts mehr sieht, und sie denkt sich: Ist das jetzt der Tod?

ZWEITER TEIL

TAUSENDACHTHUNDERT

1916 spukte es auf einem Bauernhof in Großgerlach. Die Bäuerin Rosine Kleinknecht hatte nach dem Melken kaum den Stall verlassen, als ein Kalb zu brüllen begann. Als sie in den Stall zurückkehrte, waren die Tiere losgebunden, liefen durcheinander und ließen sich nicht beruhigen. Dies passierte mehrfach und wurde auch von Nachbarn bezeugt.

28 Die Augen von der Auguste sind geschlossen, aber sie spürt eine Hand auf ihrer Hand. Sie öffnet vorsichtig die Augen. Ah, sie ist tot, weil alles ist weiß, das ist der Himmel. Sie liegt in einer Wolke. Aber dann riecht sie es. Hier stinkt es nach Kamillentee, und die Wolke ist bloß ein Federbett. Aber die Hand ... ist das die vom Odysséas? Nein. Es ist der da.

»Prinz, du?« Ihre Frage klingt ein wenig gelallt. Warum jetzt ausgerechnet der?

»Ganz ruhig, ich bin bei dir.« Total beruhigend, den Versager am Bett zu haben. Warum ist der Odysséas nicht da?

»Hast du Schmerzen?«, will er wissen.

Die Auguste überlegt, schaut in ihre Gebeine, also innerlich. Kann es denn sein, dass sie gar nichts spürt? Kann das sein? Ist sie Querschnitt? »Ich weiß nicht.« Das Sprechen fällt ihr schwer.

»Du wirst wieder«, hechelt der Prinz ... oder sagt man

heuchelt? »Ich habe mit den Ärzten gesprochen, du wirst wieder. Es tut mir so leid, aber du wirst wieder.« Wieder dreimal das Gleiche.

»Du hast Traktorverbot«, befiehlt die Auguste, wobei es wegen ihrer Schwäche nicht so richtig wie eine Anordnung rüberkommt. Sie holt noch einmal Luft. »Der Odysséas soll fahren oder die Marianne oder die Elke oder der Robert, aber nicht du. Nie wieder...« Oh, das war viel Gerede, die Augen fallen ihr zu. Aber das musste einfach gesagt werden. Damit dieser Volldepp sich keinem Traktor mehr nähert. Bloß nicht. Er ist zu nichts zu gebrauchen, der Prinz. Jetzt streichelt er sie auch noch an der Hand. Die Auguste erinnert sich an den Traum mit dem Testament. Ist der Prinz ein Erbschleicher? Sie könnte kotzen, jetzt, aber sie kann nicht einmal die Hand wegziehen, zu schwach. Nicht einmal das Taxi hat er bezahlt. Sie denkt an ihre Kühe, an die Milch. Sie muss nach Hause, auf der Stelle. Wie spät ist es eigentlich? Sie nimmt ihre ganze Kraft zusammen, holt tief Luft, ja, sie wird jetzt aufstehen. Das Heu... Eine Bäuerin kann nicht...

»Was machst du?« Die Frage vom Prinz schrillt ihr in den Ohren.

»Ich muss heim.« Der kapiert auch gar nichts.

»Du wirst sechs Wochen hierbleiben. Mindestens.« Er streichelt ihre Hand, aber es fühlt sich an wie Getätschel, als wäre sie ein Hund.

»Ich... bin... kein... Hund«, stammelt sie.

»Ich weiß«, sagt er. »Jetzt schlaf.«

»Was ist heute für ein...« Ihr fällt das Wort nicht ein... doch. »...Tag?«

»Donnerstag«, sagt der Prinz.

Herrgott, Donnerstag, denkt sich die Auguste, es war doch

eben noch Dienstag. Die Viecher. Füttern, melken. Der Ärger mit der Molkerei. Sie muss aufstehen, jetzt. Aber er greift zu der Flasche, die über ihrem Bett hängt und von der ein Schlauch in ihren Fuß hineinführt. Er schraubt etwas herum an der Vorrichtung ... der ist doch kein Arzt! Antibio ... ? Dann riecht die Auguste noch den Kamillentee, der nichts, aber auch rein gar nichts von echter Kamille hat, und dann ist sie weg.

Zu gleicher Zeit auf dem Höllinger-Hof schüttelt die Marianne resolut den Kopf. »Sie machen hier gar nichts.« Breitbeinig steht sie da, wie ein Cowgirl fast. Trotzdem ist sie größer als der Leichenbacher-Bauer, sicher einen Kopf. Neben ihr der Odysséas, auch der breibeinig und mit verschränkten Armen. Eher wie ein Kopfgeldjäger sieht er aus. Schräg dahinter die Elke, links, und der Robert, rechts. Es ist eine klassische Abwehrformation, die Phalanx, Antike, Griechenland.

»Aber es ist doch eine Selbstverständlichkeit, dass man hilft, wenn ein Hof von einem derartigen Unglück heimgesucht worden ist«, sagt der Schnurrbart. »Das ist ja schon schlimm, das mit der Auguste.« Es hört sich tatsächlich echt an, wie er es sagt, aber er ist ein verlogener Hund. Im Dorf weiß das jeder, aber die Bauernyogis spüren es ebenfalls, irgendwie. Auch der Städter hat Sensoren, wenn's um die Wurst geht.

Also schüttelt die Marianne noch einmal den Kopf. »Wenn wir Hilfe brauchen, dann kommen wir gern auf Ihr Angebot zurück. Bitte verlassen Sie jetzt den Hof!«

Der Leichenbacher fasst es nicht. Was bilden sich diese Sommerfrischler ein? Wer hat denn mit dem Bernreiter Magnus zwanzig Jahre lang die Maibäume gefällt und aufgestellt? Mal ganz sicher nicht so ein blondes Gift wie die da.

Sein schwerer Schädel wackelt ungläubig. »Ha«, macht er und »Pff« und »Ihr habt's sie nicht mehr alle!«.

»Masse Flug-Ab jetzt, aber snell!«, pfeift ihn der Odysséas an. »Sonst is mache Sie Beine.«

So kommst du dem Leichenbacher nicht, obwohl er wirklich kurze Beine hat und eine Verlängerung nicht schaden täte. Er macht einen Schritt zurück, als wolle er Anlauf nehmen fürs Fünfmeterbrett oder so. »Jetzt pass einmal auf, Burschi.« Er greift sich in die Reißverschlussbrusttasche von seiner Latzhose, in der er drinhängt wie ein Baby im Strampler, und zieht einen Zettel heraus. Den hält er der Marianne mit seinen Wurstfingern entgegen, ein dicker Silberring mit schwarzem Edelstein klunkert daran. Das Papier knistert von seiner Kraft. Leise ist seine Stimme, aber gefährlich. »Die Auguste hat noch Schulden bei mir. Tausendachthundert Euro. Die treibe ich jetzt ein.«

Die Marianne runzelt die Stirn. Was geht hier ab?, fragt sie sich. Sie streckt die Hand aus und greift mit ihren schönen, schlanken Maschinenbauerinnenfingern danach, entfaltet den Zettel und liest. Tatsächlich ist das ein Schuldschein, und wie es aussieht, hat ihn die Bäuerin Auguste unterzeichnet. Eintausendachthundert Euro. Das ist viel Geld. Wofür? Und warum hat sie das gemacht?

»Und da unten steht, dass das Ganze schon seit Weihnachten fällig ist.« Der Leichenbacher hat jetzt trotz seiner körperlichen Kürze Oberwasser. »Also.« Er lässt den neu gewonnenen Pegelstand wirken. Im Kopf von der Marianne arbeitet es.

»Lass mal sehen!«, meldet sich der Robert von hinten. Die Marianne reicht den Zettel an ihn weiter, den Fachmann für solche juristischen Schweinereien. Der Robert schaut drauf, die Elke linst mit rein, und alle Bauernyogis runzeln plötzlich die Stirn, als wäre das Studieren von Schuldscheinen eine esoterische Sportübung.

»Wer sich vom Leichenbacher, also vom Dorf, nicht helfen lässt, muss fühlen.« Kein bisschen verzieht der dicke Bauer das Gesicht, wie er das ausspricht. Und natürlich meint er, dass er das Dorf ist, so wie das irgendein Kaiser oder König mal gesagt hat. »Aber...« Er scheint jedes Wort zu genießen wie am Sonntagnachmittag einen doppelten Erdbeerkuchen mit Schlagsahne. »Man ist ja kein Unmensch.« Ein Räuspern. »Wenn das mit dem Bezahlen ein Problem ist, dann kann ich auch eine Milchkuh als Pfand mitnehmen. In dem Fall hättet ihr, also die Auguste, Ruhe, also erst einmal.« Er saugt Luft an. »Allerdings suche *ich* die mir dann aus. Weil ihr habt's ja sowieso keine Ahnung, ihr Wochenendler!«

Der Robert schaut zur Marianne hinüber.

»Gib mis mal!«, fordert der Odysséas und lässt sich den Zettel reichen. »Schein-Schuld, für was isse Schein-Schuld? Was Auguste hat sie verbrochen? Steht nirgends hier! Für was isse das?«

»Obwohl das nichts zur Sache tut und an der schon seit Monaten bestehenden Fälligkeit nichts ändert, sage ich es euch. Damit hat die Auguste im Winter Futtermittel zugekauft. Weil ihr nämlich schon um Weihnachten herum das Heu ausgegangen ist. Wisst's, dieser Hof ist...« Wieder erlaubt er sich eine unverschämt lange Sprechpause, um dann das Fallbeil herunterdonnern zu lassen. »...am Ende.« Er greift sich an den Kopf, ruckelt den Hut zurecht und sagt dann, als lade er zum Frühschoppen ein: »Also, gehen wir dann zu den Viechern, und ich hol mir, was mir zusteht. Weil viel länger habe ich jetzt auch nicht Zeit.«

Er wendet sich dem Stall zu.

»Halt! So snell nix geht!«, sagt der Odysséas energisch und packt den Leichenbacher grob am Oberarm.

Der reißt sich mit einer Bewegung los, die brutal aussieht, und starrt den deutschen Griechen wütend an. »Was soll das heißen ... *Halt?* Lern erst mal Deutsch! Dir gib ich gleich ein *Halt!*«

Jetzt wäre es am Odysséas, etwas zu sagen, aber anscheinend fällt ihm nichts Stichhaltiges ein. Die beiden Stiere kämpfen mit den Augen.

Nach einer Weile fragt der Leichenbacher: »Und? Jetzt? Kommt noch was von dir, du Kameltreiber?«

So schnell kann der Leichenbacher gar nicht schauen, wie der Odysséas ihn im Schwitzkasten hat. Der Bauer ist das, scheint's, nicht gewohnt, er war zuletzt nicht mehr oft im Bierzelt, weil die Geldgier treibt ihn um, und er muss Tag und Nacht arbeiten, und wegen des schlechten Trainingszustands in Schlägereidingen kriegt er jetzt einen ganz roten Kopf.

»Ody!«, entfährt es der Elke, ihr Gesicht zeigt Entsetzen. Gewalt ist als Mittel der Grundschulpädagogik nicht mehr so en vogue.

»Lass ihn los!«, befiehlt die Marianne leise, aber bestimmt.

Der Odysséas, der mit dem Leichenbacher ringt, dies übrigens durchaus erfolgreich, sucht ihren Blick und ächzt: »Echte? Is soll loslassen, diese miese Bacher-Leichen-Bauer?«

»Ja, lass ihn los! Wir lösen das Problem anders.«

Kaum ist der Leichenbacher frei, stößt er den Odysséas grob von sich. Der stolpert in den Robert hinein, und der schreit: »Au!« Der Odysséas kann das nicht auf sich sitzen lassen und schubst den Leichenbacher zurück. Es ist wie im Kindergarten, nur in groß und gefährlich und mit echtem Geld. Die Marianne kennt das von ihrer Branche. Im Maschinenbau gibt es auch viele Männer, und von daher ist da auch dauernd Kindergarten. Deswegen tritt sie beherzt zwischen die Streithähne und sagt zum Leichenbacher: »Schluss jetzt! Ich lege die tausendachthundert aus. Eine Kuh wird hier jedenfalls nicht mitgenommen.«

Sie sagt das leise, aber die Wirkung ist wie ein Riesendonner. Also kurz sehr laut, dann totale Stille. Nur im Hintergrund eine Ente.

»Aha!«, bellt der Leichenbacher. »Da bin ich ja mal gespannt. Haben wir so viel in der Hosentaschen dabei, oder was? Ich fahr jetzt fei nicht auf die Bank mit dir.«

Die Marianne schenkt ihm ein mitleidiges Lächeln. »Ich bin gleich wieder da.«

Und das stimmt. Keine zwei Minuten später ist sie aus ihrem Zimmer zurück und zählt dem Dorfhäuptling sechzehn Hunderter und vier Fünfziger auf die Hand. Dann verlangt sie von ihm noch das Quittieren des Erhaltenen auf dem Blatt. Sowie das geschehen ist, sagt sie: »Und jetzt Abflug, Herr Leichenbacher.«

»Genau, Flug-Ab, Beichen-Lacher!«, bekräftigt der Odysséas und lässt den Bizeps tanzen.

Es ist gut erkennbar, dass der Leichenbacher staunt. Von den Zehenspitzen bis zum Hut. Der komplette Mann ist ein einziges Staunen. Aber er ist dermaßen beschäftigt mit der Staunerei, dass er vergisst, der Aufforderung von der Marianne Folge zu leisten.

»Flug-Ab, sie hat gesagt«, erinnert ihn deshalb der Odysséas an die Anweisung. Und weist mit seinem durchtrainierten rechten Zeigefinger zum Traktor hinüber. »Sonst passiert was mit Balken-Porno!«, schiebt der Verpackungsmeister noch hinterher (er meint den Bart) und lässt zur Abwechslung die Brustmuskeln hüpfen. Es sieht aus, als hätte das Tischdeckenhemd einen Vibrationsalarm.

Der gedrungene Leichenbacher schüttelt seinen zu großen Kopf und stapft mit seinen im Vergleich zu seinem kurzen Körper klobig und riesig wirkenden Gummistiefeln zu dem Monstertraktor, mit dem er hergekommen ist. Aber ehe er hinaufkraxelt, ruft er noch: »Ihr seid's doch alle depperte Städter! Ihr habt's doch keinen blassen Schimmer von der Landwirtschaft! Und die Auguste flackt im Krankenhaus. Für sechs Wochen! Da frag ich mich, wie das gehen soll. Und euer Urlaub ist schließlich auch irgendwann rum. Und wer macht's dann?«

Versteinerte Gesichter sind die Antwort. Der Leichenbacher aber macht sich an den Aufstieg zum Traktorsitz hinauf, ein Giftzwerg, aber eben auch mächtig im Dorf. Großbauer und großer Bürgermeister. Wie er oben hockt und der Traktor bereits rattert, ruft er noch: »Bloß damit ihr's wisst – ein Bauernhof ist kein Kindergeburtstag!«

»Ist uns auch klar, du Arschloch«, sagt die Elke, und alle von der Bauernyogafront reißt es nach links hinten, wo der zierliche rosa-lila Lehrerinnenengel steht. Dass ein Wesen mit Sinn fürs Waldbaden so einen profanen Satz sagen kann! Der Traktor rattert davon. Sowie die Elke die Blicke spürt, fragt sie: »Und was machen wir jetzt? Ich meine, insofern hat er ja recht. Wir haben alle nur bis Samstag gebucht, außer der Prinz. Wir müssen ja wirklich wieder in unsere Jobs und so ...?«

Grübelnde Stille legt sich über die einzelnen Bestandteile der Abwehrformation, respektive Phalanx, also Griechenland. Die Töne des Bauernhofs übernehmen das Konzert, Hühner und so weiter. Der Leichenbacher knattert jetzt ziemlich weit weg, er ist schon fast im Dorf. Oben kreist ein Habicht, breitflügelig, kurzschwanzig, braun-weiß-fiedrig, einer, der sich nicht nur von Frischfleisch ernährt, sondern auch von Aas, genau wie der Leichenbacher, aber halt im übertragenen Sinn. Doch der Leichenbacher wird hier nicht zum Zug kommen, schließlich ist die Marianne ja da. Und die verkündet jetzt: »Also, ich weiß nicht, Leute, hier ist doch was faul. Oder was meint ihr? Ich meine, hier läuft doch ein Komplott gegen die Auguste.«

»Kompott, genau, Kompott!«, ruft der Odysséas. »Es is Ssauerei-Riesen! Wer jemand will Auguste killen, fertigmachen, Hof klauen. Aber nisse mit mir! Is bleibe hier. Is verlängere meine Laub-Ur. Einmal Bauer, immer Bauer! Das ist meine Meinung.«

Ein Mann, viele, wenngleich fast nicht verständliche Worte. Aber die anderen Yogabauern haben schon verstanden. Hier ist einer bereit, seine Karriere als Verpackungsmanager auf Eis zu legen oder ganz an die Wand zu nageln, um den Höllinger-Hof zu verteidigen. Gegen Milchvergifter, Waldmörder, Schuldenfallen und das Unglück. Und das ist bei allen Problemen insgesamt doch eine gute Nachricht.

HAMMERFRAU

*Der Brite Leo De Watts machte 2016 Schlagzeilen,
weil er englische Landluft verkaufte – für 100 Euro
pro Glas.*

29 »Sie war wach, ich habe ihre Hand gestreichelt, und sie hat mir verziehen.« Der Prinz macht ein stolzfuchsiges Gesicht, als er sich am Mittagstisch den anderen erklärt. Die Elke und der Robert haben gekocht, Kartoffeln aus dem Keller, Speck vom Kramerladen und Salat aus dem Beet. Das, was er da erzählt, ist natürlich – wenn überhaupt – nur die halbe Wahrheit. »Sie hat dir verziehen?«, fragt der Odysséas deshalb mit misstrauischer Miene.

»Ja, ja, ja, hat sie, hat sie, hat sie«, haspelt der Prinz. »Wieso habt ihr da Speck rein? Ihr wisst doch, dass ich für Vegetarismus bin.«

»Du?«, platzt dem Odysséas der gar nicht so enge Kragen. »Du bisse Vegetarier? Du meinst, wir haben jetzt keine andere Problemen, hier und heute? Du weißt, dass heute Bacher-Leichen-Bauer war hier? Dass Bacher-Leichen-Bauer Geld gefordert? Dass bezahlt hat Marianne? Für Auguste? Für Hof? Für alle? Du weißt? Tausendachthundert? Bar auf die Hand? Du weißt, was sie gebracht für Opfer, und du beswerst dich für Speck? Weisse, was du bisse? Irr bisse du, total irr!«

»Ähm, jetzt mal halt, mal halt, mal halt! Was redet er da?«

Der Prinz stellt sich dumm und schaut in die Runde. »Kann mir das mal jemand übersetzen? Versteht ja keiner, was der brabbelt.«

Der Odysséas schnaubt ein leises »Idiot« und ersticht eine Kartoffel ... und einen Würfel Speck gleich noch mit.

»Ich bin ja auch für vegetarisch, aber der Robert wollte gern Speck, und der Speck ist bio«, sagt die Elke beleidigt. »Schmeckt doch total gut. Können wir nicht friedlich miteinander umgehen? Muss das so ein Battle sein?«

»Ich höre nur tausendachthundert. Was ist damit?«, will der Prinz jetzt wissen. Mit dem Geld hat er es. »Was hast du wem bezahlt, Marianne?«

Der Marianne ist das Thema offensichtlich unangenehm. Sie erläutert es so kurz wie möglich. »Der Leichenbacher war hier und hat einen Schuldschein hergezeigt, den die Auguste anscheinend unterschrieben hat.«

»Der war schon seit Weihnachten fällig«, ergänzt der Robert. »Also, rein juristisch war da nichts zu machen. Der Leichenbacher hätte das auch schon vor einem halben Jahr eintreiben können. Die gesetzliche Frist beträgt in solchen ...«

»Willst du das jetzt wirklich bis ins Detail erklären?«, fragt die Marianne angefressen. Der Robert winkt ab, aber nur halb beleidigt. »Und da habe ich ihm die tausendachthundert gegeben«, vollendet die Marianne.

»Aha«, sagt der Prinz, nein, er singt es fast als abfallende Melodie und betrachtet die Marianne, als hätte er sich just in diesem Moment in sie verliebt. Die Marianne empfindet das Geschau als unangenehm und gabelt ein Salatblatt auf. Sie schiebt es in den Mund, aber wie sie den Kopf hebt, starrt er sie noch immer an.

»Was schaust du so?«

»Tolle Frau«, antwortet der Prinz. »Du bist eine tolle Frau, eine Hammerfrau. Tausendachthundert!« Er denkt nach. »Und die hattest du da, einfach so?« Der Prinz scheint ins Träumen zu geraten. »Ist Maschinenbau so eine krass gut bezahlte Branche?«

Alle, aber wirklich alle am Tisch rümpfen die Nasen.

»Ihr Lieben, ich glaube, was man im Maschinenbau verdient, ist nun gerade nicht das Thema, das wir hier diskutieren müssen«, sagt die Elke. »Odysséas hat das Thema angesprochen. Heute ist Donnerstag. Die meisten von uns haben nur bis Samstag gebucht. Auguste ist noch wochenlang weg. Was geschieht mit dem Hof?«

Bevor irgendwer etwas antworten kann, prescht der Odysséas vor. »Is mache das, is bleibe hier, is mache die Bauer von die Hof-Höllinger.«

Die Marianne lacht kurz auf. Der Typ ist zwar ein seltener Schwätzer, aber irgendwie doch auch originell.

»Und deine Karriere?«, fährt ihm der Prinz sofort in die Parade, dem passt das neue Bauerndasein vom Odysséas anscheinend nicht. »Du wolltest das hier doch eigentlich nur machen, um deine Soft Skills zu stärken, wenn ich mich recht erinnere. Was sagt dein Chef, wenn du einfach deinen Urlaub verlängerst? Ich glaube nicht, dass dein Chef das gut findet, also wenn du noch aufsteigen willst in der Verpackungsindustrie.«

»Seiß auf die Verpackung! Isse sowieso nur Müll und Plastik. Hier spielt die Musik! Hier gibt es sinnvolle Aufgabe, hier slägt mein Herz. Is liebe die Leben-Bauern, die Lust-Jagd, diese ganze Hof-Bauer mit all seine Drumherum, is bleibe hier.«

Es entsteht ein beeindrucktes kurzes Schweigen, dann erhebt

die Marianne wieder das Wort. »Ich denke, auch ich werde erst einmal bleiben.«

Da staunt der Tisch. Der Odysséas ist der Erste, der es schnallt, und fragt fordernd in die Runde der anderen: »Ach, und nun? Isse super, Marianne, oder isse nix super, Marianne? Bezahlt tausendachthundert, sickt Bacher-Leichen-Bauer in Wüste, und jetzt sogar bleibt sie da. Soll ich sagen was, Marianne? Du made my day!« Er steht auf, beugt sich über den Tisch hinweg und setzt zu einer Umarmung an. Die Maschinenbauchefin lässt es geschehen – nicht vollkommen widerwillig. Und das überrascht doch ein wenig. Ihr Gesicht ist sanft gebräunt, unter den Augen hat sie keine Ringe mehr. Der Odysséas lässt sich wieder auf seinen Sitzplatz plumpsen. »Und wie sieht aus mit euch, hä? Bleibt unsere Mannsaft-Super also komplett? Holen wir gemeinsam der Kastanien aus das Feuer?«

Die Elke ruckelt ein bisschen mit der Hüfte an den Robert hin und schaut ihn an, und der Robert schaut zurück, und dann zwinkert sie ihm noch auffordernd zu. »Was meinst du, Robbie?«, fragt sie.

Der Robert windet sich ein wenig. »Ich weiß nicht. Mein Job, ich habe ja nur eine Woche Urlaub genommen... Und Cosima, also meine Tochter, und meine Frau, das gibt also doppelt...« Er redet, aber die Elke schaut ihn an; und der Blick von der Elke muss irgendwie esoterisch sein... oder ayurvedisch... oder sogar yogisch, irgendwas Fernöstliches. Anders ist es nicht zu erklären, denn plötzlich bilden die Gedanken vom Robert eine Kurve, weg von den Problemen, hin zu den Lösungen, und er sagt: »Ach, eigentlich... also... Cosima wollte ja sowieso herkommen. Und... also, das einzige Problem ist folgendes. Meinen Urlaub kann ich nicht verlängern, aber ich könnte hier wohnen bleiben, also erst einmal. Ich könnte jeden Tag in die Versicherung fahren... und vor der Arbeit morgens und nach der Arbeit und am Wochenende... ich könnte also... ich könnte mir durchaus vorstellen, dass ich weiterhin mithelfe auf dem Hof, wenn das gewünscht ist.«

So schnell kannst du gar nicht schauen, wie die Elke ihm um den Hals fällt in ihrer ganzen Rosaartigkeit. Ja, sie küsst ihn sogar auf die Wange und sagt: »Robbie, das finde ich ganz toll von dir. Und natürlich kann dein Töchterchen auch kommen. Und wenn das so ist... ich habe ja noch ein paar Wochen Ferien... dann bleibe ich auch.« Sie lässt den Robert wieder los, der ist ganz rot geworden und stellt fest, fast wie eine Bundeskanzlerin, also sehr offiziell: »Wir retten den Höllinger-Hof. Wir retten ihn!«

Es entsteht eine allgemeine Begeisterung, beinahe schon verliebte Blicke werden getauscht. Der Stadtmensch ist, so scheint's, mithilfe der Natur durchaus zu begeistern. Aber ob das anhält? Und in die allgemeine Liebe hinein fragt einer betreten: »Und was ist mit mir?«

Man wendet sich dem Prinzen zu.

»Was sollte mit dir sein?«, erkundigt sich die einfühlsame Elke. »Sag es uns, Prinzi!«

»Na ja, wenn ihr alle bleibt... ich meine, soll ich dann auch bleiben?«

Es ist deutlich spürbar, dass der Prinz auf der Beliebtheitsskala nur unwesentlich höher stationiert ist als der Leichenbacher. Und es dauert eine Weile, bis die Gummistiefelyogis ihre widerstreitenden Gefühle und Gedanken in Bezug auf den Prinz sortiert haben. Immerhin hat er die Auguste fast gekillt mit dem Traktor, und dann ist da noch seine Fixiertheit auf das Geld. Aber auch hier erweist sich die Elke als souverän, pädagogisch, didaktisch und integrativ, und sie sagt: »Du könntest dir ja vornehmen, ein bisschen aktiver zu werden, was das Arbeiten angeht, nur so als Beispiel.«

Der Odysséas nickt. »Das gut wäre für unser Spirit-Team.«

»Kannst du denn überhaupt? Musst du nicht wieder in die Arbeit?«, fragt der Robert. Es ist deutlich herauszuhören, dass er nichts gegen einen Abschied des Prinzen hätte.

»Nein, nein, da nehme ich mir einfach noch mehr Urlaub«, sagt der Prinz schnell, was sich ziemlich verhuscht anhört. »Also… ein bisschen Orga und so…« Ein Räuspern. »Aber das müsste schon gehen.«

»Sag mal…« Die Elke mustert den Prinz sehr aufmerksam. »Magst du uns nicht mal die Wahrheit sagen?«

Sofort schaltet die Wangendurchblutung vom Prinz auf volle Kraft voraus, er leuchtet rot wie das Bremslicht vom Traktor. »Wie meinst du das?«

»Ich fühle, dass du etwas mit dir herumträgst, das dich belastet«, antwortet die Elke. »Und aus meiner Erfahrung heraus rate ich dir: Befrei dich davon, und es wird dir besser gehen.«

Andächtige Stille am Tisch. Alle spüren, dass die Elke ins Schwarze getroffen hat.

Aber der Prinz windet sich, tut sich schwer. Der Odysséas räuspert sich und sagt – es ist beinahe ein Flüstern: »Komm, sag son, Prinz Karl, sag es uns! Wir sind ein Team.«

Und da fällt die Fassade zusammen, mehr wie ein Sandsack als wie ein Wolkenkratzer, und der Prinz gesteht es. »Ja, also… ich bin arbeitslos.« Die sechs Worte hängen über Augustes Esstisch wie ein Mobile ohne Wind. Jeder könnte sie greifen. Der Prinz starrt ins Leere, glasige Augen, große Niederlage. Aber eben auch ein großes Stück Wahrheit.

»Das habe ich mir schon gedacht«, sagt die lila Elke. »Aber weißt du was, Karl? Jetzt bist du nicht mehr arbeitslos. Weil der Hof von der Auguste braucht uns alle. Auch dich.« Sie steht auf, öffnet die Flügel des Küchenfensters, und der Satz »Ich bin arbeitslos« wird von einer bäuerlichen Bö hinausgetragen, weil der Landwind hat eine reinigende Kraft.

KINDSKÖPFE

Jeder dritte Großstädter würde am ehesten wegen der Nähe zur Natur aufs Land ziehen. 18,7 Prozent wegen günstigerer Mieten und Immobilienpreise. 4,0 Prozent der Städter wünschen sich ein Leben auf dem Dorf.

30 Am Freitagmorgen macht man gemeinsam den Stall. Das mit dem Verstauen der Milch in der Kühlkammer wird immer mehr zum Problem. Auch diverse Eimer und Töpfe wurden schon aktiviert. So kann es nicht weitergehen. Danach fährt man gemeinsam ins Krankenhaus, in zwei Autos. Der Odysséas hat im Bauerngartenblumenbeet einen bunten Strauß gepflückt und wedelt damit vor Augustes Kopf herum. »Für dich, heute Morgen friss gepflückt!«, ruft er.

»*Frisch* heißt das«, korrigiert der Prinz, aber das interessiert keinen.

Die Auguste sagt: »Danke. Hol im Stationszimmer eine Vase!« Schwäche, nur sehr wenig Begeisterung in ihrer Stimme. Ihre Gesichtshaut ist grau.

»Wie geht es dir?«, fragt die Elke besorgt.

»Geht schon.« Eine Bäuerin muss zäh sein, weil sie vielem ausgeliefert ist, dem Wind, dem Wetter, den Tierseuchen, schießwütigen Mördern im Wald und der Europäischen Union. Wenn sie nicht zäh ist, hat sie keine Überlebenschance.

»Hast du Schmerzen?«, hakt die Elke nach.

»Nein, die geben mir Schmerzmittel.«

»Hast du Sorgen?« Die Elke legt eine Hand auf Augustes Arm und linst mit lieben Augen durch ihre rosafarbene Brille. Die Auguste nickt. »Wegen deinem Hof?«

Die Auguste nickt erneut. »So geht das nicht.« Eine Träne kullert ihr über die Wange.

»Du musst dir keine Sorgen machen«, sagt die Elke und erntet dafür einen mitleidigen Bäuerinnenblick, der so viel aussagt wie *Du hast ja keine Ahnung, Kind.* »Wirklich nicht«, verspricht die Elke. Sie streichelt die Hand von der Auguste. »Wir haben nämlich gestern Abend etwas beschlossen. Wir alle zusammen.« Die Elke schaut in die Runde, und die Marianne, der Robert, der Odysséas und der Prinz nicken. Die Elke lässt sich ein wenig Zeit. Dann erklärt sie leise, aber bestimmt: »Wir bleiben.«

»Wie ... was? Wie meinst du das?« Die Auguste verzieht das Gesicht. Ihr Kopf wummert und funktioniert nur halb.

»Wir werden bis auf Weiteres den Höllinger-Hof weiterführen.« Jetzt strahlt die Elke ... und die anderen Bauernyogis auch.

»Damit du dis kannst kurieren aus«, ergänzt der Odysséas und streicht zärtlich über die Blumen, die nun neben der Auguste vor sich hin duften.

Für diese Neuigkeit braucht die Auguste nun doch ein wenig Zeit. Jeden einzelnen von den Gummistiefelyogis schaut sie mit reglosem Gesichtsausdruck an. Dann sagt sie, und sie schüttelt den Kopf dabei: »Das geht nicht.«

»Warum nicht?«, fragt die Elke lieb.

»Weil ihr Urlauber seid. Weil ein Bauernhof ein komplizierter Organismus ist. Und weil ihr zwar vielleicht begeistert seid, aber keine Ahnung habt. Ich glaube, ihr unterschätzt ein wenig, was man alles können und wissen muss, damit so ein Hof läuft.« Die Auguste schaut wie ein Regentag. Solche Kinder! »Es wird ein Hofhelfer kommen, vom Maschinenring, der wird sich um den Hof kümmern. Und dann ... werde ich ... vielleicht doch an den ... Leichenbacher ... verkaufen.«

»Auguste!«, ruft der Odysséas laut aus und gestikuliert. »Sind *wir* deine Helfer-Hof! Sind *wir* retten deine Hof! Wir machen alles, wir lernen alles, wir haben eine super Spirit-Team!«

Er schmeißt sich richtig ins Zeug. Aber die Auguste macht eine verneinende Kopfbewegung. Weshalb der Odysséas noch mehr Gas gibt. »Hey, Auguste, liebste Auguste! Kannsse du so nix machen. Is habe son gesagt meine Sef. Seiß auf Verpackung, gesagt habe is zu ihn. Is musse bleiben hier. Is hab getroffen Entseidung. Da kannst du nis jetzt sagen Nein. Das geht nix! Wir bleiben, wir – Marianne, Elke, Robert und auch die Dings, die Prinz. Wir retten die Hof-Höllinger. Wir retten die Hof-Höllinger!« Er fordert die anderen mit Gesten auf, gemeinsam mit ihm zu skandieren. »Wir retten die Hof-Höllinger!« Aber die anderen haben ein anderes Temperament. Und außerdem nervt sie die Wortverdreherei. Da geht der Odysséas über ins Flehen. »Bitte, liebes Auguste-mein!«

Die Auguste schüttelt schwach, aber entschieden den Kopf. »Das ist ja wirklich lieb von euch, aber ihr seids Kindsköpfe.«

Jetzt räuspert sich der Prinz, weil das mag er sich nicht bieten lassen. »Ich möchte nur mal zu bedenken geben«, sagt er, »dass wir, also diese Kindsköpfe hier, gestern dem feinen Herrn Leichenbacher eintausendachthundert Euro ausgezahlt haben, damit er nicht eine der Kühe pfändet, wegen deiner Schulden.«

»Wie? Was war denn mit dem Leichenbacher?« Der Name ruft in der Auguste ungute, die Gesundung gefährdende Gefühle hervor, das ist deutlich zu erkennen.

Die Marianne fühlt sich bemüßigt, das Thema schnell abzuräumen. Sie sagt: »Der kam mit einem Schuldschein, ich habe ihm das Geld gegeben. Das ist also erledigt. Darüber brauchst du dir keine Gedanken mehr zu machen.«

»Du hast dem Leichenbacher meine Schulden bezahlt?« Die Auguste mustert die Marianne, als hätte die ein Straußenei gelegt.

»Die Sau will er dich erpressen!«, ruft der Odysséas. »Aber nix mit uns. Wir retten die Hof-Höllinger. Wir alle!«

»Wir meinen es wirklich ernst«, bestätigt die Elke und schaut auch so. »Also, sag deinem Hofhelfer, dass wir ihn nicht brauchen.«

»Aber, Kinder! Ihr müsst doch arbeiten! Ihr habt's doch alle eure Berufe!« Die Auguste will es noch immer nicht wahrhaben. Sie checkt es nicht.

»Also, ich habe noch Ferien«, sagt die Elke. »Die Marianne ist noch in der Reha. Der Odysséas nimmt sich ein Sabbatical. Der Robbie muss wieder arbeiten, aber seine Tochter kommt. Er wird bei uns wohnen bleiben und von Wolkendorf aus in die Arbeit nach München pendeln. Und so kann er am Morgen und am Abend und am Wochenende auch mithelfen. Und der Prinz ist ja eh arbeitslos.«

»Na ja!«, kommt es leicht empört aus der Ecke vom Prinz. »Das ist eine selbst gewählte Arbeits... Also eher eine intellektuelle, eine... Auszeit. Ich würde natürlich jederzeit einen Job finden. Dass ich mich hier committe, das ist jetzt schon auch ein Opfer meinerseits.« Das glaubt auch nur er, aber das tut hier nichts weiter zur Sache.

»Und dein Kind soll auch noch auf den Hof kommen?«, fragt die Auguste.

»Ja, ich habe das mit meiner Ex-Frau geklärt. Wir treffen Cosima und Margarete gleich nachher am Bahnhof. Cosima bleibt für den Rest meines Urlaubs bei uns.«

»Ein Kind auf dem Hof, das ist schön, das hatten wir schon lange nicht mehr«, sagt die Auguste. Allerdings hört sie sich deswegen nicht zuversichtlicher an. Sie wirkt müde.

»Also, wir machen das«, bekräftigt die Marianne noch einmal den Plan. »Wir führen den Laden in deinem Sinn weiter, bis du wieder gesund bist. Aber ... was mir noch wichtig wäre ... wegen des Vorfalls kürzlich nachts im Wald. Also, ich meine, da sollten wir schon die Polizei einschalten.« Die Marianne redet gegen das Stirnrunzeln von der Auguste an. »Das war letztlich ein Mordanschlag. Wir könnten alle tot sein. Ich glaube, das war ein gezielter Angriff.« Die Auguste ist schlapp, sie schließt die Augen; es ist klar, dass das Nein heißt. Aber die Marianne ist eine Vorstandsfrau von einer Maschinenbau AG, die lässt sich nicht so leicht abbringen von Absichten, die sie für sinnvoll hält. »Wenn wir jetzt die Polizei rufen, dann finden sich da sicher Spuren. Man könnte die Herkunft der Kugeln überprüfen. Vielleicht war es jemand aus dem Dorf ...«

»Es war der Bacher-Leichen-Bauer, is bin sicher Prozent hundert!«, ruft der Odysséas. »Wenn Polizei Kugel findet und mit Gewehr von Bacher-Leichen vergleicht, dann isse Ende mit Spuk. Und das andere auch war Beichen-Lacher, das mit Milch. Er isse böse Mann. Er isse kriminell. Er isse Fall für das Polizei.«

Die Auguste reißt sich noch einmal zusammen, obwohl sie so müde ist. Sie denkt nach. »Ich mag aber keine Polizei auf dem Hof«, sagt sie dann.

»Nicht auf Hof! Nur in Wald!«

Die Auguste schließt wieder die Augen. Der Odysséas ist in seiner Begeisterung immer ein wenig zu laut.

»Wenn die Polizei kommt, dann sieht sie sich auch auf dem Hof um. Ich will das nicht.«

»Aber den Hofhelfer bestellst du schon ab, ja?«, bettelt die Elke. »Wir wollen nämlich...« Sie lächelt den Robert an. »Wir wollen nämlich die Bauern sein.«

»Ich überleg mir das«, verspricht die Auguste. Dann fallen ihr die Augen zu, und wie wenn man einen Knopf gedrückt hätte, atmet sie schon tief und ruhig und fest.

Bei den Autos sagt der Prinz: »Wir müssen ja nicht alle zum Bahnhof. Teilen wir uns auf? Ich würde gern noch was einkaufen.« So trennt sich die Gruppe. Elke und Robert fahren mit Odysséas' Cabrio zum Bahnhof, und der Prinz lässt sich von der Marianne zu einer Metzgerei bringen.

»Ich denke, du bist Vegetarier«, erkundigt sich die Marianne verständnislos.

»Lass dich überraschen, drei Felder sind frei.« Die Lippen vom Prinz umspielt ein triumphierendes Lächeln. »Idee, Idee, Ideeee!«, singt er. Er ist verrückt, denkt sich die Marianne, er ist vollkommen verrückt. »Hast du zufällig ein paar Euro?«

Die blonde Maschinenbauerin rümpft die Nase. Wie sie diese Trittbrettfahrerei dicke hat! Solche Typen hat sie in ihrem Unternehmen bislang radikal aussortiert. Ob sie den Prinzen vor die Tür vom Höllinger-Hof setzen soll? Andererseits ist ihr das anscheinend nicht gut bekommen, andere Leute vor die Tür zu setzen. Oder wieso hat sie diesen Burnout bekommen? Es kostet Kraft, Karrieren zu beenden, menschliche Hoffnungen zu vernichten. Außerdem ist das jetzt eine andere Situation. Widerwillig gibt sie dem Prinzen zwanzig Euro. Er steigt aus, sie bleibt im Saab sitzen. Wenige Minuten später kommt er pfeifend und mit einer ziemlich großen Tüte zurück.

»Was hast du gekauft?«

»Sag ich nicht! Überraschung, Überraschung, Überraschung!«, johlt der Prinz. Immer dreimal dasselbe. Es nervt.

HÜHNERFÜTTERN

Wer gegen Hausstaubmilben allergisch ist, sollte Urlaub in höher gelegenen Regionen machen. Je höher, desto weniger Milben. Ab 1500 Meter über dem Meeresspiegel gibt es gar keine mehr.

31 Am Bahnhof stehen die Mutter und das sechsjährige Kind. »Oh, Robbie! Wie süß ist deine Tochter!«, ruft die Elke. Das Mädchen hat rötlich blonde Locken und Sommersprossen. Genau wie die Mutter, aber die sind gefärbt, also die Locken.

»Du bist zu spät, Robert«, sagt die Frau.

»Tut mir leid«, sagt der Robert. Die Elke ärgert sich, seine Stimme klingt jetzt wieder so jämmerlich und schadenssachbearbeiterlich wie vor dem Bauernyoga. Diese Hexe zieht ihn runter. Der Odysséas sitzt im Auto und hört griechischen Pop. Weil kein Dach auf dem Cabrio ist, hört man es gut. Fast ein bisschen zu gut. Fröhlich trommelt er mit seinen kräftigen braunen Fingern auf der Autotür herum.

»Wir mussten noch eine kranke Bäuerin besuchen«, sagt die Elke, sie steht einen Schritt hinter dem Robert und wundert sich, dass die Tochter und der Vater sich nicht in die Arme fallen. Das Kind Cosima hält die Hand der Mutter oder andersherum, eher andersherum.

»Wer ist die da?«, fragt die Mutter mit einer Kopfbewegung in Richtung Elke.

»Hi, ich bin die Elke«, sagt die Elke. »Bin auch auf dem Höllinger-Hof zum Gummistiefelyoga.« Sie wendet sich Roberts Tochter zu, geht in die Knie. »Das wird dir gefallen auf dem Hof. Da gibt's lauter Tiere, Kühe, Hühner, Enten, Katzen…«

»Auch ein Pony?«, fragt das Kind.

»Nein, ein Pony gibt's nicht«, räumt die Elke ein.

»Ich dachte, es gibt ein Pony.« Sie wendet sich an ihre Mutter. Die Mutter hebt die Schultern und drückt damit so viel aus wie *Siehst du, ich habe dir doch gesagt, dass dein Vater, dieser Loser, sicher nur auf einem Scheiß-Bauernhof Urlaub macht.*

»Bist du schon mal Traktor gefahren?« So leicht gibt die Elke nicht auf, das ist ihr Beruf.

Die Mutter räuspert sich. »Cosima ist ein Mädchen.«

Vom Cabrio dröhnt der griechische Pop herüber. Elke macht dem Odysséas ein Zeichen, dass er das mal ein bisschen leiser machen soll. Er sieht sie nicht. Sie ruft: »Ody, mach mal leiser!«

»Wasse?«

»Leiser machen! Die Musik!« Die Elke gestikuliert. Der Odysséas versteht nichts. Er steigt aus und kommt. Grüßt die Mutter mit Küsschen auf beiden Seiten, es geht so schnell, dass sie nicht ausweichen kann. Er ergreift die Tochter unter den Armen, hebt sie hoch und lässt sie ein bisschen fliegen. »Hallohalli, is bin den Odysséas. Und wer bisse du?«, ruft er.

Der Robert schaut ängstlich. Aber das Mädchen Cosima lacht und singt fröhlich: »Hallohalli, ich bin die Co-si-ma! Warum redest du so lustig? Bist du ein Clown?«

Margarete mustert den Odysséas mit strenger Miene, aber der ist mit dem Mädchen beschäftigt. Deshalb bekommt Margaretes Ex-Mann ihren Blick ab. »Robert.«

Robert wendet ihr das Gesicht zu. »Mmh?«

»So kann ich dir Cosima nicht überlassen.«

»Wie meinst du das – *so?*« Robert zieht die Augenbrauen hoch.

»Ich will sehen, wie ihr da so lebt auf diesem Bauernhof. Ist das so ein Hippie-Ding? Und...« Sie macht eine Kopfbewegung in Richtung Odysséas. »Ist der da auch?«

»Ja«, sagt der Robert. Er ist hilflos.

Aber die Elke ist ja auch noch da. »Ja, klar schaust du dir das an, ist doch prima«, sagt sie freundlich zu Roberts Ex-Frau. Soll die dumme Kuh doch mitkommen auf den Höllinger-Hof. Wird sie schon sehen, wie schön es dort ist. Und dass ihre Tochter hier gut aufgehoben ist. Weil Bauernyoga ist schließlich auch für Kinder gut.

»Nun, fahren wir dann?«, fragt die Mutter. »Ich habe nicht viel Zeit. Robert, du kommst mit uns.« Der Jurist befolgt die Anordnung seiner Ex-Frau und steigt in den viel zu teuren Mini, den sie sich gleich nach der Scheidung gekauft hat. Ganz früher hatte sie gedacht, er würde Anwalt werden, aber jetzt ist er nur Sachbearbeiter. Elke fährt mit dem Odysséas nach Wolkendorf zurück. Am Hof angekommen, muss Robert seiner Geschiedenen alles zeigen. Wobei das Bäuerliche sie weniger interessiert. Vor allem will sie seine Schlafkammer sehen. Die Tochter Cosima zieht sie an der Hand hinter sich her, obwohl sich die Kleine nun doch für die Kühe interessiert. Der Robert führt die Margarete in sein schlicht eingerichtetes Zimmer mit dem schmalen Bett. »Und wo soll Cosima schlafen?«

»Sie bekommt eine Matratze.«

»Das habe ich geahnt.« Die Mutter rümpft die Nase. »Auf dem Boden lässt dich dein Papa schlafen, auf dem Boden bei den Milben.«

»Bei Opa und Oma schlafe ich doch auch immer auf dem Boden«, wendet das Kind ein, es ist nicht doof.

Die Besichtigung könnte vorbei sein, aber die Mutter knabbert gedanklich noch an etwas anderem. »Und wo schläft ... diese Frau?«

»Nebenan.«

»Robert, sag es mir ganz ehrlich! Hast du ein Verhältnis mit ihr?«

»Nein, natürlich nicht.« Er sagt nicht, dass sie geschieden sind und er mit wem auch immer Affären haben könnte, weil danach fühlt er sich gar nicht. Das Leben ist kompliziert als Paar, aber als geschiedenes Paar mit Kind ist es praktisch nicht händelbar.

»Robert, ich kann dir Cosima nur hierlassen, wenn du mir garantierst, dass hier ... also, dass hier ... alles geordnet abläuft.«

»Es läuft hier alles geordnet ab«, lügt der Robert. Was bleibt ihm anderes übrig? Er will seine Tochter auch mal sehen und für sich haben. Von nächtlichen Schießereien und Milchvergiftungen zu berichten wäre kontraproduktiv.

»Und was ist dieser ... dieser Südländer für ein Typ?«

»Der Odysséas macht hier auch Bauernyoga. Er ist Verpackungsmanager in einem großen Unternehmen.«

»Ich möchte nicht, dass er mit Cosima allein ist.« Die Mutter wendet sich an die Tochter. »Ja, Cosima? Du achtest auch selbst darauf, dass du mit diesem fremden Mann, der dich vorhin hochgehoben hat, ohne dich zu fragen, nicht allein bist.«

»Aber der ist doch lustig!«, wehrt sich das Kind.

»Das wirkt oftmals nur so. Und, Robert, was ist mit Cosima, wenn du nächste Woche wieder ins Büro musst?«

» Hier gibt es viele Menschen, die sich um sie kümmern. Vor allem auch Elke, die ist Grundschullehrerin.«

» Du hast eine Affäre mit ihr!«, zischt die Hexe.

» Nein, habe ich nicht.« Während der Robert dauernd eine Affäre mit der Elke verneinen muss, wird ihm bewusst, dass er eigentlich gern eine Affäre mit der Elke hätte.

Die Mutter späht durch das offene Fenster. Gerade rollt Mariannes Sportwagen auf den Hof. Die Blondine und der Prinz steigen aus. » Und wer ist das?«

» Das ist die Marianne, sie sitzt im Vorstand von der Rudolfwerke Maschinenbau AG. Und er ist ein erfolgreicher Werbetexter.« Der Robert wundert sich über sich selbst. Dass er den extrem nervigen und arbeitslosen Prinz jetzt vor den Ohren seiner Ex-Frau zu einem Erfolgsmenschen macht, ist schon seltsam.

» Hast du mit *dieser* Frau ein Verhältnis?«

» Mit Marianne? Margarete, was sollen diese Fragen? Ich mache hier Urlaub. Wir helfen alle ein bisschen auf dem Hof…«

» Apropos… wo ist die Bäuerin?«

» Im Krankenhaus«, seufzt der Robert.

» Wie?«

» Ein Unfall beim Traktorfahren.«

» Na, siehst du, wie gefährlich das ist mit diesen Traktoren! Cosima, du wirst auf keinen Fall auf einen Traktor steigen. Nie. Immer Sicherheitsabstand!«

Das Mädchen zieht eine Schnute.

» Und was macht ihr jetzt? Gibt es einen Bauern?«

Der Robert überlegt, ob er seiner Frau das jetzt alles erklären soll, denn wie er sie kennt, wird sie so gut wie nichts gutheißen, genau genommen gar nichts. » Nein, es gibt keinen

Bauern mehr. Aber die Auguste kommt bald wieder aus dem Krankenhaus.«

»Und wer kocht dann für euch, solange die Bäuerin nicht da ist? Wer wird für Cosima kochen?«

»Das machen wir alle gemeinsam. Mein Gott, Margarete, jetzt stell dich nicht so an! Das haben wir doch früher auch so gemacht, wenn wir mit Karin, Stefan, Inge und Hans-Peter in den Urlaub gefahren sind.«

Hierauf erwidert die Mutter nichts, stattdessen wiederholt sie: »Cosima wird absolut nicht mit dem Traktor fahren! Das ist, wie man sieht, gefährlich.«

»Können wir jetzt mal zu den Tieren gehen?«, fragt das Kind.

»Ja, natürlich«, erwidert der Robert. »Sobald Mama gefahren ist, gehen wir zu den Tieren.«

Irgendwann ist die Hofdurchsuchung dann auch beendet, und Roberts Ex-Frau macht sich mit ihrem Mini vom Acker.

»Ich möchte Hühner füttern«, sagt das Kind. Der Wagen der Mutter verschwindet gerade um die Biegung in Richtung Dorf.

»Wir haben die Hühner bereits heute Morgen gefüttert«, erklärt der Vater. Es hat ihm die Laune verhagelt, aber es gibt ja noch die Elke.

»Ach komm, Robbie, das ist doch egal!«, findet sie.

»Ist die Elke wirklich nicht deine Freundin?«, fragt die Tochter den Vater.

Der Vater wird rot und sucht nach einer Antwort. »Weißt du, wir sind hier alle Freunde auf dem Hof«, sagt an seiner Stelle die Elke.

»Meinst du, ich bin blöd? So meine ich das doch nicht, ey!« Cosima wirft der Elke einen empörten Blick zu. »Mama sagt, dass Papa eine Neue hat. Bist du die?«

»Nein!«, sagt Robert derart bestimmt, dass der Elke für einen Moment das Gesicht zusammenfällt. Obwohl es ja stimmt.

»Na, dann geht ihr jetzt mal die Hühner füttern«, meint die Grundschulpädagogin ein wenig beleidigt und wendet sich in Richtung Kuhstall.

Dem Robert tut es leid, aber er ist unfähig, seine übertriebene Harschheit wieder geradezubiegen. Er zuckt mit den Schultern, und sie gehen zum Hühnergehege. Er öffnet die Gittertür, und die beiden betreten den Freilauf. Das Futter ist im Hühnerstall, das weiß er.

»Guck mal, Papa, wie der Hahn schaut!« Der Blick vom Robert folgt dem kleinen Zeigefinger seiner Tochter.

»Ja, der schaut, der Hahn«, sagt der Vater. In Gedanken ist er noch bei der Elke und der Frage, ob sie seine Freundin ist. Aber sie ist nicht seine Freundin, denn da war ja bislang noch nichts. Wobei er schon etwas spürt, wenn er an die Elke denkt, und noch mehr, wenn er sie ansieht. Aber da kann man ja wohl noch nicht von einer Freundin sprechen. Außerdem ist das sowieso nur so eine miese Unterstellungstaktik von seiner Ex-Frau. Die arbeitet gegen ihn und vor allem gegen seine Beziehung zu Cosima. Aber deswegen ist das hier und jetzt eine Chance, dass die Cosima gekommen ist.

Robert öffnet die Tür zum Hühnerstall, da muss der Sack mit den Körnern stehen. Er hat das mit dem Füttern noch nie gemacht, das waren immer die anderen. Er sieht eine Henne in dem Kasten sitzen und brüten. Er bückt sich, um nach der Schaufel für das Korn zu greifen. Da kreischt seine Tochter laut auf. Der Robert reißt den Kopf herum, aber es ist schon zu spät, er spürt den Schmerz. Der Hahn ist auf ihn draufgesprungen. Die Krallen vom Hahn keilen sich in sein Gesicht und in sein Haar, und jetzt hackt der Hahn auch noch mit seinem Schnabel auf Roberts Schulter ein. Der Robert fällt um, landet in der Hühnerscheiße und auf dem Hosenboden, der Hahn noch immer auf ihm, heftig hackend und kratzend, das Kind schrillt, der Vater schreit, jetzt hat er eine Hand frei, mit der anderen stützt er sich im Dreck ab; mit der freien Hand haut er den Hahn weg, das Mistvieh. Aber der, kaum hat er sich sortiert, attackiert sofort wieder. Der Robert rappelt sich auf, schnappt die Cosima bei der Hand und ergreift die Flucht aus dem Hühnerkäfig. Kaum sind sie draußen, Tür zu, in Sicherheit, lässt der Hahn ein triumphierendes Kikeriki hören, das man bis zum Kramerladen hören muss, mindestens. Der Robert blutet im Gesicht, am Kopf, sein Hemd ist um die Schulter herum zerfetzt. Die Cosima weint. Willkommen auf dem Bauernhof.

HAHNENKAMPF

In Amerika wurde im Jahr 2011 ein Mann von einem Hahn getötet. Allerdings handelte es sich um einen illegalen Kampfhahn mit Messer am Fuß. Häufiger ist der umgekehrte Fall. Dass Männer Hähne töten, ist meist legal.

32 »Da musst du aber noch einmal reingehen«, spricht die Auguste in den Hörer. Es ist eine klare Ansage. Der Robert hat ihr eben erzählt, wie der Hahn ihn zugerichtet hat. »Sonst kannst du nie wieder die Hühner füttern.«

»Da gehe ich nie wieder rein. Das ist ein Mörderhahn.« Schon ist das Weinerliche wieder herauszuhören beim Robert.

»Du musst da reingehen und ihm klarmachen, dass du der Chef bist.« Die Auguste weiß es ganz genau. Das ist mit jedem Hahn so. »Wenn er dich einmal angegriffen hat und du hast das auf dir sitzen lassen, dann wird er dich immer wieder angreifen und die anderen auch. Das ist wie bei Politikern. Du gehst jetzt da rein und nimmst den kurzen Reisigbesen von hinter der Stalltür mit. Und wenn er wieder auf dich losgeht oder wenn er dich auch bloß nicht ganz koscher anschaut, dann ziehst du ihm ein paar drüber, aber richtig.«

»Das mach ich nicht«, sagt der Robert. Die Wunden in seinem Gesicht brennen.

Aber auf den Widerspruch geht die Auguste gar nicht ein.

»Und wenn er es dann noch immer nicht kapiert, dann musst du ihn schlachten. Mit der Axt und eigenhändig. Alles andere bringt Unglück.« Sie holt Luft, sie ist noch schwach. »Anders geht es nicht.«

»Ich mache das nicht, Auguste. Ich will da nicht noch einmal rein. Und schlachten will ich ihn schon gar nicht. Das ganze Blut.«

»Ach, das Blut! Du musst es tun.« Die Auguste denkt nach. »Ist deine Tochter jetzt da?«

»Ja ... Cosima ist hier.« Der Robert antwortet widerwillig.

»Dann tu es für sie. Weil den Hahn kannst du nach dieser Erfahrung so jetzt nicht mehr frei rumlaufen lassen. Das ist viel zu gefährlich. Am Ende greift er noch das Kind an. Der muss jetzt richtig eine draufkriegen, sonst wird der übermütig, und dann gibt's ein Unglück.«

Der Robert schaut in den Spiegel über dem Telefon. Das Unglück gab es schon. Sein Gesicht ist ganz verkratzt, man sieht die Kruste vom Blut, die Elke hat ihn verarztet, immerhin das, aber die Wunden sind nicht zu übersehen.

»Tu es für deine Tochter!«

Der Robert dreht sich vom Spiegel weg, die anderen stehen alle im Flur, ernste Gesichter. Wie bei einer Beerdigung. Auch die Cosima. Die Sache mit dem Hahn ist krass. Dass ein relativ kleines Tier so gefährlich sein kann.

»Also dann, mach es mal gut, Auguste«, sagt der Robert. Er mag jetzt nicht mehr weiterreden.

Sowie er aufgelegt hat, fragt der Odysséas mit seiner Power: »Und? Was du machst? Killen?« Der immer mit seinem Killen, denkt sich der Robert. Er mag es überhaupt nicht, dass er jetzt so im Fokus der Aufmerksamkeit steht.

»Ich halte es auch für sinnvoll, dass du Augustes Rat

befolgst«, erklärt nun die Marianne. Und die ist ja eigentlich sehr vernünftig, wie der Robert findet. »Sonst haben wir keine Ruhe mehr. Und vor allem auch wegen Cosima. Mit einem Kind ist das eine andere Situation.«

»Papa ist nicht so mutig«, sagt die Tochter nun.

Tja, da schaut der Robert, er räuspert sich. »Öh... wie meinst du das?«

Die Sechsjährige hebt die Schultern. »Du bist doch immer so vorsichtig. Du kannst doch auch nicht von hohen Türmen runterschauen. Und schnell Auto fahren magst du auch nicht. Also nicht so wie Mama. Du bist nicht mutig, Papa, bist du nicht.«

Das kann der Odysséas nicht auf dem Robert sitzen lassen. »Deine Vater«, sagt der Teamspiritmann, »deine Vater ist supermutig, Cossima! Er isse eine Superheld. Nur du hasse ihn vielleicht noch nie gesehen so. Aber is kenne ihn, is weiß, was er isse für eine Held, deine Vater.«

»Nö«, meint das Mädchen und schüttelt nachdrücklich den Kopf, dann schaut es den Vater an. »Also, stimmt doch, Papa, oder? Du bist wirklich nicht mutig. Überhaupt nicht! Vor Hunden muss mich ja auch immer Mama beschützen, weil du Angst hast, wenn die bellen.«

In diesem Moment geht ein Ruck durch den ganzen Körper vom Robert. »Wo ist der Reisigbesen?«, fragt er.

Die Elke weiß nicht, ob das jetzt gut ist. Sie mag solchen Machokram nicht.

Da ist das Hühnergehege. Da ist der Hahn. Als der Hahn den Robert sieht, legt er gleich los mit seinem Kikeriki. Es ist ein schwarzer Hahn, ein großes Tier, sicher um ein Drittel größer als die Hühner. Der Robert hat den Reisigbesen in der Hand.

»Is hab die Axt, für die Fall-Not«, hat der Odysséas erklärt. Er schwingt das Holspaltwerkzeug mit seinen starken Armen.

»Du schaffst das!«, ruft die Elke dem Robert noch zu, sie ballt die Fäuste.

»Papa ist eigentlich nicht so mutig«, erklärt die Cosima der Marianne. Alle sind sehr gespannt. Der Hahn kikerikit noch immer. Er weiß genau, was los ist, dass es um die Macht geht. Der Robert öffnet die Gittertür und tritt hinein. Der Hahn krakeelt. Das Herz vom Robert rast. Das hier ist noch schlimmer als das Jahresgespräch mit dem Abschnittsleiter Schadenssachen Bayern-Süd.

»Ich täte das nicht«, sagt der Prinz. »Mir wäre das ehrlich gesagt zu gefährlich. Soll das dumme Vieh doch machen, was es will.«

»Der braucht ein klares Zeichen, wer hier der Chef ist«, erklärt die Marianne, und die wird es ja wohl wissen, weil eine Aktiengesellschaft ist letztlich auch bloß ein Hühnerstall, nur mit Menschen statt mit Hühnern und Gockeln, wobei, Gockel gibt's da auch.

Jetzt schreitet der Robert auf den Hahn zu. Das Tier hält inne und stutzt. Der Robert rückt ihm näher. Er packt den Stiel vom Reisigbesen fester. Er geht noch einen Schritt weiter. Seine Knie zittern. Der Hahn reckt den Hals. Er kräht jetzt nicht mehr, sondern schaut nur noch. Der Robert schwitzt wie ein Ochs. Fürs Mutigsein brauchst du verdammt viel Mut.

»Weiß der Hahn, dass er Papa wehgetan hat? Kann der sich daran erinnern? Haben Hähne ein Gedächtnis?« Ein Kind, drei Fragen, die Antwort ist konzentriertes Schweigen. Es geht um den Hahn.

Der Robert steht nur noch einen Meter von dem Untier entfernt. In dessen Flügeln ist eine kaum merkliche Bewegung wahrzunehmen. Der Mensch rechnet damit, dass der Vogel jetzt gleich aufsteigt. In seinem Gesicht brennen die Narben von den Krallen. Der Robert hat Angst, er würde gern umkehren. Die Flügel vom Hahn bewegen sich noch mehr. Er scharrt mit seinem Krallenfuß. Und er starrt den Robert an.

»Du Hahn!«, sagt der Robert leise zu ihm. Und ein bisschen fies klingt seine Stimme. Das ist interessant.

»Papa redet mit ihm«, flüstert das Mädchen. Die Marianne nickt. Alle starren wie gebannt auf das Duell. Gockel gegen Schadenssachbearbeiter.

»Das machst du nie wieder«, droht der Robert und geht noch einen Schritt weiter. Jetzt schon könnte er nach ihm greifen, so nahe sind sie sich. Der Schnabel sieht gefährlich aus. Plötzlich tritt der Hahn einen Schritt zurück. Und der Robert hebt den Besen. Der Hahn tritt noch einen Schritt zurück. Und senkt den Kopf. Was macht er jetzt? Kann das denn wahr sein? Der Hahn tut jetzt so, als suche er nach einem Korn. Und er gackert, fast wie ein Huhn. Der Robert hebt den Besen noch höher. Das Kehrwerkzeug schwebt jetzt über dem Hahn wie eine Guillotine. Er gackert. Der Robert denkt sich, vielleicht kann ich mir das sparen, vielleicht muss ich ihm gar nicht eine überziehen, vielleicht hat er es begriffen. Aber da hört der Robert von draußen diesen einen Satz: »Ich glaube, Papa traut sich nicht.« Und da lässt er den Besen auf den Hahn niedersausen. Das Tier schreit, wehrt sich aber nicht. Der Robert holt noch einmal aus und haut noch einmal drauf. Das Tier flieht. Der Robert überlegt, ob er ihm nachsetzen soll, weil es fühlt sich gut an, auch mal einer zu sein, der andere vor sich herjagt. Sonst immer der Gejagte, jetzt mal der Jäger. Humpelt der Krallenfuß sogar ein wenig? Soll er ihm noch eine mitgeben, für alle Fälle und Zeiten? Aber da wird dem Robert bewusst, dass er nass geschwitzt und eigentlich müde ist, und er schaut zu den anderen hinüber, sieht die Cosima, die Elke, man klatscht jetzt draußen. Er ist für ihn, der Applaus. Er lässt es gut sein mit dem Hahn, weil dafür musst du schon auch der Typ sein. Natürlich gibt es auch bei einem Schadenssachbearbeiter und Versicherungsjuristen Luft nach oben, aber so eine Verwandlung geht nicht mit ein paar Minuten Hühnerstall vonstatten. Man muss sehen, wie es weiterläuft. Vor allem mit der Elke und der Cosima. Es ist Liebe, die der Robert stärker spürt als Prügellust.

MISTHAUFEN

Der Begründer der Anthroposophie, Rudolf Steiner, schwor auf die biodynamische Düngewirkung von Schafgarbe, die für ein Jahr in der Blase eines Hirschs eingelagert war. Kamille dagegen musste in einen Rinderdarm und Eichenrinde in einen Tierschädel.

33 »Was machst du da?« Der Prinz linst zur Tür hinein, sein Ton ist fordernd, kritisch, kontrollierend. Die Marianne steht in Augustes Kammer und kramt im Schreibtisch.

Die Managerin schaut auf, verdutzt. »Ich versuche herauszufinden, wie der Vertrag aussieht, den Auguste mit der Molkerei hat. Wir müssen das jetzt schnellstmöglich klären.«

»Aha«, kommentiert der Prinz die Aussage, eher vorwurfsvoll.

Die Marianne wendet sich ihm ganz zu. »Wie – *aha?* Uns ist ja wohl klar, dass es so nicht weitergeht, wenn der Milchwagen nicht kommt. Die muss ja irgendwohin, die Milch. Wir haben keine Behälter mehr.«

»Und da gehst du einfach so rein in das Zimmer und schnüffelst in Augustes Unterlagen herum, oder was? Ist das mit Auguste abgesprochen?«

Der Prinz geht der Marianne auf die Nerven. Sie mustert ihn. Er mustert sie. »Ich schnüffle hier nicht rum, sondern ich suche nach einer Lösung.«

»Sollte man da nicht vielleicht korrekterweise erst einmal die Chefin herself fragen, ob sie damit überhaupt einverstanden ist?«

»*Die Chefin herself*... Ich dachte, wir belasten sie mit diesen Problemen lieber nicht.«

»Aber sollte man das dann nicht vielleicht im Plenum diskutieren? Wäre das nicht sozialer?«

Die Marianne grübelt. Der Prinz ist ihr bislang nicht als großer Sozialist aufgefallen. Aber sie hat auch keine Lust auf Diskussionen, und so trifft sie eine Entscheidung. »Okay, dann rufen wir die Auguste kurz an.«

»Und das Plenum?«

»Wenn die Auguste einverstanden ist, dass ich mich um einen neuen Abnehmer für die Milch kümmere beziehungsweise Verhandlungen mit der Molkerei führe, dann brauchen wir kein Plenum.« Die Marianne hat im Lauf ihrer Karriere mit kurzen Entscheidungswegen und starken Entscheidern gute Erfahrungen gemacht. Ein Plenum, das sind Kommunismus, Kommune, Siebzigerjahre, und das ist definitiv nicht ihr Ding.

Sie nimmt sich vor, das Telefonat kurz zu halten. Überraschenderweise ist die Auguste einverstanden, dass die Marianne sich kümmert. Aber das Gespräch ist noch nicht beendet, da verlangt der Prinz den Hörer. »Lass mich auch noch mit Auguste reden!« Er wedelt wichtig mit der Hand.

Die Marianne reicht ihm den Hörer, in ihr drin springt es Trampolin, aber äußerlich ist sie das reinste Pokerface. »Auguste, sicher ist es in deinem Sinn, dass ich alles, was Marianne in Bezug auf deinen Hof unternimmt, gegenchecke, nicht wahr?« Von der Auguste kommt keine Antwort, die Marianne tippt auf Beruhigungsmittel, Schmerzinfusion und so weiter. »Also, ich meine, damit hier auf dem Höllinger-Hof alles in deinem Sinn läuft, auch wenn du nicht da bist. Ich meine, wir sind ja fünf Leute, und...« Noch immer keine Reaktion von der Bäuerin im Krankenhaus. »Dass halt noch einmal zwei Augen draufschauen, meine ich, also in deinem Sinn.«

»Ja, ja«, sagt die Auguste jetzt, sie klingt leise und weit weg.

Aber die Antwort, das ist nicht zu übersehen, streckt den Körper vom Prinzen. Schon gleich steht er noch gutsherrlicher da. Kurze Verabschiedung von der Auguste und dann Ende. »Na, dann wollen wir mal«, tönt er selbstbewusst in Richtung Marianne. »Wir werden das schon regeln.«

Da hat die Marianne nun gar keine Lust drauf, dass der Prinz mitfuscht, ein arbeitsloser Werbetexter. Kann der überhaupt eine Bilanz lesen? Da rennt das Kind zu ihnen herein. »Kommt mal raus, kommt mal raus!«, ruft die Kleine. »Das müsst ihr sehen!«

»Was denn?«, erkundigt sich der Prinz. Hat man einen Keltenschatz entdeckt? Die Kelten waren früher hier ansässig, das weiß er, und das bayerische Recht spricht dem Finder die Hälfte des gefundenen Schatzes zu. Das könnte lukrativ werden. Das Geld wächst nicht auf den Bäumen.

»Der Odysséas ist im Stall und stopft Kuhkacke in Kuhhörner!«

Die Marianne und der Prinz wechseln ungläubige Blicke. »Das stinkt vielleicht! Aber lustig ist es. Der Odysséas ist echt lustig. Kommt ihr auch?« Ratloses Schulterzucken.

Tatsächlich kniet der Verpackungsmanager mit einem Schäufelchen vom Gemüsebeet im Stall, neben sich die Tüte vom Metzger, aus der Hörner spitzeln, und müht sich redlich, die ja doch ziemlich flüssigen Kuhfladen in ein Horn zu füllen. Es ist eine soßige, nicht sehr appetitliche Aktion von einer gewissen Verrücktheit.

»Was machst du da?«, fragt die Marianne, die andere Frage, die ihr durch den Kopf saust, spricht sie aus Höflichkeit und im Sinn der Gruppendynamik nicht aus: *Ist das hier ein Irrenhaus?*

»Dynamik-Bio«, antwortet der Odysséas, ein stolzes Lächeln umspielt seine Lippen. »Is habe gelesen eine Buch über dynamische Biomittel in die Wirtschaft-Land. Is sage euch, das wird super.«

»Ja, das glaube ich sofort«, sagt die Marianne trocken und beobachtet fassungslos, wie der Grieche Kuhmist in das Horn zu füllen versucht.

»Was soll der Blödsinn? Hast du nichts Besseres zu tun?«, will der Prinz wissen. »Wir haben hier einen Haufen zu tun, und du füllst Scheiße in Hörner.«

»Wie das stinkt!«, jubelt das Kind. »Voll eklig! Voll cool!«

Der Odysséas drückt der Marianne das Horn in die Hand. »Nimm mal!« Reflexartig greift sie zu. Er holt sich auf dem Stallboden ein neues Schäufelchen Kuhdung. Er füllt es in das Horn in Mariannes Hand, ein Teil läuft an der Außenseite herunter und auf ihre schönen Hände. »Is glauben, bin is eus Erklärung suldig.«

Er legt eine spannungsfördernde Pause ein, und die Marianne erlaubt sich einen Kommentar. »Das ist eine sicherlich nicht vollkommen abwegige Idee.«

»Ja, Marianne, Liebes«, sagt der Odysséas fröhlich. »Du denkst, is bin verrückt, wahrscheinlich. Aber is bin nis verrückt, Trick mit Horn-Kuh isse Regel von Demeter. Du kennst Demeter als Göttin-Mutter von meine griesisse Heimat. Aber isse auch Name von Bauern-Bio, von Antrosopopophie, von Öko-Wirtschaft-Land.« Er ist ganz begeistert, der Odysséas, das ist nicht zu überhören. »Musse du wissen, Hörner, Blase, Darm von Saf oder Hirs oder Kuh isse alles perfekte Hülle für Bio-Präparate, dynamise Präparate-Bio.« Er zögert, weil nun noch etwas Bedauerliches kommt. »Aber Blase von Hirs is nicht habe. Horn von Kuh aber son, von Metzgerei. Habe is doch besorgt heute.«

»Ist das so ein Rudolf-Steiner-Quatsch, oder was?« Der Prinz bellt seine Frage fast, er ist wütend. Scheiße in Hörnern! Wie bitte will man mit einer Truppe von Spinnern einen Gutshof zum Erfolg führen?

»Isse nix Quatsch, sag is dir. Isse Zukunft von Hof-Höllinger von die Auguste. Was is mache hier, isse super Dünger für super Felder. Wächst sneller alles, Wuhlmaus haut ab, Säue-Wild haut ab, nix mehr gräbt um, alles wird besser, alles wird gut. *Give me five.*« Weil weder der Prinz noch Marianne Anstalten machen, ihm fünf zu geben, macht er es mit dem Kind.

»Du bist so lustig, Odysséas«, sagt die Cosima. Ihr Blick ist voller Liebe und Abenteuerlust. Sie hat einen Sinn für Ungewöhnliches, der den Erwachsenen schon längst zwischen Bürotüren verloren gegangen ist.

»Ja, isse lustig, Cosima, isse aber auch erfolgreich. Musse du stopfen Scheiße-Kuh in Horn und dann vergraben in Feld unter die Erde. Wistig isse – musse Boden guter sein. Und dann bleibt Horn unter die Erde, also halbes Jahr Minimum. Dann is grabe Horn aus und mache super Dünger-Spray für Feld mit Wuhlmaus und Schwein-Wilde.«

»Dünger-Spray? Du willst mit Dünger-Spray die Wildschweine vertreiben? Das ist ja wohl totaler Bullshit.« Die

Marianne rümpft die Nase. Sie hält dem Odysséas das Horn hin, sie will mit diesem esoterischen Mist nichts zu tun haben.

»Nix Blödsinn! Auch Pflanzen sneller wachsen, söner wachsen, gesünder wachsen. Is haben Beweise. Rudolf Steiner isse eine guter Mann. Hat auch gegründet Schule-Waldorf übrigens.«

»Ja, eben«, poltert die Marianne. Obwohl sie sich in einer beruflichen und privaten Umorientierungsphase befindet, hat sie mit anthroposophischen Übersinnlichkeiten nichts am Hut. Gar nichts.

»Nix *ja, eben*«, erwidert der Odysséas. »Kuhkacke in Kuhhorn konserviert Kraft von Kuh und strahlt rückwärts zu Erde und Pflanzen und Tiere. Kuhkacke in Kuhhorn hat was von astralische Kraft.«

Die Cosima ist ganz fasziniert von dem Spiel, das der Odysséas da treibt, aber dieses eine Wort versteht sie nicht. »Was ist die astralische Kraft?«, fragt sie daher.

»Von Sterne.« Der frisch gebackene griechische Anthroposoph deutet nach oben, aber da ist nur die Stalldecke, wo ein paar Schwalben Eintagsfliegen jagen. »Ach, Cosima, du kluges Mädchen einziges verstehst! Musst du wissen, in Scheiße-Kuh konserviert wird das ganze Lebendige von Kraft von Kuh. Deshalb slüpft später ganze Lebendigkeit in die Dünger, und deshalb wächst die Wiese später glücklich wie Harry. Komm, du hilf mir. Die andere, die Marianne, die Prinz, verstehen nix.«

Er drückt dem Kind ein zweites Horn in die Hand. Roberts Tochter nimmt das Teil. »Bäh, das stinkt!«

»Aber es lohnt!«

»Und wie machst du daraus ein Spray?«

»Erst muss Horn ruhen in Frieden, also in Erde. Halbes Jahr

oder ganzes Jahr. Dann wir graben aus die Horn wieder und trocknen in Sonne. Dann wird Kacke zu Kiesel, und diese Kiesel wir missen mit Wasser. Wir füllen in Flasse, und dann wir spritzen Wasser über Feld. So sließlich alles wird gut auf die Höllinger-Hof, allein und nur wegen Kraft von die Sterne.« Er weist wieder nach oben an die Stalldecke.

»Ich glaube nicht, dass Auguste so einen Hokuspokus gut findet.« Der Prinz hat ein kritisches Gesicht aufgesetzt.

»Pokus-Hokus? Bist stutzig du von Begriff? Bäuerin Auguste natürlich auch will positives Energie auf Hof. Mist von Kuh ist voll positiv. Wenn son wäre fertig, wir könnten spritzen Dünger auch auf Bein von die Auguste. Dann wird sneller gesund.«

»Ja, so weit kommt's noch«, spottet die Marianne. »Dass wir Auguste Kuhscheiße aufs Bein sprühen. Also, bei aller Liebe, Odysséas ...«

Jetzt wird der frisch gebackene Anthroposoph aber doch ärgerlich. »Is habe gelesen ein Buch. Ein kluges Buch von eine kluges Mann: *Die Weisheit des Misthaufens*.«

»Die Weisheit des Misthaufens.« Mitleidig zieht die Marianne die Mundwinkel nach unten und die Augenbrauen nach oben.

»Ja! Und in diese Buch steht die Trick mit Scheiße-Kuh, Marianne. Lies *Die Weisheit des Misthaufens*, und du verstehst. Und jetzt lass mich. Is tue Gutes für die Hof-Höllinger-Bäuerin und für dich und für dich und für dich.« Er deutet auf die Marianne, den Prinzen und die Cosima. Um das Thema abzuschließen, fügt er noch beleidigt hinzu: »Eine Hand Erde voll mit Mist von Kuh hat mehr Leben, wie Menschen auf Erde wohnen.« Er lässt die Aussage wirken, aber dann kommt noch etwas nach: »Sagt Rudolf Steiner.«

Die Marianne hat nun eindeutig genug von der Weisheit des Misthaufens. Sie verlässt den Stall. Als Betriebswirtin glaubt sie eher an die Weisheit des Verhandelns. Und da ist nun weniger der Misthaufen der Ansprechpartner als vielmehr der Herr Müller, seines Zeichens Geschäftsführer der Molkerei Werdenfelser Land.

GRUPPENDYNAMIK

Kinder können einige Dinge besser als Erwachsene. Zum Beispiel lachen sie zwanzigmal häufiger. Außerdem sind sie grundsätzlich ehrlicher, neugieriger und kreativer.

34 Die Marianne ist kein Gefühlsmensch, und trotzdem hasst sie ihn vom ersten Wort an, das sie am Telefon wechseln. »Haben Sie unsere Schreiben nicht bekommen?«, fragt der Müller von der Molkerei mit einem derartig vorwurfsvollen Trotz in der Stimme, dass die Marianne ihm eine knallen könnte, obwohl das nicht ihr Stil ist. »Da steht alles drin.«

»Das heißt?«, fragt die Marianne, der Prinz steht schon wieder neben ihr, es ließ sich nicht vermeiden.

»Lesen bildet!«, sagt der Müller. »Schauen Sie in den Briefkasten von der Frau Bernreiter.«

Der Prinz hebt einen Stinkefinger in Richtung Telefonhörer. Die Marianne macht eine abwiegelnde Handbewegung. Aus ihren Vorstandssitzungen weiß sie, dass man mit den Psychopathen aus Chefetagen stinkefingermäßig meist nicht weit kommt. Und Psychopathen sind viele von den Chefs. Psychopath im Sinn von... Der Verstand funktioniert, sie wissen auch, was Gut und Böse ist, aber sie fühlen nichts oder wenig, weil sich bei ihnen im Stirnhirn, genau hinter den Augen und an den Schläfen, irgendwie eine tote Zone befindet. Die Marianne hat sich mit dem Thema beschäftigt. Sie wollte sogar die Hirne von Bewerbern auf Führungskräftestellen scannen, aber ihre Psychopathenkollegen aus dem Vorstand waren dagegen. Vermutlich fürchteten sie, selbst aufzufliegen.

»Das heißt?«, wiederholt die Maschinenbauchefin ihre Frage.

»Das heißt, dass die Frau Bernreiter in ihren Briefkasten hineinschauen soll, da ist ein Brief von uns drin, und da erfahren Sie dann alles Weitere. Im Übrigen bitte ich Sie, sämtliche Korrespondenz fortan schriftlich zu führen und auch lediglich über unsere Anwälte. Ich verbitte mir weitere Anrufe von Ihrer Seite.«

»Frau Bernreiter liegt mit multiplen Knochenbrüchen im Krankenhaus.«

»Das ist nicht mein Problem.«

»Aha«, antwortet die Marianne, seelisch kocht sie, was ein seltener Zustand ist bei einer wie ihr, die das Kühle im Gemüt gepachtet hat.

»Ja, ja, da können Sie jetzt gern so *ahahen*, aber für mich ist das Thema somit erledigt.«

»Dass die Frau Bernreiter schwer verletzt ist, ist Ihnen gleichgültig.«

»Ja.«

»Fühlen Sie sich ihr denn gar nicht im Sinn einer Fürsorgepflicht verbunden? Frau Bernreiter hat Ihnen immerhin seit sechzehn Jahren verlässlich jeden Tag astreine Milch geliefert.«

»Das tut nichts zur Sache. So ist der Markt. Jeder muss schauen, wo er bleibt. Und wenn man die Hygienevorschriften nicht einhält...«

»Aber es handelt sich doch um einen einzigartigen Vorfall. Und es ist doch ganz offensichtlich, dass hier Sabotage im Spiel war. Es handelt sich um ein humanmedizinisches Medikament, das niemals in einer Landwirtschaft zum Einsatz käme...«

»Frau... Frau...«, unterbricht sie der Molkereimann, ihm fällt der Name nicht ein. »Ich steige mit Ihnen jetzt in keine Diskussion ein... nur schriftlich, habe ich gesagt. Nur schriftlich... Unsere Anwälte...«

Jetzt fällt sie ihm ins Wort: »Aber es gebietet doch auch die Fairness, dass hier noch einmal gesprochen wird. Sechzehn Jahre! Frau Bernreiter war bislang stets eine verlässliche Lieferantin von Ihnen...«

»Das sagen Sie...«

»...das kommt einer Vernichtung ihrer Existenz gleich, wenn Sie an dieser Entscheidung...«

»Für seine Existenz ist jeder selbst zuständig, Frau... Frau...«

»Gib mir mal das Arschloch!«, fordert jetzt der Prinz und will der Marianne den Hörer wegnehmen, aber die Marianne lässt ihn nicht, sondern weicht aus.

»Das können wir nicht akzeptieren«, insistiert die Marianne.

»Soso, *Arschloch*«, sagt der Müller, er hat den Prinzen gehört. »Soll ich Ihnen was sagen? Das *müssen* Sie akzeptieren. Und jetzt muss ich das Gespräch beenden. Es tut mir leid, auf Wiederhören. Vielleicht legen Sie der Frau Bernreiter nahe, dass sie ihre Landwirtschaft einfach in andere Hände gibt, vielleicht gibt es ja einen Landwirt aus dem Dorf. Dann könnte man natürlich über einen neuen Milchliefervertrag nachdenken. Aber mit der Frau Bernreiter, also, da sehe ich schwarz.«

»Herr...«

»Wiederhören.«

Und schon hat er aufgelegt.

Den Rest des Tages verbringt die Marianne damit, Molkereien abzutelefonieren und die gute Milch vom Höllinger-Hof anzupreisen. Der Prinz sitzt daneben. Aber das ganze Klinkenputzen hilft nichts, es ist wie verhext. Der Vorfall mit der Antibiotikamilch hat sich bereits in allen Molkerei-Unternehmen herumgesprochen, und niemand will auch nur in Verhandlungen eintreten. Kaum sagt die Marianne, um welchen Hof es geht, wird das Gespräch beendet.

»Das ist doch eine Mafia!«, schnaubt der Prinz. Und auch wenn die Marianne ihn im Lauf des Tages nicht in ihr Herz schließt, weil er ihren erfolglosen Kampf ständig aus dem Hintergrund kommentiert, widerspricht sie nicht.

Die zwei Briefe, die sie im Lauf des Tages aus dem Briefkasten fischen, tun ihr Weiteres. Der eine ist die fristlose Kündigung, der andere die Aufforderung zur Zahlung von 156.225,33 Euro Schadensersatz zuzüglich Anwaltskosten und samt Androhung einer Klage.

Am Abend sitzen die Bauernyogis am Tisch und starren lustlos auf die Teller mit den Bolognese-Spaghetti, die Robert und Elke der Cosima zuliebe gekocht haben, weil das Mädchen gern Nudeln isst. Eben hat die Marianne ihnen die Nachricht von den 156.225,33 Euro verkündet. »Ich habe dann mit dem Telefonieren aufgehört...«, sagt die Marianne.

»...also, *wir* haben mit dem Telefonieren aufgehört...«, grätscht der Prinz ihr rein. »Die Verhandlungen werden nämlich von uns beiden geführt.«

»Ja«, sagt die Marianne und schaut ihn nicht einmal an, denn er ist hier momentan das geringste Übel, so verschieben sich die Verhältnisse. »Also, ich habe dann mit dem Telefonieren aufgehört und mir mal ganz allgemein Augustes Finanzen angesehen.«

»Also, wir haben uns die Finanzen angesehen«, sagt der Prinz. »Wir beide gemeinsam, weil vier Augen mehr sehen als zwei.«

Die Marianne seufzt, und das Mädchen fragt den Prinz: »Warum bist du so?«

»*Wie* bin ich?« Er mustert sie erstaunt.

»Na, immer ich, ich, ich«, meint die Cosima. Sie sucht den Blick ihres Vaters, aber der weicht aus. Deswegen senkt sie den Blick auf ihren Teller. »So ichig, du bist so ichig«, fügt sie hinzu.

Der Prinz wird rot, er fühlt sich ertappt. Wie war das noch? Kinder und Irre sagen die Wahrheit ...

»Lass mal gut sein, Cosima.« Der Robert tätschelt seiner Tochter die Hand. Es ist nun gerade nicht der Moment, um in Sachen Gruppendynamik ins Grundsätzliche abzuschweifen. Man hat genügend Feinde.

»Also, Augustes Finanzen sind desaströs«, verkündet die Marianne. Und damit ist eigentlich alles gesagt.

Aber der Prinz hat die Fassung wiedergefunden und zählt, freilich noch immer rotköpfig, an den Fingern auf. »Sie hat hohe Schulden, sie lebt seit Jahren von der Substanz, sie hat Wald verkauft, was in diesen Zeiten, wo Wald viel wert ist, an Dummheit grenzt. Ihre Maschinen sind veraltet, der Hof ist marode und obendrein heruntergewirtschaftet.«

»Aber besteht momentan unser Hauptproblem nicht darin, dass wir irgendwie die Milch loswerden müssen?«, erkundigt sich die Elke. »Und ... Wollen wir jetzt nicht mal essen? Ich meine, sonst werden die Spaghetti kalt.«

»Ähm...«, räuspert sich da der Prinz. »Könnte ich auch Bolognesesoße haben?«

»Da ist Fleisch drin«, wendet der Robert mit einem Tonfall ein, als würde er sagen: *Da ist Gift drin.* »Rind und Schwein.«

»Ach so, ja, also...«, stammelt der Prinz. »Ich würde dann heute, nach allem, was passiert ist, mal von meinem vegetarischen Weg abweichen. Nun ist es sowieso schon egal.«

Man staunt kurz, aber dann essen sie alle.

Als die Elke fertig gekaut hat, sagt sie: »Also noch mal zurück zu meiner Frage. Sehe ich das richtig, dass bei allen Schulden und dem anderen Problemkram unser größtes Problem darin besteht, dass wir die Milch loswerden müssen, weil das Entsorgen von der Milch, auch wenn sie gut und sauber ist, noch mehr Geld kostet? Dass wir da also richtig schnell eine Lösung brauchen?«

Die anderen halten beim Nudelndrehen inne, und der Robert sagt auf seine sachliche Art: »Ich denke, das siehst du korrekt.«

»Und niemand wollte sließen Vertrag mit uns für die Milch? Keine andere Molkerei, nirgends, nirgends, nirgends?«, fragt der Odysséas ungläubig. »Unsere super Milch niemand will? Gibt's das doch nicht! So super Milch muss doch lieben jeder!«

»Obwohl du die Hörner mit der Kuhscheiße eingegraben hast«, bestätigt die Marianne, sie kann sich die Bemerkung nicht verkneifen. Die Welt ist keine biodynamische Waldorfwelt, die Welt ist ein Kampfplatz.

»Dass wir die Milch an eine Molkerei verkaufen, das können wir uns, glaube ich, abschminken«, näselt der Prinz, streicht sich übers Haar, als wäre es wie das des US-Präsidenten mit Gold beschichtet. »Ich habe sämtliche Gespräche mitverfolgt und begleitet. Da läuft man wie gegen eine Mauer. Wie wenn die sich alle gegen uns verbündet hätten.«

»Dann müssen wir die Milch eben direkt an die Menschen verkaufen«, sagt das Mädchen. Und das ist zwar nur der Vorschlag einer Sechsjährigen, aber wie war das? Kinder und Irre...

GLÜCKSMILCH

Wasserstoffblond harmoniert gut mit Haarschnitten mit weichen Konturen wie dem Bob und Long Bob oder einem weich geschnittenen Pixie Cut mit abgerundeter seitlicher Ponypartie.

35 Gleich nach dem Essen entwickeln die Gummistiefelyogis eine Aktivität, die es mit jedem Bienenvolk aufnehmen könnte. Denn natürlich hat das Kind recht – man kann Milch direkt verkaufen. Das machen viele Bauern, weil dann einfach mehr vom Profit hängen bleibt beim Hof. Und der Höllinger-Hof liegt dazu gar nicht ungünstig. Wolkendorf am Michlsee ist Postkartenidylle und Touristenland, und zudem führt eine unter Familien und Senioren beliebte Wanderstrecke dicht an Augustes zwar marodem, aber schönem Anwesen vorbei.

Das Yogateam hat ein Ziel vor Augen, es steht auf, geht nach draußen und packt an. Auf die Wiese zwischen Wohnhaus und Weg tragen der Robert und der Odysséas, was sie zwischen Tenne und Dachboden finden und was als Tisch und Stuhl dienen kann. Darunter befinden sich einige alte Bierbänke, aber auch Malerböcke, hölzerne Weinkisten, ausrangierte Eimer aus Kupfer und Blech, ein Hackstock. Aus einem langen Brett und zwei Holzfässern entsteht sogar eine Tafel, an der gut und gern zehn Leute sitzen können. Dann ist es gut für heute. Aber morgen ist Samstag! Da wandert der Urlauber bekanntlich besonders gern.

Es ist erstaunlich, wie das Aufstehen leichtfällt, wenn man eine Idee hat und dazu noch eine Gruppe, die sie umsetzen will. Keiner der Bauernyogis verpennt. Keiner mault, diskutiert, zerfleddert die Idee, die doch eher ein Traum als ein Plan ist. Gleich nach dem Stall sucht die Elke gestickte Deckchen und karierte Tücher in den Kommoden des Höllinger-Hofs zusammen und dekoriert alles zu einem Wiesencafé. Der Prinz, ganz der Werbeprofi, schreibt derweil Schilder, auf denen für die Zielgruppe verlockende Sätze stehen.

> *Genießen Sie köstliche Kuhmilch
> im Wiesencafé von
> Original-Bäuerin Auguste!*

> *All you can drink...
> Handgemolkene Milch
> von der Bäuerin,
> heute zum Familienpreis!*

> *Kennen Sie den wirksamsten
> Anti-Aging-Drink der Welt?
> Direkt aus dem Euter!
> Jetzt probieren!*

Außerdem stellen sie einen großen Trog mit Milch auf und hängen eine Suppenkelle hinein. Und auch dafür pinselt der Prinz, der plötzlich begeistert arbeitet und das erste Mal seit seiner Ankunft gar nicht finster schaut, ein Schild.

Glücksmilch selber schöpfen macht schön!

Tatsächlich bleiben noch, während Augustes Bauernyogis mit dem Aufbau beschäftigt sind, zwei ältere Ehepaare am Wiesencafé stehen und beobachten, was da entsteht. Sie tragen Bundhosen aus Cord und alberne Wanderhüte mit Federn, aber sie wollen tatsächlich Milch.

»Schön ist es hier«, sagt die eine Frau, ihr Haar ist von umwerfender Blondheit, Symbol H, Periodensystem.

»Haben Sie auch Kuchen?«, fragt der Mann, der an seinem Trachtenhut eine Helmkamera installiert hat. Und die Marianne fragt sich, wieso sie nicht selbst darauf gekommen sind. Sie eilt in die Küche, wirft den Ofen an und bereitet einen Mürbteig für eine Apfeltarte vor, denn das ist der Kuchen mit der kürzesten Backzeit, den sie beherrscht. Und Äpfel hat die Auguste im Keller eingelagert, noch aus dem vergangenen Jahr.

Währenddessen findet auch eine Familie mit zwei quengeligen Kindern den Weg zum Milchtrog auf der Wiese. Als die Eltern sich mit ihrem Nachwuchs gesetzt und auf einem Smartphone einen Zeichentrickfilm gestartet haben, der nervtötendes Gequieke über die Wiese plärren lässt, bäumt sich im Pädagogenherz von der Elke trotz aller Aufbruchsstimmung etwas auf, und sie ruft die Cosima zu sich. »Komm, wir holen eins von den Kälbchen aus dem Stall, das kann doch hier auf der Wiese stehen.«

Dazu hat Roberts Tochter große Lust, und es ist kein Wunder, sondern nur logisch, dass die beiden Zeichentrickfilm-Kinder, kaum führt die Cosima das Kalb ins Café, keine Zeit mehr für das Smartphone haben. Als das Kalb dann auch noch einen frischen Kuhfladen produziert, ist die Begeiste-

rung groß. »Guckt mal, Mama, Papa, die Kuh kackt flüssig!«
Cosima holt einen Eimer mit Saugnuckel, füllt Milch hinein,
und die Comic-Kinder dürfen das Kalb füttern. So ein Bauernhof ist das reine Abenteuer.

Auch die Senioren in den Bundhosen trinken mit Inbrunst Milch und versichern, die Anti-Aging-Wirkung wirklich direkt spüren zu können. Die Apfeltarte verschwindet zwischen Implantaten, als hätte sie Schuhbeck kreiert, der König vom Münchner Platzl. Und als die Sepplhüte aufbrechen wollen, fragen sie, ob sie nicht noch Milch zum Mitnehmen kaufen können. Der Prinz hat schon Dollarzeichen in den Augen, der Odysséas aber hetzt ins Haus. Worin kann man Glücksmilch zum Mitnehmen füllen? Weil er nichts anderes findet, drückt er jedem der Anti-Ager ein leeres Marmeladenglas in die Hand; die Auguste hat ihre Speisekammer beizeiten fürs Einkochen vorbereitet. Der nächste Brombeerherbst kommt bestimmt.

Im Lauf des Tages besuchen immer wieder einzelne Menschen oder ganze Gruppen das Wiesencafé und probieren die Milch, kosten von Mariannes Tarte und bestaunen die Kälber, denn die Cosima hat beschlossen, dass mehr Kälber auch mehr Spaß machen. Und so kacken drei kleine braune Murnau-Werdenfelser – das sind die mit dem Kajalstift um die Augen – um die Wette. In der Zwischenzeit hilft sogar der Prinz in der Küche beim Backen. Er ist nicht mehr arbeitslos und geht der Marianne kaum noch auf den Keks.

Und der Robert und die Elke und der Odysséas kümmern sich derweil draußen um die Gäste. Sie sind so beschäftigt, dass sie weder den Leichenbacher mit dem Fernglas am Waldrand noch den einzelnen Radfahrer wahrnehmen, der plötzlich wie eine Erscheinung vor dem Wiesencafé stehen bleibt.

Es ist ein zierlicher, schlanker, dunkelhäutiger kleiner Mann in einem schwarzen T-Shirt und einer schwarzen Hose. Kann es Zufall sein, dass sich dieser Mann ausgerechnet zum Odysséas gesellt, wie der gerade frische Milch in den Trog kippt?

»Gutten Tack«, hört der Grieche ihn sagen. »Schönes Café.«

Der Odysséas hebt den Kopf und blickt in ein Gesicht, das offensichtlich auch nicht von hier ist, genau wie seins, aber anders.

»Servus«, antwortet der Odysséas, denn als Bauer redet man bayerisch, glaubt er jedenfalls. »Danke.«

»Ist Bäuelin Auguste noch in Klankelhaus?«, erkundigt sich der Mann. Der Odysséas hört sofort, dass der nicht richtig Deutsch kann. Und er müsste sich wirklich grandios täuschen – irgendwie schaut der adrette Kerl im schwarzen Shirt auch indisch aus.

»Ja, Bäuerin Auguste isse noch in Krankenhaus.«

»Ich habe schon gehölt, was Unglück ist passiert. Seid ihl die Gäste von die Bauelnyoga?«

»Ja, sagen-sozu.« Der Odysséas betrachtet den Mann, der die Auguste und anscheinend auch das Gummistiefelyoga kennt. Und während er schaut, spürt er im Bauch, dass die Ankunft von diesem Mann, der einen melodischen Singsang spricht, etwas bedeutet. Nicht für die Welt, nur für ihn ganz persönlich. Es ist etwas Gutes. »Und wer bist du?«

»Ich heiße John, John Singh. Ich binn neu Pfallel fül diesen Gemeinde, fül Wooolkendolf.«

Ein Pfarrer also. Der Odysséas mustert ihn, und sein Blick bleibt an den braunen Augen von diesem Mann hängen. Es ist seltsam, er kann sich gar nicht von ihnen lösen. Obwohl er doch glaubt, dass er gar nicht gläubig ist.

Auch der Pfarrer sieht ihn an.

»Bisse du nis von hier, oder?« Kaum hat der Odysséas die Worte ausgesprochen, kommt er sich blöd vor. So startet man keinen Dialog mit einem, bei dem man etwas spürt, das göttlich sein könnte.

»Nein, ich binn auuus Indien«, erwidert der Pfarrer freundlich. Er zieht einzelne Vokale zielsicher an der falschen Stelle in die Länge. Auch das spricht den Odysséas an.

»Is bin auch nis von hier. Is bin aus München, aber vorher is war Griechenland. Odysséas meinen Name.« Er hält dem Pfarrer seine kräftige Bodybuilder-Ex-Verpackungsmanager-jetzt-Bauern-Hand hin. Der Geistliche schlägt ein. Seine Hand ist klein, der Odysséas muss vorsichtig damit umgehen, das fühlt er. Die Hände bleiben ein bisschen länger ineinander liegen, als dies für eine Begrüßung unter Fremden nötig wäre. Zwei Männer neben einem Milchtrog. Es ist ein zärtlicher Augenblick.

»Odysséas«, wiederholt der Pfarrer gedankenverloren. »Der Abenteulel, del den Eeeelfolg sucht.« Er nickt, er findet das gut. »Ich heißel John«, sagt der Würdenträger im T-Shirt, und der Odysséas denkt sich, dass er das schon mal gesagt hat. Aber es ist auch ein verwirrender Augenblick, weil die Welt plötzlich steht. Was geschieht hier gerade? Gibt es doch einen Gott? Die Überlegungen vom Odysséas werden durch eine Frage unterbrochen. »Kann ich auch haaaben einen Bechel Milch und einen Stuck von eulem Kuuuchen?« Der John deutet mit seiner kleinen Hand zum Kuchen hinüber. »Ich wollte eigentlich eine Radtoul machen, abel jeeetzt...« Er schaut den Odysséas lange an. Dem Odysséas wird warm ums Herz. Ja, es muss etwas Göttliches geben, anders ist nicht zu erklären, was er da gerade fühlt.

LIEBESTÖNE

Wenn der Schriftsteller Jörg Steinleitner nachts nicht schlafen kann, malt er sich aus, wie es wäre, wenn er ein Café auf seinem Bauernhof eröffnen würde. Ein Dutzend Tische hätte er schon. Seine Frau kann an einem alten Tisch nicht vorbeigehen.

36 Am Ende des Tages sind alle Gummistiefelyogis erschöpft und haben zweihundertvierunddreißig Euro in der Kasse. Ein Erfolg. Aber die Marianne kann rechnen und stellt deswegen trocken fest: »Damit werden wir die 160.000 Euro Schadensersatz nicht reinholen.«

»156.225,33 Euro«, korrigiert der Robert. Beim Schadenausrechnen kommt es auf jeden Cent an.

Die Belegschaft des Cafés sitzt an der langen Tafel in der Wiese und blinzelt leicht erschöpft durch die untergehende Sonne über den See hinweg zur Zugspitze.

»Aber es hat Spaß gemacht«, tönt das Kind.

»Und wir haben gemeinsam etwas Positives erschaffen«, stimmt die Elke zu. »Allein mit der Kraft unserer guten Gedanken. Das muss jetzt nur noch wachsen, dann werden sich für alle Probleme Lösungen finden.«

»156.225,33 Euro sind verdammt viel Geld«, merkt auch der Prinz an.

Man ist zu müde, um das jetzt auszudiskutieren.

Nachts dann Schüsse. Viermal. Der Odysséas springt zum Fenster und sieht gerade noch, wie ein Schatten im Feld hinterm Stall verschwindet. Es ist 3:45 Uhr. Auch die Marianne hat die Schüsse gehört, die anderen anscheinend nicht. Der Odysséas holt das Gewehr aus dem Zimmer von der Auguste, die Marianne nimmt das lange Brotmesser. Draußen ist es dunkel. Sie lauschen. Hinterm Stall ein Flattern, das kann auch ein Nachtvogel sein. Das Herz von der Marianne klopft. Der Odysséas hält die Waffe fest. Sie schleichen um den Stall herum. Ihre Schritte knirschen auf den herumliegenden Steinen. Aber hinter dem Stall ist nichts. Die Marianne und der Odysséas schauen sich an. Kann es sein, dass zwei das Gleiche träumen? Sie kehren zum Wohnhaus zurück, wo die Autos davorstehen. Der Odysséas knipst die Handytaschenlampe an. Und dann sehen sie es. Die Sauerei. Die vier Reifen vom Saab von der Marianne sind platt.

»Da gibt es wen, der will uns mürbe machen.« Enttäuscht schüttelt die Managerin den Kopf. »Komm, gehen wir schlafen.«

Der Odysséas nickt. Ihm ist bang zumute.

Wie sie nach oben in den Gang mit den Schlafkammern schleichen, ist ein Knarzen und Quietschen aus dem Zimmer von der Elke zu vernehmen. Was geht denn hier ab? Die Marianne und der Odysséas bleiben stehen und lauschen. Jetzt mischt sich in das Knarzen und Quietschen, es hat einen gewissen Rhythmus, auch noch ein menschliches Getöne. Aber das, und darüber sind der Odysséas und die Marianne beide erleichtert, ist eindeutig ein weiblicher Lustgesang. Der Elke geht es gerade gut. Deswegen verabschieden sich die Marianne und der Odysséas knapp und verschwinden jeder in seiner Kammer. Schüsse und Lüste, das Leben ist nie nur schwarz oder weiß, nur Yin oder nur Yang, sondern immer beides.

Beim Frühstück wird beschlossen, dass sie weitermachen, auch wenn nachts ein Irrer auf den Saab geschossen hat und obwohl es nur zweihundertvierunddreißig Euro waren. Der Odysséas bringt es auf den Punkt. »Wer tut nix, braucht nix hoffen auf kein Wunder. Erfolg von Tun kommt, von Machen, von Power.« Das ist zwar putzig formuliert, trifft aber zu.

Tatsächlich trägt der Sonntag sogar dreihundertelf Euro ins Wiesencafé und auch einen weiteren Besuch vom kleinen Pfarrer. Wie der so von der Kirche daherradelt, ist das Wiesencafé schon ganz ordentlich besucht. Er setzt sich an den Tisch, dicht neben dem Milchtrog. Und der Odysséas, der gerade einen ofenfrischen Kuchen aus der Küche herbeiträgt, wundert sich, dass er sich so freut, als er den Pfarrer sieht.

»Servus«, lacht er ihn an, »grüß dis! Son wieder da?«

»Ja, ja«, antwortet der Geistliche. »Ich biiin Staaammgast.« Er kichert verschmitzt, ja, beinahe koboldhaft. »Ist so schön hiel, die Blick, die Caaaafé und aaalles. So kann ich velgessen mein Seeehnsucht.«

»Sucht-Sehn?«, fragt der Odysséas.

»Ja.« Die braunen Augen des Inders mustern ihn ernst.

»Indien«, sagt der kleine John. »Indien ist meine Heimaaat.«

»Und warum bisse hier? Warum bisse in Bayern?«

»Meine Heimaaatgemeinde«, erklärt der Inder, »hat mich entsandt. Es ist Mission. Wir blauchen Geld für unsele Kindelgalten und die Schule in meine Heimaaat. Wir haben gloße, sehl gloße Geldplobleme.«

Der Odysséas nickt, das kennt er. »Wir auch haben Probleme mit Geld. Und...« Er beugt sich konspirativ über den Tisch. »Und wir haben Feind.«

»Wie?« Der indische Pfarrer versteht offensichtlich nicht einmal Bahnhof.

»Nacht heute, gesießt hat jemand auf Auto von die Marianne. Marianne isse Frau, was Kuchen backt.«

»Geschooossen? Mit Gewehl? Mit Kugel?« Der junge Pfarrer ist entsetzt. »Du bist sichel?«

»Ja«, erwidert der Odysséas knapp. »Reifen alle vier platt sind. *Peng!* So eine Swein! Wir geslichen haben hinterher, aber wir nix gefunden.«

Der Pfarrer zieht die Augenbrauen hoch, denn Schimpfwörter gehören bei aller Toleranz zwischen den Welten, Religionen und Nationen nicht zu dem, was man sagt.

»Und? Wer wal?«

»Wir haben eine Feind«, raunt ihm der Odysséas zu. Und dann beichtet er dem Pfarrer alles – von der Milchvergiftung bis zu den Schüssen im Wald.

»Ich welde für euch betten«, sagt der Pfarrer aus Indien und meint natürlich *beten*.

»Ich fürchte, dass da Beten allein nicht hilft«, schaltet sich der Robert ein, der wohl die letzten Worte mit angehört hat.

»Betten hilft immel, aaaaauch und vol allem in glösstel Not.«

»Der Hof steht finanziell am Abgrund«, erklärt der Robert, er hat sich schon während des Jurastudiums zwischen all den Paragraphen sowohl das Beten als auch das Träumen abgewöhnt. »Wenn wir den Schadensersatzprozess durchstehen und die Schulden abtragen wollen, die sonst noch auf dem Hof lasten, dann brauchen wir ganz schnell nicht bloß ein Gebet, sondern ein Konzept. Wir haben keine Molkerei, die uns die

Milch abnimmt. Selbst wenn wir eine hätten, würde das nicht reichen, weil ein Bauernhof von der Milchwirtschaft allein nicht mehr überleben kann.«

»Ich welde für euch betten«, wiederholt der Pfarrer noch einmal sein Mantra, denn das wiederholte Gebet ist eine urindische Erfindung. Und der Inder hat Erfahrung mit Entbehrungen. Der Pfarrer ist der richtige Mann am richtigen Ort.

So geht der Sonntag vorüber. Am Abend klingelt das Telefon, der Prinz hebt ab, die Bäuerin Auguste ist am Apparat. »Was macht ihr denn für Sachen?«, fragt sie.

»Wie meinst du das?«

»Der Leichenbacher war heute Nachmittag bei mir und hat behauptet, ihr hättet's ein Café eröffnet.«

»Ja, das ist richtig«, bestätigt der Prinz.

»Ja, seid ihr denn verrückt geworden?«

»Nein.«

»Ja, aber was denkt ihr euch denn?«

»Viel. Wir müssen ja irgendwie zusehen, dass Geld in die Kasse kommt.« Die Antwort vom Prinzen kommt fast trotzig.

»Das müsst ihr gleich wieder zumachen, das Café.« Die Auguste klingt irgendwie verschreckt, als stünde eine dunkle Macht neben ihrem Bett und hielte ihr eine Bombe oder so vor die Nase.

»Das werden wir sicher nicht«, näselt der Prinz, längst stehen die anderen Gummistiefelyogis inklusive Cosima neben, hinter und um ihn herum im Telefonflur vom Höllinger-Hof, und alle nicken zustimmend, denn noch selten hat der falsche Adlige etwas gesagt, was so richtig war. Das Café macht Spaß und hat Sinn, was willst du mehr?

»Doch, das werdet ihr«, insistiert die Auguste, und es ist ihr sogar durch die kilometerlange Leitung vom Krankenhaus her anzuhören, dass sie nicht gut bei Kräften ist. »Der Leichenbacher war nämlich heute da und hat gesagt, dass er mich anzeigt wegen Gewerbesteuerhinterziehung, wenn das mit dem Café nicht sofort aufhört. Als Bürgermeister ist er da auch zuständig, sagt er.«

»Wir verkaufen aber nur Hoferzeugnisse, nämlich Milch. Der Robert sagt, das ist juristisch in Ordnung.« Der Prinz fühlt sich im Recht. Und er will den Hof retten. Weil vielleicht setzt ihn die Auguste dann als Erben ein. Sie könnte ihn adoptieren. Oder sogar heiraten. Na ja, heiraten vielleicht eher nicht. Wobei es besser ist, verheiratet zu sein, als arbeitslos und ohne Hof.

»Der Leichenbacher hat aber gesagt, dass ihr auch Kuchen verkauft habt. Habt ihr Kuchen verkauft?«

Der Prinz überlegt, ob er schwindeln soll oder nicht schwindeln soll. Er ist hin- und hergerissen, denn schließlich ist die Bäuerin Auguste die Chefin. Er entschließt sich zum Nichtschwindeln. »Ja, die Marianne hat gebacken. Wir haben über fünfhundert Euro eingenommen an zwei Tagen. Das läuft super. Die Wanderer sind begeistert.«

»Der Leichenbacher sagt, wenn man verarbeitete Sachen verkauft, dann ist das kein Hofladen mehr, und dann muss man ein Gewerbe anmelden. Ein Kuchen ist eine verarbeitete Sache. Der Leichenbacher sagt, er macht mir die Hölle heiß.«

»So ein Loch-Arsch!«, entfährt es dem Odysséas, und es ist ganz eindeutig, wen er meint. Jedenfalls nicht den Kuchen.

»Dann melden wir eben ein Gewerbe an«, sagt der Robert. »Das ist schnell gemacht.« Es ist gut, wenn man einen Juristen im Haus hat, nicht nur dafür, dass er das Liebesleben von Lehrerinnen in einen Rhythmus bringt.

»Der Robert sagt, dass das kein Problem ist mit dem Gewerbe«, erklärt der Prinz. »Wir wollen weitermachen mit dem Café.«

»Ihr seid Spinner«, sagt die Bäuerin Auguste.

»Und du bist krank«, sagt der Prinz. »Schlaf jetzt!«

Dann beenden sie das Gespräch. Und kaum liegt der Hörer auf der Gabel, meldet sich die Elke zu Wort, sie hat heute übrigens ein blühendes Gesicht. »Es wird Zeit, dass wir dem Leichenbacher mal richtig vors Schienbein treten. Das war doch ganz sicher er heute Nacht mit den Schüssen.«

Damit zieht die lilafarbene kleine Frau alle Blicke auf sich. Denn erstens hat sie vermutlich recht, und zweitens kannten sie die Elke bislang doch eher als Friedenskind.

Aber wie tritt man einem der größten Bauern vom Dorf, der zugleich noch Bürgermeister ist, vors Schienbein?

HELDEN

*Die Existenz sogenannter, bei Wanderern beliebter
»Funktionskleidung« legt nahe, dass andere Kleidung nicht funktioniert. Dem ist nicht so. Allerdings
ist sogenannte Funktionskleidung wohl relativ gut
für die Körpertemperaturregelung.*

37 Früh aufstehen, melken, Stall ausmisten, Kühe hinaustreiben, Café eröffnen. Die Bauernroutine ist anstrengend, sogar der Prinz spürt den Muskelkater, obwohl er das körperliche Schaffen nun wirklich nicht erfunden hat. Aber die Arbeit verleiht den Bauernhofrettern Stabilität. Und die Cosima ist mittendrin und hat den Spaß ihres Lebens. Das Kind trägt längst keine Gummistiefel mehr, sondern ist nur noch barfuß unterwegs. Dreck macht gesund, stand in der Zeitung, Bauernkinder haben seltener Allergien. Der Mama in München erzählst du so was besser nicht. »Ja, Mama, ich bade jeden Tag«, lautet die Notlüge, weil sonst das Wunder von Wolkendorf für die Cosima gleich wieder vorbei wäre.

Das Kind hat sich noch schneller umgestellt als die Erwachsenen. Es führt die jungen Gäste vom Café durch Tenne und Stall, als hätte es nie eine besorgte Mama Margarete gegeben. Der Mensch ist ein Entwicklungswesen und der junge Mensch noch viel mehr. Doch am Montagnachmittag springt das Mädchen plötzlich ins Wiesencafé und schreit so schrill und grell, dass alle aufschrecken. »Im Stall ist alles voller Blut! Und da liegt was, das ist tot!«

Nicht bloß dem Odysséas fährt die Angst in die Glieder, auch den anderen, die gerade am Rödeln sind. Nur die Marianne ist in der Küche und von daher weg. Sofort sprintet der Odysséas ins Haus und holt die Waffe. Wenn der Leichenbacher jetzt auch noch einen erschossen hat, dann ist das Notwehr, wenn man selbst schnell schießt. Der Odysséas ist fest entschlossen – den Bauernhofzerstörer knallt er ab.

Wie der Odysséas in den Stall hineingehetzt kommt, stehen die anderen schon herum um das blutige Teil. Aber so ganz tot ist es noch nicht, weil es bewegt sich.

Doch für Erleichterung bleibt keine Zeit, denn außer dem schlabberigen Ding, das da blutig in einer kaugummiblasenartigen Hülle auf dem Boden liegt – unten hängt auch noch so ein milchfarbenes Kabel mit losem Ende heraus –, steht da ja auch noch die Kuh im braunen Fell. Und die Cosima, das schlaue Kind, weist ganz richtig darauf hin. »Schaut mal da!« Sie deutet auf den Hintern von dem großen Vieh. »Da hängt was raus.« Das stimmt, da hängt was.

Mittlerweile stehen auch schon ein paar smartphonebewaffnete Café-Senioren in papageienbunter Überlebens-Funktionskleidung und Familien mit hochbegabten Kindern am Ort des Geschehens. Sogar alleinerziehende Väter und Mütter auf der Suche nach Natur, Bodenstand und Gemeinschaft sind unter ihnen.

»Ey, Papa, what the fuck ist das?«, kreischt ein Junge, der gerade eben noch nur Augen für sein Fortnite-Handy hatte, obwohl man auch im Heu hätte herumhüpfen können. »Voll alienmäßig!«

Obwohl sich die Bauernyogis über die Tage mittlerweile

eine relative Souveränität bezüglich des Bauernhofgeschehens und seiner Untiefen angearbeitet haben, finden sie das mit dem Alienvergleich nicht ganz verkehrt. Klar ist das ein Kalb, das sich auf dem pitschnassen Boden im Heu und Dreck windet. Und klar ist das glibberige Gematsche, das schmonzige Geschleime, in dem das Baby-Beef drinhängt, keine riesengroße Kaugummiblase, und das Blut stammt auch nicht von einem mordswilden Leichenbacher oder seiner Flinte, sondern es ist das Blut der Geburt und mithin etwas ganz Gewöhnliches, das auch bei Menschen anfällt, wenngleich in geringerer Menge. Aber da ist ja auch noch die Kuh, die Mutter von dem Glibber dort am Boden, und die macht seltsame Geräusche und Bewegungen. Und wie bereits erwähnt, hängt da was raus aus dem Hintern von der Kuh.

Alle starren jetzt auf das, was da hängt. »Das ist vermutlich die Nachgeburt«, erklärt ein Neunmalschlauer mit sandfarbener Vieltaschenwüstenjägerweste und sensorenbestückten Nordic-Walking-Stöcken, mit denen du auch Lawinenopfer retten kannst, notfalls.

»Was ist eine Nachgeburt?«, fragt die Cosima ihren Vater, der neben ihr steht und schwitzt. Eigentlich müsste der Robert heute im Büro sitzen, Urlaub vorbei, aber der Versicherungsjurist hat sich krankgemeldet, also widerrechtlich. Zum ersten Mal, seit er den Job macht. Zum ersten Mal seit elf Jahren. »Hat eine Nachgeburt denn Hufe?«

In den allgemeinen Schrecken mischt sich vereinzeltes Gelächter. Weil natürlich hat das Kind wieder recht. Das, was da bei der Kuh hinten raushängt, sieht aus wie zwei Hufe. Aber wie kann das sein? Da liegt doch schon ein Kalb im Schleim am Boden, und eine Kuh ist kein Karnickel, das ein Baby nach dem anderen herauspresst.

Die Elke, sie steht ganz dicht beim Robert und seiner Tochter, greift die kindliche Beobachtung als Erste auf, und in ihre Worte mengt sich zweifellos eine gewisse Hektik, ja, eine Andeutung von Todesangst ist herauszuhören. »Das ist keine Nachgeburt, das ist ein Zwilling. Da ist noch ein Kalb drin in der Kuh. Das muss da raus, sonst sterben beide.«

Die Grundschulpädagogin holt tief Luft, obwohl sie dick ist, also die Luft, macht einen Schritt nach vorn, zum Hinterteil der Kuh hin und greift nach dem, was vielleicht keine Nachgeburt, sondern ein Hufpaar ist. Die Elke findet nicht, dass es sich appetitlich anfühlt, auch stinkt es, sie weiß nur nicht, nach was, irgendwie tierisch. Aber immerhin, eine Pädagogin, welche täglich verzogene Akademikerkinder bändigt, die schon in der Grundschule Chinesisch und Yoga lernen, kann auch das überleben. Und die lila Elke zieht. Aber das ist nicht ganz ungefährlich, denn die Kuh tritt jetzt von einem Hinterhuf auf den anderen, und so ein Tier kann gut und gern sechshundert Kilogramm wiegen. Die Elke hat Angst, dass sie einen heftigen Tritt abbekommt, denn das ist allgemein bekannt – eine werdende Mutter kann in allen Säugetiergattungen gefährlich werden. Allein, das Ziehen hilft nichts.

»Robert!«, schreit die Elke deshalb, obwohl er ja danebensteht. »Hilf mir! Du musst da reingreifen!«

Der Robert zögert, das muss ehrlicherweise festgehalten werden. Die Vorstellung, so tierarztmäßig der Kuh den Arm hinten reinzustecken, das ist etwas, was auch einen Sachbearbeiterkopf mit zwei Staatsexamen ins Grübeln versetzt. In Robert seinem Juristengehirn findet also nun eine Abwägung statt, schnell, aber schon so, wie er es im Studium gelernt hat. *Legitim* ist der Zweck (Kuh und Kalb retten), wenn er auf das Wohl der Allgemeinheit gerichtet ist. *Geeignet* ist die Maßnahme (Arm in die Kuh schieben und Kalb herausziehen), wenn mit ihrer Hilfe das angestrebte Ziel zumindest gefördert werden kann. *Erforderlich* ist die Maßnahme, wenn es kein milderes Mittel gibt, welches den gleichen Erfolg mit der gleichen Sicherheit und einem vergleichbaren Aufwand herbeiführen würde. Was in der Abwägung und in dem, was er von den Professoren gelernt hat, nicht enthalten ist, sind das Blutige, das Stinkende, das Matschige und das Gefährliche. Die Elke schaut ihn erwartungsvoll an, Furcht zeichnet ihre Gesichtszüge. Auch die anderen schauen, es ist ein Filmmoment, fast wie mit Scheinwerfern. Der Robert kommt zu einem Schluss. Im Hinblick darauf, dass es die Elke ist, die ihn zum Handeln auffordert, und im Hinblick darauf, dass die Elke derzeit vor allem nachts sein größtes Glück auf Erden ist, sollte er ihrer Anweisung folgen. Beziehungsweise es zumindest versuchen.

Und wie er zur Tat schreitet, der Robert! Jetzt müsste ihn die Margarete sehen, seine Ex. »Geh mal zur Seite!«, ordnet der Rechtsgelehrte an. Die Elke streichelt die wie toten Hufe noch einmal und lässt sie dann los. Die Kuh grunzt und tritt nicht vorhandene Gänseblümchen platt. Der Robert stellt sich links vom Hintern der Kuh auf, krempelt sein Hemd nach oben und zögert noch einmal, denn in so eine unbekannte, blutig-schleimige Höhle hineinzugreifen, das ist eine Sache, da musst du über dich hinauswachsen, ansonsten bist du erledigt.

»Los, Papa!«, ruft das Kind. Es ist wie elektrisiert, weil so was gibt's auf Youtube nicht.

»Ich greife jetzt da hinein, und wenn ich drin bin, dann ziehst du an den Hufen!«, ruft der Robert. Er hat keine Ahnung, ob es irgendeine an Sicherheit grenzende Wahrscheinlichkeit gibt, die diesen irrsinnigen Plan zu einem glücklichen Ende führen kann. Aber er liebt die Elke, und die Elke will, dass er das macht.

Also schiebt der Robert den rechten Arm an den Hufen vorbei in den Geburtskanal der Kuh hinein. Es streckt ihn zwischendurch, weil er hat etwas Vergleichbares wirklich noch nie unternommen. Aber neben ihm steht die Elke, und sie ist sein Jackpot, und den will er nicht mehr hergeben. Das wird ihm in diesem Augenblick klar. Seine Hand, sein Arm rutschen an einem glitschigen, knochigen Etwas entlang, er sucht nach etwas, das er greifen kann. Es ist verstörend warm da drin, aber zum Greifen findet er zunächst nichts. Macht der Tierarzt das normalerweise nicht mit einem kondomartigen langen Handschuh?, schießt es dem Robert durch den Kopf, aber neben ihm steht die Elke. Plötzlich, er weiß nicht genau, was es ist, fühlt er etwas Greifbares, etwas, das Erfolg verspricht. Der Robert – so war er früher nie! – packt beherzt zu und gibt gleichzeitig das Kommando. »Los, Elke, ziehen!« Es ist ein Akt männlicher Emanzipation.

Die Kuh steigt ihm jetzt auf den Fuß, aber das ist egal. Irgendwie scheint sie ja mitzuarbeiten, zu pressen und zu wehen, und ja, tatsächlich, es geht etwas voran. Erst kommt der Unterschenkel von dem Kalb, dann der Oberschenkel, dann – es ist ein Wunder – kommt der Kopf. Aber die Zunge hängt ihm heraus. Doch für die Sorge, dass alles umsonst sein könnte, weil das Kalb tot ist, bleibt keine Zeit, denn kaum ist der Kopf da, flutscht auch der Rest heraus und landet im Stroh. Sofort applaudieren die Multifunktionsjacken, klicken die Handykameras. »Ich habe das live gesendet, auf Facebook. Alles live«, sagt ein Rentner. Rentner muss man sein in diesen Yogatagen.

Nun liegen sie beide da, die Zwillinge, aber die Kuh wirkt irgendwie weggetreten. Wobei der Robert keine Ahnung hat, wie eine Kuh schauen sollte, wenn sie zwei Kinder bekommen hat. Seine Frau, daran erinnert sich der Robert, war nach der Geburt von der Cosima zwar müde, aber trotzdem extrem sortiert im Kopf. »Fass sie doch nicht so an!«, hat sie ihn angepfurrt, wie er das winzige Ding zum ersten Mal auf den Arm genommen hat. In diesem Moment hat die tiefste Befriedigung von ihm Besitz ergriffen, die er jemals gespürt hat. Durch seine wässrig werdenden Augen hat er das kleine Wesen in seinem Arm verschwommen bewundert und »Das ist mein Mädchen« gestammelt.

»Jetzt brauchen wir einen Tierarzt«, verkündet nun im Stall dasselbige Kind. Auch dies ist ein Wunder – wie aus zwei Handvoll Babymensch binnen sechs Jahren ein Lebewesen heranwächst, das Ansagen macht. Die Gäste vom Wiesencafé reden aufgeregt durcheinander, aber insgesamt stimmt man der Tochter zu. Und glücklicherweise ist der Dr. Goran Tomic auch bald schon da und befindet, dass der Bauernyogi Robert und seine Geburtshelferin Elke das im Großen und Ganzen gut gemacht haben. Beide Kälber leben. Das ist die Hauptsache. Man ist stolz. Und der Robert braucht erst einmal einen Schnaps. Was die Cosima zu der Bemerkung veranlasst, dass Schnaps nicht gut ist für die Leber. Was die Kinder heutzutage alles lernen ... Der Robert braucht ihn trotzdem. Und die Elke auch. Hat man ein Leben geboren, vergeht der Rest vom Tag wie im Flug. Nachts aber herrscht dann übrigens Ruhe in den Kammern. Ein Bauer muss sich ganz genau überlegen, wann er Kraft für die Liebe hat. Das Kälber-auf-die-Welt-Bringen geht in jedem Fall vor. Und es kostet Kraft.

GLAUBE

Jörg Steinleitner glaubt, dass es gut wäre, wenn es einen Gott gäbe. Er hält auch Beten für sinnvoll, denn damit kann man anderen Menschen gute Energie und Gedanken schenken. Das funktioniert auch bei Atheisten.

38 Am Dienstag regnet es, und so bleibt das Wiesencafé geschlossen. Erstaunlich, dass trotzdem gegen Mittag ein Gast vor dem Höllinger-Hof steht. Es ist ein Mann aus Indien. Und der Odysséas wundert sich über sich selbst, dass er sich so freut, einen Pfarrer kommen zu sehen. Das ist doch seltsam, noch dazu ein katholischer. Aber er freut sich wirklich. Sein Herz macht einige Hüpfer. Weil Bauern gastfreundlich sind und Yogabauern umso mehr, bekommt der John Singh den Platz vom Robert am Esstisch, weil der sitzt gerade mit Menü 2 in der Versicherungskantine von der Landeshauptstadt. Zwei gefälschte Krankheitstage, das wäre dann doch übertrieben gewesen, und vielleicht hätte es die Ex gemerkt und ihm die Hölle heißgemacht, obwohl ihr dafür jegliche Rechte fehlen und sie froh sein kann, dass er den Unterhalt zahlt.

Wie man die panierten Schnitzel und den Kartoffelsalat, die der Prinz (er ist nun kein Vegetarier mehr, das kann verstehen, wer will) heute mit der Elke zur Feier des Tages fabriziert hat, ringsum verteilen will, gebietet der Inder Einhalt. »Errrst wil wooollen danken Gooott dem Herrn, dem Allmächtigen fül die guuuten Gaben.« Und er ergreift die Hand vom Odysséas, der neben ihm sitzt, als wäre es seine, und die von der Elke auf der anderen Seite und spricht ein irgendwie asiatisch klingendes Gebet. »Ich bin Atheistin«, sagt die Cosima, gibt aber dann doch ihr Händchen her. Auch der Odysséas hat mit Beten niemals viel am Hut gehabt, aber jetzt, da er die zarte Hand vom Geistlichen halten darf, gefällt ihm das mit dem Beten doch, und auch sonst die Gesamtsituation, also das dampfende Schnitzel vor ihm zum Beispiel.

»Goooot will uns speisen«, hebt der Pfarrer also an. Der Odysséas mustert ihn von der Seite.

»Goooot will uns trrränken,
nun lasst uns still die Augen senken
und aller seiner Gäste deeenken,
dem Hasen im Klee...«

Die Cosima runzelt die Stirn, aber das ist bei betenden Atheisten normal.

»... dem Fisch im See,
die Bienen im Honigduft,
die Schwalbe im Himmelsduft,
das Nest im Koln...«

»Korn«, verbessert die Sechsjährige den Betenden, er ist daran gewöhnt.

»... der Flööösche im Teich,
ob arrrm und reich,
Wiese und Wald,
junge und aaaalt,
Menschen und Tiere,
groß und klein,

alle lädt er zu seinem Tische ein.
Allen gibt er Speise und Trank,
für alle sage ich: Gooott sei Dank!«

Das Mädchen kichert, und der eine oder die andere denkt, dass das jetzt lang genug war, aber man schweigt höflich, weil das ist hier ja auch ein Hof. Und außerdem hat man richtig Hunger und drückt deshalb emsig frische Zitrone auf die Panade.

Immerhin wartet die Marianne bis nach dem Essen mit der Problemdiskussion, die sie heute endgültig für angebracht hält, nachdem man sich gestern wegen der Kalbsgeburt nicht um die realen Dinge hat kümmern können. Jetzt aber sagt die Realistin: »Leute, so geht es nicht mehr weiter, wir brauchen schnellstens eine Lösung für die Milch.« Forsch blickt sie am Tisch herum. »Ich bitte um Vorschläge.«

»Waas ist mit die Milch?«, will der Pfarrer aus Indien wissen.

»Keiner sie uns will kaufen ab«, erläutert der Odysséas das Problem. »Alle Molkereien zusammenhalten. Wir Tag jeden Milch haben und nicht wissen, wohin. Und wegschütten, also sorgen-ent, ist zu teuer.«

Und da stellt sich heraus, dass ein Pfarrer entgegen der Meinung vieler auch gute Einfälle haben kann. Denn der kleine John sagt nun: »Abel walum wirrr foolgen nicht christlichen Gedanken von Nächstenliebe und scheeenken Milch den Armen? Den Bedurftigen? Wer gibt zu Lebenzeiten, wird doppelt ernten in Himmelreich.«

Es ist nicht ganz klar, ob es die zu erwartende himmlische Einnahmen-Ausgaben-Bilanz ist, welche die Marianne auf den christlichen Zug aufspringen lässt, jedenfalls findet sie die Idee nicht ganz verkehrt. Hauptsache, sie werden eine Menge

Milch los, und zwar schnell und am besten kostenlos, denn die wird bei der Hitze sauer und stinkt.

»Tja, könnten Sie uns denn helfen, die Milch zu verschenken? Das würde uns sehr helfen.« Mehr zu sich selbst, aber auch ein wenig zu den Tischgenossen, fügt sie noch hinzu: »So idiotisch sind die Zeiten heutzutage, dass man, wenn man Lebensmittel hat und sie verschenken will, das ja gar nicht so einfach hinbekommt, wegen der ganzen Vorschriften.«

»Das bekommen wil hiiin«, verspricht der kleine Pfarrer. Er ist die Gewissheit in Person. Gottvertrauen hat Vorteile. »Ich muss das mit die Bistuuum klärrren. Abel die Gedanke von Abendmahl ist doch gemeinsaaam essen und trinken. Wenn wir beliefeln alle Kirrrchen zum Beispiel und geben zu Leib Christi auch noch Milch, dann ist das doch gutt und hilft die Bedurftigen.«

»Isse toll, diese ... unsere Pfarrer. Isse toll«, freut sich der Odysséas, ganz der Motivator, und schenkt dem Geistlichen einen Blick, den man nicht anders als liebevoll bezeichnen kann. Die anderen nehmen das auch wahr, aber man schweigt, denn ein Pfarrer ist und bleibt ein Pfarrer.

»Okay, also das hätte für uns oberste Prio.« Damit stellt die Marianne noch einmal klar, was Sache ist.

»Milch verschenken ist kein Ploblem«, verspricht der kleine Mann erneut, und sogar das kritische Kind glaubt ihm jetzt.

»Und was wir massen mit Bauer-Bachen-Leichen?«, spricht der Odysséas gleich das zweite Damoklesschwert an, welches über Augustes schönem Hof schwebt.

»Was ist mit Leichen? Kann ich segnen?« Der Pfarrer ist nun die Hilfsbereitschaft, die Rettung in Person. Leichen gehören auch zu seiner Jobbeschreibung.

»Er meint den Leichenbacher-Bauern, den Bürgermeister.«

Die Elke schüttelt sanft den Kopf. »Wir glauben, dass er uns sabotiert.«

»Ah ja, die Geschichte mit die Schüssen in Waaald und auf die Aaaauto und die vergiftete Milch!«

Sofort treffen ihn alle Blicke, außer dem vom Odysséas. Woher weiß der kleine John das? Kann ein Pfarrer hellsehen? Hat er etwas im Beichtstuhl erfahren?

»Is habe es John zählt er«, gesteht der Odysséas mit schuldbewusstem Gesichtsausdruck. Die anderen schauen ihn böse an. Geheimnisse der Yogabauern müssen auch Geheimnisse der Yogabauern bleiben, sonst ist doch alles für die Katz. »Is weiß, is hätte es nisse erzählen sollen«, räumt der Exilgrieche ein und windet sich beschämt.

Da legt der kleine Priester eine Hand auf den Arm vom Odysséas und sagt: »Mein Bludel, niiicht verzagen, Gott bringt auch hier Hilfe. Ich habe eine Vorschlag.«

»Aber hoffentlich keinen, der nur aus Beten besteht«, merkt die vorlaute Sechsjährige am Tisch an. »Weil Beten ist Voodoo, sagt Mama.« Der Prinz runzelt die Stirn. Diese junge Generation, die da heranwächst, ist schon merkwürdig. Sie betet nicht, aber an die heilende Wirkung von Demonstrationen gegen den Klimawandel glaubt sie schon. Sie redet nicht mehr miteinander, aber über Smartphone-Applikationen wird gechattet, bis der Arzt kommt.

»Betten auch«, erwidert der Pfarrer listig. »Aber nicht nur.«

Du darfst auch in ungläubigen Zeiten Pfarrer niemals unterschätzen; und schon gar nicht solche, die es von einem indischen Slumviertel bis ins paradiesische Bayern geschafft haben. Das sind 5 947 Kilometer Luftlinie. Wenn du mit dem Traktor fährst, ist es natürlich weiter. Der Pfarrer hat ganz offenkundig einen Plan.

GESCHENK

Prinzen, die Karl heißen, gibt es sehr viele. Einer der bekanntesten ist jener, der nach dem Tod seiner Gattin Diana eine gewisse Camilla heiratete. Er unterstützt die ökologische Landwirtschaft und die Fuchsjagd und malt privat gern Aquarelle.

39 Vieles läuft schief in der Kirche, aber das liegt nicht am Pfarrer Singh. In den folgenden Tagen managt der kleine Mann die Sache mit der Milch. Bereits am Donnerstag geht die erste Lieferung an sieben Kirchengemeinden in der Region raus. Der pfiffige Inder steckt die Aktion auch der Presse und stellt eine Verbindung mit dem Wiesencafé her, sodass es am Freitag groß in der Zeitung steht.

Es gibt sie noch, die guten Menschen
Wie die verschworene kleine Gemeinschaft der Bauernyogis der Molkerei-Mafia trotzt und dabei ein Zeichen der Nächstenliebe setzt

Wolkendorf am Michlsee. Unglaublich, aber wahr! Der gute alte Höllinger-Bauernhof in Wolkendorf verschenkt seine komplette Milchproduktion. Und zwar täglich mehrere Hundert Liter – gratis und umsonst. Die Aktion entspringt einer Kooperation des indischen

Slum-Pfarrers John Singh mit den Betreibern des Wiesencafés auf dem Höllinger-Hof. Letztlich verwandeln der Geistliche und die Gruppierung, deren Mitglieder sich wohl aus weltanschaulichen Gründen als die *Gummistiefelyogis* bezeichnen, die Not in eine Tugend. Denn der Hof der Auguste Bernreiter hat keine Molkerei mehr, die bereit ist, ihre Milch abzunehmen. Dies wegen eines Vorfalls, den die Milchaktivisten als *Sabotage* und *Komplott* bezeichnen. »Ein Krimineller hat«, so der Sprecher der Bauernyogis, Prinz Karl, seines Zeichens in seinem ersten Leben ein erfolgreicher Werbetexter, »Antibiotika in unseren Milchtank geschmuggelt. Hierauf hat uns die Molkerei den Milchliefervertrag fristlos gekündigt, obwohl es offensichtlich ein humanmedizinisches Präparat war, dessen Einsatz bei einer Kuh vollkommen sinnlos ist.«

Das Perfide an der Situation des Höllinger-Hofs ist nun die Tatsache, dass auch die anderen Molkereien jegliche Kooperation verweigern. »Das ist nicht normal, das ist ein verbrecherisches Kartell«, stellt Prinz Karl knallhart fest. »Unsere Milch ist von hervorragender Qualität. Da schmeckst du jeden Grashalm, jedes Kräutlein von der Wiese. Wir vermuten ein Komplott. Es gibt Kräfte in unserer Gesellschaft, die nicht das Gute wollen, sondern nur auf Reichtum aus sind. Wir gehen davon aus, dass jemand den Höllinger-Hof in den wirtschaftlichen Ruin treiben will, um ihn dann billig zu schlucken. Und wir haben auch einen Verdacht.« Dann hüllt sich der augenblickliche Verwalter des Höllinger-Guts in nebulöses Schweigen.

Apropos Gutsverwalter! Die Tragödie ist umso tragischer, als die Bäuerin selbst, es handelt sich um die dreiundsechzigjährige gestandene Landfrau Auguste Bernreiter, nach einem Traktorunfall im Krankenhaus liegt. Handelt es sich auch hier um einen Sabotageakt? Die Gummistiefelyogis jedenfalls geben nicht auf. »Wir versuchen nun, das Wiesencafé zu einem soliden Standbein des landwirtschaftlichen Betriebs aufzubauen«, erläutert Frau Dr. Marianne Klobisch, Vorstandsmitglied der Rudolfwerke Maschinenbau AG, den Plan. »Außerdem«, erklärt die erfahrene Topmanagerin, »sind wir langfristig natürlich daran interessiert, unsere Milch wieder zu verkaufen. Aber solange ein korruptes Geflecht gegen uns operiert, verschenken wir das kostbare Getränk lieber. Unser Businessplan muss auch ohne den Milchverkauf aufgehen.«

Alle Menschen, die diese selbstlosen Aktivisten unterstützen möchten, sollten den Höllinger-Hof aufsuchen, dort Milch trinken und den guten, selbst gebackenen Kuchen konsumieren. »Jeder Schluck Milch, jedes Stück Kuchen, gekauft von Menschen, die an die Zukunft denken und nicht nur an sich und den eigenen Reichtum, sichern unserem sympathischen Projekt das Überleben«, erklärt Gutsverwalter Prinz Karl. Und wer das pittoreske Café besucht, hat vielleicht sogar Glück und trifft Pfarrer Singh höchstpersönlich. Der Geistliche versichert im Namen Gottes, alle Unterstützer des Höllinger-Hofs in seine Gebete mit einzuschließen. »Ich habe einen guten Draht zum Himmel«, erläutert der charismatische Mann beim Termin mit unserer Zeitung schmunzelnd und in nahezu perfektem Deutsch.

Der Zeitungsbericht schlägt voll ein. Am Samstag, einem strahlenden Sommertag, ist die Wiese voll. Die Bauernyogis rödeln wie die Ameisen. Und sogar Pfarrer Singh, der eigentlich nur auf ein Stück Apfeltarte vorbeischauen wollte, packt mit an. Gemeinsam mit dem Odysséas steht er am Milchtrog und schenkt mit der Kelle aus. Es ist ein schönes Bild, das der Geistliche und der frühere Verpackungsmanager abgeben.

Als die Sonne untergeht und der letzte Gast die Wiese verlassen hat, sitzen alle erschöpft auf den leeren Bänken, und der kleine Pfarrer verabschiedet sich. »Jetzt ich muuuss los«, sagt er. »Aber morgen, im Gottesdienst, folgt zweitel Stleich. Molgen wild Gott uns ein zweites Mal helfen.«

Das Mädchen Cosima, das auf dem Schoß seines Vaters schon fast eingeschlafen ist, gähnt und fragt: »Hä? Wann hat uns Gott denn das erste Mal geholfen?«

»Sicher meint der John das mit der Milch«, erklärt der Robert seiner Tochter gütig. »Dass wir die jetzt los sind und uns das sogar noch positiv angerechnet wird, ist doch schon eine Hilfe.«

»Aber das war doch nur Organisation«, widerspricht das Kind. »Das hat doch nichts mit Gott zu tun.«

Als der Robert mit seinem ungläubigen, dabei aber extrem analytisch und aufgeklärt denkenden Kind im Haus verschwunden ist, um es ins Bett zu bringen, meldet sich der Odysséas zu Wort. »Is weiß nis, wie diese Jugend von heute in Zukunft will kommen, wenn sie verliert hat die Fähigkeit zu träumen. Traum ist das Pitabrot der Zukunft.«

Die Marianne, die Elke und der Prinz finden den Vergleich zwar interessant, heben jedoch ratlos die Schultern. Sie wissen es auch nicht.

»Is gehe morgen in die Kirse«, verkündet der Odysséas

dann. Der auch eher im Diesseits verortete Prinz ist fasziniert. Verwandelte Jesus seinerzeit noch Wasser in Wein, so verwandelt Pfarrer Singh einen karriereorientierten Verpackungsmanager offenbar in einen sonntäglichen Kirchgänger. Vielleicht ist doch etwas dran an der Religion, und es war ein Fehler, die Kirchensteuerzahlungen einzustellen, weil am Ende im Hinblick auf das Investment doch ein positiver Saldo herauskommt.

KIRCHGANG

Am 30. März 1960 schloss Deutschland ein Abkommen mit Griechenland zur Anwerbung von Fachkräften. In Hellas herrschte Armut, die zum Teil auf dem von Deutschland begonnenen Weltkrieg beruhte. Zwischen 1960 und 1980 wanderten etwa zwölf Prozent der Griechen aus, allerdings nicht alle in die Bundesrepublik.

40 Der Odysséas ist ein wenig aufgeregt. Er weiß nicht mehr, wann er zuletzt einen Gottesdienst besucht hat. Es muss bei der Hochzeit eines anderen aufstrebenden Kollegen gewesen sein. Die Kirche war ihm schon immer eher gleichgültig, es ging ihm um Verpackungen. Aber nun schreitet er über den Kies vom Friedhof, rechts und links wachsen neben mächtigen Steinen Begonien, Primeln, Tulpen und Chrysanthemen auf den Gräbern der Thalhammers und Sedlmayrs, Grüningers, Ortners und Stückls. Dann steht er im Gang zwischen den Holzbänken. Links sitzen die Frauen, rechts die Männer. Bei den Frauen sind es mehr, weil ein Großteil der Männer wadlstrumpfig oben auf der Empore steht und feixt. Es riecht nach Weihrauch. Der Odysséas schiebt seinen muskulösen Körper in die vorletzte Reihe, neben ihm ein Trachtenmann, neben dem wiederum ein grüner Hut samt Adlerflaum lagert. Der Odysséas nimmt Platz und schaut sich um. Einige Gesichter und Gestalten kennt er – die sonnige Kramerin, die schmalbrüstige Bedienung von der Dorfwirtschaft, den hinkenden Gemeindearbeiter. Und ziemlich weit vorn, in der Reihe dicht hinter den sich schubsenden Halbwüchsigen, erblickt er auch den feisten Nacken vom Leichenbacher. Ob der Pfarrer wirklich einen Plan hat, wie man den Saboteur aufs Kreuz legen kann? Der Pfarrer ist klein und hübsch, der Leichenbacher fett und fies. Die Glocken läuten, ein sehr großer dicker Mann schnauft noch, dezenten Stallduft hinter sich herziehend, ins Kirchenschiff herein, fasst in den Weihwasserkessel, greift sich nach kurzem Rundumblick zwei kleinformatige graue Bücher aus dem Regal am Opferstock, knallt eins dem Odysséas hin und schiebt sich selbst in dieselbe Bank wie der Exilgrieche. »Singen«, raunt er dem Odysséas zu und macht eine kreisförmige Handbewegung um die Lippen herum. Der Odysséas dankt unterwürfig. Darauf hat er gar nicht geachtet, aber anscheinend hat hier jeder so ein Buch vor sich liegen. *Gotteslob*, steht drauf. Er schlägt es auf. Das Papier der Seiten ist so dünn wie die Loseblattsammlung vom *Controlling-Berater*. Der dicke Nachbar deutet nach vorn auf die Anzeigetafel mit den Zahlen. »Die Nummern von den Liedern!« Dann klopft er mit seinem dicken Zeigefinger auf das Buch vom Odysséas. »Da drin sind auch Nummern.« Der Odysséas nickt eingeschüchtert und blättert die erste Zahl herbei.

Dann hört er die Worte »Im Namen des Vaaatels und des Sohnes und des Heiliges Geist. Aaaamen«. Und schon betritt der kleine John den Altarraum, gefolgt von vier blond bezopften Ministrantinnen, die ihn um fast einen halben Meter überragen. Aber der Geistliche sieht in seinem grün-weißen Kleid trotz seiner kleinen Statur richtig fesch aus. Die nächste Dreiviertelstunde verbringt der Odysséas mit Anhimmeln und Gymnastik. Anhimmeln, weil das katholisch ist und er den kleinen Pfarrer toll findet. Und Gymnastik, weil ein katholischer Gottesdienst letztlich nichts anderes ist als wie ein gestrenges Trainingsprogramm aus Sitzen, Knien und Stehen, Hören, Händeschütteln, Geldgeben und Singen. Während dies alles vor sich geht und der Odysséas sich hinsichtlich der Übungen an seinen Vordermann hält und dessen Bewegungen imitiert, fragt er sich, wie der Pfarrer auf den skrupellosen Leichenbacher einwirken will – eher telepathisch oder ganz tatsächlich? Wer nicht Mitglied vom größten Verein der Welt ist, bekommt meist bloß die Verbrechen der Kirche mit. Aber kann ein Pfarrer zum Beispiel auch zaubern? Falls ja, bekommt der Odysséas in diesem Gottesdienst aber nichts davon mit. Allerdings macht er eine interessante Beobachtung. Wie der Leichenbacher vorm Pfarrer steht, um die Hostie in Empfang zu nehmen, entsteht eine kleine Unruhe. Der winzige John sagt dem reichsten Bauern vom Dorf anscheinend was, und der fragt nach, so wirkt es. Der Inder sagt dann noch was, und wie der Leichenbacher zu seiner Bank zurückkehrt, hat er einen roten Kopf. Das ist nun kein echtes Wunder, aber insgesamt schon erstaunlich.

Nach dem »Gehet-hin-in-Fliedeln« des Pfarrers wird der Odysséas von seinem riesigen Nachbarn – dem mit den *Gottesloben* – aus der Kirchenbank gedrängt. Aber der Exilgrieche mag noch nicht hinaus mit den anderen. Also lässt er den Dicken vorbei und drückt sich wieder in die Bank. Dann wartet der Odysséas. Die Kirche leert sich wie ein Odelfass vorm Niederschlag. Aber der Pfarrer kommt nicht. Da steht der Grieche auf und geht zum Altarraum. Hier riecht es noch stärker nach Weihrauch, und hier entdeckt er auch den Durchgang, durch den der John verschwunden ist. Darf er da überhaupt hinein als Nichtkatholik und Exilgrieche und Ex-Verpackungsmanager und Normalomensch ohne bischöflichen Segen? Oder ist dies ein heiliger Ort? Der Odysséas hat keine tiefer reichende religiöse Bildung, seine Stärke ist das unternehmerische Teambuilding, das Changemanagement und natürlich die verschiedenen Verpackungsmaterialien, vor allem die Welt der Polymere, Cellulosederivate und Thermoplaste.

»John!«, ruft der Odysséas und wundert sich über seine ungewohnte Schüchternheit. Die Kirche hallt wie die Fahrradunterführung unter der Münchner Mittleren-Ring-Brücke, das ist ganz dicht beim Flaucher.

»Ja!«, erschallt die Antwort aus der Sakristei.

»Is bin da – Odysséas!«, ruft der Odysséas vorsichtig. Kirchen haben etwas Einschüchterndes, was selbst derjenige spürt, der nicht glaubt, dass darin ein Gott zu Hause ist.

»Ja!«, kommt es zurück. »Komme ich schon!«

Und dann kommt der Pfarrer, und das ist nun – Zauberei hin oder her – wirklich ein magischer Moment, wie der indische Pfarrer und der griechische Verpackungsexperte unter dem bayerischen Jesus am Kreuz einander umarmen. Es passiert ganz natürlich, aber es ist besonders.

»Das fleut mich, dass du kommst in Kilche«, sagt der Pfarrer. »Gott ist gloss.«

»Ja«, erwidert der Odysséas, wobei er in diesem ergreifenden, besser gesagt umarmenden Augenblick vermutlich zu allem Ja und Amen gesagt hätte. Dann mustert er den indischen Freund mit erwartungsvoller Miene. »Und?«

»Was und?«

»Na, hasse du Bacher-Bauer-Leichen zervaubert?« Vor lauter Aufregung verdreht er entgegen seiner sonstigen Gewohnheit jetzt auch noch ein Verb.

»Velzaubelt? Walum velzaubelt?«
Die zwei, wie sie reden, es ist schon putzig.
»Na ja, oder sonst was? Hasse du gesagt, du hasse eine Plan für die Aktion-Rettungs von die Hof-Höllinger.«
»Ja, ja, ich habe eine Plan.« Die beiden Männer halten sich auch nach dem Umarmen noch an den Händen. Wollen sie um einen Hollerbusch tanzen? Der Inder lächelt verschmitzt und flüstert verschwörerisch: »Ich habe Leichenbaaacher zul Beichte geladen. Da muuss er die Wahrrrheit sagen. Goott ist allmääächtig.«
Der Odysséas ist ein wenig enttäuscht wegen der simplen Lösung, die der Mann aus Indien hier andeutet. Ob ein durchtriebener Schweinehund wie der Leichenbacher in der Beichte wirklich die Wahrheit sagen wird? Noch dazu, wenn ein Ausländer sie abnimmt? Er lässt die Hände seines Gegenübers los. »Beiste? Dachte is, zauberst du größer, besser, so Art wie…« Er ringt nach Worten, schließlich kann er nicht gut Deutsch und will auch den lieben Freund nicht verletzen. »…katholisse Hokuspokus, is meine. Magise Kraft, so was wie Potter Harry.«
Der Pfarrer schüttelt sanft und gütig den Kopf: »Zaaauberei gibt es nicht. Und ist auch niiiicht nötttig. Leichenbaaacher ist gläubige Maaann. El wiiirrrd kommen und sich durch Beichte verwaaaandeln.«
Der Odysséas ist nicht überzeugt. Im Gegenteil, er ist sogar höchst besorgt, ob der kleine Inder hier nicht ein wenig träumt. Und in seinem Bauch breitet sich ein klammes Gefühl aus. Schon spürt er wieder das Damoklesschwert, das über dem Höllinger-Hof schwebt. Der einfühlsame John merkt die Zweifel natürlich und sagt: »Veltlaue mil, veltlaue Gott. Leichenbaachel wild kooommen um drei Uhr… und er wild beichten.«

MILCHBEICHTE

*Bei Todesgefahr kann der Priester ohne vorheriges
Einzelbekenntnis der Sünden allen Beichtenden eine
Generalabsolution erteilen.*

41 Du glaubst es nicht! Um drei Uhr am Sonntag öffnet sich tatsächlich knarzend die schwere hölzerne Kirchentür, und herein tritt der Leichenbacher in der forstgrünen, den ausladenden Leib umspannenden Tracht. Den Hut hält er in den Wurstfingern seiner Linken. Die Rechte taucht er ins Weihwasserbecken, dann bekreuzigt er sich wie vorm Jüngsten Gericht und schreitet zum Beichtstuhl. Er ist das fleischgewordene Selbstbewusstsein, er ahnt noch nicht, was ihm blüht. Der Pfarrer sitzt schon drinnen und hat den schwarzen Vorhang zugezogen. Was der Leichenbacher nicht weiß – der Odysséas sitzt neben ihm. Die Bank ist etwas schmal für zwei Männer, auch wenn einer von ihnen eher ein Miniaturmann ist, aber es geht.

»Ich soll beichten.« Die Stimme vom Leichenbacher ist mit einem Mal heiser, bedrückt und unsicher. Kaum ist der schwarze Vorhang geschlossen, realisiert er, dass er jemandem Rechenschaft ablegen muss, und das ist ungewohnt für ihn. Aber der liebe Gott steht hierarchiemäßig tatsächlich über ihm. An dieser Erkenntnis kommt auch ein Großbauer und Dorfbürgermeister nicht vorbei.

»Wir wooollen uns bekreuzigen«, sagt der Pfarrer und tut es auch gleich, der Odysséas macht mit.

Gemeinsam sagen der Pfarrer und der Leichenbacher: »Im Namen des Vaters und des Sohnes und des Heiligen Geistes. Amen.« Der Odysséas sagt lieber nichts.

Dann spricht der Pfarrer allein. »Gooott, der uuunser Herz erleuchtet, schenke dir wahre Erkenntnis von deiner Sünden, mein Sohn, und von seiner Barmherziiiiiigkeit.«

»Amen«, erwidert der Leichenbacher. Er will möglichst schnell weg. Er mag es nicht, wenn nicht er die Ansagen macht, sondern wer anderer. Und dann noch ein Inder, der insgesamt so viel wiegt wie sein linker Oberschenkel.

»Deine Beichte soll sein ehrlich und soll sein persööönlich«, erläutert der Pfarrer. »Erzähl nun deine Schuld!«

Der Leichenbacher zögert kurz, der Inder zwinkert dem Odysséas zuversichtlich zu, dann sagt der Großbauer: »Ich habe meine Frau eine Bixn und Britschn genannt.« Das überrascht dann doch.

»Gooott verzeiht diiir«, sagt der Pfarrer, obwohl er keine Ahnung hat, was die beiden Begriffe bedeuten. »Fahle foooolt!«

»Ich habe eine kranke Kuh für eine gesunde verkauft, wobei der Abnehmer ein Preiß war.«

»Gooott verzeiht diiir«, verspricht der Pfarrer.

»Das war's«, behauptet jetzt der Leichenbacher, er will wirklich weg, es gibt daheim gleich Kaffee und Kuchen, und danach muss er in den Stall. Der Odysséas zuckt ein wenig, weil genau das eintritt, was er vermutet hat – der Schweinehund beichtet natürlich nichts, was von Belang ist.

Der Geistliche aber kennt seine Wolkendorfer. Einen Moment lang hält er inne, dann sagt er: »Ich möchte helfen dir mit deine Bekeeeentnis, dies ist meine Aufgabe als Geistlichel.«

»Das können Sie sich sparen, weil ich bin fertig«, sagt doch glatt der sture Hund. »Absolution, jetzt bitte! Ich spende auch etwas für die Kirchenrenovierung.«

»Lieber Maaann«, erwidert der Pfarrer gütig. »Gooott sieht alles, Gooott hölt alles, Gooott ist die Liebe in Persona.«

»Das ist mir schon klar«, grummelt der Leichenbacher. »Aber ich wär dann so weit.« Er rutscht auf seiner Sünderbank hin und her, das alte Holz gibt gequälte Töne von sich.

Der Pfarrer schüttelt sacht den Kopf. »Gooott sieht alles, und er erzählt mir vieles. Gooott hat mir geschickt Nachricht, was beinhaaaltet, dass Leichenbaaacher hat vor Kulzem im Wald war auf Jagd.«

»Das ist nicht weiter ungewöhnlich«, kontert der Schnurrbart und lässt auch diese sanfte Aufforderung zur Wahrheit an sich abprallen. Er hat es noch nicht kapiert, dass es ihm jetzt wirklich an den Kragen gehen soll.

»Abel Gooott hat mir gesagt, dass Leichenbacher hat nicht nurrr geschooossen auf Wildschwein, sondern auch auf Mensch.«

Jetzt herrscht plötzlich reglose Stille auf der anderen Spielhälfte.

»Haaat Leichenbacher mich gehört?«, hakt der kleine Pfarrer nach einer wohldosierten kleinen Ewigkeit nach.

Der dicke Bauer erwidert mit einem mehr geräusperten als gesprochenen »Ja«.

»Uuund?«, bohrt der Inder mit einer nicht anders als hinterhältig zu nennenden Freundlichkeit noch einmal ins selbe Bohrloch.

»Das... also, falls... also, wenn... also...« Der Leichenbacher ist verdattert, es hat ihn offensichtlich auf dem falschen Haferlfuß erwischt.

Aber der Pfarrer gibt sich hiermit nicht zufrieden, sondern setzt gleich nach. »Gooott vergibt dir, mein Sohn. Gooott vergibt dir. Aber er möchte auch, dass du gelobest, nie wiedel schießen auf Mensch statt auf Tier.«

Der Odysséas hält die Luft an, weil die Spannung ist mit Händen zu greifen. Auf der Leichenbacher-Seite vom Beichtstuhl knistert der Stoff vom forstgrünen Sonntagsanzug.

Da der Leichenbacher aber nichts sagt, wird der Pfarrer ein wenig strenger. »Gelobe!«, befiehlt er. Unglaublich, welche Dominanz in so einem Zwerg drinsteckt!

Wieder räuspert sich der Großbauer verlegen, aber er sagt nichts. In seinem groben Schädel arbeitet es. Wie kann es sein, dass der Pfarrer von der nächtlichen Schießerei weiß? An der Existenz vom Gott hat er noch nie gezweifelt, der Leichenbacher, aber dass dieser Gott eine derart gute Nachrichtenverbindung zu einem einzelnen Pfarrer hat, zumal noch zu einem aus Indien, was nur gebrochen Deutsch spricht, das konnte er sich bislang nicht vorstellen.

»Ich heeelfe dir noch einmal«, sagt der Pfarrer. Er ist jetzt die reine, listige Güte. »Sprich mir nach! Ich gelobe ...«

Und tatsächlich spricht der Leichenbacher, weil das lernt man als Katholik schon als Kleinkind, dass man nachredet, was vorgeredet wird. »Ich gelobe ...«

»... dass ich nie wiiieder werde schießen ...«, singt der Herr Singh.

»... dass ich nie wieder werde schießen ...«, übernimmt der verdatterte Leichenbacher sogar die indische Wortstellung plus Sprachmelodie.

»... auf Menschen statt auf Tiere«, schließt der Pfarrer das Gelöbnis ab, und auch das wiederholt der Bauer brav.

»Amen«, erklärt der Geistliche nun noch. Dann, nach einer

mit viel Gottesliebe, aber noch mehr Durchtriebenheit gesetzten Pause sagt er: »Und nun, wo du schon bist auf dem Weeeg der Reinheit, was beichtest du uns nun noch, mein Bludel?«

Erneut entsteht eine verunsicherte Stille im Beichtrevier. So etwas hat der Leichenbacher noch nie erlebt. Er wüsste schon, was er noch beichten könnte, aber er will nicht, er kann nicht, und außerdem kann es doch wohl nicht sein, dass der Pfarrer, der Hundling, die anderen Sachen auch weiß. Oder kann er das wissen?

Der Pfarrer lässt ein sanft forderndes »Ich höle« durch das hölzerne Gitter fliegen. Aber der Leichenbacher wälzt noch immer Wahrscheinlichkeits- und Wahrheitsgedanken durch sein grobes Hirn. »Bludel«, setzt der Inder deshalb voller hinterhältiger Zuwendung nach. »Ich möööchte dich befreien von deinen Süüünden. Goott ist gloooss, Gooott ist voll der Liebe.« Was er dann noch sagt, schießt er mit der Schnelligkeit und Durchschlagskraft eines Maschinengewehrs hinterher. Der Pfarrer sagt nämlich: »Beichte mil doch auch noch das mit das Milch!«

Nun bleibt dem Leichenbacher beinahe das Herz stehen, er ist waidwund geschossen. Hitzewallungen überfallen seinen schweren Körper, seine bratzigen Hände falten nervös den Kniestoff der forstgrünen Hose, auf seiner Stirn bilden sich trotz der Kühle der Kirche Schweißperlenfamilien.

»Das mit der Milch?«, fragt er, obwohl er genau weiß, dass jedes Sich-jetzt-noch-dumm-Stellen die Qual der Beichte verlängert. Aber kann man, darf man so ein ungeheures Verbrechen, was er begangen hat, überhaupt beichten? Und wird das dann nicht doch irgendwann irgendwie gegen einen verwendet?

»Ja, das mit der Milch«, sagt er Inder mit plötzlicher nicht zu begreifender Akzentfreiheit. Hier reiht sich wirklich Wunder an Wunder. Der Odysséas reckt ihm ins Dunkel des Beichtstuhls zwei Gewinnerdaumen entgegen.

»Meine Milch ist... gut«, stammelt der Großbauer, die göttliche Allwissenheit hat ihn zerlegt.

»Ja, deine Milch ist guuut«, bestätigt der Pfarrer. »Und was ist mit andele Milch von andele Bauelnhof?«

Natürlich weiß der Leichenbacher, worauf der vermaledeite Mann aus dem Land des großen Friedensbotschafters Gandhi vermutlich hinauswill. Jetzt soll er auch noch das mit dem Antibiotikum beichten, was er der Auguste in den Milchtank gemischt hat. Aber irgendwie vertraut er noch immer auf Gottes Güte und hofft, dass er um das Eingestehen dieser schlimmen Sünde drum herumkommt, zumal er das alles ja bloß für seinen Sohn gemacht hat, damit der auch eine gute Lebensgrundlage hat. Und der Höllinger-Hof, wenn man in den noch eine halbe Million investiert, der steht dann gut da. Dann ist der zukunftsfest, und der Sohn überlebt. Wegen dieser Überlegungen gesteht der Leichenbacher nur Folgendes. »Ach, das meinen Sie!«, sagt er mit zittriger Stimme. »Ja, da habe ich einmal einen Fehler gemacht. Ich habe nämlich einmal bei einem anderen Bauernhof den Milchtank aufgeschraubt und die Milch herauslaufen lassen.«

»Ahaaa?«, singt der Pfarrer Singh freundlich.

»Ja«, bestätigt der Leichenbacher und stellt mit Erstaunen fest, dass er sich beinahe ein wenig leichter fühlt. »Das bereue ich. Also, ganz wirklich.«

»Ahaaa?«, singt der kleine Inder noch einmal und ganz offensichtlich auffordernd. Aber der Leichenbacher ist ein zäher Brocken. Der Odysséas deutet einen Faustschlag in die Luft an, schattenboxermäßig. Der Pfarrer soll dem Leichenbacher den finalen Knock-out verpassen. Jetzt. Und das macht der Inder auch. Er sagt nämlich: »Möchtest du mil auch noch was saaagen zu einem Medikament in einer Milch, was da nicht reingehööölt?«

Nun schluckt der Leichenbacher so laut, als müsse er eine ganze Schweinshaxe auf einmal die Kehle hinunterwürgen. So furchtbar hat ihm die Beichte noch nie zugesetzt, nicht einmal damals, wie er als Bub hat gestehen müssen, dass er sich im Schrank von der jungen rothaarigen Lehrerin versteckt hat, welche auf dem elterlichen Bauernhof zur Sommerfrische gewesen war, und dass er durch die spaltbreit geöffnete Schranktür ihr Schamhaar betrachtet hat, weil er wegen der Wette mit dem Grüninger Hansi hat wissen müssen, ob rothaarige Frauen auch untenherum rothaarig sind. Sie sind es.

Der Großbauer will jetzt bloß noch raus aus diesem Beichtstuhl. Von einem Inder an seine allerschlimmsten Sünden erinnert zu werden ist auch für einen abgebrühten Tierhändler schwer zu verkraften, und so sagt er: »Ja, ich bereue, dass ich das gemacht habe mit dem Antibiotikum in der Milch.« Kaum ist es draußen, atmet der Leichenbacher auf. Er denkt, dass er jetzt befreit ist, dass er endlich rauskann aus dem Holzkasten, in dem schon so viele schlimme Taten gestanden worden sind.

Aber der Pfarrer ist noch nicht fertig mit ihm. »Dass du bereust, ist guuut«, versichert er. »Abel beleuen ist das eine, wiedelguuutmachen das andele. Du wirst beten zwanzig Rosenkranze.« Der John macht eine Pause. »Splich mil nach! Ich welde beten zwanzig Rosenkranze.«

»Ich werde beten zwanzig Rosenkranze.« Der Leichenbacher ist jetzt lammfromm und kann schon gar nicht mehr richtig Deutsch.

»Ich welde mich einsetzen dafül mit meiner gaaanzen Macht, dass der betroffene Hof wieder Miiilch liefern darf an eine Molkerei.«

»Ich werde mich einsetzen dafür, dass der Hof wieder Milch an die Molkerei liefert.«

»Mit meiner ganzen Macht!«, fordert der Pfarrer, weil auch in Indien gilt das geflügelte *Wenn schon, denn schon.*

»Mit meiner ganzen Macht«, betet der Leichenbacher nach.

»Und ich welde den entstandenen Schaden wiedelgutmaaachen und die Bäuelin Auguste ein Glundstück geben im Werrrt von die Schadensfoldelung von die Molkelei.«

An dieser Stelle setzt dann doch das Denkvermögen vom Leichenbacher kurz wieder ein. »Das kann ich nicht«, schnauft der schwere Mann. »Das ist mein Ruin.«

»Solange du glaubst an Gooott, du niemals wirst haben Rrrruin«, verspricht der Pfarrer. Weil der Leichenbacher abwehrende, ja verneinende Laute von sich gibt, legt er aber in schärferem Ton noch nach: »Wenn du es nicht maaachst, wirrrd Gooott eine Stlafe fur dich finden.«

Dass diese Drohung sitzt, ist nicht zu verkennen. Denn der Leichenbacher pumpt Luft in die Lungen wie ein Walross vorm Tauchgang.

»Also, das maaachst du.«

Keine Antwort, nur Schnappatmung. Bekommt der jetzt einen Herzinfarkt?

»Maachst du das, Leichenbaaacher?« Inder sind Entbehrungen gewöhnt, sie können hartnäckig sein. »Antworrrte!«

Und dann antwortet der Leichenbacher, leise stöhnend: »Ja.«

Eigentlich wäre für den Geistlichen die Beichte jetzt erledigt, aber da flüstert ihm der Odysséas noch etwas ins Ohr.

Und da erhebt der Pfarrer noch einmal die Stimme. »Ach ja, und ich werde binnen drei Tagen einen Bliefumschlag mit zweitausend Euro legen in Bliefkasten von Bäuelin Auguste für die kaputt geschossenen Reifen von den Saab.«

Der Leichenbacher ist dermaßen fertig mit den Nerven, dass er auch diese Wiedergutmachung verspricht, obwohl er die dazugehörige Sünde noch gar nicht gestanden und bereut hat. Er will nur noch raus. Der kleine Singh aber hat neben dem Ausgleich vergangener Sünden auch eine sündenfreie Zukunft im Sinn, weswegen er noch eins obendrauf gibt. »Und ich welde in Zukunft meine Kollegen Bauern nicht mehr in ihrer Arbeit beeinträäächtigen, sondern nur noch uuunterstützen.« Nach einer gekonnt platzierten Pause fordert er: »Wiederhollen!«

Kaum hat der Bürgermeister auch dies wiederholt, gibt ihm der Pfarrer die Absolution. Draußen vor dem Gotteshaus wischt sich der Leichenbacher mit seinem Taschentuch – es hat wie sein Traktor Übergröße – über die Stirn und schaut nach oben. Am Himmel, der vor seinem Beichtgang noch blau und sonnig war, braut sich ein finsteres Gewitter zusammen. Eilig stapft er nach Hause.

SONNENBLUMEN

Umgangssprachlich ist ein Schmarrn etwas, das bedeutungslos ist, minderwertig oder ohne künstlerische Qualität. Kulinarisch kann es sich um eine Mehlspeise handeln. Die Mehlspeise ist vorzuziehen.

42 Die Gummistiefelyogis wollen es der Auguste nicht am Telefon sagen. Am Freitagnachmittag, der Robert kommt ein wenig früher aus der Versicherung zum Höllinger-Hof, fahren sie alle gemeinsam zu ihr. Die Bäuerin im Krankenbett schaut wie ein Eichhörnchen, wenn's blitzt, wie sie plötzlich alle in ihrem Zimmer stehen, die Marianne, der Robert, die Cosima, die Elke, der Odysséas und der Prinz. Und jeder hält eine Sonnenblume in der Hand, weil die so sonnig und schön sind.

»Ja, was wollt's denn ihr alle da? Ist wer gestorben, oder was?«, entfährt es der Auguste.

»Nein, im Gegenteil«, sagt die Elke.

»Du bist schwanger?«, schreit die Auguste los, woraufhin das Kind Cosima einen erschrockenen Blick zum Robert hinüber wirft, denn so viel weiß es auch als Sechsjährige schon, dass Kinder nicht vom Storch gebracht werden, sondern in einer von Cosimas Intellekt noch nicht vollkommen durchdrungenen Zusammenarbeit zwischen Mann und Frau.

»Wir haben wieder einen Milchliefervertrag für den Höllinger-Hof«, erklärt die Marianne.

»Wie habt ihr das hinbekommen?«

»Der Leichenbacher hat ein gutes Wort für uns eingelegt.«

Wie die Marianne das sagt, erntet sie einen völlig ungläubigen Gesichtsausdruck. »Erzählt mir keinen Schmarrn, Kinder! Mir geht es zwar schon besser, aber längst nicht gut, und für eine Gaudi ist das Thema wirklich zu ernst.«

»Es stimmt aber«, bestätigt die bunte Elke, und alle anderen nicken und lächeln wie Synchronschwimmer.

»Der Leichenbacher?« Die Auguste fasst es nicht. Sie starrt die Sonnenblumengäste an wie Ufos aus dem All. »Das kann nicht sein.«

»Doch, und ein Stück Grund bekommst du auch noch von ihm, als Wiedergutmachung für das Milchvergiften. Das können wir zum Beispiel verkaufen und mit dem Geld der Molkerei den Schadensersatz bezahlen.« Das sagt der Prinz, weil Geld interessiert ihn.

»Das glaube ich nicht«, antwortet die Auguste.

»Musst du aber«, lacht ihr das Mädchen Cosima ins Gesicht.

»Aber ... aber ...«, stammelt die Bäuerin. »Wie habt ihr das gemacht?«

»Es hat einen göttlichen Beistand gegeben«, deutet der Robert an.

»Ein Wunder!«, entfährt es der Auguste.

»Sagen-sozu«, bestätigt der Odysséas. »Jetzt musst du nur noch werden gesund und kommen heim.«

Die Auguste nickt nachdenklich, aber bis das der Fall sein wird, werden einige Wochen vergehen, das Bein schmerzt nämlich noch gewaltig. Aber eines Tages ist es tatsächlich so weit. Und dieser Tag hält eine noch viel größere Überraschung für sie bereit.

ROTE ROSEN

Das im folgenden Kapitel näher beschriebene Wellnessprogramm Gummistiefelyoga gibt es wirklich. Es wurde von Felix Tanner entwickelt. Einführungsvideos mit praktischen Übungen und Gummistiefelyoga-Workout auf:
www.facebook.de/steinleitner

43 An dem Tag, an dem die Auguste nach Hause kommt, merkt sie gleich, dass ihr Hof nicht mehr der alte ist. Denn auf der Wiese vor dem Wohnhaus befinden sich mindestens zwanzig Menschen, und die scheinen zu turnen. Die Auguste sitzt bei der Marianne im Saab, der ist schon längst mit dem Geld repariert, das am Tag nach der Beichte tatsächlich im Briefkasten gelegen hat. Und wie die Auguste genauer hinschaut, flitzt ihr ein »Das ist doch ... das ist doch ... der Pfarrer!« über die Lippen. Die Marianne lächelt, weil es stimmt. »Und der da neben dem Pfarrer, das ist doch der Odysséas! Was machen die denn da?« Die Auguste schenkt ihrer Fahrerin einen verdutzten Seitenblick. »Turnen die denen was vor, oder was?«

»Na ja, turnen würde ich es jetzt nicht nennen, da wären John und Odysséas vielleicht etwas beleidigt. Aber natürlich hat es etwas mit körperlicher Ertüchtigung zu tun, und auch mit seelischer.«

»Körperlich und seelisch ...«, murmelt die Auguste.

Nachdem sie einen Rundgang über den Hof vorgenommen hat, muss sie als Erstes die Gitti anrufen.

»Ja, hallo, hier ist die Gitti.«

»Grüß dich, Gitti, hier ist die Auguste.«

»Ja, das hör ich, bist du wieder daheim?«

»Ja, bin ich«, antwortet die Auguste.

»Und, wie ist es?«, fragt die Gitti.

»Alles anders«, sagt die Auguste, »aber schon auch schön.«

»Aha? Was ist denn anders?«

»Der Höllinger-Hof ist jetzt ein Gummistiefelyoga-Resort.«

»Cool«, findet die Gitti, denn so was läuft genau in ihre Richtung.

»Ja, der Odysséas und der John haben eine Bauernyoga-Schule gegründet.«

»Wer ist der John?«

»Unser Pfarrer.«

»Cool«, flötet die Gitti noch einmal.

»Weil der Pfarrer kommt aus Indien, und da ist das Yogische ja zu Haus.«

»Dann passt das doch wunderbar, Auguste! Super!«

»Ja, das Yoga besteht darin, dass die Leute Übungen machen, die so aussehen wie meine Arbeit auf dem Hof, aber ohne Werkzeuge und Viecher.«

»Aha?« Jetzt hört sich die Gitti so an, als könne sie sich das nicht richtig vorstellen.

»Ich weiß schon«, gibt die Auguste zu. »Man kann sich das nicht gut vorstellen. Aber ... also zum Beispiel tun die so, als hätten sie eine Heugabel in den Händen und würden Heu auf den Ladewagen heben, aber da gibt es keine Gabel, kein

Heu und keinen Ladewagen. Oder sie knien so nieder, wie du dich mit der Motorsäge hinkniest, wenn du einen Baum fällen willst, und machen dann die Sägebewegungen. Oder sie ziehen sich nicht vorhandene Gummistiefel an. Oder sie schlagen Zaunpfähle in den Boden oder gehen in die Hocke, beugen den Oberkörper nach vorn und machen mit den Händen eine Melkbewegung.«

»Aber Zaun oder Kuh ist keine da?«, fragt die Gitti, der allmählich dämmert, was für eine moderne, zukunftsweisende Erholungsmethode da entwickelt wurde.

»Nein, kein Zaun und keine Kuh«, bestätigt die Auguste. »Es ist schon ziemlich verrückt. Aber die Leute rennen uns die Bude ein. Wir bauen jetzt ein Gästehaus.«

»Du baust ein Gästehaus? Aber du hast doch überhaupt keinen Baugrund und Geld erst recht nicht.«

»Den Baugrund habe ich vom Leichenbacher«, erklärt die Auguste. »Und das Geld haben der Odysséas und der Pfarrer beschafft. Einen Kredit.«

»Wie – den Baugrund hast du vom Leichenbacher? Gekauft?«

»Nein, geschenkt, Gitti. Geschenkt! Als Wiedergutmachung. Ach, das ist zu kompliziert, ich erkläre dir das ein andermal. Es ist praktisch ein Wunder.«

Das andere Wunder mag sie der Gitti dann gar nicht auch noch aufs Auge drücken, weil zum Konzept vom Gummistiefelyoga gehört auch dazu, dass man die Menschen nicht überfordert mit einem Zuviel. Es geht insgesamt um ein Weniger, weil das unterm Strich mehr ist.

Aber die Gitti hat den siebten Sinn und fragt deshalb nach. »Sag mal, und für lauter solchene Sperenzien hat der Pfarrer nebenher noch Zeit? Ich hab gedacht, die Pfarrer müssen immer mehr Gemeinden betreuen und sind bloß noch am Umherrasen.«

»Ja, Gitti«, sagt die Auguste, »und das ist das andere Wunder. Der Pfarrer hört auf mit dem Pfarrersein. Er will bloß noch Gummistiefelyoga machen.«

»Ja, spinnt der denn?« Die Gitti packt es nicht.

»Nein, aber er ist verliebt. Und deswegen müsste er sowieso aus dem geistlichen Dienst aussteigen.«

»Und darf ich fragen, in wen? In dich?«

»Nein«, erwidert die Auguste. »In den Odysséas.«

»Aha.« Mehr kriegt die Gitti nicht mehr raus. Zur Hochzeit, die ein halbes Jahr später stattfindet, kommt sie dann aber schon. Und sie macht nicht nur dem Odysséas, welcher den Ex-Pfarrer ehelicht, das Haar, sondern auch der Elke, weil die heiratet nämlich den Robert. Das Mädchen Cosima streut die Blumen. Die Rosen sehen in dem Neuschnee, den es über Nacht hergeworfen hat, sehr, sehr rot aus. Aber Rot ist ja auch die Farbe der Liebe.

10 GLÜCKSTIPPS
VON DER BÄUERIN

Beim Verfassen dieses Romans haben mir Lisi und Jakob Höck vom Bichlbaur-Hof in Riegsee sehr geholfen. Und weil die Geschichte *Gummistiefelyoga* davon erzählt, wie eine Handvoll Städter versucht, als Bauern auf dem Land ihr Glück zu finden, hat mir Lisi Höck noch einige Glückstipps mit auf den Weg gegeben. Hier sind sie.

GLÜCKSTIPP I: **BROT BACKEN**

Damit es meiner Familie gut geht, backe ich in meinem Holzofen jede Woche sechzig Brote. Das sind zwanzig Bauernbrote, die sind gewürzt und passen super zur Brotzeit. Wenn mein Mann mein Bauernbrot isst, dann schmeckt ihm das Bier gleich noch mal so gut. Außerdem sind da noch zwanzig Weißbrote dabei, die mögen meine Kinder am liebsten. Und dass die Kinder zufrieden sind, das ist für ein harmonisches Familienleben doch ganz wichtig. Ja, und dann halt noch zwanzig Vollkornbrote. In die kommen Roggen, Dinkel und Leinsamen hinein, und so hat meine Familie auch eine gute Verdauung.

GLÜCKSTIPP 2: **MARMELADE KOCHEN**

Den ganzen Sommer über sammle ich die Früchte, die auf unserem Hof, auf den Wiesen und im Wald wachsen. Ich mache das, weil ich einfach gern Marmelade koche, da riecht's gut im Haus, und schmecken tut's auch. Mein Mann ist nämlich ein ganz ein Süßer, besonders beim Frühstück, und der ist einfach glücklich, wenn er eine schöne rote Marmelade kriegt, eine von der Johannisbeere, der Erdbeere oder der Himbeere. Meine Kinder essen die Marmelade besonders gern zu meinen Pfannkuchen. Damit es gut schmeckt, muss man sich genau ans Rezept halten, also auf keinen Fall am Zucker sparen. Marmelade muss süß sein, sonst braucht man keine Marmelade zu essen. Und natürlich sollte man nur gute Früchte verwenden, die man vorher verlesen hat.

GLÜCKSTIPP 3: **STUHL HINSCHIEBEN**

Ich empfehle allen Frauen, ihren Männern hin und wieder im richtigen Moment einen Stuhl hinzuschieben. Bei uns mache ich das immer beim Frühstück. Wenn wir frühstücken, haben wir ja schon zwei oder drei Stunden Stallarbeit hinter uns. Wenn mein Mann dann gefrühstückt hat, legt er sich gern auf die Eckbank. Er sagt dann immer: »Bloß fünf Minuten.« Aber die Eckbank ist für seine Beine zu kurz. Dann hole ich ihm einen Stuhl und schiebe ihm den unter die Füße. Damit er's wenigstens diese fünf Minuten gemütlich hat. Den Stuhl hinzuschieben ist eine ehestabilisierende Maßnahme.

GLÜCKSTIPP 4: **HÜHNER HALTEN**

Hühner sind total lustige Viecher. Wenn ich denen zuschaue, wie sie rumgackern und scharren und picken und was sie den ganzen Tag herumgschafteln, dann macht mich das schon froh. Außerdem kann ich ihnen alles geben, was bei uns vom Essen übrig bleibt. Allein, was die Kinder nicht aufessen! Das alles kann ich den Hühnern geben, und die verwandeln das dann sogar noch in Eier. So sind am Ende alle zufrieden. Und das ist die Hauptsache.

GLÜCKSTIPP 5: **WUNSCHESSEN KOCHEN**

In unserer Familie darf sich jeder einmal in der Woche ein Gericht wünschen, das ich dann für alle koche. Und das ist übrigens nicht nur für die Kinder und meinen Mann gut, sondern auch für mich. Weil bevor wir das eingeführt haben, musste ich mir immer den Kopf zerbrechen, was ich koche. So muss ich mir nur dreimal pro Woche etwas ausdenken, weil wir sind fünf Personen. Meine Tochter Eva zum Beispiel wünscht sich ganz oft Spaghetti bolognese. Die Antonia mag gern Rindfleischgeschnetzeltes mit Spätzle, und der Stefan isst auch gern einen Blumenkohlauflauf. Bei meinem Mann ist es ganz wichtig, dass es auch mal ein Stück Fleisch gibt, also zum Beispiel einen gescheiten Braten mit Beilage wie Knödel.

GLÜCKSTIPP 6: RADIOPROGRAMM WÄHLEN

Also, bei uns ist es ja so, dass normalerweise der Fahrer das Radioprogramm im Auto bestimmen darf. Aber manchmal machen wir das anders, weil ich höre eigentlich ganz gern Wissenssendungen, doch die finden meine Kinder furchtbar anstrengend. Damit die Stimmung im Auto gut bleibt, dürfen sich meine Kinder dann auch mal einen Sender mit fetziger Musik aussuchen. Weil meine Wissenssendungen kann ich eh auch in der Küche beim Kochen hören oder wenn ich bei den Kälbern im Stall bin.

GLÜCKSTIPP 7: MIT DER FAMILIE SCHWIMMEN GEHEN

Meine Kinder gehen im Sommer sehr gern am Abend im See schwimmen. Aber mein Mann, der ist dann oft schon müde, weil der Tag lang ist. Da sage ich ihm dann, dass ich ihm schon ein Radler im Kühlschrank kalt gestellt hab und dass wir jetzt noch schwimmen gehen. Und dann gehen wir alle zusammen, und am Ende ist es doch auch richtig schön, wenn die ganze Familie gemeinsam etwas macht.

GLÜCKSTIPP 8: PICKNICK AN EINEM BESONDEREN PLATZ

Wenn wir nach dem Mähen das ganze Heu eingeführt haben und es am nächsten Tag noch schönes Wetter ist, dann fahren wir manchmal nach dem Stall mit der ganzen Familie an eine besonders schöne Wiese, die wir gerade eben gemäht haben, wo man eine Sicht auf die Berge hat oder etwas anderes Schönes sieht, und dort machen wir dann ein richtig tolles Picknick, bis die Sonne untergeht.

GLÜCKSTIPP 9: MITEINANDER ESSEN UND MITEINANDER REDEN

Ich finde es wichtig, dass die Familie möglichst zweimal am Tag miteinander isst und am Wochenende vielleicht auch dreimal. Weil am Esstisch kann man alle wichtigen Themen bereden und miteinander lachen. Man kann Witze machen, aber auch miteinander streiten. Das ist wichtig. Und dass auch die Kinder ihre Meinung sagen können und man am Ende aber immer einen gemeinsamen Konsens findet.

GLÜCKSTIPP 10: BEI SCHLAFPROBLEMEN KÜCHE AUFRÄUMEN

Ich kann manchmal nicht schlafen, weil ich mir Gedanken über irgendetwas mache, zum Beispiel über unseren Hof. Wenn ein Tier krank ist oder wenn es um die Heuernte geht und das Wetter uns ärgert. Dann wache ich schon mal auf in der Nacht, zwischen halb zwei und halb drei. Dann stehe ich auf, gehe in die Küche und räume sie auf. Dadurch, dass ich so viel koche, liegt da eigentlich immer irgendwas rum. Und wenn ich das mit dem Aufräumen dann gemacht habe, kann ich vielleicht wieder einschlafen. Am nächsten Tag freue ich mich über die aufgeräumte Küche.

DANK

Bei der Entstehung von *Gummistiefelyoga* haben mir viele Menschen geholfen. Allen voran die Original-Glücksbäuerin Lisi Höck und ihr ebenso echter Ehemann Jakob vom Bichlbaur-Hof in Riegsee, die mich in landwirtschaftlichen und auch in Glücksfragen beraten haben. Sollte ein landwirtschaftlicher Sachverhalt nicht korrekt dargestellt sein, dann ist dieser Fehler mir zuzuschreiben und nicht der Lisi oder dem Jakob. Manchmal muss man die Wirklichkeit für einen Roman ein wenig verdrehen. Lisi und Jakob Höck bieten übrigens Bauernhof-Erlebnistage für Schulklassen an.

Ich danke der Fachtierärztin für Milchhygiene, Dr. Andrea Didier, von der Tierärztlichen Fakultät der Ludwig-Maximilians-Universität München, die mich wegen meiner Fragen zwar zunächst für einen Verbrecher hielt, dann aber doch ein wenig Vertrauen fasste und einige spannende Informationen für meinen Roman lieferte. Auch hier gilt: Medizinische Ungenauigkeiten sind auf meinem Mist gewachsen und der Dramaturgie geschuldet.

Des Weiteren danke ich meiner Leib- und Lieblingsärztin Dr. Daniela Brandl, dem Anästhesisten Stefan Wölkhammer, dem Krankenpfleger Marco Bäumler für Inspiration und gesundheitlichen Beistand; meinem Webdesigner Benni Stephan, meinem kreativen Berater, dem Regisseur Matthias Edlinger, der mit mir die Gummistiefelyoga-Übungen entwickelt und die dazugehörigen Filme gedreht hat, und meinem Technikberater Stefan Schaub sowie allen, die sich im und für den Piper Verlag für mich einsetzen und -setzten.